ROSARIO FERRÉ

Vecindarios excéntricos

✳

Rosario Ferré nació en 1938 en Ponce, una ciudad en la costa sur de Puerto Rico. Se graduó en Literatura Inglesa el año 1960 en el Manhattanville College, obteniendo posteriormente un master en Literatura Española y Latinoamericana en la Universidad de Puerto Rico y, años más tarde, un doctorado en la Universidad de Maryland. Comenzó a escribir en la década de los setenta, primero como redactora y editora de la revista literaria *Zona de carga y descarga,* que publicaba trabajos de jóvenes escritores puertorriqueños y luego como colaboradora asidua de *El Nuevo Día* y del *San Juan Star.* Rosario Ferré ha explorado todos los géneros literarios, publicando relatos, poesía, ensayos, biografías y dos novelas. Con la primera, *Maldito amor,* ganó el Premio Liberatur del año 1992 en Frankfurt, y la versión inglesa de *La casa de la laguna* fue finalista del National Book Award. Rosario Ferré es considerada una de las escritoras más importantes de Puerto Rico.

Vecindarios excéntricos

✳

Vecindarios excéntricos

* * * * * * *

ROSARIO FERRÉ

Vintage Español

VINTAGE BOOKS

UNA DIVISIÓN DE RANDOM HOUSE, INC.

NEW YORK

PRIMERA EDICIÓN DE VINTAGE ESPAÑOL, FEBRERO 1999

Agradecimientos fotográficos aparecen en la página 453.

Library of Congress Cataloging-in-Publication Data

Ferré, Rosario.
[Eccentric neighborhoods.   Spanish]
Vecindarios excéntricos / Rosario Ferré. — 1. ed. de Vintage Español.
p.   cm.
ISBN: 0-375-70370-5
1. Mothers and daughters—Puerto Rico—Fiction.   2. Young women—Puerto Rico—Fiction.   3. Family—Puerto Rico—Fiction.   4. Puerto Rico—Fiction.   I. Title.
PS3556.E7256E2718   1999
863—dc21   98-47425
CIP
www.randomhouse.com

Diseño del libro de Mia Risberg

Impresso en los Estados Unidos de América
10   9   8   7

A los fantasmas
que me confiaron sus secretos

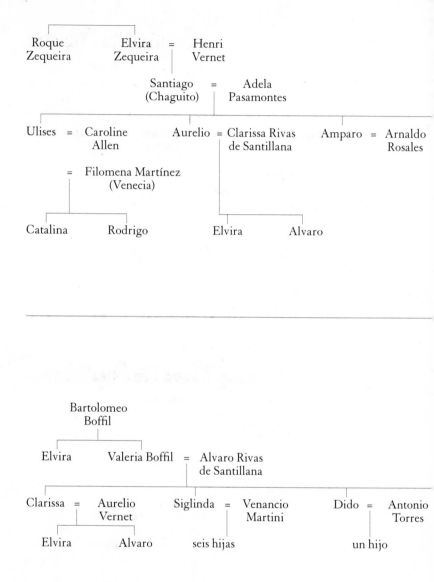

Roque Zequeira   Elvira Zequeira = Henri Vernet

Santiago (Chaguito) = Adela Pasamontes

Ulises = Caroline Allen   Aurelio = Clarissa Rivas de Santillana   Amparo = Arnaldo Rosales

= Filomena Martínez (Venecia)

Catalina   Rodrigo   Elvira   Alvaro

Bartolomeo Boffil

Elvira   Valeria Boffil = Alvaro Rivas de Santillana

Clarissa = Aurelio Vernet   Siglinda = Venancio Martini   Dido = Antonio Torres

Elvira   Alvaro   seis hijas   un hijo

La familia Vernet

✳ ✳ ✳

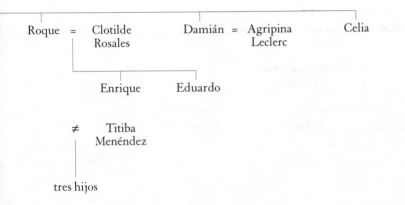

Roque = Clotilde Rosales   Damián = Agripina Leclerc   Celia

Enrique   Eduardo

≠ Titiba Menéndez

tres hijos

La familia Rivas de Santillana

✳ ✳ ✳

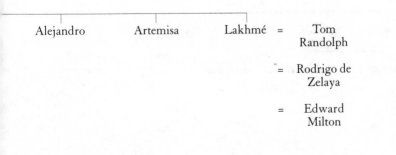

Alejandro   Artemisa   Lakhmé = Tom Randolph

= Rodrigo de Zelaya

= Edward Milton

*

PRIMERA PARTE

El paraíso perdido de Emajaguas

Las geografías
pueden ser simbólicas;
el espacio físico determina
el arquetipo, y se convierte
en formas que emiten símbolos.

— OCTAVIO PAZ, *Posdata*

El cruce del Río Loco

AL RÍO LOCO LE DICEN ASÍ por ser tan temperamental. Nunca
crece cuando debe, cuando llueve en el valle y los ríos de la ve-
cindad se salen de madre y se arrojan como caballos desbocados camino al mar. Es un río lunático, que se hincha de agua
cuando el sol foguea las cañas como una brasa y hasta los alacranes salen de sus cuevas en busca de agua, y quizá por eso lo
relacioné siempre con mi madre.

Como al Río Loco, a Clarissa también le daban accesos de

llanto en los momentos más inesperados, cuando a su alrededor brillaba el sol y a la familia le iba mejor que nunca. Lloraba
cuando llovía allá "en la altura", en el interior de su cabeza, y
yo sólo podía observarla en silencio y testimoniar su llanto.
Preguntarle por qué lloraba, por quién lloraba, me hubiése
puesto a la merced de algún pellizco cárdeno o coscorrón resa-
bioso y destripador de trenzas. La aventura de cruzar el Río
Loco tendía un velo de alegría sobre el impase de ver a Clarissa, muda como una piedra por varios días después de nuestro
regreso de Emajaguas, paseándose por los pasillos de nuestra
casa de Las Buganvillas anegada en llanto. Verla desafiar el río,
arrojarse impaciente a su conquista, era como una negación de
sus derrotas futuras, de su incapacidad para sobreponerse a las
periódicas inundaciones que la visitaban.

Nos encontrábamos sentados tranquilamente alrededor de
la mesa del desayuno. Aurelio —mi padre— leía el periódico,
y Álvaro y yo repasábamos nuestros deberes escolares antes de
salir para la escuela, cuando de pronto Clarissa se levantaba de
su silla y corría llorando hasta su cuarto. Aurelio la seguía angustiado y se encerraba en la habitación con ella. Al marchar-
nos mi hermano y yo camino de la escuela, podíamos oír sus
sollozos colándose por debajo de la puerta, mezclados al susurro consolador de la voz de mi padre.

Una vez al mes Clarissa y mis tías viajaban todas hasta Emajaguas de diferentes puntos de la isla a visitar a abuela Valeria.
A mí me tocaba acompañar a Mamá en esos viajes. La familia
era muy unida entonces, no era la manada de parientes lejanos
e indiferentes que es hoy día. Antes uno se visitaba con frecuen-
cia, y cada encuentro era celebrado como un suceso memorable. Las personas se abrazaban y se palmeaban las espaldas, un
poco como las hormigas cuando se frotan alegremente las ante-
nas antes de proseguir su camino hacia un destino particular.

Yo siempre adivinaba cuando había un viaje a Emajaguas

en ciernes porque Cristóbal Bocachica, nuestro chófer negro, empezaba en seguida a silbar y a canturrear en voz baja. Cristóbal tenía una novia muy bien parecida en Guayamés, y cuando viajábamos allá siempre se pasaba la noche con ella y le jugaba triquiñuelas a su mujer.

Emajaguas, la casa de mis abuelos a las afueras de Guayamés, era la meta de todos nuestros viajes. Según mi padre, la carretera vieja de La Concordia a Guayamés había sido construida por los españoles según el "método de Canuto": llevaron a un borrico de La Concordia hasta Guayamés, lo soltaron, y le siguieron la pista mientras galopaba de vuelta a casa por el atrecho más corto.

El cruce del Río Loco era el momento culminante de nuestro viaje. Río Loco permaneció sin puente durante la década de los cuarenta y fue el último río de la isla sobrevolado por uno. No fue hasta el 1950, cuando una gigantesca ola de seres humanos se elevó de la isla y fue a estrellarse contra Nueva York, que pudimos costearlo. En un solo año, el 1942, setenta mil emigrantes puertorriqueños fueron a dar allá, una verdadera hemorragia de seres que huían del hambre y del desempleo en una operación de válvula de escape diseñada a asegurar el futuro de los que se quedaban. En años subsiguientes las cifras fueron creciendo hasta llegar a casi un millón en menos de diez años. Esto fue saludable para la economía y al fin el gobierno logró terminar de construir los puentes de la isla.

El Río Loco era llano y pocas veces cogía agua. Casi siempre se podía cruzar en auto como si se tratara de un pedregal regado de rocas enormes como huevos prehistóricos y troncos de árboles destrozados. Al llegar septiembre, sin embargo, se henchía como un monstruo achocolatado. Arrastrados por el ímpetu de sus aguas bajaban techos descuajaringados, sillones desenguatados, mesas, ollas, colchones, ropa, todo flotando lentamente en dirección del mar, así como perros, cerdos, chivos y hasta vacas, algunas vueltas patas arriba e infladas de agua, cuyo resuello lastimoso retumbaba río abajo por todo el litoral.

Muchos de los campesinos que trabajaban en la central Eureka habían construido sus casuchas a orillas del río. La mayoría vivía en los barracones de la central, donde cocinaban en anafres de carbón y cagaban en letrinas que los dueños habían edificado para ellos. Esto les daba la ventaja de tener la tienda de abastos de la compañía a mano, donde podían comprar sus provisiones a crédito, así como obtener medicinas y servicios médicos. Pero como los peones que vivían en los terrenos de la Eureka eran también supervisados por el capataz, algunos preferían la precaria existencia a orillas del río a vivir dentro de los hatos de la central.

La presencia del Río Loco rompía la monotonía del trayecto, el silencio que yacía entre mi madre y yo como un bloque de hielo. Mientras nos acercábamos al río la tensión iba en aumento, pues nunca se sabía por adelantado si estaría crecido o no, y al espectáculo de su destrozo se unía el peligro de tener que cruzarlo. Si no lo lográbamos, tendríamos que regresarnos a La Concordia con Mamá anegada en llanto.

Cuando llegábamos al río, si la corriente estaba alta, Clarissa le ordenaba a Cristóbal que estacionara el Pontiac debajo de un árbol de mangó. Yo sacaba la cabeza por la ventana sin importarme que la lluvia me salpicara el rostro, pendiente a todo lo que sucedía en el camino. "Tendremos que esperar un rato hasta que baje el agua", decía Clarissa en tono resignado. Pero la paciencia nunca le duraba. Muy pronto —sobre todo si se trataba del viaje de ida hacia Emajaguas— le ordenaba a Cristóbal que internara a velocidad moderada el Pontiac en el agua, y el automóvil zarpaba como un yate mofletudo sobre aquella madeja de tirijala que se llevaba consigo todo lo que encontraba en las riberas.

Pronto comenzábamos a desplazarnos, medio flotando y

medio rodando sobre las piedras invisibles del río. La marcha era lenta; Cristóbal escasamente si se atrevía a tocar el acelerador con la punta del zapato porque si iba rápido el agua inundaba el cloche, el automóvil sufría un acceso de delírium tremens y nos atascábamos en medio del río. Entonces el agua sucia comenzaba a lamer en silencio los cristales que Clarissa nos había ordenado subir rápidamente hasta el tope.

El coche estaba lleno de golosinas que nuestra cocinera acababa de preparar aquella mañana —un caldero de arroz con gandules, un pernil al jerez, un pavo trufado, arroz con dulce, majarete, mundo nuevo, de los que salía un perfume tan fuerte que mareaba. Varias canastas llenas de nísperos, anones y guanábanas, recogidos en el huerto de nuestra casa esa mañana, yacían en el asiento junto a nosotras. Clarissa llevaba un traje de crepé floreado y zapatos de Saks Fifth Avenue, y yo un vestido de organdí blanco y un lazo en la cabeza. Era como estar metidas dentro de un paraíso sellado, adornadas con volantes y lazos domingueros dentro del estuche aterciopelado del auto mientras a nuestro alrededor flotaba el infierno a cámara lenta.

Clarissa, tan remilgada por lo general ante el peligro, no se asustaba en lo absoluto. No bien nos acercábamos al río miraba su reloj Bulova y si veía que estábamos tarde para el almuerzo, le ordenaba a Cristóbal que introdujera el Pontiac en el agua. A los pocos minutos el coche se quedaba varado en medio del río. Clarissa le ordenaba entonces que tocara la bocina y los campesinos que observaban desde la orilla nuestro descalabro dirigían su yunta de bueyes hacia nosotros.

Con la corriente vertiginosa hasta la cintura, se acercaban tambaleándose hasta el Pontiac, ataban con una soga de maguey la yunta al parachoques del auto y empezábamos a rodar lentamente hacia delante. El olor a fango se hacía más fuerte y yo veía con horror una delgada raya achocolatada que comenzaba a colarse a ras de suelo por debajo de la puerta. Clarissa le hacía señas a los campesinos que se dieran prisa, y estos comenzaban a espuelear los bueyes con sus pértigas, hasta que alcanzábamos la ribera opuesta. Ya sanos y salvos, Clarissa sacaba un dólar de la cartera, bajaba un poco el cristal y deslizaba el billete por la rendija de la ventana. Entonces Cristóbal encendía el motor y el Pontiac azul y blanco, todo bañado en lodo, saltaba hacia adelante como un Pegaso ávido y salíamos volando otra vez por la carretera de Emajaguas.

2

Boffil y Rivas
de Santillana

MAMÁ NACIÓ EN GUAYAMÉS el 6 de enero de 1901. Mi abuelo,
Álvaro Rivas de Santillana, estaba convencido de que los Reyes
Magos se la habían traído como obsequio, pero abuela Valeria
decía que Clarissa había nacido por culpa de las lluvias.

En Guayamés llueve mucho de julio a noviembre. En esos
días siempre hay nubes arrimadas a los techos de las casas, que
se orinan como perros sobre las azoteas como para demarcar su
territorio. Las lluvias fueron determinantes en la vida de

Mamá, porque durante esa época la gente de Guayamés casi no sale a la calle y hace vida sedentaria. Afuera puede ocurrir cualquier cataclismo: una súbita ráfaga de viento puede desprender la rama de un árbol sobre la cabeza de los transeúntes, o una ola de fango del cercano Río Emajaguas podría arrollarlos al cruzar la calle.

Durante esos meses abuelo Álvaro y abuela Valeria se quedaban en la casa del pueblo. Guayamés no era como Emajaguas, donde había que estar pendiente del corte y procesamiento de la caña, y abuelo Álvaro se aburría. Quizá por esa razón Valeria salía encinta al final de cada julio y daba a luz a comienzos de cada abril. Clarissa fue la única de sus cinco hijas que nació en enero. De recién nacida la picó un mosquito infectado, de los miles que depositan sus huevos en los charcos de agua de lluvia empozada en tierra, y sufrió una fiebre reumática que le causó un soplo en el corazón. Así que puede decirse que Clarissa nació como resultado de las lluvias de Guayamés, y que también murió a causa de ellas.

Emajaguas quedaba a unas tres millas del pueblo, por el lado de la costa. Allí nació abuelo Álvaro en el 1880. Sus padres murieron jóvenes y fueron sus tías, Alicia y Elisa Rivas de Santillana, las que lo criaron. Dieciocho años más tarde, en el 1898, sus tías compraron la casa del pueblo y se mudaron a vivir allí la mayor parte del año. Con la llegada de los americanos la calidad de vida en Guayamés mejoró mucho: se pavimentaron las calles, se estableció un sistema de desagüe pluvial y otro de agua potable, y se edificaron alcantarillas para toda la población. Por supuesto, las solteronas se divertían mucho más en el pueblo que en el campo, donde no había teatro, casino, ni tiendas.

Las tías de Abuelo siempre lo consintieron y no repararon en gastos a la hora de su educación. A pesar de que les significaba vivir con estrecheces, alquilaron los servicios de un tutor para que le enseñara francés y aritmética. Pero al Abuelo nunca le gustó leer y desconfiaba de las gentes a las que les gustaban los libros, porque se consideraban superiores a los demás.

Aprendió todo lo que sabía sobre la industria de la caña de primera mano, y trabajaba en el campo de sol a sol como cualquier hijo de vecino. Sus tías tenían absoluta confianza en él y a los dieciocho años le entregaron todo lo que poseían para que su sobrino lo administrara. Con sus capitales combinados, Álvaro logró mantener a flote la central Plata por varios años. Para el 1900 se casó con Valeria Boffil —el mismo año que Alicia y Elisa pasaron a mejor vida a causa de una epidemia de tifus que arrasó el oeste de la isla. El novio tenía veinte años y la novia dieciséis cuando se embarcaron hacia Europa en luna de miel. A su regreso se enteraron de la muerte de las tías. Aunque a abuelo Álvaro le entristeció mucho la noticia, como estaba tan consentido, le pareció que era natural que sus tías fallecieran en aquel preciso momento. Eran tan consideradas, que seguramente no querrían interrumpir la privacidad de los novios.

Abuelo fue siempre un hombre de gustos sencillos; estaba acostumbrado a la vida del campo y desconfiaba de las costumbres de la ciudad. Después de casarse con abuela Valeria, la única vez que viajó a Europa fue en el 1920, y entonces sólo porque Abuela lo llevó allá por los pelos. En París se quejaba todo el tiempo porque en el Café Procope no se podía comer mofongo, ropa vieja y tostones, sus manjares predilectos. A abuela Valeria, por el contrario, le encantaba viajar y llevó a sus hijos a Europa varias veces, acompañada por la niñera y su criada personal. Se quedaban un mes en París, un mes en Roma y otro en Barcelona, y en cada ciudad se hospedaban en el mejor hotel. Asistía a la opera y visitaba todos los museos. En la opinión de abuela Valeria, cada viaje a Europa equivalía a un diploma universitario.

Valeria era la hija más joven de Bartolomeo Boffil, un contrabandista apodado "Mano negra", que en el siglo XIX hizo fortuna con sus viajes a Santo Tomás y a Curazao. Ambas islas le pertenecían entonces a los holandeses y tenían una larga tradición de comercio ilegal con Puerto Rico. Eran lugares muy prósperos, donde se podía comprar perfumes, zapatos, hilos y encajes de Francia, así como todo tipo de implementos agrícolas. En Puerto Rico no se construía entonces la maquinaria para las haciendas. Todo el equipo de las centrales era importado de Inglaterra y Escocia.

Bartolomeo era un hombre brusco, sin educación alguna, pero estaba orgulloso de su negocio y lo consideraba a tono con la personalidad rebelde de sus antepasados. "El origen de la palabra 'corsario' viene de 'corso' —oriundo de la isla de Córcega", solía decirle a sus amigos. "Si los corsos no hubiésemos librado a la isla del embargo que los españoles le impusieron por trescientos años, los puertorriqueños serían tan pobres que hoy todos andarían descalzos". Desde el siglo XIX el comercio con el mundo estaba prohibido y Puerto Rico sólo podía comerciar con España.

Bartolomeo había nacido en Sisco, la península más inhóspita de Córcega —una lengüeta de piedra donde sólo prosperaban las cabras. Era de estatura baja y tenía el mal genio de un alacrán. Vivía con sus dos hijas, Elvira y Valeria, porque su mujer había muerto dando a luz a esta última. Por eso a menudo era cruel con Valeria, como si quisiera hacerle pagar por aquella muerte. Si la niña no hubiese nacido, se repetía en las noches cuando no lograba conciliar el sueño, su mujer todavía estaría viva y él no estaría tan solo.

La finca de Bartolomeo estaba a las afueras de Guayamés. La tenía sembrada de jengibre, tabaco, algodón y cacao, pero la cosecha que más dinero le dejaba era la del contrabando. El terreno tenía varias dársenas protegidas donde las chalupas

que llegaban de Curazao y de Santo Tomás podían atracar en
las noches. Entonces media docena de barcazas y botes de remo
se deslizaban silenciosos sobre la superficie del agua y desem-
barcaban las masas, las catalinas y las bombas centrífugas por
las que los hacendados puertorriqueños pagaban cantidades
exhorbitantes.

A Bartolomeo le encantaba ir a cazar mirlos a la montaña
con su escopeta, acompañado por su perro, Botafogo. El paté
de mirlo era su plato preferido, porque estaba seguro de que
tenía características mágicas. Como el emperador chino que
obligaba a su hija a comer lenguas de ruiseñor para que cantara
más dulcemente, Bartlomeo obligaba a Valeria a comer un
poco de paté de mirlo todos los días, porque había oído decir
que el mirlo refinaba la voz de quienes lo consumían. A Valeria le daban una pena terrible aquellos pájaros, pero como era
una hija obediente se comía todo lo que su padre le ordenaba.

La criaron como una prisionera; nunca podía salir sola de la
casa y hasta para visitar a los vecinos tenía que acompañarla
una chaperona. Su padre contrató los servicios de una institutriz, que se mudó a vivir con ellos y le enseñó a Valeria las artes
del bordado y de la música. Abuela tocaba el piano de maravi-
lla, y sabía cantar en francés, inglés e italiano, pero no aprendió
a leer ni a escribir. Su padre le dio órdenes a la institutriz de
que no le enseñara el abecedario, y al cumplir los diecinueve
años Valeria era completamente analfabeta. Bartolomeo esperaba, de aquella manera, obligarla a quedarse en casa para que
lo cuidara en su vejez.

Una Navidad Valeria fue a visitar a su hermana Antonia,
que se había casado con un hombre de medios y vivía en una
casa bellísima a la salida de Guayamés. Bartolomeo no tuvo re-
paros en dejar que Antonia, su hija mayor, se casara —era una
boca menos que tendría que alimentar. Pero la más joven estaba supuesta a ocuparse del padre viudo.

Abuelo Álvaro conoció a abuela Valeria durante esa visita providencial. Antonia y su marido celebraban una fiesta ese día, durante la cual Valeria se lució cantando y tocando el piano. Cuando Álvaro la escuchó, se enamoró locamente y le pidió que se casara con él. Pero Valeria le dijo con lágrimas en los ojos: "no me puedo casar con usted porque no sé leer ni escribir. ¿Qué hará cuando me vea firmar frente al juez la licencia de matrimonio con una X? Se abochornará tanto de mí que cambiará de parecer".

Álvaro le respondió riendo: "No me importará en lo absoluto. Si cocinas tan bien como cantas, todo resultará a pedir de boca". Y aquella misma tarde se escaparon de casa de Antonia y le pidieron a un juez que los casara. Dicen las malas lenguas que no bien Bartolomeo se enteró de la noticia, corrió a casa del yerno y le cayó encima a tiros a la puerta con su escopeta. Cuando Antonia y su marido escucharon los disparos se negaron a abrir, y Bartolomeo empezó a gritar que eran unos canallas y unos alcahuetas, y pasó un mal rato tan grande que sufrió un ataque al corazón y se quedó tieso allí mismo, de pie y con la escopeta en la mano.

Cuando Bartolomeo murió Valeria heredó la mitad de su fortuna, y esto le permitió a Álvaro consolidar su situación económica. Lo primero que Valeria hizo cuando obtuvo los medios fue mandar a buscar al maestro de la escuela pública de Guayamés, y pedirle que le diera clases privadas, porque quería aprender a leer y a escribir. Se convirtió en una lectora insaciable. Devoró las mejores novelas latinoamericanas de su tiempo: *María,* de Jorge Isaac; *Sab,* de Gertrudis Gómez de Avellaneda; y *Amalia,* de José Mármol. A veces las leía en voz alta a la hora de la cena, para beneficio de toda la familia. Abuelo Álvaro, por el contrario, prefería los libros que tenían que ver con la vida real —las biografías y las memorias. Pero como después de la boda Valeria no dejaba que le hiciera el amor a menos de que hubiése leído por lo menos una novela a la semana, abuelo Álvaro adquirió, a pesar suyo, una excelente educación literaria.

Guayamés está asentado sobre unas lomas muy fértiles, que estaban habitadas por los indios taínos antes de la llegada de los españoles en el siglo XVI. Las casas se apiñan unas contra otras sin órden ni lógica, como si buscaran la protección de la cordillera cercana, y las calles de barro rojo y sin pavimentar cruzan el pueblo como venas abiertas cada vez que llueve. Sobre una de estas lomas se asienta la catedral, uno de los edificios más antiguos de Guayamés, construido de argamasa y piedra por los españoles, y que parece una enorme gallina que abre las alas sobre sus polluelos.

El clima es húmedo y lluvioso, y los aguaceros caen en perdigones que se pulverizan antes de llegar al suelo. Las lluvias frecuentes limpian la atmósfera y hacen resaltar los colores tiernos del paisaje: el azul límpido del mar; el verde biselado de los cañaverales. Quizá a causa de esta transparencia del aire los habitantes de Guayamés tienen una aguda sensibilidad estética y sienten un amor profundo por la naturaleza.

Los Rivas de Santillana permanecían en Guayamés durante la temporada de lluvias, cuando los huracanes suelen visitar la isla. El pueblo era un lugar seguro para guarecerse de aquellas tormentas que arrancaban los árboles de cuajo y dejaban los montes sembrados de techos de zinc, hincados en la tierra como navajas. Regresaban a Emajaguas para la época de zafra, que comenzaba en los primeros días de diciembre. Durante los seis meses siguientes había poca lluvia y mucha brisa. Abril era el mes de los aguaceros dispersos: "las lluvias de abril caben en un barril", embromaba abuelo Álvaro; "las lluvias de mayo se las bebe un caballo; y junio, julio y agosto son marota seca para los cerdos".

A comienzos de siglo abuelo Álvaro se hizo de una gran fortuna, gracias al alza en el precio del azúcar en el mercado mundial. Los niños empezaron a llegar uno detrás de otro: Clarissa nació en el 1901, Siglinda en el 1902, Artemisa en el 1903, Alejandro en el 1904, Dido en el 1905, y Lakhmé en el 1923, cuando Valeria ya tenía treinta y nueve años. Lakhmé fue la zurrapa de la familia, y Abuela siempre la malcrió por eso.

Según fueron llegando los hijos, Abuelo le fue añadiendo dormitorios a la casa y modernizó la cocina y los baños. En Emajaguas los niños no asistían a la escuela como hacían en Guayamés. Tenían un maestro rural, calvo y delgado, que viajaba todos los días desde el pueblo en su quitrín tirado por un caballo. Pasaban el día descalzos: en la mañana estudiaban y en las tardes corrían a caballo o nadaban en el río cercano. Supongo que por eso, cada vez que Clarissa me contaba de Emajaguas, era como si hablara de un paraíso perdido, un espacio sin tiempo donde los días y las noches se perseguían alegres sobre la esfera pintada del reloj de péndulo que se encontraba de pie contra la pared del comedor.

Emajaguas estaba edificada en zancos, y todo el segundo piso era vivienda —en el primer piso estaban las oficinas de abuelo Álvaro. El suelo estaba cubierto con alfombras de enea que emanaba un olor campestre, a pasto recién cortado. Las ventanas eran de persianas y estaban pintadas color turquesa; cuando uno miraba hacia afuera era como si la bahía se metiera dentro de la casa. Una amplia escalera de granito llevaba de la puerta principal al jardín, y al camino de cascajo que desembocaba en la carretera. Una segunda escalera, estrecha y sombreada por matas de malanga, bajaba de la cocina al huerto y a las cocheras, donde se encontraban las habitaciones de Miña y Urbano.

La propiedad incluía árboles de mangó, de guanábana y de

toronja, canchas de tenis y varios estanques llenos de peces, todo rodeado por una muralla de doce pies de alto. Media docena de gansos patrullaba la propiedad, y arremetía feroz contra cualquier incauto que entrase al jardín, corriendo tras él con las fauces anaranjadas abiertas y los serruchos diminutos de sus dientes al aire. Había una biblioteca bien nutrida —el orgullo de abuela Valeria—, un piano de cola en la sala, un tocadiscos en la terraza y todo tipo de juegos de mesa para entretenerse en los días de lluvia. En Emajaguas había tanto que hacer que nadie visitaba el pueblo. Sólo tomaba quince minutos bajar a pie hasta Guayamés por la carretera que bordeaba el mar, pero nadie nunca la tomaba.

La casa tenía dos fronteras que la separaban del mundo de "afuera": el Río Emajaguas y la carretera municipal que le pasaba por enfrente. Cuatro pies más allá del encintado, el terreno caía abruptamente y uno se topaba con el Mar Caribe. A pesar de las rocas que el alcalde había mandado poner allí para protegerlo, las olas que reventaban cerca se comían constantemente el pavimento, y la carretera daba la impresión de flotar en el vacío.

Cuando mi hermano Álvaro y yo éramos niños íbamos todas las Navidades a Emajaguas con nuestros padres. Nuestro auto tenía que acercarse lo más posible al acantilado, antes de girar abruptamente hacia la izquierda y entrar por el camino privado. Según nos íbamos acercando yo apretaba los párpados lo más que podía, porque me daba terror que nos cayéramos al agua. En las noches soñaba que el mar se acercaba cada vez más a Emajaguas, y que una noche una ola monstruosa agarraría la casa por el techo y la sumergiría en las profundidades del océano.

La casa tenía cuatro dormitorios amplios. La habitación de abuela Valeria y abuelo Álvaro comunicaba con el baño por un estrecho pasillo interior que olía a Agua Mamelis, el astringente con que abuela Valeria empapaba los algodones con los que se limpiaba la cara antes de acostarse. En ese baño todo era blanco, y era tan grande que de pequeña yo confundía "sala de baño" con "sala de baile"; la bañera tenía patas de grifón, un disco de aluminio perforado que le servía de regadera, y un ci- lindro de anillos de metal que lo fusilaba a uno con agua helada por todos los costados. En una esquina se encontraba el baño de asiento, una tina cuadrada, más bajita por delante que por de- trás, que era ideal para leer con el agua tibia hasta la cintura. En este trono acuático abuelo Álvaro escuchó capítulos enteros de *María,* que Abuela le leía en voz alta para despertarle el ape- tito antes de hacer el amor.

El dormitorio de tío Alejandro se encontraba contiguo al de mis abuelos, en el ala derecha de la casa. Era amplio y tenía su baño privado. También tenía mucha luz, gracias a un ventanal que daba al jardín. En el ala izquierda se encontraban los dor- mitorios de Clarissa y de mis tías. Estos compartían un solo baño del tamaño de un armario, que abuelo Álvaro había hecho construir debajo de uno de los aleros. En estas habitacio- nes dormíamos los nietos cuando veníamos de visita en las Na- vidades muchos años después. Como dentro del baño sólo cabía una persona a la vez, a menudo había una larga fila de muchachitos y muchachitas parados frente a la puerta, nervio- samente cruzando y descruzando las piernas.

Un detalle arquitectónico que contribuía a la economía de medios en la casa de Emajaguas eran los tragaluces: durante el día uno no tenía que encender la luz y así se ahorraba dinero. Pero los tragaluces también le conferían a las habitaciones una atmósfera especial. Hay algo onírico en los espacios iluminados por una luz vertical. Se eliminan las sombras pasajeras que proyectan las ventanas que abren al mundo de todos los días. Bajo la luz de los tragaluces, lo que sucede es siempre benefi- cioso e inevitable; no hay que temerle a lo que el futuro nos depare. Dormir en una habitación con tragaluz significa estar expuesto a los humores de la naturaleza de una manera especial. Se sabe, mucho antes de cuando uno duerme junto a una ventana abierta, si el día que se avecina será soleado, o si traerá la vejiga reventada y lloverá a cántaros, como sucedía a menudo en Guayamés.

Los tragaluces estaban siempre localizados en lugares estratégicos: sobre el fogón de la cocina, sobre la mesa del comedor o sobre las bañeras, donde la luz del sol iluminaba sin recato los cuerpos desnudos. En el Sagrado Corazón de La Concordia donde yo estudiaba, las monjas nos enseñaban que mirarse en el espejo sin ropas era pecado mortal y que la modestia era una parte esencial de ser una persona decente. Las niñas no debíamos darnos cuenta de lo que sucedía en nuestros cuerpos —las secreciones, protuberancias y nidos hirsutos de pelos que empezaban a poblarlos. Gracias a Emajaguas, siempre me reí de todo eso. Me encantaba pararme debajo del tragaluz de la bañera completamente desnuda y verme reflejada en el espejo biselado del tocador. Para cuando cumplí los doce años me sabía de memoria todos los secretos de mi cuerpo, y la vergüenza y el pecado no significaban nada para mí.

A los once años resolví el enigma de cómo llegábamos a este mundo. Una mañana María Concepción, una de mis compañeras de clase en el colegio, se me acercó muy agitada a la hora del recreo. "¡Acabo de descubrir de dónde vienen los bebés!" me susurró al oído. "No llegan de París en el pico de una cigüeña, ni en las alas de Jesusito como insisten las monjas". Y procedió a explicarme con pelos y señales el proceso biológico de la cópula y el nacimiento. Un hombre y una mujer desnudos en una cama, besándose y acariciándose; el hombre le mete el pipí a la mujer por el hoyo número tres "¿Cuál hoyo, dices?" No tenía idea de que existiera un tercer hoyo. "¡Está entre el de cagar y el de mear, so tonta!" me susurró María Concepción al oído, metiéndome un pellizco. "Por ahí nace el bebé nueve meses más tarde." Yo me escandalicé.

Eso fue un viernes, y esa misma tarde Mamá y yo salimos para Emajaguas, donde pasaríamos el fin de semana. En cuanto llegamos fui al cuarto de Clarissa a preguntarle si lo que María Concepción me había dicho era cierto. Mamá se estaba bañando, y yo toqué a la puerta. No cerró la regadera; por sobre el escándalo del agua me preguntó lo que quería del otro lado de la cortina de baño. Abrí la puerta con cautela y metí a medias la cabeza. Desde donde estaba parada podía ver la sombra de su cuerpo; estaba desnuda debajo del tragaluz, iluminada por un rectángulo de claridad intensa. Una nube de vapor salía por encima de la cortina.

"Mamá ¿es cierto que el hombre le mete el pipí a la mujer y la orina, y nueve meses después el bebé sale por un tercer hoyo que sólo tenemos las mujeres?" grité a todo pulmón. Se hizo un silencio absoluto, y el clamoreo de la regadera se volvió un estruendo. "Sí, es cierto", me contestó Mamá. "Y por favor cierra la puerta porque me estoy enfriando".

Algunos meses más tarde me bajó la regla por primera vez. Le mostré a Mamá las bragas manchadas de sangre y no me dijo ni palabra. Fue a su ropero, buscó una caja de Kotex y un cinturoncito de elástico rosado todavía envuelto en su sobrecito de celofán y me los dió. "Toma, ponte uno de estos. Y no te lo cambies demasiado pronto, para que la caja te rinda". Y esa fue la última vez que Clarissa me habló del sexo, de los bebés y de otros misterios por el estilo.

El único lugar de Emajaguas donde no había tragaluz era el retrete. Uno se sentaba sobre la taza del inodoro en la oscuridad más completa. Cagar era una actividad antiestética, y por lo tanto había que llevarla a cabo en la penumbra más absoluta, oculta a los ojos del mundo y a los propios.

3

El sultán del azúcar

ABUELO ÁLVARO ERA ALTO y muy bien parecido. Parecía un jeque árabe, con su amor por los caballos de paso fino, sus campos cuidadosamente cultivados y su casa que parecía un harén, con abuela Valeria, Clarissa y mis cuatro tías rondando constantemente a su alrededor como perdices. Estaba muy orgulloso de sus cañaverales. "El azúcar", le decía muy sonreído a sus hijos cuando eran niños, "fue un obsequio que nos hicieron los árabes, que trajeron a Europa los primeros retoños de la lejana

Malasia. Por mucho tiempo fue un lujo tan exótico como el almizcle o las perlas, pero como los moros eran tan dulceros como ustedes, pronto se hicieron agricultores expertos. Una vez la caña se extendió por el sur de España, llegó también a las Islas Canarias, y de allí Cristóbal Colón la trajo consigo a América en sus barcos. Cuando atracó en nuestra isla, lo primero que hizo fue sembrar unos tallos de caña en la desembocadura del Río Emajaguas, muy cerca de nuestra casa. Por eso nuestro azúcar es uno de los más dulces del mundo". Clarissa y mis tíos no le creían cuando decía cosas así, pero les encantaba escucharlos.

Abuelo Álvaro tenía otros relatos exóticos, que Mamá luego nos contaba a mi hermano y a mí. "Hace mucho tiempo", decía, "nuestra isla era el cucurucho de una montaña tan alta como el Aconcagua, y formaba parte de un continente muy rico, que se hundió durante un terremoto en el fondo del mar. Nosotros somos el único peñasco de tierra que quedó de aquel magnífico El Dorado, y por eso nos bautizaron 'Puerto Rico'".

Miguel Henríquez, el zapatero negro metido a pirata que casi llegó a ser gobernador de la isla en el siglo XVIII, era el preferido de tío Alejandro. José Almeida, el corsario portugués, era el favorito de Clarissa y de mis tías. Cuando abuelo Álvaro les contaba cómo Almeida había forrado su galeón por dentro y por fuera con planchas de cobre para proteger a su amada de los cañonazos de los enemigos cuando se hizo a la mar, las niñas gritaban de alegría. Cuando contaba que Alida Blanca murió y Almeida la enterró en un ataúd de cristal que escondió en una cueva de la isla de Caja de Muerto para poder ir a verla una vez al año, Clarissa y sus hermanas empezaban a jirimiquear, y abuelo Álvaro les daba su pañuelo de hilo oloroso a agua de colonia para que se enjugaran las lágrimas.

Abuelo Álvaro y abuela Valeria se criaron en una economía de subsistencia. Cuando los americanos llegaron a la isla en el

1898 desataron una crisis económica profunda. Los banqueros españoles se regresaron a España luego del cambio de soberanía, y los nuevos banqueros americanos aún no le tenían confianza a los criollos. Los hacendados necesitaban dinero para las siembras y los nuevos banqueros les rehusaron los préstamos. La única forma de levantar fondos era vender una parte de las fincas, de manera que cada año los criollos tenían menos tierra y producían menos azúcar. Finalmente, se iban en bancarrota y tenían que cerrar sus centrales. Esto le sucedió a muchos agricultores de Guayamés por aquel entonces.

Cuando llegó el momento de sembrar la nueva cosecha, abuelo Álvaro resolvió el problema del dinero que se necesitaba para comprar la semilla alquilándole a la base naval de La Guajira una parcela de terreno a muy buen precio. A pesar de esto, abuela Valeria siempre vivía aterrada de que la Plata se fuera en bancarrota, como le había sucedido a muchas de las centrales de sus amigos.

Abuelo Álvaro siempre se consideró netamente puertorriqueño, a diferencia de los terratenientes que retuvieron su ciudadanía española, francesa y hasta inglesa después de la llegada de los americanos. A fines del siglo XIX, en la época más próspera del café y del azúcar, muchos de los hacendados ricos de la isla se mudaron a vivir a París, Barcelona o Madrid. Por lo general dejaban al hijo mayor o a algún sobrino a cargo de la central, con la encomienda de que le enviaran las rentas a Europa. Abuelo Álvaro nunca imitó este comportamiento, sin embargo. Reinvertía todo lo que ganaba en la central Plata, y siguió siendo dueño de más de cinco mil acres de las tierras más fértiles del valle.

Los centralistas criollos empezaron a vender sus fincas, pero abuelo Álvaro se negó a vender un solo tablón de caña. Al contrario, se la pasaba ideando cómo adquirir más tierras, fuese comprándoselas a aquellos vecinos que se encontraban en difi-

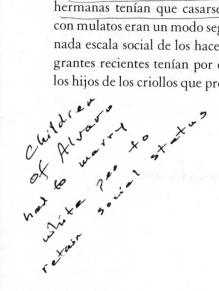

cultades o alquilándoselas a los que estaban a punto de vender sus centrales.

Otra manera de adquirir tierras era por medio del matrimonio, y abuelo Álvaro esperaba que algún día Alejandro se casara con la hija de algún hacendado rico de Guayamés. Sus hijas también se casarían con hijos de hacendados y esas familias serían sus aliadas, pero esto no era tan importante como el que Alejandro hiciera un matrimonio provechoso. Había, no obstante, una ley de hierro en todo esto: tanto Alejandro como sus hermanas tenían que casarse con gente blanca. Las alianzas con mulatos eran un modo seguro de perder pie en la ya erosionada escala social de los hacendados de Guayamés. Los inmigrantes recientes tenían por ello a menudo una ventaja sobre los hijos de los criollos que pretendían la mano de sus hijas.

4

La bacinilla de la isla
‹ ha m ber pot

UNA VEZ CLARISSA ME CONTÓ la historia de lo que le sucedió a Papá la primera vez que se quedó a cenar en Emajaguas. Aurelio le estaba haciendo la corte a Mamá por aquel entonces, y logró impresionar muy bien a abuelo Álvaro hasta que empezaron a hablar de árboles genealógicos. Abuelo le dijo a Aurelio que una vez, durante un viaje a España, conoció a un viejo judío en la ciudad de Córdoba especialista en este tipo de investigación. Por unas cuantas pesetas le había comisionado que le delineara el árbol genealógico de su familia. El judío se internó en los polvorientos archivos de la parroquia de Figueras, el pueblo al norte de Barcelona de donde procedían los Rivas de Santillana, en busca de información. Un mes después le envió por correo a Álvaro un manuscrito encuadernado, con una caoba frondosa que tenía decenas de caballeros armados asomándose por entre las ramas. Abuelo se levantó de la mesa y fue a buscar la carpeta para enseñársela a Aurelio.

"Come usted puede ver", dijo abuelo Álvaro, "las raíces de nuestro árbol familiar se remontan hasta el siglo XII, cuando el rey Alfonso el Sabio casó con doña Violante, una de las nietas de Rodrigo Díaz de Vivar, el Cid Campeador. Nuestra rama es la de la derecha, dibujada en tinta roja. Los Rivas de Santillana tenían un castillo en Figueras por aquel entonces. ¿Conoce usted el pueblo en Francia de donde proviene su familia, señor Vernet? Exijo este tipo de información antes de conceder la mano de mis hijas en matrimonio".

Aurelio se quedó pasmado. No había oído hablar jamás de aquellos condenados árboles, pero se prometió en silencio investigar sobre ellos al regresar a casa. Cuando Santiago Vernet, el padre de Aurelio, se enteró de lo que abuelo Álvaro había dicho, se puso que trinaba. "Henri Vernet, tu abuelo", le dijo a Aurelio, "era Francmasón, y cuando murió lo enterraron en el Cementerio Chino de La Habana. Por eso nuestra familia no tiene árbol genealógico. De lo que me alegro, porque a mí me importan un bledo esas marimoñas". Y luego añadió, "¡Dile al señor Rivas que los Vernet no tienen idea de dónde vienen, pero que saben muy bien para dónde van!"

Afortunadamente Aurelio no le comunicó a abuelo Álvaro el mensaje, y se rió a carcajadas de aquel asunto.

En Emajaguas el aspecto de los alimentos era casi tan importante como la cantidad o el gusto. Las palancas de jueyes, por

ejemplo, se abrían en la cocina y la carne jugosa y blanda se sacaba del carapacho para que los invitados no tuvieran que pin-
charse los dedos con la maceta; la sierra en escabeche y la
gallina en pepitoria venían a la mesa engabanadas en un halo
de laurel, ají dulce y orégano fresco capaces, como decía
Álvaro, de "revivir a un muerto". Los pasteles, de igual manera, jamás llegaban a la mesa envueltos en su hoja de plátano
porque se consideraba una grosería tener que abrirlos. Las
hojas permanecían en la cocina junto con la borra del café y las
botellas de vino vacías. El vino se servía —se racionaba, era
más preciso decir— en unas pequeñas copas rojas con anillos
dorados que lo ponían alegre a uno pero con las que era imposible emborracharse. Quizá por eso lo que más recuerdo del
eggnog que se servía en Emajaguas durante las Navidades no
es el sabor del rón, sinó la piquiña que me causaba la nuez mos-
cada en la punta de la nariz.

Otro ejemplo de la frugalidad familiar y de su culto a la naturaleza era el uso del agua de lluvia. Abuelo Álvaro había
hecho construir sobre el techo de Emajaguas un enorme tanque o cisterna porque a comienzos de siglo el acueducto municipal no llegaba hasta allí. Como en nuestro pueblo llovía todos
los días a las tres de la tarde, la cisterna era una manera económica de resolver el problema. "Guayamés es la bacinilla de la
isla", decía abuelo Álvaro, "y la lluvia es el orín de Dios. Alaba-
do sea, porque riega nuestras cañas de gratis todos los días".

Pero el agua de lluvia era también un artículo de belleza.
Abuela Valeria insistía que dejaba el pelo más brillante y sedo-
so que cualquier enjuague cosmético. Su afición a este tipo de
baño era tal que en los días calurosos de septiembre y octubre,
cuando los aguaceros arreciaban con más fuerza, bajaba con
mis tías y mi madre en ropa interior a bañarse en el agua que
salía a chorros por las canaletas del techo.

Yo estaba en tercer grado cuando pasó algo terrible. Una de

mis compañeras de clase del Colegio del Sagrado Corazón murió electrocutada por un rayo mientras corría en velocípedo por la casa. Desde entonces le cogí pánico a los relámpagos. Las monjas mandaron a todas las compañeras de clase de Monsita al velorio. El espectáculo de mi amiga al fondo de su ataúd, con el rostro como la cera y las mandíbulas atrancadas, me aterró, y durante semanas no logré conciliar el sueño. Había oído decir que los relámpagos bajaban raudos por todo lo que fuese metal, lo que me hizo ver en cada poste, sombrilla o canaleta de desagüe un instrumento de muerte durante años.

Yo tenía el pelo lacio y ralo, y Clarissa me daba todos los días en el cráneo unas fricciones con Tricófero de Bari —un líquido rojo que apestaba a quinina— porque estaba segura de que me quedaría calva. Un día se le ocurrió que el agua de lluvia, talismán de Emajaguas, era una manera segura de curar mi mal. Poco después del entierro de mi amiga, Clarissa y yo nos encontrábamos en Emajaguas cuando empezó a diluviar. Mamá me ordenó que fuera a mi cuarto y me quitara la ropa porque íbamos a bajar al jardín a lavarnos la cabeza con agua de lluvia. Las ventanas, iluminadas de tanto en tanto por un azul mortal, anunciaban que una tormenta eléctrica se avecindaba. Desobedecí sus órdenes y corrí a esconderme debajo de la cama.

Clarissa, que desconocía la historia de mi compañera de clase, montó en cólera ante mi desobediencia.

"Busque a Elvirita y tráigala aquí ahora mismo", le ordenó a Gela, la cocinera.

"No sé por dónde anda, doña Clari. No la encuentro por ninguna parte", le respondió Gela. "Se debe haber marchado al pueblo con don Álvaro".

Clarissa corrió a la cocina a buscar una escoba y fue dando mandobles dentro de los roperos y por debajo de los colchones. Poco a poco saqué una pierna por el rodapié de mi cama y Mamá me agarró por el tobillo y me jaló fuera. Empecé a llorar y a soplarme la nariz como si estuviera súbitamente resfriada pero Clarissa no dio su brazo a torcer. Tenía que aprender a obedecer, me gritó desaforada. Entonces hizo algo terrible. Le ordenó a Urbano y a Andújar, el chófer y el jardinero de Emajaguas, que me levantaran en vilo, todavía vestida con mi traje de organdí, medias de punto y zapatos de cabritilla blanca, y me metieran a la fuerza debajo del chorro de agua que bajaba tronando por la canaleta del techo. Por unos segundos estuve segura de que perecería ahogada. Cuando una centella fulminó el cogollo de una palma vecina, perdí el conocimiento y caí redonda al suelo a los pies de Clarissa.

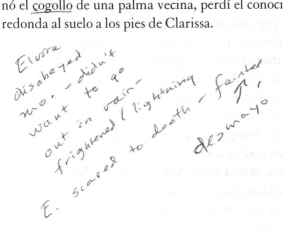

5

Nochebuena en Emajaguas

eve

LA VÍSPERA DE NAVIDAD los coches entraban por el portón de Emajaguas temprano en la tarde llenos de los deliciosos manjares destinados a la cena de esa noche: *pork* cerdito asado con chicharrón, arroz con gandules, plátanos maduros en salsa de canela, arroz con leche de coco, majarete, mundo nuevo —todo cocinado especialmente para la ocasión. Llegábamos mareados por las curvas de la carretera, con la boca hecha un océano de agua a causa de los olores atrapados dentro del auto.

mouth watering

Recuerdo la Navidad de 1945 con especial claridad. Abuela Valeria le había pedido a Mamá que trajera el postre y Clarissa había horneado un merengón de huevo, laqueado con caramelo planchado y flotando en un lago de crema. Lo colocó sobre su mejor fuente de Limoges y luego lo cubrió con papel de celofán para protegerlo. Justo antes de salir de casa lo acomodó entre mi hermano y yo sobre mullidas toallas en el suelo del Pontiac, donde estaría más seguro. Nos ordenó que debíamos vigilarlo para que la salsa no se derramara sobre la alfombra, y se sentó junto a Papá en el asiento delantero.

Yo estaba tan excitada que no lograba estarme quieta. Nada más pensar que pronto estaría con mis primos, a quienes no había visto durante meses, me provocaba un hormigueo insoportable dentro de las pantaletas. Hice el viaje de dos horas a Emajaguas con la mitad del cuerpo fuera de la ventana, mirando desfilar los pueblos frente a mis ojos —Saramá, Valverde, Vega Llana— cada uno con su iglesia y su campanario repicando a la distancia, su plaza sombreada de laureles gigantes podados en forma de hongo y decorados con guirnaldas de luces amarillas, rojas y azules. Ese día se veía mucha gente caminando por la carretera; todo el mundo había salido a visitar a la familia. Las mujeres se vestían a menudo de amarillo, que trae suerte en Navidad y Año Nuevo. Los niños iban vestidos de pastores, con bandas de seda roja fajándoles la cintura y boinas en la cabeza, y las niñas de pastoras con faldas de listas rojas y negras y un cayado en la mano. Otros vestían de ángeles, con alas de marabú y camisones de satín azul atados a la cintura con un cordón plateado. Como en cada aldea se representaba el Nacimiento, las familias que vivían en el campo caminaban a veces varias millas para participar en ellos.

Cuando llegamos a Emajaguas, estaba tan emocionada que me olvidé por completo del postre. En cuanto Papá abrió la puerta, salté fuera del auto y de paso le planté encima el zapato al merengón de Clarissa.

"¿Que trajiste este año para la cena de Navidad, Artemisa?"

"Pavo relleno horneado al jerez", respondió feliz tía Artemisa.

"Yo traje un jamón de Virginia, horneado con azúcar negra, clavos, cerezas y piña", añadió orgullosa tía Dido.

"¿Y tú qué trajiste, Clarissa?" preguntó Artemisa.

"Merengón a la crema, con el zapato de Elvirita incrustado encima".

Aquella Navidad Álvaro tenía ocho años y yo siete. Nuestros padres defendían apasionadamente la estadidad para la isla, por lo cual nosotros le dábamos más importancia a Santa Clos —el anciano festivo que se reía como si las carcajadas le salieran de la barriga como petardos. Pero tía Dido era independentista, y su hijo era partidario de los Reyes Magos. Siempre recibía sus regalos el 6 de enero, lo cual era triste porque la escuela empezaba el 7, y les dejaba poco tiempo para disfrutar de sus juguetes nuevos.

Casi todas la monjas del Colegio del Sagrado Corazón donde yo iba a la escuela eran latinoamericanas, y recientemente habían iniciado una campaña para desprestigiar a Santa Clos. "Los Reyes Magos existen", le repetían a las alumnas, "porque Jesusito, la Virgen y San José también existen. Todos están en la Biblia. Pero Santa Clos no es más que un embeleco de Sears y del Cinco y Diez de Woolworth. Nunca existió de verdad".

Aquella controversia me tenía angustiada, porque yo, que era banda verde en el colegio y siempre me portaba bien, no quería preferir a unos sobre otros. Por eso aquel año, para tener contentas a las monjas y también a mis padres, le escribí a Santa Clos y a los Tres Reyes Magos al mismo tiempo. Mi

madre metió la carta en un sobre y lo dirigió diplomáticamente: "Al cartero del Cielo". Aquella misiva me provocó una ines-
perada crisis religiosa.

No entendía por qué Gaspar, Melchor y Baltasar no podían
adelantar un poco su viaje y alcanzar a Santa Clos, para que
fuera posible la paz de la que tanto hablaban las monjas, y por
eso les pedía a todos el mismo regalo: un disfraz de "hada madrina" que había visto anunciado en el catálogo de Montgomery Ward. Tenía alas de tul y plumas rosadas, una estrella
escarchada para la cabeza y una "varita de virtud" de plástico.
Clarissa me había visto mirando el traje en el catálogo algunas
semanas antes y se lo había llevado a Monserrate Cobián, la
costurera de La Concordia, para que me lo copiara. Aurelio
encargó la varita a Montgomery Ward y llegó justo a tiempo.

Esa Nochebuena, cerca de las once todos los niños nos fuimos a acostar. Yo había puesto dos cajas de zapatos debajo de
mi cama: una con yerba para los venados de Santa Clos y otra
para los camellos de los Reyes Magos. Al rato Mamá y Papá entraron a darnos las buenas noches y a asegurarse de que ningún
mosquito kamikaze se hubiese quedado atrapado en el cuarto.
Estuve largo rato mirando las sombras de la noche deslizarse
por el mosquitero, escuchando como los ruidos se apagaban en
las profundidades de la casa —el tejemaneje de los platos que
Urbano recogía en el comedor, el estrépito de las cacerolas de
Miña en la cocina, los tacones de mis tías repiqueteando por la
sala, el vaivén del sillón de abuela Valeria cabeceando en las penumbras de su cuarto.

Pronto tías y tíos empezaron a salir para la iglesia —los escuché encender los motores y cerrar de golpe las puertas de los
autos. Iban todos a Misa de Gallo en la catedral de Guayamés.
Vi entonces los faroles de los autos deslizarse silenciosos por las
paredes. Ya todos mis primos estaban dormidos, pero yo me
mantenía alerta por una brizna. Los tañidos del reloj de pén-

dulo del comedor resonaban cada vez más lentos en la oscuridad y la casa entera retardaba sus latidos para que coincidieran con los de mi corazón. Estaba decidida a sorprender aquella noche a nuestro visitante, pasara lo que pasara, pero antes de que me diera cuenta me envolvió la tibia frazada del sueño.

Algo, una sombra más oscura que las demás, me despertó. Me senté en la cama y vi como el mosquitero se embolsaba a mi alrededor, impulsado por la brisa que entraba por la ventana. Alguien acababa de cerrar calladamente la puerta de la habitación. Me bajé de la cama y vi una enorme caja rosada debajo del colchón. La abrí y, loca de contenta, me puse el traje de hada madrina, la estrella y las alas. Encendí las luces del techo y empecé a gritar y a brincar, despertando a mis primos para que ellos también abrieran sus regalos.

Al escuchar aquel escándalo Aurelio acudió corriendo. No había acompañado a los demás a Misa; se había quedado atrás a "poner los regalos". Estaba furioso y en un tono marcial me ordenó que regresara a la cama. Empecé a protestar pero Aurelio me ordenó que me callara. "Y quítate ese traje ahora mismo porque Santa Clos no ha venido todavía", gritó. Me desvestí corriendo y Papá lo metió todo dentro de la caja, apagó la luz y salió con ella debajo del brazo dando un portazo. Me volví hacia la pared y me quedé mirando de nuevo la oscuridad, ahora borrosa a causa de las lágrimas, y me dije que esa era la última vez que creería en Santa Clos, los Reyes Magos, Jesusito, la Virgen María y otros embustes por el estilo.

6

El Zeus
de Emajaguas

EMAJAGUAS ERA UN LUGAR donde uno podía sentirse en paz consigo mismo ante la perfección geométrica de una pascua, o ante la belleza de las trinitarias que colgaban como mantos color púrpura de las palmas, a pesar de que los peones de la caña no pasaban por lo general de los cuarenta, ganaban menos de ciento cincuenta dólares al año, y durante el tiempo muerto —entre cosechas— a menudo se morían de hambre. La miseria humana que efervescía fuera de los muros de Emajaguas no tenía allí relevancia. La justicia y la belleza nunca estaban reñidas.

La casa tenía una terraza amplia donde a la familia le gustaba sentarse a conversar en las tardes antes de que cayera el sol, cuando una nube de majes descendía sobre nosotros y nos convertía en alfileteros. El piso era de losa nativa y estaba decorado con alegres arabescos amarillos, verdes y azules, que daban ganas de bailar al pisarlos. Casi podía decirse que la casa entera era una excusa para justificar la existencia de aquel balcón, desde el cual se divisaba, suspendida en el horizonte como una esmeralda misteriosa, la isla de la Iguana. En las noches las luces de la casa se reflejaban en el agua como las de un navío, y el chasquido tranquilo de las olas se adentraba por los dormitorios como la esencia misma del sueño.

El comedor era la habitación más importante de Emajaguas, donde se celebraban los dramas familiares: allí se anunciaban los noviazgos, los decesos y los próximos alumbramientos. La mesa era estilo español colonial, y sentaba hasta catorce comensales. El techo era más alto que el del resto de la casa: parecía un enorme sombrero de copa, con paneles de cristal rosados, azules y amarillos por los cuales se veían pasar las nubes.

La pared del lado derecho del comedor estaba toda cubierta de retratos de boda: las cinco hermanas en traje de novia, de pie junto a sus maridos vestidos de etiqueta. Cada foto era el resultado de arduos años de esfuerzo, dirigidos a alcanzar esa respetabilidad que sólo conferían los votos matrimoniales, y le daba también la oportunidad a cada una de mis tías de fotografiarse junto a su merecido trofeo.

La pared del lado izquierdo estaba igualmente recubierta de fotos. Un semillero de nietos de todas las edades y tamaños, la progenie de las uniones fotografiadas a la derecha, desbordaba el muro y se derramaba sobre los quicios de las puertas. Detenidos en medio de graduaciones, primeras comuniones, bailes de cotillón o partidas de volleyball y baloncesto, sonreíamos ante la cámara sin preocupación alguna en el mundo, compitiendo por la atención del lente.

Varias de las nietas habían heredado la nariz aguileña y el cuello de cisne de las tías, y recibían de abuela Valeria una atención especial. Las que habíamos nacido con la nariz un poco ñata o el pectoral de clavicordio teníamos que ser más inteligentes y aprender a comportarnos con urbanidad mucho más rápido si queríamos evitar los mojicones. El ejemplo que se nos ponía a las menos afortunadas era Cleopatra, quien, a pesar de su nariz de espolón de barco, era tan *charming* que había logrado conquistar a dos emperadores romanos —a César y a Marco Antonio.

A los nietos nos tenían prohibido sentarnos a la mesa del comedor hasta que hubiésemos cumplido los doce años. Nos exilaban al *pantry,* donde se podía comer el pollo con las manos, lamer el molde donde se horneaba el flan y meter el dedo meñique hasta el fondo del chayote a la crema con pasas. Una vez cumplíamos los doce, sin embargo, y nos sentábamos con los mayores en el comedor, la disciplina era estricta. Estaba prohibido rehogar la salsa al fondo del plato con un trozo de pan o empujar la comida con el dedo —algo que sólo hacían los americanos. Debíamos perseguir pacientemente el último bocado alrededor del plato, en la esperanza de que la pendiente de porcelana del borde hiciera caer los granos de arroz con habichuela sobre los pinchos del tenedor en lugar de sobre la falda. Si por casualidad la última porción era una patita de cerdo o un guigambó rebelde, era más prudente renunciar a ella de antemano que arriesgarse a recibir el pellizco cárdeno de una de mis tías, que todas tenían las uñas afiladas y pintadas de rojo Elisabeth Arden.

La relación de abuela Valeria con la naturaleza era casi mística. Su alcoba daba a la terraza, y en las noches dormía con las puertas de par en par, porque le gustaba oír el susurro de las olas sobre la arena y el rumor del viento en las palmeras. Una Nochebuena sucedió algo extraordinario. Abuela Valeria consintió a que sus hijos pusieran un árbol de Navidad en la sala de Emajaguas.

Si la familia hubiese tenido presente las excentricidades de abuela Valeria quizá no hubiera insistido en aquel detalle. Desde que los americanos llegaron a la isla los árboles de Navidad se habían vuelto muy populares y la gente los prefería a los Nacimientos de antes. Los pinos llegaban por barco desde el Canadá luego de una travesía de seis días por alta mar. Valeria encontraba aquella costumbre completamente absurda. Nunca había viajado a los Estados Unidos, como casi toda su familia, y los árboles de Navidad no le traían recuerdos nostálgicos de nada. Aquel año, sin embargo, se plegó a los ruegos de sus hijas, que hicieron transportar un abeto de doce pies desde los muelles de Guayamés hasta Emajaguas.

Colocaron el pino en medio de la sala, y su perfume se esparció inmediatamente por toda la casa. Relucía con un fulgor misterioso, como si llevara todavía envuelto el espíritu del bosque en su ramaje. Valeria se sentó frente a él como en un trance. Tenía una imaginación muy fértil y le pareció que el abeto se quejaba. Alto y airoso, había velado como un centinela en medio del bosque antes de perecer a golpes de hacha. El musgo húmedo y blando, el susurro de los ríos, el crujido de los coníferos bajo las patas de los venados y de los conejos, el bosque entero había entrado a la sala conjurado por el perfume que emanaba de sus ramas. Valeria empezó a sentirse triste. Le dieron ganas de cantarle al árbol una canción de Mahler para consolarlo por su muerte inminente.

Mis tíos y tías no se habían dado cuenta de nada, y comenzaron a adornar el árbol entre todos. Muy pronto estuvo decorado con hermosas bolas de vidrio, lágrimas de tinsel, luces de colores y polvo de jabón Lux. Al ver todo aquello Abuela se puso todavía más triste. En unas horas el abeto empezó a mudar las agujas y a desparramarlas por el piso. Las ramas cargadas de adornos se doblaban por la mitad, y le daban un aspecto de pájaro moribundo. Valeria empezó a sollozar y se encerró en su cuarto. A puerta cerrada le anunció a su familia que si querían que saliera para la cena tendrían que sacar el árbol de allí. A mis tíos y tías no les quedó más remedio que telefonear al alcalde de Guayamés y ofrecerle el árbol como obsequio de Navidad. El alcalde inmediatamente envió un camión y sus empleados removieron el abeto, que aquella Nochebuena brilló, con todos nuestros adornos, en medio de la plaza del pueblo.

Una vez resuelto aquel problema los preparativos para la cena continuaron como de costumbre. Abuela volvió a ser la de antes y recobró todo su brío: parecía una misma locomotora, seguida por Urbano, el chófer; Andújar, el jardinero; Gela, la cocinera; y Miña, la sirvienta, que limpiaban, brillaban, barrían, y adornaban la casa con pascuas rojas al ritmo que ella les imponía, hasta que Emajaguas pareció una misma postal navideña.

7

El desplante
de abuela Valeria

EL DÍA QUE MURIÓ abuela Valería vi por primera vez un sacerdote católico en Emajaguas. Abuela pertenecía a los Rosacru-
ces y era una creyente fiel en el espiritismo, que ella combinaba
con una fe profunda en "las corrientes positivas del universo".
Leía el *Christian Science Monitor* en español, pero se consideraba como una feligrés independiente. Recibía por correo docenas de hojitas sueltas con oraciones, y le encantaba leérselas en
voz alta a sus hijas cuando se enfermaban. "El alma, al ponerse

triste, hace que el cuerpo se enferme", les susurraba al oído. "Cierra los ojos y entrégame tus preocupaciones. Me las llevaré lejos de aquí y verás que pronto te alivias". Mis tías se confesaban con ella y en seguida se sentían mejor.

Abuela Valeria creía que el espíritu de los difuntos permanecía cerca de donde acontecieron sus vidas, pero aquella fe le resultaba excéntrica a mucha gente. Cuando abuelo Álvaro y tío Alejandro murieron, Valeria se comunicaba con ellos gracias a la tablita de *Ouija*. Cerraba los ojos y se sentaba con la *Ouija* sobre las rodillas frente a la ventana abierta de su cuarto, y se concentraba en el sonido que hacían las olas más allá de las murallas de la casa. El pequeño triángulo de madera empezaba a deslizarse por la tabla, señalando letras y formando palabras que ella juraba eran mensajes del otro mundo. Mis tías veían aquellas manías como un síntoma de senilidad, pero a mí me encantaba jugar a la *Ouija* con Abuela. "En el mundo todo está conectado y por eso nos necesitamos los unos a los otros", me decía. "Hay que percibir la armonía e ignorar las divergencias. Cree en la unidad y contemplarás a Dios".

Abuela veneraba el sol y le rezaba todas las mañanas al amanecer. Se hizo construir un *deck* de madera junto a su cuarto, donde tomó baños de sol hasta que cumplió los ochenta años. Se tendía desnuda sobre un *chaise longue* de lona con los pechos al aire, y dejaba que la carne que le colgaba de los huesos en blandos pliegues se le dorara al sol. No le importaba que los nietos la espiáramos riendo detrás del enrejillado de trinitarias. Todavía tenía buen cuerpo; caminaba con la gracia de una bailarina que lleva la cabeza erguida sobre los hombros como una flor marchita.

Valeria nunca iba a la iglesia. Pensaba que la gente debía rezar en silencio y en privado, en lugar de en voz alta y en público. Ni abuelo Álvaro ni ningún otro hombre salvo su padre se había atrevido jamás a ordenarle lo que tenía que hacer, y ella insistía en que prefería ir al Infierno antes de arrodillarse cuando el cura se lo mandaba. "Hay muchas maneras de llegar al cielo", insistía, "y yo llegaré a mi manera". Le gustaba contarle a su familia la historia de "corso ni vivo ni morto" para ilustrar lo que quería decir.

"Hace mucho tiempo", relataba abuela Valeria, "cuando mi padre todavía vivía en Córcega, mi tío, Basilio Boffil, se enfrascó en una disputa violenta con un vecino. El lindero de su finca era un riachuelo que cambiaba de curso cada vez que llovía. Un día el vecino de Basilio, que era dueño de la finca colindante, insistió que el terreno que había saltado la quebrada le pertenecía, y corrió la verja para añadirlo al suyo. A Basilio le dio un ataque de furia. Fue a la casa del granjero, lo llamó ladrón y mentiroso frente a todo el mundo y caminó hasta la quebrada para colocar la verja donde estaba antes. Esa mañana el cuchillo de la vendetta amaneció enterrado en la puerta de su casa. Basilio sabía lo que eso quería decir: tendría que luchar hasta la muerte.

"El sacerdote del pueblo se enteró de lo que sucedía y fue a ver a Basilio. 'Tienes que apaciguar las cosas', le dijo. 'Si matas a tu prójimo irás al Infierno, y no vale la pena que te condenes por ese barranco de tierra'. Pero Basilio no le contestó. Si no hacía nada y dejaba que su vecino lo matara iría al cielo, pero tendría una muerte deshonrosa. Prefería ir al Infierno y respetarse a sí mismo.

"Basilio se levantó al amanecer, caminó hasta un desfiladero en lo alto de una montaña desde donde se divisaba el camino que su vecino tenía que cruzar antes de llegar a su finca, y se tendió sobre un terreno alto, apoyado sobre los codos. Cargó su rifle, se lo colocó sobre el hombro y apuntó hacia el camino. Esperó casi todo el día pero su vecino no apareció. El sol empezó a caer y comenzó a hacer frío; Basilio se quedó dormido. Pronto empezó a nevar y Basilio se congeló. Permaneció exactamente como antes, cubierto por un leve polvillo de nieve y con el rifle amartillado entre los brazos. El sol ya casi se había ocultado por el horizonte cuando su vecino bajó a trancos por el camino. Iba armado con un rifle y espiaba constantemente las colinas mientras se aproximaba al desfiladero. De pronto vio un destello metálico en la distancia, iluminado por los últimos rayos del sol. Apuntó con el rifle y disparó. La bala golpeó el cuerpo congelado de tío Basilio, su dedo jaló el gatillo y el disparo alcanzó a su vecino en la frente y lo mató en el acto. Basilio logró ir al cielo y tuvo una muerte honorable".

Y al terminar de contar su historia Valeria se quedó mirando a Álvaro de hito en hito y le dijo: "Así de testarudos podemos ser los Boffil".

Yo quería mucho a abuela Valeria y no entendía por qué Mamá estaba peleada con ella. Cuando Abuela enfermó de gravedad, el mal se le regó como la pólvora por todo el cuerpo. La familia se enteró de que se estaba muriendo y todo el mundo viajó a Emajaguas de diferentes partes de la isla, a pasar allí la noche. A la mañana siguiente tías y tíos amanecieron alrededor de su cama, esperando que llegara el fin. El médico les informó que Valeria sólo duraría algunas horas. Todos estábamos muy tristes pero lo disimulábamos. Abuela siempre había insistido que la muerte no era una tragedia; era sencillamente el paso de un estado natural a otro.

Mis primos y yo nos apiñábamos al fondo del cuarto, y observábamos boquiabiertos el rostro lívido de Abuela, aterrados por los ronquidos que le brotaban del pecho. Tía Dido estaba sentada junto a la cama de Abuela leyéndole un poema —recuerdo que era algo así como "la luna te ilumina el camino/ con su guitarra de plata". Tía Lakhmé le humedecía la frente con un pañuelo empapado en colonia, tía Artemisa la abanicaba suavemente, tía Siglinda le tarareaba una canción mientras le acariciaba una mano y lloraba. Sólo Mamá se mantenía junto al lecho sin decir palabra. Tenía los ojos más secos que un desierto.

Valeria yacía serenamente sobre los almohadones con los ojos cerrados. Dido, Lakhmé y Siglinda comenzaron a hablar en susurros junto a la cama, contentas de la decisión del médico de darle morfina; así no sentiría más dolor y moriría en paz. Una súbita conmoción las hizo separarse y alejarse del lecho, sin embargo. Un sacerdote acababa de entrar a la habitación. Llevaba la sotana negra abotonada hasta el cuello, y tres monjas vestidas igualmente de negro lo seguían. Artemisa los había traído; quería que Abuela recibiese el sacramento de la Extrema Unción. A fuerza de codazos, se hicieron camino dentro del cuarto y obligaron a todo el mundo a retirarse hacia el fondo. Hacía calor, y un olor a sudor rancio emanaba de sus hábitos.

El sacerdote se acercó al lecho y puso sobre la mesa de noche su frasquito de aceite sagrado, sus sales y el hisopo de agua bendita. Valeria abrió los ojos de par en par y se le quedó mirando con atención. Todo el mundo se sorprendió, porque estábamos convencidos de que no recobraría el conocimiento.

"¿Valeria Boffil, en el nombre de Dios, puede usted oírme?" gritó el cura en una voz destemplada, mientras le asperjaba el cuerpo con el hisopo que sostenía en la mano izquierda y la bendecía con la derecha. Todo el mundo hizo silencio y yo empecé a temblar.

"Sí, le oigo", contestó Abuela en un susurro.

"¿Se da cuenta de que está agonizando? ¿Acepta la voluntad de Dios?"

"Sí", contestó Valeria. "Acepto su voluntad".

"¿Y se arrepiente de todos los pecados antes de llegar a Su presencia?"

Abuela lo miró fijamente. "¿Cuáles pecados?" preguntó desafiante. Y antes de que pudiera absolverla, entregó su espíritu.

SEGUNDA PARTE

Los cisnes de Emajaguas

Escribir unas memorias es darse
"una cita puntual con los muertos que dejaste atrás,
al cónclave de fantasmas: sucesión de decorados
familiares en donde ellos, los ausentes, vacan sus
ocupaciones vestidos como vestían antes,
aguardando pacientemente su turno,
la explicación sin cesar diferida..."

— JUAN GOYTISOLO, *"Coto vedado"*

8

La musa arrepentida

TÍA DIDO ERA LA MÁS TÍMIDA de las cinco hermanas y mi
madre siempre la mortificaba, diciéndole que tenía "alma de
violeta escurrida entre las piedras". Cuando Dido asistía a la
escuela primaria de Guayamés a menudo se le olvidaba la lección, y si el maestro le ordenaba que la recitara en voz alta se
ponía tan nerviosa que dejaba un charquito de orín donde estaba parada. El maestro estaba convencido de que Dido se orinaba encima a propósito, le daba un jalón de orejas y le ordenaba

que escribiera su nombre en el pizarrón doce veces. Dido lo obedecía, pero siempre siguió siendo igual de tímida.

Durante su único viaje a Europa con la familia, abuelo Álvaro le mandó hacer un retrato a Dido, que colgó en un lugar destacado de la sala. Mi tía no tenía nada de española —tenía los pómulos altos, el pelo lacio y la tez cetrina de nuestra gente del campo—, pero en el cuadro parecía una misma Maja. Llevaba puesto un traje de volantes color naranja, con peineta, abanico de carey, y rosa de repollo prendida al talle. Una mantilla negra le cubría sensualmente la mitad del rostro, mientras se sostenía el seno izquierdo en una pose un tanto alambicada, como si le doliese algo. Aquel cuadro resultó profético, porque tía Dido se casó con un español que la celaba más que si fuera moro.

Cuando Dido se casó con tío Antonio se fue a vivir a San Juan. A mí me gustaba mucho visitarlos, porque a su casa acudía mucha gente interesante: pintores, poetas, músicos —muchos de ellos refugiados que huían de las purgas franquistas. Gracias a mi tía conocí también a los clásicos españoles, por los que Dido sentía verdadera devoción. Tenía una biblioteca extraordinaria, que incluía las obras de Antonio Machado, Federico García Lorca, Pedro Salinas, Juan Ramón Jiménez, Gerardo Diego y muchos otros, todos publicados en ediciones de cuero rojo y en papel Misal. Y mientras los leía a escondidas en la biblioteca, olía, entre triste y alegre —porque sabía que pronto nos sentaríamos a comer con mi tío y sus amigos— el aroma delicioso de las gambas al ajillo que Dido, la perfecta casada, estaba guisando en la cocina con el sofrito de los versos que nunca serían escritos.

Tío Antonio fumaba cigarros, y en Emajaguas abuelo Álvaro siempre tenía una caja de Montecristos que le ofrecía al terminar la cena. Tío Antonio escogía uno, aspiraba su perfume con los ojos cerrados, y luego lo sostenía entre el índice y el pulgar, haciéndolo crujir levemente junto al oído. "En los habanos, como en las mujeres", decía tío Antonio, "el gusto y la humedad están íntimamente ligados. Fumarse un tabaco seco es como besar a una vieja o chuparse un espárrago verde". Para evitar esta tragedia los Montecristos de abuelo Álvaro venían en unos recipientes de metal individuales, y retenían su gusto a tierra mojada por largo tiempo.

Tío Antonio contaba que el gusto por los Montecristos se le despertó durante el viaje que hizo en barco desde España a la isla, cuando comenzó su exilio. Abordó, con mil refugiados más, el Virgen de Altagracia en Vigo luego de salir huyendo de Segovia, donde se vio envuelto en varias escaramuzas con las tropas del General Franco. Durante la travesía no tenía escasamente qué comer, los refugiados iban atisbados como ganado y era necesario dormir sobre cubierta. Hicieron escala en La Habana y Antonio descendió del carguero para conocer la ciudad. Empezó a pasearse por el malecón, admirando los hermosos edificios modernos al borde del agua. La Habana refulgía al atardecer como una reina; desde la curva del malecón se veían los letreros de los cabarets y de los hoteles anunciándose tentadoramente.

Antonio se palpó los bolsillos y sólo tenía algunas pesetas que equivalían a algo más de cinco pesos cubanos, escasamente lo suficiente para pagarse la cena en alguna fonda mediocre. Buscaba en ese momento donde comer y vio al otro lado de la calle una tabaquería llamada El Morito. Se dirigió hasta allí. El vaho a tabaco fresco al entrar fue tan fuerte que se sintió mareado. El espectáculo que se desplegó ante sus ojos era asombroso: había, puestas en fila sobre los escaparates y exhibiendo su aromático contenido, cajas de cigarros Flor de Oro, Partagás, La Gloria Cubana, Panetelas y H. Upmann, aguardando el alma recia que se atreviera a fumarlos. Antonio se acercó y le pidió a la mulata detrás del mostrador que le vendiera el mejor habano de la tienda, lo compró, y esa noche se paseó por toda La Habana con el estómago vacío pero fumando un Montecristo que sabía a gloria.

Antonio había sido miembro del Partido Republicano en España y varios de sus familiares murieron durante la Guerra Civil. Durante las veladas de Nochebuena le gustaba ponernos a los niños a marchar por toda la casa a los acordes de la Internacional —que nadie en Emajaguas reconocía, tan lejos se encontraba aquella Arcadia del sangriento conflicto europeo— mientras gritábamos "¡Muera Franco! ¡Qué viva España!" sin que tuviéramos la menor idea de quién era el siniestro Franco.

Antonio emigró a Puerto Rico recién graduado de la escuela de medicina de Valladolid. Dido lo conoció en el 1925 cuando cursaba su segundo año en la Universidad de Puerto Rico. Fue durante el Festival de la Lengua, cuando los poetas jóvenes más talentosos de la isla fueron invitados a leer los poemas premiados en el auditorium, y Dido estaba entre ellos. Su profesor de literatura se había entusiasmado con su trabajo. Si perseveraba en la escritura, le dijo, algún día podría llegar a ser una poeta consumada.

Dido escribía todos los días, convencida de que el talento literario era un diez por ciento genético y un noventa por ciento trabajo arduo. Siempre estaba garabateando versos —en los sobres usados, en las multas que recibía cuando estacionaba ilegalmente el auto, hasta detrás de los cheques sin firmar. Sus poemas eran tan frágiles y delicados como ella misma. Abuelo Álvaro le publicó una vez un pequeño tomo encuadernado en piel de cervatillo tímido con el casi no-título *Poemas*. El libro se imprimió en Antofagasta, Chile, en una editorial muy poco conocida. Sólo se imprimieron quince copias que abuelo Álvaro repartió entre amigos y familiares, porque la anonimia de su hija era algo muy precioso para él. Pero Clarissa le envió una copia a su profesor de literatura unos meses antes del Festival de la Lengua, y el libro obtuvo el primer premio.

Tía Dido asistió al Festival vestida con su traje de faroles anaranjados y su mantilla negra. Clarissa la acompañó —ambas estudiaban en la universidad entonces— y Dido estuvo estupenda. Por primera vez logró vencer su cortedad y recitó en el escenario uno de sus poemas. Antonio se encontraba entre los espectadores. Estaban en el mes de enero y hacía sólo seis meses que había llegado de España; trabajaba en un oscuro puesto en el Hospital de Medicina Tropical, pero sus posibilidades de mejorar su situación eran óptimas. Había asistido al Festival porque echaba de menos su patria; pensó que allí podría conocer gente de la colonia española y hacer amistades nuevas. Cuando vio a Dido vestida de Maja, esperó a que descendiera del escenario y se le acercó. "Me llamo Antonio Torres", dijo, besándole la mano. "Para servirle. Su poema me pareció muy interesante. Algún día tendré que presentarle a Juan Ramón Jiménez, un amigo mío de la niñez". Dido se olvidó por completo de Clarissa y se desapareció con Antonio, por lo que Mamá tuvo que regresar sola al dormitorio.

Antonio era más calvo que una bola de billar pero Dido lo encontró muy atractivo. Hablaba un castellano perfecto, y escucharlo hablar era un deleite. No se tragaba las eses finales como si fueran fideos ni machacaba las erres contra las muelas, como solíamos hacer los puertorriqueños. Las erres de tío Antonio eran tan claras como las de un arroyo, y pronunciaba las cés como si tocara las castañuelas, golpeando con precisión la punta de la lengua contra los dientes. Era como si Antonio saboreara cada palabra, chupándosela hasta el tuétano. Cuando pronunciaba su nombre —Dido Rivas de Santillana— tía Dido casi se desmayaba. Hubiese querido *ser* su nombre, para que Antonio la acariciara con la lengua.

Al día siguiente Antonio visitó el Pensionado Católico y preguntó por la señorita Dido. Mí tía bajó de su cuarto a la portería y Antonio la invitó a dar un paseo en trolley hasta los campos de El Morro. Tía Dido accedió emocionada y caminaron bajo un sol de bronce hasta los portones del campus. Subieron al trolley en la Ponce de León; el vagón tenía todas las ventanas abiertas y mientras se acercaban al Viejo San Juan se podía oler la marisma de enero que reventaba contra los acantilados. El trolley era viejo e incómodo, los asientos estaban hechos de tablones despintados y apolillados, pero los jóvenes no se dieron cuenta de nada, tan a gusto se sentían.

A los tres meses de noviazgo Antonio se daba cuenta de que debía formalizar su relación con Dido, porque de otro modo comprometería su buen nombre. Pero no acababa de encontrar el valor para declarársele. Dido era encantadora, pero tenía un defecto que lo sacaba de quicio: cuando estaba entre mucha gente era callada y modosa. Pero cuando estaban solos no dejaba de chacharear, recitando estrofas y cotorreando versos. Antonio se aburría como una ostra.

Antonio se llevaba muy bien con todos los artistas a pesar de haber estudiado medicina. En Segovia, le confesó una vez a Dido, tenía muchos amigos entre los escritores. Pero las esposas de sus amigos se quedaban en casa cuidando a los hijos y no andaban de la Ceca a la Meca, participando en florilegios en los que develaban sus sentimientos más íntimos. ¿Qué dirían sus amigos si se enteraban de que su novia era poeta? ¿Podría Dido renunciar a las vanidades de la vida artística? ¿Dejar de leer en voz alta sus poemas y no mostrarse ante los demás hombres como una joven desenvuelta? La ola de chisme rodaría desde la isla hasta la madre patria.

Una tarde Dido se atrevió a decirle: "¿Por qué no nos casamos, Antonio? Estoy segura de que Mamá y Papá estarían de acuerdo".

Pero Antonio se hizo el sueco. "Es mejor estar seguros antes de comprometernos", le respondió con mucho tacto.

Pasaron seis meses y llegó la primavera; el año escolar terminó antes de que los novios se dieran cuenta. Dido se regresó a

Emajaguas. Antonio viajaba a visitarla desde San Juan los fines de semana, pero la situación no mejoraba. Cada vez que Antonio venía a verla, se sentaba junto a Dido en la terraza y ella empezaba a leerle uno de sus poemas recientes. Antonio cerraba los ojos y antes de que terminara el último verso ya estaba roncando. Clarissa, que los espiaba por la ventana de la sala, se dijo que aquella situación no auguraba nada bueno.

Durante esas vacaciones de verano Dido le informó a abuela Valeria: "El próximo semestre no asistiré a la universidad. Estoy cansada de tanto estudio y quiero tomarme un año de asueto". A Abuela no le gustó nada la idea, pero Dido tenía diecinueve años y no podía obligarla a que regresara.

Dido le pidió a Gela que la enseñara a guisar y a freír. Se pasaba horas en la cocina aprendiendo los secretos del arroz con guinea, de la sierra en escabeche y de los piononos. Cada vez que Dido planchaba una de las camisas de tío Alejandro la paseaba por toda la casa como si fuera un trofeo.

Un día Antonio le preguntó a Abuela Valeria si el Viernes Santo podía traer a Juan Ramón Jiménez a almorzar, pues su amigo se encontraba de visita en la isla. Llegarían en la mañana y se regresarían en la tarde a San Juan. Tía Dido casi se desmaya al enterarse de la noticia. Juan Ramón era como un dios para ella; el piso de losetas de Emajaguas no era digno de la huella de su zapato.

Dido planeó la cena con una semana de anticipación. Había oído decir que a Juan Ramón le encantaban los mariscos, y le pidió a Urbano que le hiciera llegar un mensaje a su suegro, Triburcio Besosa, para que trajera a la casa una canasta rebosante de las mejores guábaras, langostas y jueyes. Esta no sería una cena de carácter espartano, como solían ser las de Valeria. Dido prepararía un asopao de mariscos tan opíparo, que con sólo oler su perfume a doña Cuaresma se le pondría la cara color púrpura.

Juan Ramón y Antonio llegaron a Emajaguas en un *roadster* alquilado, y la familia entera acudió a recibirlos a la puerta

—Abuelo y Abuela; Clarissa y Aurelio, que ya eran novios; tía Siglinda y tío Venancio; tía Artemisa y tía Lakhmé, que todavía eran solteras. Alejandro estaba estudiando en los Estados Unidos.

Juan Ramón tenía un aspecto muy aristocrático. Tenía unos ojos grandes y espirituales bajo una frente alta y ligeramente abombada que parecía una cúpula. Compensaba por su calvicie incipiente y su cabello ralo con una barbita de chiva que parecía tallada en ónix. Parecía una versión moderna de un apóstol, y era fácil imaginarse el don de lenguas del Espíritu Santo suspendida como una llamita sobre su frente. Todo el mundo en Emajaguas había leído los poemas de Juan Ramón, y mis tías le trajeron sus libros para que se los autografiara. Sus versos estaban llenos del misticismo de Castilla, de pueblos áridos barridos por el viento y de mujeres embozadas de negro que susurraban secretos tras las celosías de las casas.

Por fin se anunció que estaba servido el almuerzo y el poeta se sentó a la cabecera, con la familia a su alrededor. Tía Dido, con la ayuda de tía Artemisa, trajo las fuentes a la mesa. Cuando Miña trató de quitarle la sopera para pasarla ella, Dido no se lo permitió, tan amedrentada estaba de que Miña la dejara caer en la falda de Juan Ramón. Miña no le perdonaba a Dido que hubiese dejado la universidad por "zurcirle al cachaco los calcetines, plancharle los percales y revolverle la olla del funche", como decía refunfuñando.

Cuando la sopera humeante llegó a donde Juan Ramón y éste levantó la tapa, casi se desmaya a causa del aroma tan delicioso que emanó de ella. Se sirvió una porción generosa y la pasó a su derecha. Sentada junto a Antonio, Dido casi no se atrevía a comer y sorbía tímidamente el caldo con los ojos bajos. Antonio, por el contrario, atacó con denuedo los mariscos, y se puso a chupar ruidosamente los carapachos de los camarones antes de pisarlos con vino blanco.

A Antonio le encantaban las ostras, y cuando Urbano arrimó a la mesa un platón de ellas, se deshizo en exclamaciones de gusto. Les exprimía encima un limón fresco y esperaba a que la ostra rizara el volantito negro del borde al contacto con el ácido, antes de echar para atrás la cabeza y dejar que se le deslizara por la garganta. Al verlo hacer esto Juan Ramón se rió a carcajadas y lo imitó. En menos de tres minutos cada uno hizo desaparecer una docena de ostras.

La familia se quedó asombrada. No podía creer que Juan Ramón, el autor de versos místicos como los de "Animal de fondo", fuese un glotón desenfrenado.

Una vez terminado el almuerzo, Juan Ramón se arrellanó comodamente en su silla y le preguntó a Dido: "el amigo Antonio me asegura que usted es poeta. Me encantaría echarle una ojeada a sus versos. ¿Me permite verlos?"

A la pobre Dido le entró una canillera terrible, pero hizo un esfuerzo heróico y fue a su cuarto en busca de sus manuscritos. Juan Ramón se retiró entonces a la habitación de tío Alejandro a dormir la siesta. Una hora después se le veía risueño y descansado, listo para el largo viaje de regreso. Antes de salir por la puerta le devolvió a Dido su cartapacio de versos. "Le hice una modesta acotación en la última página, pero por favor no la lea hasta que Antonio y yo nos encontremos lejos", le dijo con una sonrisa. "No suelo comentar los poemas de nadie, soy muy quisquilloso para esas cosas". Y dándoles un cálido abrazo, se despidió de la familia.

Tía Dido tomó el manuscrito con reverencia y no se atrevió a mirarlo hasta tarde en la noche, después que todo el mundo se había dormido. "Tiene usted una voz tan dulce como la del ruiseñor", le garabateó Juan Ramón en la última página. "Pero las verdaderas rui-*señoras* de este mundo entonan sus versos de amor en secreto. Estoy seguro de que mi amigo Antonio se casará con usted si hace lo propio".

Esa noche Dido lloró hasta el amanecer y finalmente se quedó dormida sobre sus poemas.

"¡Eres una necia si le haces caso!," le gritó Clarissa al día siguiente, al ver lo que Juan Ramón le había escrito al margen. "Al menos tu tocaya fue reina de Cartago antes de suicidarse por Eneas, pero tú sólo llegarás a ser una cocinera experta."

Tía Dido siguió el consejo de Juan Ramón y desde ese día cambió la pluma por el chitón de la musa griega. Dejó a un lado los libros de literatura y jamás volvió a escribir otro poema. Un mes más tarde Dido y Antonio se casaron en la catedral de Guayamés y se fueron a vivir a San Juan, donde vivieron felices para siempre.

Muchos años después Juan Ramón y Zenobia se mudaron a vivir a Puerto Rico, y Dido se hizo muy amiga de Zenobia —otra que cometió suicidio literario por amor a su marido. Antes de conocer a Juan Ramón, Zenobia escribía para una prestigiosa revista de arte que se publicaba en Nueva York, pero desde que se casó sólo escribió traducciones, que firmaba con las iniciales crípticas Z.C. para permanecer anónima.

Una anécdota en la vida de Zenobia me parece ejemplar para describir el suicidio de las escritoras de la época. Zenobia se encontraba ya enferma de cáncer terminal cuando un día fueron invitados a una recepción en honor a Juan Ramón en casa del rector de la Universidad de Puerto Rico. Llovía a cántaros y terminado el agasajo Juan Ramón, que siempre vestía de hilo blanco, se horrorizó porque se le había olvidado el paraguas y al salir de la casa tendría que mojarse. El rector muy gentilmente le prestó el suyo e inmediatamente Zenobia lo cubrió con el paraguas y caminó ensopándose bajo el aguacero hasta el coche, sin que Juan Ramón hiciera el menor gesto de protesta por ello.

Juan Ramón, Zenobia, Pedro Salinas, Pablo Serrano fueron algunos de los personajes más interesantes que conocí en casa de tío Antonio y tía Dido, y quizá por eso fueron siempre mis tíos preferidos. Todavía hoy, cuando me llega el perfume de un buen habano en un lugar público, me parece verlo chupar su Montecristo, y las deliciosas gambas al ajillo de mi tía salen de su lenta ceniza encendida.

9

La rosa de nieve

tall, slender

ARTEMISA ERA LA MÁS espigada de mis tías. Mis primos y yo la embromábamos y le decíamos que era tan alta, tan alta que tenía los pies sembrados en la tierra y la cabeza le tropezaba con las nubes. Como tía Dido, tía Artemisa vivía para la imaginación, pero de otro tipo. Para ella una cocina y un baño limpios eran como una conciencia sin pecado, y una cama tendida sin un solo pelo púbico era como una absolución porque estaba siempre pensando en Jesusito, que moraba en su corazón.

Tía Artemisa era muy piadosa, pero era también hábil para los negocios. Gracias a su rara combinación de sabiduría financiera y celo religioso estuvo a punto de atrapar en sus redes a don Esteban de la Rosa, el dueño de la central Santa Rosa y uno de los hombres más ricos de Guayamés. Artemisa lo conoció cuando tenía ya cuarenta y tres años y todo el mundo pensaba que se había quedado jamona. Mamá me contó la historia de ese amorío pintoresco.

Artemisa, a diferencia de mis otras tías a las que les encantaba acicalarse y adornarse, vistió siempre de negro de pies a cabeza, y no le gustaban las alhajas. Pero llevaba siempre puesto un solitario de cuatro quilates que le brillaba, noche y día, en el anular.

Artemisa era tan inteligente como Dido, pero tampoco se graduó de la universidad. Estudió sólo hasta tercer año. Era atractiva y dicharachera pero tenía un defecto: su fanatismo religioso. En su presencia no se podía maldecir porque inmediatamente ponía cara de circunstancias y lo hacía a uno pasar un mal rato.

Una sola mala palabra y Artemisa arrugaba el ceño, se ponía que parecía un basilisco. Una vez, durante la cena de Navidad, Lakhmé se puso a contar chistes verdes. "Una vez Santa Tecla estaba a las puertas de la muerte", dijo, "y San Pedro y sus amigos estaban a la espectativa, arremolinados alrededor de un hueco entre las nubes, espiándola. Por allí tendría que subir el alma de la monja cuando se le desprendiera del cuerpo. Por fin el espíritu de Santa Tecla empezó a elevarse, pero como había vivido una vida tan santa, subió y subió y pronto estuvo a punto de perderse en el firmamento. San Pedro vio esto y le gritó: '¡Ay bendito, Santa Tecla! Suelta por lo menos un carajo para que no subas más y te quedes aquí con nosotros!' Santa Tecla lo oyó, soltó una palabrota y se cayó de culetazo al suelo". Artemisa se puso tan furiosa que llevó a su hermana al baño y le lavó la boca.

La familia estaba encantada con la idea de que Artemisa se casara con don Esteban. Era viudo y había tenido una vida desgraciada. Su mujer había muerto de cáncer cuando todavía era joven, y Valentín, su único hijo, había perecido durante la invasión de Normandía. Los restos de Valentín fueron enterrados en el cementerio de Calvados, y a don Esteban no le fue posible visitar su tumba hasta dos años más tarde.

Blanca Rosa, la única hija de Valentín, tenía dieciséis años y era la querendona de su abuelo. Era una de las niñas más bonitas de Guayamés. Rubia y de ojos azules, tenía el cutis tan blanco que sus amistades le decían "la rosa de nieve". Don Esteban no quería que Blanca Rosa se enamorara de ninguno de los petrimetres del pueblo, así que, en el 1946 —un año después de terminada la guerra— decidió viajar con ella a Europa para que conociera allá a algunos jóvenes. Volaron de San Juan a Nueva York en un Clipper de Pan American y allí abordaron el Gloucester, un transatlántico de lujo de la Grace Lines. Desembarcaron en Le Havre a fines de noviembre.

Don Esteban alquiló una limosina con chófer uniformado y se dirigió con su nieta hacia el sur. Bajaron por la costa de Normandía y se dirigieron hacia Calvados, donde Valentín estaba enterrado. El tiempo estaba nublado y hacía frío, pero el panorama brumoso y triste tenía su encanto. Trouville-sur-mère; Deauville; Fléurie: los pueblitos descritos por Marcel Proust en *La búsqueda del tiempo perdido* pasaron volando frente a sus ojos. Muchos los estaban restaurando luego de la destrucción de la guerra. Había escombros por todas partes y en las playas a menudo se veían letreros de que estaba prohibido caminar a causa de la minas. Por fin llegaron a la playa de Omaha, en Calvados. Don Esteban no había pronunciado una palabra durante todo el trayecto, pero se sentía en control de sus emociones. Su hijo había muerto como un héroe defendiendo a los

Estados Unidos de América. Tenía treinta y cinco años y estaba en la flor de la edad. Ahora ya nunca envejecería, la decrepitud y la enfermedad le serían ajenas para siempre. Cuando pensaba así, don Esteban casi se alegraba de que el fragmento de una granada enemiga volara por los aires y se le incrustara a Valentín en la frente.

Atravesaron el portón del cementerio y dejaron atrás la hermosa escultura del ángel tallado en mármol que carga un soldado herido entre los brazos. Diez mil cruces de piedra caliza se posaban sobre la pradera como garzas, entreveradas aquí y allá con alguna estrella de David. En la distancia el Canal de la Mancha removía inquieto sus aguas, que brillaban como mermelada de acero. Don Esteban dio un suspiro y se bajó del auto. Llevaba un pequeño mapa del cementerio en el bolsillo que el ejército le había enviado a Guayamés para ayudarlo a encontrar a su hijo. Tomó del brazo a Blanca Rosa y juntos iniciaron la larga caminata hasta la cruz de Valentín.

Esa misma noche llegaron a París y se registraron en el Hotel Crillon. La habitación era preciosa: una suite con vista a la Plaza de La Concordia. Blanca Rosa asistiría a la gala de Navidad en el Palacio de Versalles dentro de unos días —era la primera vez que se celebraba desde que comenzara la guerra seis años antes. Blanca había traído consigo un baúl lleno de ropa nueva, y la mejor modista de Guayamés le había diseñado un traje bellísimo, de *chiffon* blanco drapeado. Blanca necesitaba también un abrigo de invierno que le sirviera de salida de baile, y don Esteban le pidió a la modista que le hiciera una capa de plumas de marabú, que estaban entonces muy de moda. "Me gustaría comprarte una capa de armiño con caperuza", le dijo a Blanca el día que le regaló el manto de plumas. "Pero tendría que vender mi mejor finca para comprarla. Tendrás que conformarte con la de marabú por ahora. Las plumas son de primera calidad. Vienen de África, y sólo las llevan las novias". A Blanca le encantó la capa. Nunca había visto el armiño, pero estaba segura de que no podía ser tan bonito y tan suave como el marabú.

La noche del baile de Versalles Blanca conoció a un conde francés, Jean-Baptiste de la Abbey Richey, bisnieto de un Gran Mariscal de Francia. Jean-Baptiste la sacó a bailar y zarparon al unísono por sobre la superficie dorada del parquet. El aire giraba en alegres burbujas de champán, la risa fluía del cristal de las botellas y se derramaba dentro de las copas, y en los panales enormes de los candelabros hervían miles de abejas de luz. Pero Blanca y su conde no se fijaban en nada de eso, porque se habían enamorado locamente.

Cuando la orquesta empezó a tocar "La Vie en Rose" decidieron escaparse. Viajarían en auto desde Versalles hasta Niza esa misma noche. Blanca Rosa se daba cuenta de que su traje de *chiffon* blanco la favorecía, pero aún así no podía creer que Jean-Baptiste la prefiriera por sobre tantas otras jóvenes hermosas. "Pareces una Venus de alabastro y te amo más que a mi vida", le susurró al oído, estrechándola contra su pecho. Y Blanca Rosa se lo creyó a pie juntillas.

Cuando el reloj dio las doce Jean-Baptiste tomó a Blanca de la mano, atravesaron a las volandas el salón de los espejos y salieron al patio frente al palacio, donde la estatua ecuestre de Luis XIV se encabritaba en medio del frío. Los tacos plateados de Blanca Rosa saltaron como relámpagos por sobre las lajas del piso, hasta que llegaron junto al *convertible* rojo de Jean-Baptiste.

"¿Estás segura de que tu abrigo es apropiado para el invierno?" le preguntó Jean-Baptise con una media sonrisa al subrirse al Alfa Romeo.

"Por supuesto que sí", le contestó Blanca. No se atrevió a confesarle que temblaba de frío, porque temía que la viera como a una provinciana de pueblo. "El marabú es el armiño del trópico. Mi abuelo me lo obsequió para que lo estrenara en Versalles".

El auto se disparó como una bala y se perdió en la oscuridad. Blanca Rosa sintió los cuchillos del viento silbándole por los costados, pero Jean-Baptiste le rodeó los hombros con un brazo. "Mira cuántas estrellas", le dijo, "debe de haber millones. Pero tú eres la más hermosa de todas, porque caíste del cielo del trópico". Blanca Rosa no dijo nada, pero se arrebujó más entre sus brazos. Orión volaba sobre su cabeza, con las piernas y los brazos extendidos contra el cielo. Llevaba, como siempre, cuatro estrellas en el cinto y tres en el puñal, y le recordó a su abuelo. Cómo Orión, don Esteban era alto y fornido. De pronto Blanca lo echó de menos y pensó en lo angustiado que estaría buscándola por todas partes.

"¿Por qué no nos detenemos en la próxima gasolinera? Me gustaría llamar a mi abuelo por teléfono", le sugirió a Jean-Baptiste. "Debe de estar muy preocupado". Pero a esa hora todas las gasolineras estaban cerradas. A eso de las cuatro de la madrugada estaban cerca de Nevers, y Blanca volvió a rogarle a Jean-Baptiste que se detuviera, pero al joven no le pareció buena idea. "Faltan todavía varias horas antes de llegar a Niza", le dijo. "Si llamas a tu abuelo ahora podría avisarle a la policía, y enviarán una patrulla a detenernos antes de llegar al hotel. Mejor lo llamamos mañana, y así podremos pasar algunas horas juntos". Blanca le dirigió una mirada lánguida y respiró profundamente. Al menos, ver a Orión allá arriba la reconfortaba.

El cielo se cubrió con un manto espeso de nubes y comenzó a soltar unas plumillas leves que se aventaron contra sus mejillas. "Te ves aún más bella bajo la nieve que bajo las estrellas", le susurró Jean-Baptiste al oído mientras atravesaban a Lyon, *"ma rose de neige"*. Y Blanca estaba tan enamorada, y a la vez tenía tanto miedo de que Jean-Baptiste descubriera que su abrigo no estaba hecho de armiño sino de plumas de marabú, que no se atrevió a confesarle que se moría de frío.

La nieve caía ahora sobre ellos como harina cernida. "Ya sé cómo se sienten los ángeles cuando van camino del cielo", dijo Blanca Rosa con una sonrisa mientras admiraba el perfil de Jean-Baptiste recortado contra la oscuridad. Envuelto en su abrigo de astracán negro cerrado hasta la barbilla y con un sombrero de nutria abrigándole la cabeza, Jean-Baptiste parecía un mismo príncipe ruso. Entonces sucedió algo extraño: de pronto Blanca ya no sintió más frío. Todo lo contrario; le parecía que una hoguera voraz se había encendido en su interior. Tenía tantos deseos de hacer el amor con Jean-Baptiste que le hubiese gustado que sus pechos, su vientre y sus muslos hubiesen estado hechos de nieve, para así poder derretirse entre sus brazos.

Siguieron camino de Avignon, y se detuvieron a tomarse una taza de café y un croissant en un establecimiento junto a la carretera. Blanca casi no podía bajarse del carro, de lo entumecidas que sentía las piernas. Tenía un sueño terrible y las zapatillas plateadas se le enredaban en el *chiffon* de la falda, de manera que Jean-Baptiste tuvo que ayudarla a caminar hasta una silla. Blanca preguntó si había un baño, y un campesino mugriento le señaló hacia la parte de atrás del café, donde había una letrina. Blanca decidió no visitarla. Jean-Baptiste sí lo hizo, regresó al auto y subió la capota de lona. Blanca se metió adentro y al punto se quedó profundamente dormida.

Llegaron a Niza a eso de las cuatro de la tarde del día siguiente. Tomaron una suite en el Hotel de París, el mejor de la ciudad. Estaba situado junto al Palace de Jeu, y desde su ventana Blanca podía ver a los caballeros de etiqueta y a las damas de vestido largo recamados de lentejuelas que salían de sus coches y subían del brazo de sus parejas por las escalinatas de mármol.

Cuando Blanca se tendió en la cama estaba temblando, pero no de frío sino de deseo. Se sentía sacudida por la fiebre, los brazos y las piernas se le derretían de ansias. Jean-Baptiste la desvistió lentamente, y sopló sobre los últimos copos de nieve que se adherían a las plumas de su abrigo. Le removió el vestido de Venus, que se deslizó silencioso al piso como una catarata de seda. Una vez estuvo desnuda parecía una estatua de alabastro iluminada por dentro. Jean-Baptiste la miró asombrado. El resplandor de su piel lo atraía como al falcón el brillo del ópalo.

Hicieron el amor en la cama decorada con cisnes dorados, y se quedaron profundamente dormidos. Cuando Jean-Baptiste se despertó al día siguiente, el sol entraba a raudales en el cuarto y Blanca Rosa estaba tendida a su lado. Parecía más que nunca una estatua de alabastro, pero había perdido su resplandor. Había muerto de hipotermia la noche antes.

En París don Esteban llevaba más de veinticuatro horas sin tener noticias de su nieta y se estaba volviendo loco. La noche del baile la buscó por todo Versalles, cuarto por cuarto, y finalmente tuvo que regresarse solo al Hotel Crillon. A la mañana siguiente se comunicó con la policía y ésta inició una búsqueda intensa. En la tarde don Esteban recibió un telegrama de Jean-Baptiste, comunicándole la muerte de Blanca Rosa. Don Esteban corrió a la estación y agarró el primer tren para Niza.

En cuanto llegó a la ciudad don Esteban se dirigió a la prefectura, donde Jean-Baptiste, el intendente de la policía y un médico forense lo estaban esperando. *"Je suis désolé, Monsieur"*, le dijo el joven mientras intentaba abrazarlo, llorando desconsolado. Pero don Esteban lo empujó lejos de sí. Era un hombre de paz, que nunca se encolerizaba con nadie. Pero sintió un nudo de rabia apretándole la garganta al ver al conde francés.

El prefecto le explicó a don Esteban que Blanca Rosa había muerto durante la noche a causa de las inclemencias del tiempo. Jean-Baptiste había conducido su coche desde París hasta Avignon con la capota baja en temperaturas bajo cero y la joven no estaba abrigada adecuadamente. Don Esteban se enfureció. Cogió a Jean-Baptiste por las solapas y lo levantó en

vilo antes de arrojarlo contra la pared. Amenazó con llamar a su abogado y meterle al joven una demanda. Su nieta era menor de edad y Jean-Baptiste se la había llevado a la fuerza del cotillón de Versalles. Pero el prefecto de la policía le dijo que se le haría imposible tomar una acción como aquella porque Jean-Baptiste era bisnieto de un Gran Mariscal de Francia. Don Esteban apretó los puños y bajó la cabeza. En la isla nadie se hubiera atrevido a no hacerle caso: él era un hacendado y todo el mundo lo respetaba. Pero en Francia no era más que un viejo excéntrico de una pobre isla caribeña, que había enloquecido a causa del malhadado accidente de su nieta durante un paseo con su enamorado.

Don Esteban fue a la morgue a identificar el cuerpo de Blanca y luego entró a una capilla cercana, a rezar por el descanso de su alma. Hizo un gran esfuerzo y logró mantenerse en control a lo largo del día. Cuando regresó del cementerio, se dirigió al hotel donde se había hospedado su nieta. Le entregó al conserje un billete de veinte dólares, le pidió la llave de su cuarto y le dio órdenes de que mantuviera a raya a los periodistas. La noticia de aquella muerte inusitada había alcanzado todos los diarios, y la foto de Blanca Rosa bailando con el conde francés en Versalles salió publicada en primera plana.

Don Esteban se encerró en la habitación y empezó a empacar metódicamente la ropa de su nieta. No quería dejar nada por detrás que los reporteros pudieran husmear como cuervos. Cuando terminó, se sentó al borde de la cama para descansar unos minutos. Vio donde Blanca Rosa se había quedado dormida, porque la silueta de su cabeza estaba todavía impresa sobre la almohada y algunas cabellos rubios se habían quedado adheridos a la funda de hilo. Se inclinó sobre ella para aspirar su perfume y deslizó las manos por debajo; algo le hizo cosquillas en la punta de los dedos. Las retiró horrorizado. Allí estaban, ocultas bajo el almohadón de plumas, las pestañas postizas que su nieta se había quitado antes de morir la noche antes.

Aquel detalle insignificante —unas pestañas ligeras como alacranes dorados— acabó por descalabrar a don Esteban.

Empezó a llorar y a llamar en voz alta a Blanca Rosa. "Blanca Rosa, ángel mío, ¿qué te he hecho? Debí vender, no sólo mi mejor finca, sino toda mi hacienda para comprarte la capa de armiño más abrigada de Francia. Quise economizar y Dios me castigó por ser tan miserable. Me permitió disfrutar de tu presencia durante unos cortos años, y como no supe cuidarte, te llevó de mi lado".

Se levantó de la cama, agarró su bastón, y le cayó encima a mandobles a todo lo que le rodeaba. Derribó dos lámparas, arremetió contra el candelabro de cristal del techo e hizo añicos el espejo de la cómoda. En menos de cinco minutos el cuarto estaba hecho trizas. Los empleados del hotel llegaron corriendo y lo sometieron a la fuerza; lo subieron a una camioneta y se lo llevaron al cuartel. Allí lo declararon fuera de sus cabales y lo encerraron en una celda.

Don Esteban pasó seis meses en un asilo de monjas Carmelitas para enfermos mentales en Aulnay-sous-Bois. Durante la primera semana no se levantó de la cama. Quería estar muerto, que todo acabara de una vez. Las monjas se turnaban cuidándolo, le levantaban la cabeza y lo alimentaban con cucharaditas de caldo mientras rezaban el rosario en voz alta. Una mañana don Esteban se levantó al amanecer y miró por la ventana de la celda. Una paz extraordinaria emanaba del claustro, del estanque de peces, de los olivos centenarios. El rumor de los maitines tras los gruesos muros de la capilla lo llenó de una felicidad tenue, tan exigua como el débil fulgor de una vela. Poco a poco don Esteban se sintió mejor y empezó a asistir a Misa todos los días. No había sido nunca devoto, pero la muerte de su nieta lo transformó.

Al sentirse lo suficientemente recuperado regresó a Guayamés. Las Carmelitas tenían allí un convento sobre una colina y don Esteban empezó a visitarlas. El edificio estaba en malas condiciones, pero las monjas hacían mucho trabajo humanitario. Tenían un hospitalillo y un dispensario donde le repartían comida a los pobres y se ocupaban de los mendigos, de los tuberculosos y otros enfermos de cuidado.

Un domingo don Esteban se presentó frente a la clausura con una caja llena de cosas sabrosas para comer: jamón danés enlatado, galantina de pato, salmón ahumado —golosinas que él sabía las monjas nunca comían porque no podían costearlas. Estaba sentado en el zaguán esperando a que la hermanita de turno le abriera la puerta —ningún hombre podía entrar al convento salvo en casos muy especiales— cuando el Packard negro de los Rivas de Santillana se estacionó frente a la puerta y tía Artemisa descendió de él. Cargaba una enorme canasta de frutas y de vegetales que le traía de obsequio a las monjas.

Artemisa se sintió atraída hacia don Esteban desde que lo vio. Llevaba un traje azul marino de corte impecable y tenía el porte elegante de la gente bien: la espalda ancha e incondicionalmente recta, las uñas bien cuidadas y el cabello plateado y cepillado sobre las sienes. Había escuchado hablar de él pero nunca lo había conocido. Sabía que era viudo, y vivía solo en la antigua casona de su familia en la Avenida Cristóbal Colón. Su único hijo murió víctima de la guerra y su nieta acababa de perecer trágicamente en Francia. El padre de Esteban también era viudo. Había trabajado fuerte toda su vida y ahora estaba jubilado y vivía en Europa gracias a las generosas rentas de la central Santa Rosa. Dejó a Esteban a la cabeza del negocio y se lavó las manos de todo aquello. Esteban podía hacer lo que se le antojara en la central con tal de que le enviara a Madrid religiosamente las rentas.

La Santa Rosa estaba a las afueras de Guayamés. Era una de las pocas centrales en manos de los hacendados criollos que todavía molía caña y declaraba dividendos. Es cierto que la bonanza era limitada —el dinero daba justo para mantener al anciano con dignidad, y con lo que le sobraba don Esteban vivía decentemente. Las fabulosas riquezas de su latifundio, sin embargo, eran ya para aquel entonces un mito en la isla.

La Santa Rosa le debía su éxito al hecho de que sus fincas estaban todas adyacentes unas a otras. De lejos parecían una alfombra interminable, cruzada por zanjas que se espaciaban meticulosamente. El padre de don Esteban había construido hacía mucho tiempo un excelente sistema de irrigación y drenaje que todavía funcionaba bien, gracias al cual las cañas no se secaban en los meses de sequía ni se pudrían en los de mucha lluvia. En época de zafra, por otra parte, la cosecha se podía transportar con facilidad en carros de bueyes por los caminos vecinales —que los peones mantenían en muy buenas condiciones— sin tener que salir a la carretera municipal. Así se ahorraba gasolina, y mantenimiento de equipo costoso como los camiones. El padre de don Esteban no reconoció nunca las supuestas ventajas de la modernidad. La carretera municipal, decía, era como la vida misma: tenía tantas curvas y baches que a menudo los camiones atestados de caña se iban de costado como dinosaurios y desperdigaban su carga por todas partes. Por estas razones, la central Santa Rosa hacía buenos beneficios en aquellos tiempos difíciles.

Esteban era experto en todo pero no tenía título de nada. Para los hacendados tener un título universitario no significaba un logro. Para la mayoría ser ignorante era hasta cierto punto una prueba de privilegio. Eran más bien los pobres y los de clase media los que se quemaban las pestañas estudiando y luego ejercían las profesiones. Don Esteban, por ejemplo, sabía mucho de arquitectura pero no era arquitecto; sabía un poco de mecánica pero no era ingeniero; conocía algo de pintura pero no era pintor; sabía un chin de música pero nunca fue músico. La gente de Guayamés le tenía cariño porque era incapaz de matar una mosca, pero reconocían que no le gustaba el trabajo.

Se reían de él a sus espaldas y afirmaban que dón Esteban de la Rosa era como el cacique de Gurabo, que le gustaba el guarapo pero que no daba un tajo. Y desde la muerte trágica de su nieta, a don Esteban le gustaba trabajar todavía menos. Se hizo muy piadoso; asistía a Misa todos los días y siempre andaba solo.

Durante tres domingos consecutivos Artemisa coincidió con don Esteban en la portería de las Carmelitas, hasta que finalmente le dijo a Valeria: "Este año he decidido ayudar a las monjas y no voy a regresar a la escuela. En los conventos uno aprende a conformarse y a agradecer lo que tiene". Su madre le creyó, pero Clarissa adivinó que aquello era mentira. "A mí tú no me engañas. Estás enamorada de don Esteban y estás tramando cómo atraparlo", le dijo. "No en balde tu madre te bautizó Artemisa, en honor a la diosa de la caza."

El domingo siguiente, cuando tía Artemisa se encontró con don Esteban a la entrada del convento, lo invitó a venir a cenar en Emajaguas y don Esteban aceptó encantado. Sabía que a Valeria le caería bien: tenía dinero y sensibilidad estética, y era un hombre bueno —los tres requisitos principales que Abuela le exigía a los pretendientes de sus hijas. Pero aún más importante, don Esteban era un hacendado. Tío Venancio era abogado; tío Antonio doctor; Aurelio ingeniero. Los tres yernos de Valeria eran profesionales con carreras respetables. Pero don Esteban era dueño de una central y de más de tres mil cuerdas de terreno. Valeria estaba segura que, desde el cielo, abuelo Álvaro vería aquel amorío con buenos ojos.

Abuela Valeria invitó a don Esteban a cenar en Emajaguas poco después. Esa tarde reunió a todos los miembros de la familia y los reclutó para que ayudaran a don Esteban a declararse. Al terminar de comer todo el mundo se levantó y dejaron a Artemisa y a don Esteban amartelados en el sofá de la sala. Pero luego de unos minutos de silencio, don Esteban le besó la mano a mi tía y se despidió cortésmente.

Iban juntos a comulgar en las mañanas; a los arrabales a hacer labor cívica y al convento a ayudar a las monjas en las tardes; al cine en las noches. Como don Esteban era un hombre mayor y una persona honorable, abuela Valeria decidió que Artemisa no necesitaba chaperona y los dejaba ir solos a todas partes. Pero pasaron los meses y don Esteban no se decidía a dar el paso.

A la madre de don Esteban le encantaban los diamantes, y cuando pasó a mejor vida don Esteban heredó una buena cantidad de ellos. Viajó a Nueva York y le vendió a Harry Winston, el joyero de la Quinta Avenida, toda su colección salvo una sola pieza; un diamante perfecto de categoría *blue white,* de unos cuatro quilates y medio. Harry Winston le pagó a don Esteban medio millón de dólares en efectivo por sus diamantes —una suma espléndida para aquella época— y don Esteban puso el dinero en una caja de ahorros del banco, así como la piedra que no quiso vender. Al empezar a salir con Artemisa le llevó el diamante al mejor joyero de Guayamés y le pidió que se lo engarzara en una magnífica montura de platino. Pensaba regalárselo a su amiga el día de su compromiso, pero no acababa de escoger fecha.

Cuando Blanca Rosa se fue volando al cielo y regresó al seno todopoderoso del Creador, un manto de tristeza cayó sobre don Esteban. Cada vez que veía algo blanco —una pluma de ganso, una pizca de azúcar, un retazo de encaje— se acordaba de ella, y como en el mundo había tantas cosas delicadas y blancas, su nieta estaba todo el tiempo delante de sus ojos. Un día le habló a Artemisa de Blanca —cómo, al cumplir el año se había introducido un cintillo por la nariz, lo que le provocó unas fiebres misteriosas cuya causa nadie pudo adivinar; cómo un día que estrenaba botines de cabritilla dio un resbalón y se fue de cabeza por las escaleras, lo que le causó una herida en la frente que fue necesario suturar en el hospital. Artemisa era muy observadora y no le tomó mucho tiempo darse cuenta de que algo andaba mal. El corazón de don Esteban estaba sellado con siete cerrojos contra ella porque el fantasma de Blanca Rosa, envuelto en su abrigo de marabú, estaba sentado encima de la tapa. La pobre niña necesitaba que alguien le confiriera el descanso eterno.

Un día, don Esteban le dijo a Artemisa que había decidido invertir el dinero de los diamantes de su madre en la bolsa de valores. Aunque vivía cómodamente de la Santa Rosa, quería hacer algo que mantuviera su mente ocupada. Invertirlo en Wall Street era una alternativa posible. Llamó por teléfono a Pablo Urdaneta, un agente de corretaje de Guayamés que era amigo suyo, y le dijo que le interesaba verlo. "Tengo medio millón de dólares en efectivo", le dijo, "y quiero invertirlo en una empresa con fines humanitarios".

Pablo Urdaneta sabía que don Esteban tenía un hijo que había perecido en la Segunda Guerra Mundial y también estaba enterado de que, luego de la muerte de su nieta, se había vuelto muy piadoso y hacía mucha obra de caridad. Al recibir la llamada de don Esteban llegó volando a la casa de la Avenida Cristóbal Colón con una maleta de viaje en la mano. Don Esteban mismo le abrió la puerta y lo invitó a pasar a la sala. Pablo Urdaneta colocó la valija sobre las rodillas de su amigo, apretó los resortes de bronce de las cerraduras y levantó cuidadosamente la tapa. Sacó fuera una gorra de capitán con visera reluciente, un birrete de soldado de infantería con dos diminutos rifles prendidos a cada lado, una camisa de uniforme color kaki con hombreras y galones, y unos pantalones kaki.

Pablo manejaba las prendas de vestir con delicadeza, casi como si fueran sagradas. Desdobló la camisa y la puso junto a la gorra sobre una de las mesas de tope de mármol de la sala.

"Aunque usted no lo crea, estos uniformes fueron confecciona-
dos por manos puertorriqueñas para los soldados norteamericanos que lucharon en el frente europeo durante la guerra.
Ahora el conflicto armado terminó y los contratos con el gobierno se vencieron; nuestras costureras se están muriendo de
hambre. Pero no todo está perdido, don Esteban. Estas jóvenes
tienen un conocimiento valioso, heredado de sus abuelas y bi-
sabuelas. Sólo necesitan un buen número de máquinas de coser
para fundar una compañía de costura. Como corren tiempos
de paz, podrían dedicarse a confeccionar ropa interior en lugar
de uniformes militares. El resto es fácil. Yo me ocuparé de los
contactos con el *garment industry* de Nueva York; conozco a
muchos judíos de la Calle 42 porque viví allí muchos años. Ésta
es una causa noble, don Esteban. En lugar de invertir su dinero
en el mercado de valores, inviértalo en la industria puertorriqueña de la aguja. Le estará dando de comer a nuestras costureras, y cumplirá con su deber patriótico".

Don Esteban se quedó mirando aquellas ropas y pensó en
su hijo, que estaba enterrado en un cementerio de Normandía
vestido con un uniforme como aquél, confeccionado por
manos puertorriqueñas. Se levantó de la silla, fue hasta su estudio y regresó con un maletín lleno de billetes. "Invierta este dinero en la industria de ropa interior puertorriqueña en mi
nombre", le dijo a Pablo solemnemente.

Dos meses más tarde Urdaneta regresó a casa de don Esteban. Le informó que la industria de la aguja había sufrido una
crisis en el continente y que las prendas de ropa interior confec-
cionadas en la isla se habían quedado sin compradores. Para
colmo, en Taiwán acababan de abrir una docena de fábricas de
ropa interior, y los precios de Puerto Rico no podían competir
con los suyos. Las obreras allí ganaban mucho menos que el salario mínimo americano, y no tenían la menor idea de lo que
significaba el seguro social, el derecho a irse a la huelga o el se-

guro médico. Taiwán era un paraíso para el inversionista, pero era un infierno para esas pobres mujeres. ¿Por qué don Esteban no invertía su capital en la industria taiwanesa de la aguja? A lo mejor así podía recuperar parte de su inversión en la fábrica de Puerto Rico. Pero antes de hacer eso tendría que invertir unos quinientos mil dólares más, para evitar que la fábrica de Taiwán cerrara.

Don Esteban lo pensó durante varios días. No tenía el dinero a mano, pero sabía que si hipotecaba la central Santa Rosa el banco le haría un préstamo. Había perdido el dinero tontamente —¡medio millón de dólares! La mejor manera de remediarlo era tomar la iniciativa y agarrar el toro por los cuernos, en lugar de quedarse de brazos caídos. Así que al día siguiente fue al banco, hipotecó la Santa Rosa, y llamó a Pablo Urdaneta para decirle que había decidido invertir en la fábrica de Taiwán. Pablo llegó al instante con su maletín y se marchó con el dinero.

Tres semanas más tarde don Esteban llamó a su casa de corretaje y pidió que le comunicaran a Pedro Urdaneta al teléfono, pero le dijeron que Urdaneta ya no trabajaba allí. Se robó todo el dinero y se esfumó de la isla.

10

La dura corteza
de la misericordia

AL DÍA SIGUIENTE Don Esteban le contó a tía Artemisa lo sucedido. Había perdido un millón de dólares en malas inversiones
y no había manera de recuperarlos. Tendría que pagar intereses sobre el préstamo que le debía al banco y sus ingresos no le
alcanzaban. Si no ocurría un milagro le ejecutarían la central.
"No me preocupa en lo absoluto lo que me suceda a mí", le dijo
a Artemisa. "Yo puedo vivir a pan y agua, y dormir en una
cueva. ¿Pero qué será de mi padre? Tiene más de ochenta años

y está esperando el cheque de este mes, que ya está tarde. Si no le llega pronto, el rentero de Madrid lo pondrá de patitas en la calle y lo echará de su departamento. Se me erizan los pelos nada más que de pensarlo". Artemisa vio que don Esteban estaba en lo cierto. El escándalo sería tan grande que probablemente mataría al anciano, y su amigo tendría que pasar el resto de su vida con la culpa del parricida a cuestas.

Tía Artemisa escuchó la confesión de don Esteban, muda de asombro. Pensó en su padre, que no creía en el crédito y hasta la cuenta del lechero la pagaba de contado, y no podía comprender cómo un millón de dólares podía esfumarse como por arte de magia. No se desesperó, sin embargo.

"No te preocupes, Esteban", le dijo. "En los tiempos de antes la gente ganaba dinero trabajando de sol a sol, sudando la gota gorda, y producían cosas concretas con las manos, fuese azúcar, tabaco o zapatos. Pero hoy hay que tener mucho cuidado porque el dinero se ha vuelto una entelequia. Si uno no lo guarda en la caja fuerte, cría alas y el diablo se lo lleva. Dejémos el problema en manos de Jesusito, y verás como todo se arregla".

Esa noche Artemisa no podía dormir. Se exprimía el cerebro dando vueltas en la cama, pensando en cómo ayudar a don Esteban. A las cuatro de la mañana por fin se quedó dormida y tuvo un sueño. Jesusito se le apareció y le contó la historia de San Francisco y de Santa Clara. Franciso y Clara eran primos, pertenecían a la misma familia de ricos comerciantes de Asís, en el Norte de Italia. Se querían profundamente, pero se dieron cuenta de que su misión en el mundo era ayudar a los pobres, lo que era mucho más importante que la felicidad personal. Cada uno fundó una orden religiosa —los frailes Franciscanos y las monjas Clarisas— y vivían devotamente, según las leyes más estrictas. Jesusito quería que don Esteban jurara un voto de pobreza como San Francisco y que vendiera todo lo que poseía. Sólo así lograría salvar a su anciano padre, le dijo Artemisa, así como su buen nombre.

A la mañana siguiente lo primero que tía Artemisa hizo fue llamar a don Esteban por teléfono y contarle su sueño. Don Esteban le respondió que haría lo necesario para convertirlo en realidad. Había decidido poner todos sus bienes terrenales en manos de su amiga.

Unos días más tarde Artemisa llamó al *Listín Noticioso,* el periódico de mayor circulación en Guayamés, y puso un anuncio en los clasificados. Don Esteban de la Rosa celebraría una subasta en su casa en la Avenida Cristóbal Colón, en la que se remataría todo lo que guardaba en la casa: antigüedades, alfombras persas, cuadros al óleo, vajillas de Limoges y cristalería de Baccarat. El dinero se dedicaría a obras de caridad cuya identificación se mantendría secreta. Artemisa pensó que no mentía. Con la crisis por la que atravesaba don Esteban, su padre era sin duda una obra de caridad. Artemisa sacó diez mil dólares del remate, y a la semana siguiente empezó a vender los muebles. En ningún momento dejó de sonreír ni perdió su aplomo; ni siquiera cuando sus amistades más íntimas la llamaban a las tres de la mañana para perdirle rebaja por las chucherías más pedestres.

Don Esteban envió inmediatamente el dinero a España; la cantidad era lo suficientemente generosa para mantener a su padre con decoro hasta que vendiera las fincas. Lo vendió absolutamente todo. Sólo se quedó con una mesa de pino y una silla de caoba pelada, que era mucho más de lo que San Francisco se había guardado después de hacer voto de pobreza.

Después del remate don Esteban sintió un alivio sorprendente. Al no ver aquellas cosas que le recordaban a su nieta sintió como si un gran peso se le hubiera levantado del pecho, y el fantasma de Blanca Rosa sin duda también se sintió aligerado en el otro mundo.

Tía Artemisa vino a visitar a don Esteban poco después y se pasearon juntos por los salones vacíos. "La subasta fue una idea maravillosa, gracias por sugerírmela", le dijo Esteban al despedirse. "Necesitaba a alguien como tú, que me deshollinara el corazón de musarañas sentimentales". Y por primera vez desde que se conocieron, don Esteban le dio un beso a su amiga en la mejilla. El corazón de tía Artemisa dio un salto y pensó que finalmente le estaba ganado la partida a Blanca Rosa.

Artemisa se dispuso entonces a vender las fincas de don Esteban para librarlo de su deuda. Pero cuando le preguntó por ellas éste le confesó que hacía tanto tiempo que no las visitaba, que se le había olvidado dónde estaban. Artemisa se propuso descubrirlo. Le rogó a don Esteban que le prestara las llaves de su despacho y todos los días a las cuatro de la tarde, después de que la secretaria se había marchado, entraba al edificio, se introducía de puntillas en la oficina de don Esteban y se sentaba frente a su escritorio. Don Esteban nunca se encontraba allí. Salía todos los días a las tres de la tarde para el *Golden Sands,* donde jugaba desde hacía años una ronda de golf. Alta y espigada en su vestido de piqué amarillo, Artemisa parecía un mismo girasol, con sus zapatos de charol plantados firmemente en el piso, buscando el oro perdido de las fincas de su amigo.

Cuando Artemisa no encontró lo que buscaba en los ficheros de don Esteban, visitó las oficinas de Planificación, donde se archivaban todos los planos de los terrenos de la isla. Identificó el número del catastro y el cuerdaje de las fincas de don Esteban. Abrió su libreta de apuntes y consignó en ella las colindancias y todo lo que decían las escrituras de herencia. El lenguaje arcaico de los documentos, lleno de resonancias cervantinas, "por la derecha de la tarraya se arriba a la colindancia del manantial y se desciende hasta la encina; por la pendiente siniestra se llega al algarrobo", le recordaron a abuelo Álvaro y a su desaparecido mundo de gentilezas caballerescas, y se le llenaron los ojos de lágrimas.

Una vez enterada de la ubicación específica de los predios, Artemisa fue a su casa, se cambió el vestido de piqué amarillo por una falda de montar y los zapatos de charol por unas botas de vaquero cuyas puntas meticulosamente brilladas le asomaban por debajo de la falda, y se montó de un salto al jeep de Contreras, el capataz de don Esteban. Pasaron a buscar al corredor de bienes raíces en el pueblo, y los tres se internaron por los caminos vecinales de la Santa Rosa. Llegaron a la primera finca, y el corazón de tía Artemisa dio un vuelco. Donde antes se esparcía un ondulante océano de caña ahora había un mar de casuchas de tablones de madera y techos de zinc, con los patios rodeados por alambre de púas donde los invasores criaban gallinas, cabros y cerdos.

Nadie sabía cómo ni cuándo habían llegado hasta allí aquellos seres. En las noches los campos eran más negros que una boca de lobo, y no había agua corriente ni luz eléctrica por millas a la redonda. Y lo que era peor, sobre el techo de cada choza ondeaba furiosa al viento la bandera roja y blanca de "la paba": el jíbaro decapitado con sombrero de paja que era la insignia del Partido Democrático Institucional. Artemisa estaba al borde de la desesperación, no podía creer lo que veía. Aquellas tierras, en el estado de anarquía en que se encontraban, no servían ni para comprar un pocillo de café, ni para enterrarlo a uno servían, porque nadie querría comprarlas.

En Puerto Rico había tres partidos políticos por aquel entonces: el Partido Democrático Institucional, el Partido Socialista y el Partido Republicano Incondicional. Tía Artemisa, como todo el mundo en su familia, pensaba que el Partido Democrático Institucional era muy peligroso y despreciaba a su líder máximo, Fernando Martín. Martín era el hijo rebelde de un hacendado, pero para los Rivas de Santillana era un traidor y un hipócrita, más taimado que un zorro viejo. Los discursos de Martín eran todos sobre la necesidad de una reforma social para la isla. "El status político —si somos un estado de la unión, estado libre asociado o país independiente— no debería preocuparnos tanto en estos momentos", decía por la radio. "De lo que tenemos que asegurarnos es de que todo el mundo tenga un plato de arroz con habichuelas humeándole sobre la mesa". Pero en la opinión de tía Artemisa aquellos discursos eran todo demagogia, el "quítate tú pa' ponerme yo" de siempre, y nadie iba a convercerla de lo contrario.

Fernando Martín no quería en realidad ayudar al campesino, opinaba Artemisa, lo que ambicionaba era agarrar la sartén por el mango y zamparse el guiso. Había tomado la consigna "pan, tierra y libertad" de la Revolución Mexicana, lo que comprobaba que era prácticamente un comunista. Cuando Artemisa vio las banderas del jíbaro sangriento volando en lo alto del techo de las casuchas de las fincas, se le esfumó el empeño de que don Esteban lo vendiera todo y de que jurara un voto de pobreza. La invadió una furia tremenda.

En la opinión de tía Artemisa, dar y tomar eran dos cosas muy distintas. Jesusito veía el dar con buenos ojos, pero sentía un profundo recelo por los que se apropiaban de las fincas del vecino, aunque fuera "por una buena causa". "De eso se trata el segundo mandamiento, 'ama a tu prójimo como a ti mismo'," decía Artemisa. "Quitarle a un ser humano lo que le pertenece es robar. Si Esteban vende sus tierras y dona el dinero para obras de caridad o se lo envía a su padre en España, eso está muy bien. Pero no puede quedarse papando moscas como un mentecato mientras los campesinos, espueleados por Fernando Martín, le quitan las fincas que sus antepasados abonaron con el sudor de sus frentes".

Cuando Artemisa, el capataz y el corredor de bienes raíces se acercaron a las colindancias de las casas, no pudieron bajarse del jeep de Contreras porque los invasores los reconocieron y empezaron a tirarles piedras y botellas vacías. Tuvieron que girar en redondo y alejarse de allí a toda marcha.

"¿Sabía que las fincas estaban cundidas de invasores? ¿Desde cuándo existe esta situación?" le preguntó Artemisa a Contreras con voz cantarina, disimulando el enojo lo más posible.

"Desde hace más de dos años", le contestó el capataz. "Antes de la muerte de la señorita Blanca, don Esteban supervisaba él mismo los predios, pero ya nunca los visita. Hace tres meses que las cercas de alambre empezaron a derrumbarse por culpa de los aguaceros. Como el amo no me ordenó que las reparara, los invasores se aprovecharon. Hace tiempo que vengo diciéndoselo a don Esteban, pero no me hace caso". Contreras sudaba a chorros, y de tanto en tanto se enjugaba la frente con el dorso de la mano.

Artemisa lo eschuchó sin chistar. "Pero no se preocupe, doñita", añadió Contreras sin levantar la vista. "En Guayamés mucha gente tiene hambre, y como don Fernando Martín se las pasa prometiéndole a los pobres el paraíso y acusando a los hacendados de abusadores por pagarle a los campesinos cada vez menos, esos desalmados se han creído que tienen derecho a invadir las tierras. ¡Pero están completamente equivocados!"

Artemisa estaba que echaba chispas con el capataz, pero no iba a darle la satisfacción de demostrárselo. "El derrumbe del precio del azúcar en el mercado mundial durante los últimos seis meses no es culpa de don Esteban", le dijo. "Si le paga a sus trabajadores dos dólares semanales en lugar de tres, es porque no le queda otro remedio". Y Contreras aparentemente estuvo de acuerdo. Fueron directamente a casa de don Esteban, en la Avenida Cristóbal Colón. A Artemisa no le importó un bledo que la gente se le quedara mirando cuando Contreras dio un frenazo ante al pórtico de columnas de la mansión y ella se bajó furiosa del jeep. Subió volando la escalinata de mármol, levantándose las faldas más arriba de las rodillas para correr mejor.

"Una bandada de fanáticos del Partido Democrático Institucional ha invadido tus fincas", le dijo colérica a su amigo en cuanto entró por la puerta. "Se han asentado sobre ellas como una nube de langostas. Y todo por deprimirte tanto después de la muerte de tu nieta". Don Esteban bajó la cabeza y no le contestó. Pero cuando vio a Artemisa girar sobre sus talones camino de la puerta, dijo calladamente: "Ya qué más da, querida. Esta mañana llamaron por teléfono del Departamento de Hacienda y me informaron que están a punto de hipotecarme las fincas porque no he pagado las contribuciones desde hace más de dos años. Pero no le eches la culpa a la pobre Blanca Rosa. La niña no tiene la culpa".

"¿Dejarlos que se queden con las fincas?" contestó Artemisa, el rostro lívido de ira. "¿Te has vuelto loco? Podrás regalar toda la tierra que quieras, pero no permitiré que te la quiten. La gente de Guayamés no te respetará. Te verán como a un pollo que no le importa ser desplumado".

Al día siguiente Artemisa llamó a la estación de la policía en Guayamés y les informó que unos tránsfugas habían invadido las tierras de don Esteban, y que por favor enviaran una patrulla para que los sacara a la fuerza. El agente se echó a reír al escuchar aquella petición. Las nuevas leyes que el Partido Democrático Institucional había pasado en la legislatura protegían a los advenedizos, —aunque hubiesen construido sus casas sobre tierra ajena, las viviendas eran suyas y no podían quitárselas.

Durante la semana siguiente Artemisa recorrió los terrenos aledaños a las propiedades de don Esteban en el jeep, y con la ayuda de unos prismáticos contó el número de casuchas a la distancia: había doscientas cinco. Entonces llamó al abogado de don Esteban y concertó una cita. Cuando estuvo frente a él, le preguntó cuál era la mejor manera de desembarazarse de los invasores. El abogado le respondió que tendría que preparar una orden de desahucio para cada uno, y servírsela personalmente con un alguacil. Redactar y entregar cada documento le costaría a don Esteban cien dólares. Y si a los cinco años don Esteban no rescataba las tierras y los invasores seguían ocupándolas, éstos podían reclamarlas como suyas.

Artemisa estaba a punto de un ataque de nervios. "El mundo está patas arriba desde que Fernando Martín llegó al poder", musitó para sí calladamente. "No me sorprendería ver a los ríos despeñándose monte arriba y a las palomas disparándole a las escopetas". Se puso su mantilla de encaje negro y fue a la catedral, donde la familia tenía una capilla privada. Artemisa encendió una vela y se hincó frente al altar. Unos minutos más tarde le pareció escuchar la voz de Jesusito que le decía desde las penumbras: "No te desesperes, hija. Las cosas no están tan malas como aparentan. Este último revés puede que sea precisamente lo que don Esteban necesita para lograr que el fantasma de Blanca Rosa por fin descanse en paz".

Artemisa se persignó y se sintió mejor. Fue a visitar a don Esteban y le informó que los desahucios le costarían más de veinte mil dólares, y que él no tenía ese dinero. Pero se le había ocurrido una idea excelente. Al día siguiente visitarían juntos la oficina del recaudador de contribuciones para intentar resolver el problema. Pero tenía que dejarla hablar a ella y prometerle que permanecería callado.

Al día siguiente se dirigieron al Departamento de Hacienda en el Buick negro de don Esteban, conducido por su chófer uniformado. Las oficinas estaban localizadas en el antiguo Casino Español, que había cerrado algunos años antes, cuando el Partido Democrático Institucional lo transformó en oficinas del gobierno. Estaba igualito: tenía techos de doce pies de alto y unos hermosos pisos de mármol, pero los muebles —las consolas de tope de mármol, los espejos dorados al fuego y las sillas tapizadas en terciopelo rojo— habían desaparecido.

En cuanto entraron a la sala de espera don Esteban preguntó que a cuál inspector le habían asignado su caso, y un ayudante con bigotito de ratón les dijo que Manuel Felipe Sánchez de Montenegro, el Secretario de Hacienda, los atendería en persona. Don Esteban sintió un escalofrío en la nuca al oír ese nombre. Manuel Sánchez de Montenegro era famoso entre los hacendados amigos suyos, quienes lo motejaban el Cancerbero de Guayamés. Azúcar, tabaco, café, daba igual la cosecha que engordara sus arcas, si el hacendado no pagaba sus contribuciones al centavo, al día siguiente los sabuesos de Manual Felipe estaban gruñendo detrás de la puerta. En cuestión de horas arrasaban la finca con aplanadoras y le clavaban un letrero que leía "propiedad pública" al árbol más cercano.

La oficina de Manuel Felipe era un cubículo de paredes de cartón y yeso que no alcanzaban el techo, exactamente igual a una veintena de compartimentos burocráticos que se alineaban a lo largo del pasillo. Un abanico de metal chirriaba sobre el escritorio y empujaba el aire de la celda en un remolino caliente que giraba sobre sí mismo. Manuel Felipe —un mulato delgado de facciones finas— estaba sentado sobre una silla movible que había conocido mejores días. Estaba inclinado sobre unos documentos y tomaba nota mientras los estudiaba intensamente. Su mano izquierda, con la que sostenía el lápiz, parecía una garra de pájaro, y con la derecha marcaba con rapidez los números en una anticuada máquina registradora.

Tía Artemisa se sentó frente al Recolector y se alisó las arrugas del vestido sobre las piernas. Tenía puesto su collar de perlas Mikimoto y se había perfumado con L'Air du Temps, su esencia preferida. Don Esteban se sentó en la silla junto a ella. Llevaba puesto un austero traje de gabardina oscura, con una cinta negra hilvanada en la manga. Ambos se miraron en silencio, agradecidos por el soplo de brisa que entraba por la ventana, abierta de par en par a la bahía de Guayamés.

Pasaron varios minutos, durante los que don Esteban admiró con nostalgia las cariátides desnudas que sostenían guirnaldas de frutas y flores en cada ángulo del techo. Necesitaban pintura; tenían los pechos llenos de polvo y se estaban descascarando. Le hicieron pensar en Marina Lampedusa, su difunta esposa, y en las veces que habían bailado juntos bajo sus miradas. Don Esteban suspiró al recordar aquellos tiempos. El Secretario pareció no escucharlo y siguió inmerso en su documento.

Don Esteban conocía a Manuel Felipe de nombre pero nunca se lo habían presentado. Era hijo de Blanca de Montenegro, una joven a la cual le había hecho la corte en su juventud. Manuel Felipe era el único hijo de Blanca. Lo había educado su padre, Manuel Sánchez, que era jardinero y analfabeta. Antes de que a Blanca de Montenegro le ocurriera lo que en Guayamés llamaban su "desgracia", vivía en una hermosa casa de la plaza, cerca de la catedral. Su familia era muy rica. Su padre, don Hipólito Montenegro, era un comerciante español dueño de un almacén de tabaco en el puerto. Allí guardaba los fardos de hojas de tabaco según le llegaban del interior, antes de que salieran en barco rumbo a Cuba, donde don Hipólito tenía una fábrica de cigarros.

Don Hipólito sólo quería lo mejor para su hija. Blanca nunca había ido a la escuela, pero había aprendido todo lo necesario a manos de una institutriz. Al cumplir los quince años comenzaron a invitarla a las fiestas de Guayamés y conoció a Esteban de la Rosa. Fueron de picnic a la playa en el convertible descapotable de Esteban; luego a una aldea situada en las montañas de la Cordillera Central. Después de unos meses, Esteban le pidió a don Hipólito la mano de Blanca, y se comprometieron formalmente.

Blanca le caía bien a Esteban, pero no estaba seguro de si estaba enamorado de ella. A los dos les gustaba la lectura, y siempre andaban intercambiando libros. A Esteban le gustaba Blanca porque le daba mucho placer mirarla —Esteban era un amante de la belleza en todas sus formas, y el cabello de Blanca era dorado y pálido como la guajana, a la luz de la luna, y su perfil tan fino como el de su cuarto menguante. Pero los de la Rosa no creían que Blanca fuese un partido lo suficientemente bueno para Esteban, e hicieron lo posible por deshacer el amorío.

Esteban se sentía como un extraño en casa de Blanca. Los Montenegro tenían un gusto lamentable. Se desplazaban por el pueblo en un Cadillac color aguacate que era el colmo del mal gusto; se vestían de Martínez Padín, la moderna tienda por departamentos de Guayamés, en lugar de hacerse la ropa a la medida, como hacía toda la gente bien; y en su casa los sirvientes nunca iban uniformados. Don Hipólito era millonario y vendía su tabaco por todo el mundo, pero la clase alta de Guayamés lo despreciaba por ser tan chabacano. Por eso a don Esteban no le gustaba entrar a la casa de Blanca de Montenegro, y siempre se despedía de ella en la puerta.

Esteban era débil de voluntad, y cuando sus padres le presentaron a Marina Lampedusa rompió el compromiso con Blanca y se hizo novio de Marina, su prima segunda que vivía en Sabana Verde, un pueblo cerca de Guayamés. Marina era muy tímida y casi no hablaba. Tenía algo de roedor empolvado, pero Esteban se sentía cómodo con ella. Sus padres no tenían ni la mitad del dinero que tenían los Montenegro —el padre de Marina era maestro de física en la Escuela Pública de Sabana Verde— pero eran una familia de abolengo.

A Esteban le sorprendió lo desgraciado que lo hizo sentir su rompimiento con Blanca, pero como nunca se apasionaba por nada, pensó que había comido algo que le había hecho daño. Se purgó con aceite de ricino y al cabo de unos días se sintió mejor. Se casó con Marina un año más tarde y les nació un niño a los nueve meses que bautizaron Valentín.

Blanca de Montenegro cayó en una depresión profunda cuando Esteban la dejó plantada, pero no le confió sus penas a nadie. Ya le bastaba con su propia desgracia, para tener que aguantar también la regañina de sus padres. Don Hipólito andaba con la bilis derramada porque ella "había dejado escapar el mejor partido de Guayamés". Estaba convencido de que Blanca nunca se casaría. Era tan insípida como un vaso de leche: en lugar de aprender a coquetear y a conquistar con picardía a los jóvenes, andaba siempre con un libro en la mano, recogiendo polvo por los rincones. Luego del rompimiento Blanca se pasó varios días en cama sin hablar con nadie, mientras contaba las tablas del techo de su cuarto en voz baja.

Poco después de esto ocurrió su "accidente". En el patio de atrás de los Montenegro había un almendro centenario y cada año, en el mes de marzo, las hojas se tornaban rojas y caían sobre las rosas de doña Ester como pañuelos teñidos de sangre. Doña Ester era loca con sus rosas y en seguida llamaba a Manuel, el hijo del jardinero, para que las amontonara en una pira y les prendiera fuego al fondo del patio. Manuel era bastante moreno, pero tenía los ojos verdes y era muy atlético. Le encantaba nadar en la bahía de Guayamés y a menudo la cruzaba de lado a lado al amanecer, cuando el mar estaba tan tranquilo como una bandeja de peltre.

A Blanca le encantaba observar cómo las hojas del almendro ardían y le gustaba el olor dulzón de la humareda, parecido al de las nueces mismas. Blanca había sido amiga de Manuel desde que era niña. En cuanto veía llegar al joven y éste comenzaba a barrer o a desyerbar junto a su padre, salía al jardín con su sombrero de paja y sus sandalias y se ponía a ayudarlos. Cuando a los rosales les dio gusano y tuvieron que purgarlos, Manuel le enseñó a mezclar arsénico con el abono. La hizo ponerse guantes de goma antes de abrir una zanja alrededor de cada arbusto, y luego las llenaron del polvo blanco y las regaron con la regadera. Cuando terminaron, la obligó a lavarse cuidadosamente las manos.

Esa tarde el padre de Manuel le ordenó que amontonara las

hojas y las quemara en lo que él componía un grifo que goteaba agua en el baño de doña Ester. Manuel tenía dieciséis años y se había hecho cargo de aquella tarea muchas veces. Se quitó la camisa, roció las hojas con gasolina, y les dejó caer encima un cerillo encendido. Mientras empujaba las hojas hacia la fogata con el rastrillo, el sudor le hacía brillar el cuerpo como caoba bruñida. Blanca estaba de pie a sus espaldas, vestida con una batola ligera de verano que tenía puntilla de encaje en el ruedo. Estaba embelesada mirando la fornida espalda de Manuel, y la comparó con el endeble torso de Esteban. Se preguntó por qué habría estado tan locamente enamorada de aquel guiñapo como si fuera el hombre más guapo de la tierra.

"¿Por qué no tienes vellos en el pecho?" le preguntó un día a Manuel con una risita pavosa. "Algunos hombres parecen monos de tanto pelo que tienen". "No lo sé", le contestó Manuel. "Supongo que los vellos sirven para proteger del sol. Como soy negro, no necesito vellos".

"¿Entonces, por qué no brincas por encima de la fogata?" le desafió Blanca. "El sol no es más que una fogata más grande. Esta chiquita no debería molestarte". E inclinándose hacia adelante, besó de lleno a Manuel en la boca. El joven se sorprendió tanto que dio un salto tremendo y cayó al otro lado de la hoguera. Blanca quiso imitarlo, pero dio un tropezón y se fue de bruces sobre la pira. Manuel la sacó de las llamas y apagó su vestido con las manos. Blanca se quedó inmóvil sobre de la yerba, mirando como salía humo del ruedo de su falda. Entonces clavó sus ojos en los verdes de Manuel. "Por favor llévame lejos de esta casa", le rogó anegada en llanto.

Se fugaron unas semanas más tarde y se fueron a vivir juntos a una casita de madera junto al Río Emajaguas. Como eran menores de edad no podían casarse, y los padres de Manuel los ayudaron lo más que pudieron. Felipe, el padre de Manuel, era el mejor jardinero de Guayamés y tenía muchos clientes; le ofreció a su hijo un trabajo fijo. Don Hipólito había dejado a su hija sin un centavo, pero doña Ester le enviaba secretamente a los jóvenes una mensualidad, para que pudieran sobrevivir.

A los pocos meses Blanca se dio cuenta de que estaba encinta. Al nacer el niño, en lugar de estar contenta Blanca se sintió profundamente triste. Mientras más miraba a su hijo más ajeno lo sentía. No era ni blanco como los Montenegro, ni oscuro como los Sánchez; tenía la piel color café con leche. Parecía como si al nacer alguien le hubiese revuelto todo lo que llevaba por dentro y ella ya no sabía de quién era. Odiaba oírlo llorar, pero no podía cogerlo en brazos para mecerlo porque tocarlo la repugnaba.

Blanca pensó que si llevaba a bautizar al bebé a lo mejor lograba aceptarlo y darle su cariño. Una mañana se lo llevó al sacerdote de Guayamés, pero éste le dijo que no podía bautizar a un niño ilegítimo. Blanca le pidió que la confesara, pero el padre se negó a hacerlo porque ella "vivía en adulterio, y tenía el corazón cundido de gusanos". Blanca se horrorizó. Regresó corriendo a casa y cuando Manuel volvió del trabajo la encontró tendida en la cama con la boca llena de polvo de arsénico y un vaso de agua sobre la mesita de noche. Había dejado a su hijo con los padres de Manuel al regresar de la iglesia en la mañana.

La noticia entristeció profundamente a don Esteban y envió una corona de rosas blancas con una cinta morada al sepelio de su antigua novia. Don Hipólito se ofreció a educar a su nieto, Manuel Felipe, como a su propio hijo con la condición de que lo dejaran adoptarlo. Unas semanas después del suicidio de su hija se presentó en el bungalow de los Sánchez en su Cadillac, porque quería conocer al bebé. Manuel lo sacó al balcón para que su abuelo lo viera, pero no permitió que don Hipólito lo cargara. "Yo puedo educar a mi hijo sin ayuda de nadie", dijo con firmeza. "No quiero ni un centavo de su fortuna tabacalera".

Con la modesta renta que su abuela le enviaba a escondidas, Manuel Felipe estudió contaduría y se hizo CPA —contador público asegurado. Se casó con una jovencita de Guayamés empecinada en mejorarse: trabajó durante diez años como ama de llaves en casa de una familia de medios, y ahorró hasta el último centavo para costearse los estudios secretariales. Manuel Felipe la conoció cuando recién empezó a trabajar como secretaria en el Departamento de Hacienda, donde él se iniciaba como contable. Se casaron y tuvieron una hija, a la que bautizaron Blanca Sánchez. Manuel Felipe estaba loco con ella; trabajaba doce horas al día seis días a la semana y los domingos trabajaba horas extra para que a su hija no le faltara nada.

Manuel Felipe fue un correligionario leal del Partido Democrático Institucional desde sus comienzos. Estaba convencido de que los recursos de una nación debían pertenecerle a todo el mundo y no a una minoría privilegiada. Subió poco a poco por la escala burocrática hasta que lo nombraron Recolector de Rentas Internas, un puesto de mucha confianza. Su honestidad como servidor público era a prueba de balas, y llegó por fin a oídos de Fernando Martín. Su comportamiento con don Hipólito de Montenegro le ganó mucha credibilidad en el partido. Había dado el ejemplo de cómo se debía lidiar con los ricos: no había aceptado un centavo de su fortuna y lo había mandado a freír espárragos. Su hija se crió en un ambiente modesto, como la mayoría de la gente de Guayamés, pero con una educación sólida adquirida en la Escuela Pública. Algunos años después don Hipólito le había hecho una segunda visita a Manuel Felipe en su casita junto al río. El gobierno le había expropiado el almacén de tabaco porque necesitaba ampliar los muelles, dijo, y le pagaron una miseria. Había tenido que sacar un préstamo para comprar otro almacén en las afueras del pueblo, y ahora necesitaba un subsidio para saldar los intereses. Pero Manuel Felipe no pudo ayudarlo. "Me acusarían de nepotismo", dijo, mientras sacudía tristemente la cabeza. "Si usted no fuera bisabuelo de mi hijo a lo mejor podía echarle una mano, pero la sangre es una barrera insalvable".

A don Esteban le dieron escalofríos al recordar aquella historia, que le vino a la mente como un relámpago mientras esperaba junto a tía Artemisa a que el Recaudador levantara los ojos y reconociera su presencia. Tía Artemisa no sabía absolutamente nada sobre Blanca de Montenegro ni sobre su hija, Blanca Sánchez. Don Esteban nunca le había hablado de ellas.

Artemisa tosió y se irguió cuan alta era sobre su silla. "Mucho gusto de conocerlo", dijo, tendiéndole a Manuel Felipe una mano perfumada por sobre los papeles cubiertos de cifras hacinados sobre la mesa. A Manuel Felipe no le quedó otro remedio que interrumpir su trabajo y devolverle el saludo. Se recostó sobre la silla y sonrió ampliamente, con las puntas de los dedos enlazadas sobre el pecho. Estaba vestido con camisa y pantalón kakis, casi un uniforme militar sin insignias.

"Mi amigo don Esteban de la Rosa está en una encerrona", dijo Artemisa con una voz tan suave como la seda. "No ha podido pagar las contribuciones de sus fincas porque el precio del azúcar se ha desplomado. Le gustaría vender algunas para cumplir con sus obligaciones, pero están infectadas de invasores y no puede venderlas. A lo mejor usted puede ayudar a don Esteban a trasladar a esas personas a otro lugar, para que él pueda disponer de algunos de sus predios y pagarle lo que le debe".

"Usted querrá decir los rescatadores de tierra, señora, no los invasores. Es lo que sucede cuando dos terceras partes de nuestras tierras van a parar a manos de personas inútiles, y la otra tercera parte a desarrolladores que especulan con ellas. Si las tierras de don Esteban no hubiesen estado baldías, nadie se hubiese atrevido a asentarse sobre ellas. El dueño de las cosas es el que las usa, no el que las pone en remojo".

"Se equivoca usted, señor recaudador. Los predios de don Esteban estaban todos minuciosamente sembrados de caña antes de que la chusma se apoderara de ellos".

"¿Y por qué don Esteban de la Rosa no dice nada?" preguntó Manuel Felipe. "No entiendo por qué la señorita Santillana aboga por don Esteban cuando las fincas son de él".

Don Esteban suspiró y señalo a la ancha cinta negra que llevaba hilvanada a la manga del traje. "Mi nieta murió recientemente, señor Sánchez", dijo. "Sólo tenía dieciséis años y fue un golpe muy duro para mí. La mente se me nubló durante meses y todavía no me he recuperado del todo. Por eso le he pedido a la señorita Santillana que me represente. Estoy de acuerdo con todo lo que le ha dicho".

"Lo acompaño en sus sentimientos. ¿Y cómo se llamaba su nieta?"

"Blanca de la Rosa, señor. Y era la niña más bonita de Guayamés".

"Eso no puede ser, don Esteban", dijo Manuel Felipe cordialmente, "porque la niña más linda de Guayamés era y todavía es mi hija, Blanca Sánchez de Montenegro". Y Manuel Felipe tomó de encima de su escritorio una fotografía en marco de plata y se la dio a don Esteban para que la viera.

Don Esteban sintió un torniquete de hierro oprimiéndole el corazón. Blanca Sánchez era la viva imagen de Blanca de Montenegro, su viejo amor. Su cabello era pálido como la luna de enero, tenía las facciones delicadas y una sonrisa perfecta. "Usted perdió a su Blanca pero yo todavía tengo la mía", dijo Manuel Felipe, con un ligero tono de reproche en la voz. "La vida nos devuelve la moneda cuando menos lo esperamos, ¿no es cierto, señor de la Rosa?" Y don Esteban se dio cuenta de que Manuel Felipe lo había reconocido.

Tía Artemisa estaba perdida, no entendía ni una palabra de lo que había escuchado. "¿Esa jovencita es su hija?" preguntó examinando la foto. "¡Qué graciosa y qué mona es! Tendrá como quince años ¿verdad? ¿Debutó ya en sociedad? Tengo un primo que precisamente este año salió electo director del *Country Club* de Guayamés, y allí celebran unos cotillones extraordinarios. Si gusta, le sugiero el nombre de su hija para que haga su presentación en sociedad este año". Pero ni el Recaudador ni don Esteban escucharon su cháchara.

"Yo sé exactamente a lo que usted ha venido, don Esteban. Tengo el informe de sus fincas aquí mismo. No se preocupe por nada", dijo Manuel Felipe, mostrándole un manojo de papeles que estaban sobre su escritorio. "Le prometo que para mañana en la mañana los rescatadores se habrán marchado y usted podrá vender en paz sus propiedades". Y se puso de pie para estrechar la mano de don Esteban.

Al día siguiente don Esteban se despertó muy enfermo y no pudo levantarse de la cama. Tía Artemisa se calzó las botas de vaquero, volvió a subirse al jeep de Contreras y se dirigió a las fincas de su amigo. Pero esta vez la acompañó un alguacil. Una vez en el caserío el jeep se detuvo de puerta en puerta, Artemisa se bajaba y le regalaba a cada vecino una botellita de agua bendita, una estampita a colores de la Virgen de la Caridad, un escapulario con Jesusito pintado encima, y una orden de arresto para todo el que no abandonara el lugar dentro de las próximas veinticuatro horas. Las familias se fueron una tras otra, y algunas semanas después don Esteban pudo empezar a vender sus tierras.

Tía Artemisa estaba eufórica, pero la felicidad le duró poco. Don Esteban sufrió un ataque al corazón seis meses más tarde. En su testamento le dejó la central Santa Rosa, así como las fincas que le quedaban, a Blanca Sánchez, la hija quinceañera de

Manuel Felipe. El día después del entierro Artemisa recibió una cajita por correo, envuelta en papel de estraza y amarrada con un cordel marrón ordinario, acompañada por una nota escrita a mano. Artemisa reconoció de inmediato la letra de don Esteban: le daba las gracias por todo lo que había hecho por Blanca Rosa y le pedía disculpas por no haberse atrevido nunca a pedir su mano. Adentro del estuche había un anillo de brillantes de cuatro quilates, redondo y perfecto como un astro, que le obsequiaba en recuerdo de lo que no pudo ser. Tía Artemisa sacó el anillo de su estuche y se lo colocó solemnemente en el dedo. Por eso vestía rigurosamente de luto, y nunca se quitó el solitario hasta el día de su muerte.

La Venus de la familia

perishable

EN LA OPINIÓN DE TÍA LAKHMÉ un vestido bello era una obra de la imaginación tan auténtica como una escultura o una pintura, y la moda era el arte más valioso de todos precisamente por ser tan perecedero. "Un traje de baile hermoso es como una mariposa", le decía Lakhmé a abuela Valeria si quería comprarse uno que le gustaba. "Brilla a la luz de la luna por algunas horas, y al amanecer se lo lleva el viento. *La mode, c'est la mort*". Y si abuela Valeria se quejaba de que el traje era demasiado caro, y que Lakhmé acababa de comprarse otros tres que todavía no se había estrenado, la besaba y la abrazaba y le decía: "Tenemos la plata, Mamá ¿por qué no gastarla? ¿nos la llevaremos con nosotros a la tumba?"

Tía Lakhmé era tan hermosa que pudo haber sido una estrella de Hollywood, y quizá precisamente por eso fue tan desgraciada. La belleza perfecta puede llegar a esclavizarnos; uno no quiere perturbarla ni exigirle favores, porque gozar de su presencia es ya suficiente privilegio.

Lakhmé era alta y esbelta como un sauce y tenía las pestañas rizadas y la nariz respingada de Rita Hayworth. Sus piernas eran largas y esculturales como las de Marlene Dietrich en *The Blue Angel*, y sus faldas un remolino de seda en el cual caían presas sus víctimas. Vestía sólo de los diseñadores más exclusivos como Harvey Bering, Cecil Chapman y Christian Dior, y llevaba los zapatos siempre teñidos de rojo rubí, azul zafiro o verde esmeralda —según el color de su vestido de turno.

Abuelo Álvaro murió en el 1936 —Lakhmé tenía sólo trece años, pero abuela Valeria nunca se preocupó porque le faltara un padre. Lakhmé era tan linda que Abuela estaba segura de que se casaría con un millonario. Cuando tía Siglinda y tía Dido se casaron y se fueron de Emajaguas, Valeria le dio a Lakhmé el cuarto de sus hermanas mayores. Lo hizo decorar en satén blanco —las cortinas, la colcha y hasta el edredón bajo el cual Lakhmé zarpaba todas la noches hacia el mundo de los sueños— porque estaba segura de que haría una novia perfecta. El tocador de tía Lakhmé tenía un espejo biselado de tres lunas que repetía su perfil perfecto hasta el infinito.

Todo el mundo en Emajaguas vivía un poco atemorizado de tía Lakhmé. La invitaban a todas las fiestas y los hombres más distinguidos la sacaban a bailar, pero ella era muy remilgada y siempre les encontraba defectos. En la casa nadie se atrevía a criticarla, aunque gracias a su gusto exquisito pocas veces tenían ocasión para ello. Sólo Aurelio de tanto en tanto la puyaba: "No seas tan vanidosa, Lakhmé. Acuérdate que eres la más joven de la familia y por lo tanto eres su rabadilla. Y ya sabes lo que se esconde debajo de la rabadilla".

Mis primas y yo todas queríamos ser como tía Lakhmé, pero cuando la vimos casarse tantas veces y regresar a Emajaguas después de cada divorcio como una gallina desplumada, se nos quitaron las ganas de parecernos a ella. Lakhmé era la novia perpetua, eternamente varada en las riberas de Emajaguas.

Entrar a la habitación de tía Lakhmé era lo mismo que entrar a una boutique de modas. Las sobrinas nos probábamos sus trajes, y le pedíamos que se deshiciera de éste o de aquél porque ya tenía un año y se veía *fané*. A mí nunca me gustó ponerme la ropa heredada de mis primas mayores, pero me encantaba ponerme la de tía Lakhmé. Me sentía como Cinderela, vestida con los trajes de su hada madrina.

Lakhmé asistió también a la Universidad de Puerto Rico, donde se graduó en artes liberales. En su habitación había algunos libros, pero nunca la vi leer ninguno. Clarissa siempre estaba estudiando sus textos de agricultura, historia y sociología; tía Dido tenía el cuarto lleno de libros de literatura; y el de tía Artemisa parecía una sacristía, con misales y breviarios de oración por todas partes. Pero en el cuarto de tía Lakhmé los libros servían para un propósito muy diferente.

En cuanto mis primas y yo entrábamos a la habitación de tía Lakhmé, ella nos ponía en fila y nos balanceaba un libro sobre la cabeza. "¡Hay que caminar con la cabeza en alto, queridas!" nos decía. "Si no, el mundo creerá que estamos avergonzadas y nos pasará de largo". Y cuando nos rizaba las pestañas, nos limaba las uñas y nos depilaba las cejas en arcos perfectos de Cupido con sus pinzas de acero, nos decía: "¡El que quiere azul celeste, que le cueste!" Pero toda su sabiduría y su belleza no le bastaron para salvarse de las injusticias de este mundo.

"Me casé por primera vez", nos contó un día Lakhmé, "cuando tenía veinte años, y estaba segura de que había encontrado a mi compañero perfecto. Tom Randolph, capitán de la Marina Norteamericana, medía seis pies de alto y era el hombre más guapo que he conocido. Se parecía a Johnny Weismuller, el campeón de natación de las Olimpíadas que luego se metió a estrella de cine. Nos enamoramos en la piscina del Club de Oficiales, en Guayamés.

"Nos conocimos gracias a una casualidad que casi termina en tragedia. Yo no sabía nadar, pero hacía tanto calor y la piscina del Club se veía tan tentadora que decidí meterme a la parte más llana, para refrescarme. No me imaginaba que el piso estaría resbaloso, y antes de que me diera cuenta me deslizaba hacia lo hondo sin poder agarrarme de nada. Pronto el agua me llegaba más arriba de la cabeza y sólo podía sacar las manos fuera. Traté de mantener la calma y de no respirar, mientras intentaba volver sobre mis pasos y regresar a la parte llana, pero seguía resbalándome hacia lo hondo. Entonces me entró el pánico. Giré en redondo con los ojos muy abiertos, y por un instante estaba segura de que me iba a ahogar. Al no poder aguantar más la respiración, empecé a tragar toneladas de agua. De pronto vi una estela de burbujas que se acercaba y alguien me levantó en vilo y me llevó a la superficie en menos de un segundo. Era Thomas Randolph.

"Tom me tendió boca abajo en el suelo y empezó a darme respiración artificial, oprimiéndome el pecho para que vomitara el agua. En cuanto sus manos me tocaron sentí escalofríos, y la corriente positiva del universo empezó a correr por mis venas. Una semana después vino a Emajaguas de visita. 'Lakhmé y yo nos amamos', le dijo a Mamá solemnemente. 'Mi barco zarpa mañana y queremos casarnos antes de que me embarque. Nos gustaría que nos diera su bendición'.

"Valeria nos vio cogidos de la mano y se sintió muy triste.

'No podemos cambiar nuestro destino; sólo podemos vivirlo', dijo con resignación. 'Si este hombre te hace feliz, Lakhmé, cásate con él. Pero al menos espera a que regrese de la guerra. ¿Quieres ser viuda a los veinte años?

"Pero puede que nunca regrese, Mamá', le supliqué. 'Y entonces nunca conoceré el amor'. Así que la besé, la abracé, y me fui corriendo del brazo de mi capitán a buscar al juez.

"'Tom se embarcó al día siguiente y durante el próximo año navegó por el Pacífico en un destructor de la Marina. Se batió en el Mar de los Corales y en las Islas Midway; participó en el desembarco de Guadalcanal y regresó a Puerto Rico al finalizar la guerra. Parecía más que nunca un dios cuando entró por la puerta de Emajaguas. Todavía llevaba puesto el uniforme de la Marina, y sobre el pecho le destellaban varias medallas y la cinta púrpura del herido en combate. En cuanto me vio me levantó en el aire como una pluma y me dio un beso en la boca. Ese fue el día más feliz de mi vida.

"Mamá nos dio cincuenta mil dólares de regalo de bodas. El dinero era parte de mi herencia luego de la venta de la Constancia, la finca que Papá me dejó al morir. Con ese dinero Tom y yo compramos un bungalow en una loma cerca de Guayamés, y allí gozamos de nuestro paraíso durante algún tiempo.

"Tom era el marido perfecto, como suelen serlo a menudo los americanos. Era tierno y bueno, nunca tocaba el alcohol ni se fijaba en las demás mujeres. Jamás le importó darme una mano con las tareas de la casa. Escurría los platos y sacaba la basura al patio todas las noches. Pero las heridas que recibió en combate durante la campaña del Pacífico le dejaron los nervios hechos polvo, y a los tres años de casados casi nos habíamos gastado todo el dinero del regalo de boda en tratamientos médicos. Entonces fue el desastre. Tom sufrió un ataque masivo al corazón y se fue de boca mientras trabajaba en la huerta que quedaba detrás de la casa. Era tan pesado que no pude moverlo, y en la casa no había nadie que me ayudara. Corrí al teléfono y llamé a Mamá; Urbano subió la cuesta como un relámpago en el Packard y llegó al bungalow poco después. Pero cuando llegamos al hospital, mi pobre Tom ya estaba muerto.

"Valeria insistió en que la acompañara en un viaje por España para que me distrajera un poco. En Madrid conocí a Rodrigo de Zelaya, un español de tez aceitunada que era embajador de España en Marruecos. Rodrigo era más bien feo, tenía la cara ancha y era muy velludo, pero me pareció un hombre interesante, rodeado por un aura de misterio. Era íntimo amigo de Franco cuando vivió en Marruecos y fue uno de sus generales más aguerridos. Pero en ese entonces eran tiempos de paz, y cuando iba de vacaciones a Madrid le gustaba pavonearse por el Retiro con su hábito de cacería —pantalones de montar, chaqueta de antílope y todo lo demás. La única nota discordante en su presencia era la uña del dedo meñique de la mano derecha, que tenía tres pulgadas de largo. Rodrigo la usaba para revolver el azúcar en su pocillo de café negro al estilo árabe todas las mañanas.

"Conocí a Rodrigo durante una cacería de zorros en Villaviciosa, un cortijo a las afueras de Madrid que pertenecía a un primo de los reyes de España. Yo asistí vestida con la chaqueta roja de rigor en estos casos, el látigo de montar en la mano y mis botas de cuero inglés hasta la rodilla. '¿De veras sabes montar?' me preguntó Rodrigo al verme ataviada tan a la moda. 'Claro que sí', le contesté muy segura de mí misma. 'Aprendí a montar con Papá de niña por los campos de Emajaguas'. Y ágilmente me subí al fornido caballo que Rodrigo me sostenía por la brida.

"Era cierto que sabía montar, pero en caballos de paso fino puertorriqueño. En ellos todo lo que había que hacer era sentarse como en una butaca amplia y disfrutar del paisaje. Los caballos de la isla tenían el paso tan sereno que uno podía beberse una copa de champán sin derramar una sola gota mientras cruzaba la llanura de renuevos de caña. Yo nunca había montado a la inglesa, en una silla que más parecía sillín de bicicleta y a la que no había manera de afianzarse, mucho menos cuando se corría por terrenos escabrosos como los de Castilla. El jinete tenía que aliar sus movimientos a los de su montura, pero yo no tenía la menor idea de cómo balancear mi cuerpo sobre las rodillas, o de cómo inclinarme hacia adelante para que el corcel emprendiera el trote. En cuanto me senté en aquella silla escasa, el enorme bayo español percibió mi inseguridad y salió galopando a campo traviesa como si se lo llevara el diablo. Me abracé a su cuello para no matarme hasta que Rodrigo finalmente me alcanzó y lo detuvo. Me hizo descender de la montura y me subió a la suya. Me senté sobre las ancas, me abracé a la cintura de Rodrigo, e instantáneamente la corriente poderosa del universo empezó a cursar otra vez por mis venas. Cuando algunas semanas después Rodrigo me pidió que me casara con él, accedí encantada.

"Rodrigo había vivido en Marruecos durante diez años y se había arabizado bastante. Se había hecho musulmán, y me preguntó si me importaba casarme en una ceremonia mahometana. 'Nos casaremos en Rabat', me dijo, 'pues en España las mezquitas están prohibidas'. Yo encontraba todo aquello maravilloso pero Valeria se preocupó bastante. 'Tu prometido parece buena persona', me dijo, 'pero esa garra de águila que tiene en el dedo meñique me da un poco de miedo. ¿Por qué no esperas a conocerlo mejor en Madrid antes de irte a casar con él a Rabat? Una vez en Marruecos, si la cosa no va bien, ya no podrás escaparte'. Pero yo no podía esperar y no le hice caso.

"Mamá regresó a casa llena de oscuros presentimientos. Cuando llegó a Guayamés, vendió otro de mis bonos y me envió cien mil dólares en una transferencia bancaria. Además me envió por barco cuatro baúles de ropa y todas mis joyas por valija diplomática. Yo deposité el dinero en una cuenta conjunta en Rabat, y le di a Rodrigo una libreta de cheques para que los dos pudiéramos girar contra ella.

"Al principio me divertí como loca. Vivíamos en un hermoso palacio de mosaicos azules, con jardines moriscos y fuentes como espejos surcadas de murmullos, exactamente igual a las de *Las mil y una noches*. Rodrigo era muy buen amante —los árabes son expertos en las artes eróticas— y hacíamos el amor casi todas las noches. Me enseñó muchos secretos: me perfumaba el cabello con pétalos de jazmín y me maceraba el ombligo con hojas de menta, los pechos con Ylang-Ylang y la vagina con ramitos de vainilla. Entonces me olía y me lamía de la cabeza a los pies. Un joven sentado detrás de la masrabella de nuestro cuarto nos deleitaba con la cítara, mientras otro acariciaba nuestros cuerpos con un abanico de suaves plumas que tenían ojos iridiscentes en las puntas. Tenía el pene grande; parecía un minarete de marfil con la cúpula rosada, y yo disfrutaba enormemente oficiando como su muezín. Me subía a su tope por lo menos dos veces al día, y cantaba las alabanzas de Alá.

"Pero Rodrigo tenía un defecto: era muy reconcentrado y casi no me hablaba. La religión mahometana desalentaba la conversación entre marido y mujer y al poco tiempo empecé a aburrirme. Estaba acostumbrada a charlar con mi pobre Tom hasta altas horas de la noche después de hacer el amor. Pero con Rodrigo la conversación consistía estrictamente de gemidos y quejidos orgásmicos.

"Decidí entretenerme por mi cuenta y no dejarme deprimir por aquella situación. En Rabat había un bazar maravilloso que me propuse investigar a fondo; seguramente allí encontraría sedas y damascos exóticos que podría enviar a los modistos de París para hacerme mis vestidos de noche. Pero cuando le dije a Rodrigo que pensaba visitar el bazar se escandalizó y me

advirtió que sería imposible —enviaría a un sirviente y los comerciantes me traerían sus rollos de tela a la casa para que los
examinara. Cada vez que salíamos a la calle juntos Rodrigo insistía que me cubriera la cabeza y la mitad del rostro. y que llevara puesta una capa de agua hasta los tobillos. Me enfurecí con
él. Yo no era mahometana ni pensaba serlo, le dije; no camina-
ría por la calle tres pasos detrás de él como una tapada.

"Me propuse no hacer caso de los requerimientos de Rodrigo. 'Eso no quiere decir que no me quiera', me dije. 'El hombre
es como el oso, mientras más feo, más hermoso'. Empecé a
verme con un grupo de mujeres europeas que había conocido
en las fiestas de la embajada, y en las tardes nos reuníamos a
charlar en el bar del Hilton y nos dábamos unos tragos. Pero
tenía que hacer estas visitas con mucha cautela, porque si iba
por la calle vestida de un diseñador europeo, con zapatos de
tacón alto y enaguas de crinolina, si alguien me reconocía, me
lanzaba insultos soeces.

"'Si continúas comportándote así lesionarás mi reputación y
perjudicarás mi carrera', me gritó un día Rodrigo. 'He vivido
en Rabat durante diez años y respeto las costumbres árabes. El
Corán lo dice claramente: la mujer debe ir velada. Si va con el
rostro desnudo es como darle sal al hombre y negarle el agua.
Además, las mujeres veladas son mucho más hermosas'.

"Yo me estaba calentando cada vez más, pero me hice la dis-
traída.

"'¿Y eso por qué?'

"'El rostro de la mujer es como su culo, le pertenece al marido. No debe enseñárselo a nadie'.

"Me eché a reír (mis primas y yo también nos reímos nervio-
sas cuando tía Lakhmé nos contó esta parte de su historia).
Rehusé ponerme aquellos trapos, y se armó una disputa de
todos los diablos.

"En otra ocasión Rodrigo invitó a unos jeques árabes millonarios a cenar a la casa. Cenaríamos sentados en cojines de seda sobre el piso, y todo el mundo metería la mano en la misma bandeja, sin usar cubiertos ni nada por el estilo. Antes de que llegaran los invitados Rodrigo me advirtió: 'Ya sé que eres zurda, Lakhmé, pero cuando nos sentemos a comer por favor usa sólo la mano derecha. Los árabes usan la izquierda para cosas que no pueden mencionarse en público.'

"" ¿Y cuáles son?' le pregunté, haciéndome la inocente.

"'Para limpiarse el culo cuando cagan', me contestó con ira contenida. 'Y para zurrar a las mujeres rebeldes'.

"Por segunda vez me eché a reír (y nosotras también, en la alcoba forrada de raso, a mil millas de distancia de Rabat y del terror que la pobre tía Lakhmé debió sentir entonces). Esa noche me divertí de lo lindo comiendo cuscús con la mano izquierda y metiéndola hasta el fondo en la enorme bandeja de bronce que los sirvientes colocaron frente a nosotros.

"A Rodrigo le dio tanta cólera que cuando los invitados se fueron me arrebató el pasaporte y la libreta de cheques y me prohibió salir de la casa. Desde entonces me revisaba todas las cartas y las llamadas telefónicas, y me dejó sin dinero. Le ordenó a uno des sus esbirros que me siguiera a todas partes, y me amenazó con golpearme si le contaba a alguien lo que pasaba.

"El próximo sábado era día de asueto para la sirvienta, así que cuando sonó el teléfono lo contesté yo misma. Era Dido; estaba en Rabat con Antonio desde hacía una semana pero cada vez que llamaba, la empleada le decía que la señora no estaba. No solté prenda porque Rodrigo estaba cerca, pero le rogué que me vinieran a visitar esa misma tarde. Nos sentamos en la sala sobre los cojines del piso, y Rodrigo se sentó cerca de nosotros. Me hice la que no sucedía nada, pero cuando Dido y Antonio estaban por marcharse, les pasé con disimulo una nota: Rodrigo me tenía presa y necesitaba desesperadamente su ayuda. Debían alquilar una Land Rover y esperarme a la mañana siguiente en una calle específica donde yo me encontraría con ellos. Teníamos que ejercer suma cautela; bajo la ley mahometana, si Rodrigo me agarraba tratando de abandonar el país sin su permiso podía hacer que me arrojaran en la cárcel.

"El lunes en la mañana me puse los tenis y el overol de jardinería y oculté mis joyas en los bolsillos de mi pantalón. Cuando Rodrigo salió para la oficina le dije al sirviente que velaba la puerta que iba a podar unos arbustos de rosa al fondo del jardín, me escurrí hasta allí y salté la valla. Dido y Antonio me recogieron en el lugar acordado, en una plaza cerca del centro. Dirigimos la Land Rover a toda velocidad hacia el sur de la ciudad y pronto salimos al desierto del Sáhara. No nos detuvimos hasta que llegamos a Mauritania.

"Llegué a Emajaguas una semana después sin un centavo. pero con mis joyas puestas. Valeria me recibió con los brazos abiertos. Estaba tan contenta de verme que ni se inmutó cuando le dije que no había tenido tiempo de sacar el dinero del banco. 'El dinero es como una veleta, hija; hoy navega contigo y mañana conmigo. No te preocupes por eso,' dijo para consolarme. 'Todo tiene remedio en este mundo menos la muerte'.

"Por mi parte, yo estaba tan feliz de estar de vuelta en Emajaguas que no derramé una sola lágrima por Rodrigo de Zelaya.

"Me casé con Edward Milton, mi tercer marido, en el 1957 en la catedral de Guayamés. Me había casado con Tom Randolph frente a un juez, y mi matrimonio con Rodrigo fue por la religión Mahometana, así que ninguno de ellos era válido ante los ojos de nuestra Santa Madre Iglesia. Ahora podría tener una ceremonia católica con todas las de la ley.

"'Quiero un velo de tul ilusión que llegue del altar a la calle, una corona de azahares frescos y un traje de novia con la cola de diez yardas de largo', le dije a Mamá cuando Edward Milton me propuso matrimonio. 'Ésta será una boda de verdad'.

Valeria estaba tan contenta que cantaba sola. Fue al banco, sacó los últimos cincuenta mil dólares que me quedaban en la cuenta y nos los obsequió como regalo de bodas.

"Edward Milton era presbiteriano, pero accedió a casarse por el rito católico. Era de ascendencia inglesa y le encantaba echárselas de que, si su padre se hubiese quedado en Londres, él hubiese tenido un asiento asegurado en la Casa de los Lores. Lo conocí durante una recepción que el cónsul inglés celebró en su casa, a la que asistió la alta sociedad de Guayamés. Después de estar casada con un americano que amaba la vida bucólica de la montaña y con un español medio salvaje que me había secuestrado en Rabat, tenía ganas de regresar al mundo civilizado. Las mujeres divorciadas llevaban una vida social muy limitada en Guayamés, pero una vez casada con Edward me invitarían otra vez a las mejores casas y asistiría a todas las fiestas. Y lo que era más importante, podría vestirme de nuevo con ropa bella.

"Lo primero que hizo Edward después de que nos casamos fue comprarse un Bentley Silver Cloud y contratar a un chófer uniformado que nos condujera a todas partes. También alquiló los servicios de un *butler* inglés vestido con librea —el primero y el último que se vio en Guayamés— y yo tenía doncella y cocinera. Edward hacía que la manicurista visitara la casa todas las mañanas con una canastita colgada del brazo para que le mondara las cutículas y le pintara las uñas con esmalte transparente, algo insólito en la sociedad machista de la isla.

"Edward había estudiado un año en Oxford y hablaba inglés con acento británico. A menudo dábamos fiestas en nuestra casa, pero venía muy poca gente. Edward no le caía bien a mis amistades porque era muy esnob. Había nacido en una plantación de tabaco de Raleigh, North Carolina, y era tan envarado que parecía un cigarro envuelto en una levita. Nunca aprendió a hablar una palabra de español, y en cuanto entraba por la puerta todo el mundo tenía que empezar a hablar inglés porque dejarlo fuera de la conversación era una grosería y de inmediato Edward nos lo hacía saber. Y si alguien se atrevía a seguir chapurreando en el vernáculo Edward inmediatamente empezaba a criticar a los hombres puertorriqueños, que eran tan incultos y bárbaros que maldecían cuando tenían que vestirse de chaquetón y corbata, y se las echaban de llevar la dignidad colgada de las bolas.

"La primera vez que Edward me hizo el amor fue una desilusión. No era tierno como mi amado Tom ni eróticamente ingenioso como Rodrigo. Tenía el pene flaco y seco, como un cigarro de los que se compran en cualquier cafetín por cinco centavos. A veces se ponía tan erizado como un armadillo y no había por donde agarrarlo. No soportaba que le dijera dónde y cuándo debía acariciarme para que yo sintiera placer. Esto lo ponía furioso, porque creía que le estaba dando órdenes.

"Edward había aprendido mucho sobre la industria del tabaco en la plantación de su familia en Raleigh, e invirtió nuestro dinero en una pequeña fábrica de cigarros en Caguana, 'La Cacica'. Tenía una finca de doscientos acres sembrados de tabaco y un almacén ruinoso donde las hojas de tabaco se colgaban a secar del techo. Edward no dudaba del éxito de la empresa. Se había enterado de que las hojas de tabaco puertorriqueño eran las más sabrosas del mundo. Por eso se exportaban a Cuba, donde los manufactureros las usaban como tripa en los Montecristos y los Partagás, aunque los cubanos nunca confesaban de dónde venía el sabroso sabor de sus cigarros más caros.

"Pero lo que Edward más disfrutaba de su empresa tabacalera eran las bellas jovencitas de Caguana que acudían a trabajar todos los días a la fábrica. Procesar las hojas de tabaco era una tarea difícil que hacían tradicionalmente las mujeres. Primero tenían que despalillar las hojas, extrayéndoles el tallo sin que se rompieran; entonces les deshebraban las venas; y finalmente esparcían las hojas sobre sus muslos desnudos y las estiraban delicadamente con las manos, lo que les ponía las piernas de un mate dorado tan oscuro como las hojas mismas.

"A Edward le encantaba fumar cigarros, y era probablemente por eso que tenía tan poca fuerza de voluntad con las tabaqueras. No resistía la tentación de hacerles el amor, porque cada vez que hundía el rostro en sus muslos perfumados le parecía que se estaba fumando un tabaco puertorriqueño. Como Edward salía al amanecer para Caguana, el pequeño valle del interior donde se encontraba situada la fábrica, y no regresaba hasta el oscurecer, no me enteré de este lado de su negocio hasta mucho más tarde.

"Cuando me casé con Edward yo creí haber llegado a buen puerto, a los brazos de alguien que me protegería para toda la vida. Le creí cuando me juró que era un hombre de medios, y cuando visité la casa de su familia en Raleigh antes de que nos casáramos me quedé impresionada. Vivían en *Main Street,* en una mansión Victoriana con torrecillas de piedra y una altísima mansarda de cuatro aguas. Pero Edward tenía cuatro hermanos y cinco hermanas, y cuando sus padres murieron la herencia se diluyó y casi no le tocó ningún dinero. Por esta razón, desde que nos casamos tuvimos que depender de mis ingresos.

"Los beneficios que Edward recibía de La Cacica no eran lo suficiente para cubrir sus gastos, y mucho menos los míos. Después de la Revolución Cubana de 1959 se hizo cada vez más difícil exportar el tabaco puertorriqueño a Cuba, que era su mercado principal. Los costos marítimos subieron drásticamente en los Estados Unidos, y todos nuestros productos tenían que transportarse en buques norteamericanos. Cuando Edward me dijo que tendría que cerrar La Cacica yo no lo podía creer. Estábamos arruinados y, aunque ya no fabricábamos puros, tendríamos que vivir literalmente chupando aire.

"Edward vendió su Bentley, despidió al chófer y al mayor-domo, y yo tuve que deshacerme de la doncella y hacer la limpieza yo misma. Lo primero que perdí fueron mis uñas, que cuidaba como las niñas de mis ojos, y los dedos se me volvieron tocones. Ya no tenía dinero para acudir a la peluquería y tenía que peinarme yo misma. Y lo peor de todo era que no podía comprarme ropa de última moda. Era imposible sobrevivir así.

"Empaqué mis vestidos más finos en varios baúles, guardé la libreta de cheques y las joyas en la bolsa y me regresé a Emajaguas a vivir con Mamá. Le dejé a Edward el juego de cubiertos Gorham, la vajilla de porcelana Lenox y las copas Val St. Lambert que nos habían regalado para la boda. Y le hubiese dejado mucho más a cambio de mi libertad, porque si no podía vivir para la moda, prefería no seguir viviendo.

"La sociedad de Guayamés es católica, apostólica y romana y el divorcio no se ve con buenos ojos. Yo sabía que, si me divorciaba de Edward, me excluirían por completo de las actividades sociales y jamás me volverían a invitar a un agasajo importante. No me quedaba otro remedio que intentar anular el matrimonio.

"Escribí una carta a Roma, pidiéndole al Vaticano información sobre los anulamientos, pero nunca me contestaron. Fui entonces a visitar al padre Gregorio, el párroco de Guayamés. Le conté lo de las infidelidades de Edward, y sobre como prefería hacer el amor con las tabaqueras de Caguana antes que conmigo. 'Quiero anular mi matrimonio y no sé cómo hacerlo', me quejé sollozando en voz baja detrás de la cortinilla de terciopelo rojo del confesionario.

"El padre Gregorio era un español con mucho mundo, al que nunca lo asombraban las locuras de los hombres. Cuando el padre Martínez tronaba desde el púlpito '¡Arrepiéntete pecador!' y 'Antes entrará por las puertas del Paraíso un camello que un rico', el padre Gregorio afirmaba que por ella podían entrar hasta los elefantes una vez cumplieran con el diezmo.

Era un hombre de labios gruesos y prontos a sonreír. En cuanto reconoció mi voz, empujó hacia un lado la cortinilla y me miró con simpatía. 'No va a ser fácil ayudarte, hija mía, pero ya nos inventaremos algo', dijo guiñándome un ojo.

'Tienes que prometerme que me invitarás a cenar por lo menos una vez al mes a casa de tus padres'. Aquella petición no me sorprendió porque el padre Gregorio era de una familia conocida de Santander. Sabía lo que era el buen vino y la buena mesa, y desde que había salido de España tuvo que vivir una vida espartana, porque la Iglesia Católica en la isla era muy pobre. El padre Gregorio hubiera dado cualquier cosa por asistir a las cenas de mantel y cubierto de Emajaguas.

"'Hay tres maneras de anular un matrimonio', me aconsejó el padre calladamene. 'Si el novio es impotente y el matrimonio no se consuma a menos de que intervenga el Espíritu Santo; si el contrato matrimonial es fraudulento —si uno de los contrayentes es menor de edad o le falta un tornillo, como dicen ustedes en la isla; o si se jura el voto matrimonial de la boca para fuera, sin comprometer a fondo la voluntad humana. Esta opción, conocida como 'cláusula de reserva mental', es la que más te conviene. Desgraciadamente es también la más cara —su costo es de cuarenta mil dólares—, porque si no lo fuera los divorcios en el mundo harían orilla. Así que te recomiendo que intentes la primera alternativa, que es gratis porque tiene que ver con la voluntad divina; cuando el hombre no puede, no puede. Ustedes no han tenido hijos, así que no hay prueba de nada, y la potencia sólo la comprueba la novia en la noche de bodas.

"El proceso de anulamiento era complicado. El Vicario de Roma enviaría a un nuncio papal para que llevara a cabo una investigación minuciosa, entrevistándose con mis parientes y amigos de la isla. Pero si yo lograba la complicidad de Edward, las posibilidades de éxito eran buenas. Llamé a Edward por teléfono al día siguiente y me dijo que quería regresarse a North Carolina. Uno de sus hermanos le había ofrecido un trabajo en la plantación de la familia pero necesitaba dinero para la mudanza y no tenía un centavo. Me ofrecí a ayudarlo con tal de que hiciéramos un trato. Le conté que tenía intención de anular nuestro matrimonio y que para lograrlo necesitaba que se entrevistara con el nuncio papal, que llegaría en algún momento de Roma. Todo lo que tenía que hacer era decir que era impotente y yo le pagaría veinte mil dólares. 'Una vez nos anulen el matrimonio podrás regresarte a Raleigh y yo no volveré a importunarte'. Hubo un silencio por el auricular. '¿Será todo estrictamente confidencial?'

"Me eché a reír para tranquilizarlo. '¿Pues qué crees? Si todavía fuera vírgen, no andaría por ahí confesándoselo a todo el mundo'. Edward estuvo de acuerdo y yo di un respiro de alivio.

"Al día siguiente fui al banco con Valeria, ella vendió uno de sus bonos de veinte mil dólares y me prestó el dinero. Le remití a Edward un giro postal por esa cantidad. El padre Gregorio escribió a Roma con mi petición y le solicitó al Vaticano que enviaran al nuncio a la isla lo antes posible.

"El delegado papal llegó cuatro meses más tarde. Era enclenque y cetrino, con las orejas largas y las mejillas hundidas como las de un hurón, y el oscuro hábito de los Benedictinos le daba un aire de personaje de Caravaggio. Empezó en seguida a meter las narices por todas partes. Visitó a Clarissa, a Dido y a Siglinda, y les hizo unas preguntas que les puso las mejillas como amapolas: que si Lakhmé había tenido amantes, que si era algo ligera de cascos como le habían dado a entender algunos de sus vecinos. Ante el espectáculo de aquella comadreja hurgando en sus asuntos, la familia cerró filas y el nuncio ni siquiera se enteró de que me había casado dos veces antes de conocer a Edward.

"Cuando el nuncio visitó a Edward, éste cumplió su promesa al pie de la letra. Lo invitó a comer y durante el almuerzo le confesó su bochornoso secreto (no sin antes beberse una botella de Chianti, para envalentonarse): nunca había logrado levantar la polla. Desgraciadamente, un día al curita se le ocurrió entrevistar a varias de las tabaqueras de la fábrica de Caguana. Viajó hasta el pueblo y aquello fue Troya. Cuando les preguntó sobre el caballero sureño, le mentaron la madre: Edward empezaba besándoles la punta de los dedos, y terminaba siempre remojando el puro en la espuma de su leche. Cuando la comadreja romana les preguntó si tenían alguna prueba de aquellas acusaciones, las tabaqueras acudieron a la fábrica con sus críos de la mano, y todos tenían cara de tabaco enrollado.

"Después de aquel testimonio, no había forma de acusar a Edward de impotencia. No me quedó más remedio que acudir a la cláusula de reserva mental para lograr el anulamiento, lo que me costó cuarenta mil dólares más, que Mamá también tuvo que prestarme.

"Luego de mi divorcio de Edward Milton decidí quedarme soltera. Me he casado tres veces y no me arrepiento. He vivido mi porción de aventuras y sé muy bien lo que es un pene. Los he probado de todos los tipos —el largo, el grueso, el corto y hasta el chueco y espinoso. Y les aseguro que nada de eso importa, queridas, porque sólo serán felices si viven para la moda. Es lo que yo he hecho desde que me divorcié de Edward. Pero todavía puedo enseñarles a ustedes cómo atrapar un marido, si les interesa saberlo".

✳

TERCERA PARTE

Los infortunios de Clarissa

Todos somos muertos,
hijos de los muertos, dijo el primer hombre.
Nadie muere, respondió el segundo hombre.

—NAGUIB MAHFOUZ, *Málhamat al-Harafish*

12 — 14

El diamante de abuelo Álvaro

LOS DOCTORES JURABAN QUE Clarissa no viviría más de un mes, por culpa de la fiebre reumática que le dio cuando la picó un mosquito infectado a los pocos días de nacida. La fiebre le debilitó el corazón, y pronto desarrolló un soplo tan fuerte que podía oírse sin la ayuda de un estetoscopio, con sólo acercar el oído a su pecho. Estuvo un mes en incubadora, pero cuando no mejoró los doctores le dijeron a abuelo Álvaro y a abuela Valeria que se la llevaran a la casa, —no había más nada que hacer.

Abuela dejó a Clarissa en la cuna y le dijo a Abuelo que buscara una nodriza, porque sus nervios estaban deshechos y no podía ocuparse de ella. Abuela tenía sólo dieciocho años y le daba terror que el bebé se le muriera en los brazos. Fue entonces que Abuelo fue a buscar a Miña Besosa y la trajo a Emajaguas.

Miña era mitad india taína y mitad negra jelofe, y su familia era muy pobre. Su padre, Triburcio Besosa, era pescador, y su madre, que se llamaba Aralia, murió cuando Miña era muy pequeña. Miña se casó con Urbano, un negro que era chófer de la central Plata, cuando tenía quince años. Cuando llegó a Emajaguas ya tenía treinta y cinco y había dado a luz cuatro veces. Sus cuatro hijos eran los más saludables de Camarones, gracias a su leche abundante. Un día Miña estaba lavando la ropa sucia de su familia en el Río Camarones mientras Urbano la sostenía para que la corriente no se la llevara, cuando abuelo Álvaro pasó por allí a caballo. Miña estaba encinta por quinta vez y estaba a punto de parir; de caerse al agua se hubiese ido al fondo del río de lo pesada que estaba, y nadie hubiese podido salvarla.

Cuando abuelo Álvaro vio a Miña, se le acercó. La ropa mojada se adhería a su cuerpo en forma reveladora. Parecía llevar una berenjena gigante sobre la barriga y dos más pequeñas adheridas al pecho.

"Felicidades por el próximo advenimiento", les dijo Abuelo, mientras su caballo pateaba juguetonamente el agua. Y señaló al vientre de Miña con una sonrisa cómplice.

"Buenos días, patrón", contestó Urbano. Había reconocido a don Álvaro Rivas, el de la casa grande en el barrio Emajaguas.

"Mi esposa acaba de dar a luz", dijo abuelo Álvaro. "¿Qué le parece si nos la envía para que le dé de mamar a la niña? Le pagaremos muy bien, porque es nuestra primogénita".

Miña se puso las manos sobre la barriga y miró a su marido atemorizada. "Claro que irá, Patrón", contestó Urbano. "Será un privilegio".

En cuanto don Álvaro se marchó Miña empezó a llorar, y siguió así toda la noche. Se le rompía el corazón nada más que de pensar que tendría que dejar al bebé con su hermana para que lo cuidara. Pero Urbano estaba empecinado. "Una vez estés trabajando con los Rivas de Santillana estaremos seguros. Yo iré a visitarte a la hacienda todos los días, y con nuestros ahorros podremos comprar nuestra propia casa".

Abuelo Álvaro hizo algunas pesquisas y se enteró de que Urbano era un chófer responsable. Nunca había participado en una de las huelgas recientes de la central y había estudiado hasta sexto grado, así que sabía leer y escribir. Tiburcio, el padre de Miña, era el mejor pescador de Guayamés. Álvaro lo recordaba bien: era famoso por las sartas de chillos y de colirrubias que vendía por todo el pueblo, colgadas a un tronco de bambú que balanceaba sobre los hombros. Miña sería la nodriza perfecta para sus hijos.

En aquella época las señoras puertorriqueñas no amamantaban a sus hijos. Estaban elegantemente vestidas a toda hora y acompañaban a sus maridos a los convites sociales. Sus deberes se limitaban a mecerlos en la cuna y a arrullarlos con tonadillas de antaño. Abuela Valeria estaba muy orgullosa de sus pechos, que eran blancos como el alabastro y del tamaño perfecto, con pezones tan delicados como botones de rosa. A abuelo Álvaro lo enloquecían; era una de las razones por las que se sentía tan atraído hacia Abuela. Si Abuela le daba el pecho a su hija sus pezones se oscurecerían como los de las mulatas, lo que le daba terror nada más que de pensarlo. Por eso, cuando Clarissa tenía sólo dos días de nacida, le pidió a la comadrona que le hiciera un cocimiento de hojas de retama para que se le secara la leche, y a las dos semanas había regresado a la normalidad. Se visitió, se peinó, se puso sus collares y sus aretes de perla, y se fue del brazo de abuelo Álvaro a un baile en el Casino de Guayamés.

Cuando Clarissa llegó del hospital parecía una muñequita de cera, envuelta en su frisita de perlé blanco. No paraba de llorar y casi no dormía, con sus ojitos de nonato mirando al vacío, pero Miña la levantó de la cuna y se la colocó sobre el pecho. Como estaba tan bien provista de grasa y tenía los senos mullidos y almidonados, Clarissa en seguida se quedó dormida. Cuando despertó, Miña la desenvolvió y examinó su cuerpecito escuálido. Parecía un conejo sin piel, casi le cabía en las palmas de las manos. "Pobrecita", susurró Miña al verla. "Tiene un gorgojito atrapado dentro del pecho que no la deja dormir, y está amoratada de frío. Pero con un poco de calor seguro que se mejora".

Empezó a frotar el cuerpecito del bebé con aceite de alcanfor cada dos horas, y entre sobo y sobo le daba a mamar del pecho. Le cubrió el tórax con hojas de pimienta y la envolvió en una sabanilla de algodón hasta que Clarissa parecía un mismo tamal de arroz. Se la ató al seno con un chal y anduvo con ella por toda la casa durante tres meses, hasta que el soplo de Clarissa empezó a mejorar y la carita se le tiñó de color. Para entonces la niña estaba tan acostumbrada a andar pegada a Miña que nadie más podía acercársele sin que abriera la boca a lloriquear.

Pasó un año y la cosa seguía igual. Abuela Valeria empezó a inquietarse porque Clarissa no le demostraba cariño. En cuanto Valeria la sacaba de la cuna se ponía tan roja como un ají y no dejaba de chillar hasta que se la entregaba a Miña. Valeria se cansó del asunto y le dijo a Miña que ya no la necesitaba y que se regresara a Rincón. Cuando Miña se fue Clarissa inmediatamente la echó de menos y empezó a gimotear desconsolada, pero nadie vino a sacarla de la cuna. Valeria se sentó a su lado y empezó a cantarle villancicos, pero Clarissa no se callaba. Le daba terror pensar que su hija pudiera hacerse adulta sin reconocer cuál era su verdadera madre.

Valeria se dio cuenta que había cometido un error al entregarle su bebé a Miña con los ojos cerrados. Juró ocuparse de su hija en adelante; ella misma la bañaría, le cambiaría los pañales y le daría de comer papillas en el platito de porcelana y leche en el biberón. A los bebés, como a los becerrillos, les llegaba la hora del destete, y ya los tiempos de acurrucarse en el pecho de Miña habían pasado a la historia. Pero Clarissa parecía no enterarse. Se sentaba en medio de la cuna temblando de hambre y de frío, y cuando Valeria se le acercaba con una cuchara llena de potaje, sacudía las manecitas, tumbaba la cuchara, y el potaje salía volando hacia todas partes y salpicaba a Valeria en la cara. Durante dos días Clarissa ni comió ni bebió absolutamente nada. Todo el mundo pensaba que se iba a morir.

"No soporto oírla llorar así", dijo abuelo Álvaro durante la segunda noche de aquel calvario. "Mi corazón está a punto de quebrarse". Clarissa llevaba treinta y seis horas llorando sin parar. Sus sollozos se habían ido apagando y sonaban más a maullido de gato recién nacido que a berrinche de niño. De tanto en tanto Abuelo daba un gran suspiro, y su pecho subía y bajaba bajo las sábanas de hilo como la ladera de una montaña. "No es nada", lo tranquilizó Valeria. "Hoy todos los manuales de instrucción afirman que es más saludable dejar que los bebés lloren a cargarlos en brazos. Si se acostumbran al sacrificio de pequeños, sufrirán menos de grandes. Además, se les fortalecen los pulmones. Una vez leí en una revista pediátrica que la madre de Adelina Patti, la coloratura soprano, nunca la cogió al hombro. La dejaba lloriquear todo el tiempo en la cuna".

Al tercer día Clarissa casi no tenía fuerzas para seguir llorando. Valeria la sacó de la cuna y la sentó en el suelo. Colocó frente a ella un tazón de leche, un plato de potaje y un plátano maduro, se marchó y cerró la puerta tras ella. Al verse completamente sola Clarissa se comió todo el potaje con las manos y vació el tazón con la lengua. Cuando terminó, se hizo caca y pis sobre el piso como si fuese un animalito. Las cosas siguieron así

por varias semanas —Clarissa se comía todo con tal de que
nadie entrara al cuarto salvo la muchacha que venía con un estropajo y un balde a limpiar el piso— hasta que un día Abuelo
ya no pudo más. Entró a la habitación, cogió a Clarissa en brazos, la envolvió en una sabanilla y la sentó sobre su hombro.
Clarissa abrió la boca a chillar pero Abuelo no le hizo caso.
Salió con ella a la terraza y le mostró los veleros que entraban y
salían raudos por la bahía de Guayamés.

"¿Viste qué lindos barcos?", le dijo. "Parecen golondrinas,
libres como el viento. Un día serás como ellos y podrás ir a
donde te dé la gana. Si dejas de llorar y me regalas una sonrisa
te prometo que Mamá dejará que Miña regrese a trabajar con
nosotros".

Clarissa era muy pequeña y no entendió una palabra de lo
que su padre le estaba diciendo, pero su voz serena y dulce la
tranquilizó y empezó a reírse como unas castañuelas.

Poco a poco las rabietas de Clarissa se esfumaron y dejaba
que todo el mundo le diera la comida y le cambiara los pañales.
Miña regresó a trabajar en la casa, pero ya no amamantó a Clarissa ni se ocupó de ella. Le dieron órdenes de que bajo ningún
concepto se acercara a la muchachita, so pena de perder el empleo. Por esta razón cada vez que Miña pasaba cerca de Clarissa, miraba hacia el otro lado como si allí no hubiera nadie.
Clarissa también empezó a hacerse la que Miña era invisible.
No le hablaba ni la tocaba, salvo cuando Miña entraba a limpiar su cuarto y Clarissa se inclinaba hacia ella y le rozaba las
pantorrillas como por casualidad. Pero Miña no se daba por
enterada.

Cuando Clarissa cumplió los cuatro años decidió hacer las
paces con Miña de una manera muy efectiva. A Miña le encantaban las cotorras pero no tenía dinero para comprarse una.
"Cuando nos miran con sus pupilas doradas que se abren y cie-
rran como pequeños kaleidoscopios", decía Miña, "comparten

con nosotros una sabiduría muy antigua. Observan lo que está detrás de lo que se vé".

Desde la terraza de Emajaguas a menudo se veían manadas de cotorras volando en dirección de Santo Domingo. Miña salía a la terraza y espiaba los árboles a ver si descubría algún remolino de alas color esmeralda entre las hojas, o empezaba a arrullar como hacen las palomas cuando están anidando, pero no tenía suerte y nunca se le acercaron. Una vez compró una jaula y la sacó al patio; la colgó debajo del árbol de tamarindo y se sentó debajo de ella a esperar. Había derramado una bolsa de nueces a su alrededor y tenía lista una pértiga larga con una red para cuando las cotorras pasaran volando sobre su cabeza, pero ninguna voló lo suficientemente bajo para apresarla.

Cuando Clarissa vio la desilusión que Miña tenía pintada en el rostro corrió a su cuarto y buscó su caja de crayones. Una hora más tarde se le acercó con una hermosa cotorra verde dibujada en un papel y fijó el dibujo a la pared de la cocina con tachuelas. Cuando abuelo Álvaro la vio se fue al pueblo, compró una cotorra y se la regaló a Miña. Miña la metió en la jaula y la colgó de un gancho de bronce en la cocina. La bautizó Felicia, diminutivo de Felicidad, y la quería más que a nadie en el mundo. Hablaba con ella durante horas y Felicia siempre la escuchaba atentamente.

Abuelo Álvaro estaba seguro de que ya Clarissa estaba curada. Le llenaba la bañera con veleros de juguete y la llevaba en las tardes a ver el mar, bien abrigada con suéteres para que no le diera frío. Por la noche le contaba cuentos para que se durmiera y cuando la niña creció y podía comer en la mesa con los adultos, la sentaba siempre a su mano derecha. Pero lo que había sucedido con Miña había impresionado tanto a Clarissa que desde entonces se le hizo difícil soportar que nadie la tocara. Era como si una astilla de hielo se le hubiese incrustado en el corazón. A pesar de todo lo que Miña había hecho por remediarlo, se le hacía muy difícil querer a la gente.

Todo esto, por supuesto, sucedió muchos años después. Pero cuando Clarissa era pequeña se crió gorda y saludable gracias a Miña, y todo el mundo pensaba que su sanación había sido un milagro. Por eso la bautizaron Milagros, pero cuando llegó a la adolescencia, abuelo Álvaro le cambió el nombre a Clarissa, porque era muy inteligente. A los dos años ya tenía una dicción perfecta y cuando cumplió los tres podía leer sin dificultad. Tenía una facilidad asombrosa para los números y cuando cumplió los diez años llevaba la contabilidad de todos los gastos de la casa en una libreta, y ayudaba a abuela Valeria a llevar el presupuesto.

Abuelo Álvaro le decía su talismán porque resolvía todos los problemas que le consultaba, y hasta se habló de llevarla a los Estados Unidos e ingresarla en un instituto para niños genios, pero no lo hicieron porque abuela Valeria salió encinta de tía Siglinda. Para cuando Clarissa cumplió los doce años, sin embargo, su desarrollo se había normalizado y su ritmo de crecimiento se hizo más lento. Pero siempre fue un poquito más inteligente que el resto de sus hermanos.

Abuela Valeria nombró a sus hijas por los personajes de sus novelas preferidas. Cada vez que nacía una niña Miña le sugería un nombre sólido, de buena cepa castiza —como por ejemplo Juana, María o Margarita —pero Valeria prefería los patronímicos fantaseosos, que le permitieran soñar con un futuro romántico para las niñas. Por eso le puso a Siglinda el nombre de una de las sirenas de *El anillo de los Nibelungos,* nombró a Dido por la reina de Cartago en *La Eneida,* a Artemisa por la diosa del mito griego, a Lakhmé por la exótica princesa india de un poema de Pierre Loti. Los hijos varones, por el contrario, debían llevar nombres serios. Por eso Valeria bautizó a su único hijo Alejandro —por Alejandro Magno, emperador de Macedonia.

Clarissa era de estatura baja —medía escasamente cinco pies, una pulgada de alto— y cuando se preocupaba porque se le haría difícil encontrar marido, abuelo Álvaro le decía riendo: "¡El perfume bueno viene en pote pequeño!" Era viva de genio y muy orgullosa. Cuando se casó con Papá añadió su apellido al suyo como la cola de un cometa: Clarissa Rivas de Santillana de Vernet, y se tardaba años en firmar con ellos. Después de la C mayúscula de Clarissa fluían las eses sin ningún escollo, todas con el trasero redondo y la cabeza puntuda, inclinadas ligeramente hacia la derecha como mecidas por el viento que acariciaba los cañaverales de su familia.

Desde pequeña Clarissa era el orden en persona; sus trajes estaban siempre acabaditos de planchar, sus zapatos blancos sin una mancha, y sus trenzas lustrosas como la crin de un caballo de paso fino amarradas con cintas. Hacía sus tareas escolares por sí sola y nunca sacó menos de una A. Tenía una fe absoluta en el poder de la mente y siempre terminaba lo que comenzaba.

Clarissa se pasaba sermoneando y corrigiendo a sus hermanas. Siglinda andaba con amarrucos y besos, y Clarissa le decía "la pegajosa"; Dido era "la nube perdida". Artemisa era una comesanto, y Clarissa le ordenaba que no jeringara tanto a Dios con su pide que pide. Lakhmé era una tonta que vivía para los vestidos y para los chicos. Como Clarissa era la única sensata, no le quedaba otro remedio que obligarlas a todas a hacer lo que ella quería.

Abuela Valeria estaba tan ocupada con sus demás hijos que le hacía poco caso a Clarissa. Pero abuelo Álvaro la tenía en un pedestal. A menudo la llevaba consigo cuando volteaba las fincas a caballo. La sentaba frente a él en la amplia silla de montar y juntos galopaban por los cañaverales. Luego Abuelo le regaló un poni, y Clarissa se hizo una jinete de primera. Y cuando la veía correr a su lado por el campo, con sus pantalones de montar y su pelo lustroso, abuelo Álvaro maldecía su suerte porque Clarissa no había nacido hombre.

"Nunca vendas la tierra", le dijo una vez mientras cruzaban como una exhalación por el campo. "Si las cosas van mal y no puedes pagar tus deudas, véndelo todo: la casa, la platería y hasta la central si es necesario. Pero si vendes la tierra ya no podrás volver a empezar, porque habrás vendido tu corazón". Y Clarissa le prometió que nunca la vendería.

Los secretos de Miña

I thought she was sent away when Clarisse was a year old!

CUANDO TÍA SIGLINDA NACIÓ diez meses después que Clarissa, Miña también le sirvió de nodriza. Convenía que los Rivas de Santillana mamaran todos del mismo pecho. Esto los haría hermanos de leche además de hermanos de sangre, y la solidaridad entre ellos sería aún más fuerte. A Urbano le ofrecieron un puesto de chófer, y se mudó a vivir con Miña en su departamento encima de las cocheras. Los hijos de Miña vivían con su hermana, en la cabaña de madera junto al Río Emajaguas que

Urbano compró para ellos, con techo de planchas de zinc y una letrina en el patio de atrás: un lujo que muy pocos chóferes de camión podían darse por aquel entonces.

Miña era reservada y cautelosa, nunca cometía torpezas. Parecía que estuviera hecha de madera, tan lentos y seguros eran sus movimientos. No hablaba a menos que le dirigieran la palabra, salvo con Felicia. Tenía una mirada de águila posada sobre los pómulos altos, como si midiera la fuerza y la debilidad de su interlocutor, y no se le escapaba nada de lo que sucedía en la casa.

Miña se llevaba muy bien con Clarissa y mis tías pero no soportaba a tío Alejandro. Cuando Alejandro pateaba a sus hermanas en las canillas o les arrancaba puñados de pelo Miña se paraba frente a él con los brazos en jarras y le gritaba: "Crees que esa pingita tuya es tu cetro y que eres el príncipe de Emajaguas, pero tú no eres mejor que nadie. Has mamado mi leche y has dormido entre mis brazos igual que tus hermanas. Hay una parte tuya que nació en el Barrio Camarones de Rincón, duerme sobre esteras de enea, a cuatro esteras por cama y a cuatro camas por cuarto, y anda descalzo como yo ando. Así que bájate de ese trono y déjate de estarle faltando el respeto a la gente".

Miña estaba a cargo de la limpieza y del lavado, y se levantaba al amanecer. Todos los jueves por la mañana se ñangotaba como un ídolo frente a la fogata de carbón que Urbano encendía en el patio, sobre la cual hervía una palangana llena de lejía, clorox y agua, y removía con un palo largo la ropa blanca de la casa. Estoy segura de que por eso sabía tantos de nuestros secretos: porque estaba a cargo de nuestra ropa interior. Siempre adivinaba cuando había un niño en camino porque sabía si abuelo Álvaro y abuela Valeria habían hecho el amor. También sabía cuando no lo hacían y las cosas entre ellos andaban tensas. No se le hacía difícil adivinar cuando había huelga en la central porque abuelo Álvaro en seguida amanecía con diarrea. También se enteró antes que Valeria cuando mis tías se hicieron señoritas y cuando Alejandro empezó a soñar con mujeres, porque en la mañana se despertaba con el pijama todo pegajoso de semen y parecía que le había caído encima un chubasco.

Un día descubrí cómo Miña se enteraba de nuestros secretos. Tenía una enorme bola de jabón multicolor, hecha con las pastillas de jabón gastadas que, a través de los meses, iban quedando olvidados en los baños de la casa y que Miña iba pegando unas a otras. Descubrí aquella bola una tarde, cuando la fui a visitar a su cuarto. Acabábamos de llegar de La Concordia, subí corriendo las escaleras de la cochera en la oscuridad y me escondí en el baño a esperarla, porque pensaba darle un susto.

Vi la bola de jabón sobre la jabonera y la cogí en la mano: era más grande que una bola de béisbol y en ella se trenzaban los perfumes de todos los miembros de la familia. Abuela Valeria, abuelo Álvaro, tía Siglinda, tía Dido, tía Artemisa, tía Lakhmé, tío Alejandro, Mamá —todos estaban allí presentes. Le di la vuelta poco a poco, inhalando los secretos de cada uno: el enojo de Valeria cuando discutía con Clarissa, el deseo de Siglinda cuando pensaba en Venancio, la exaltación de Dido cuando escribía un poema, la devoción de Artemisa cuando rezaba en la Iglesia, el gozo de Lakhmé cuando estrenaba un vestido nuevo. Y sobre todos los perfumes reinaba el olor de Miña, que mantenía unidos todos aquellos fragmentos.

Nunca me atreví a preguntarle a Miña por la bola de los secretos. La devolví a la jabonera, bajé a saltos las escaleras y desaparecí dentro de la casa.

14

El príncipe de Emajaguas

Alejandro

CUANDO TÍO ALEJANDRO NACIÓ en el 1904 abuela Valeria sintió un gran alivio. Temía seguir dando a luz cada año, porque abuelo Álvaro no la iba a dejar descansar hasta que pariera un hijo varón que heredara la presidencia de la central Plata. Tío Alejandro nació en su cuarto alumbramiento, que fue celebrado con una gran fiesta. El champán corrió como el agua y todos los hacendados de la región fueron invitados a Emajaguas.

Tío Alejandro dio candela desde el principio. Cuando nació,

abuela Valeria le pidió a Miña que lo lactara, pero Miña también acababa de parir un hijo y quería marcharse a Rincón para cuidarlo ella misma. Cuando abuelo Álvaro le dijo a Miña que le pagaría un sueldo mejor por amamantar a Alejandro, sin embargo, Miña aceptó quedarse. Antes de empezar sus funciones de nodriza Abuela le leyó la cartilla. No debía nunca propasarse; su deber sería sólo alimentar al niño; sus padres le darían todo el cariño que fuera necesario. Miña no tuvo ningún problema con aquel arreglo. Alejandro nunca le cayó bien; le dejaba los pechos adoloridos porque siempre quería mamar demasiada leche.

Alejandro heredó el físico de Bartolomeo Boffil. Tenía el pecho amplio y las piernas sólidas, pero era bajito de estatura: nunca creció más de cinco pies. El nombre que Valeria le escogió fue una desgracia, porque se prestó a las burlas y chanzas de sus condiscípulos. Estos lo motejaban Pepino el Corto, en lugar de llamarlo Alejandro Magno. Lo que más le dolía a Alejandro era que, por ser tan bajito, las muchachas del salón nunca lo miraban, lo que lo amargó bastante. Abuela Valeria le dijo que no se preocupara; era probablemente uno de esos niños de crecimiento tardío, que daría un estirón al llegar a la adolescencia. Pero Alejandro nunca se estiró. A pesar de los ponches con yema de huevo y canela que Miña le llevaba a la escuela todos los días, nunca rebasó los cinco pies rasos.

Alejandro era el favorito de abuela Valeria. De bebé lo llamaba su "Apolo" y lo comparaba con el sol, porque le alegraba el día. Clarissa, sin embargo, no veía que Alejandro tuviera nada en común con el dios de la luz y de la armonía. Cuando empezó en la escuela Alejandro siempre se estaba metiendo en trifulcas y regresaba a la casa todo cortado y magullado. Pero hay que reconocer que era valiente, porque jamás lloraba ni se quejaba.

Cuando abuela Valeria se dio cuenta de que tío Alejandro se

estaba acomplejando a causa de su estatura baja, le encargó unos zapatos especiales a los Estados Unidos, con plataforma de cuero y casquillos de acero en las puntas y en los tacos. Esto lo hacía parecer tres pulgadas más alto y le daba un envarado aire marcial. Le encantaba chocar los zapatos contra el piso cuando desfilaba ante sus maestros, como hacían los príncipes fascistas italianos. Esto lo hacía sentir mejor, y los casquillos eran también muy efectivos cuando se metía en peleas, porque con ellos pateaba las canillas de los que lo retaban.

Pero si la estatura de Alejandro era un problema, su mala visión era todavía peor. Cuando intentaba leer algo, las letras se le hacían un revoltillo y las veía todas al revés, como si estuvieran reflejadas en un espejo. Por eso cuando decía "atar" él leía "rata", y si decía "amor", leía "Roma". Sus hermanas lo hacían sentir mal porque sacaban mejores notas que él, pero Clarissa era la peor. No sólo era brillante, sino que nunca se quedaba callada. Cuando discutían, pasaban dos o tres minutos antes de que a Alejandro se le ocurriera una respuesta, pero la lengua de Clarissa era como una cuchilla, que lo hacía pedacitos en menos de lo que canta un gallo.

Abuela Valeria estaba convencida de que Alejandro sacaba malas notas porque no podía ver bien el pizarrón. La maestra lo movió a primera fila pero Alejandro siguió en las mismas. Se escondía detrás de los textos para dibujar el escudo de armas de los Rivas de Santillana en unos papelitos que luego doblaba en forma de avión y bombardeaba con ellos a Mary Ann Cedros, la niña más bonita de la clase y la hija del dueño de la central Cambalache. Pero Mary Anne le sacaba la lengua y nunca le hacía caso.

A Alejandro le encantaba mortificar a sus hermanas con el asunto de los apellidos. "Cuando ustedes se casen", les decía, "todas van a perder el nombre y tendrán que firmar con el de sus maridos. Pero yo le daré el mío a mi esposa y a mis hijos, y el apellido de nuestra familia sobrevivirá gracias a mí".

A mis abuelos les preocupaba que Alejandro sacara malas notas pero al muchacho le daba lo mismo. Él iba a ser presidente de la central Plata, y para ser presidente uno no tenía que ser experto con las palabras ni con los números; sólo tenía que saber mandar. Las fincas que heredaría no le importaban un bledo. No entendía cuando le hablaban de la responsabilidad que acompaña el privilegio, y no le daba ningún placer galopar por el campo para ver "como se mecían las cañas cuando las soplaba el viento", como decía Clarissa. La central Plata era un negocio y debería tener más ingresos de los que recibía; si había que vender algunas tierras para levantar capital y modernizar la maquinaria, no veía nada malo en ello.

Lo que más le gustaba a tío Alejandro era ir de cacería Río Emajaguas arriba con el rifle de perdigones que abuelo Álvaro le regaló cuando cumplió doce años. Todos los días al salir de la escuela se perdía por los mangles del río y regresaba a la casa con alguna pieza —por lo general una paloma torcaz que le llevaba a Gela, la cocinera. Otras veces traía garzas marchitas, buhos magullados y hasta guaraguaos —un pájaro ya casi extinto en la isla— con el pecho nevado crucificado de perdigones.

A Valeria no le gustaba que Alejandro trajera pájaros muertos a la casa, pero cuando un día mató un mirlo y Abuela vio su pico de coral bruñido por el viento al fondo del fregadero, le dio un ataque de cólera. Obligó a abuelo Álvaro a que le quitara el rifle al muchacho y le prohibió volver a cazar. Pero tío Alejandro siguió cazando pájaros con una honda, y luego los asaba en una fogata al aire libre y se los comía solo.

Abuelo Álvaro era muy estricto con Alejandro porque quería que el futuro presidente de la central aprendiera desde joven lo que significaba la disciplina. Mientras que los cuartos de sus hermanas estaban decorados con cortinas de broderí suizo, el dormitorio de Alejandro no tenía cortinas y junto a su cama no había alfombras, así que tenía que levantarse a orinar en la noche pisando las losetas frías. Se daba una ducha helada todas las mañanas, y su cama de pilares tenía una colchoneta de crin de caballo que traspasaba el forro de algodón a rayas y le daba mucha piquiña.

En lugar de un candelabro de cristal tallado, como los que había en los cuartos de sus hermanas, la lámpara que colgaba sobre la cama de Alejandro era de hierro colado, y estaba decorada con un caballero medieval montado a caballo. Esto era lo último que Alejandro veía antes de cerrar los ojos y quedarse dormido en la noche. Sus hermanas tenían toda la ropa y los zapatos que se les antojara —las mejores modistas de Guayamés les cosían los trajes— y a menudo recibían de su padre brazaletes de oro, collares de perlas y anillos como obsequio de cumpleaños, mientras que tío Alejandro sólo tenía dos trajes, uno de dril a rayas y otro de hilo para los domingos, así como dos pares de zapatos con plataforma y hechos a la medida.

Abuela Valeria, por otra parte, malcriaba a Alejandro a espaldas de Abuelo. Si Gela cocinaba un flan, siempre le guardaba el pedazo más grande y luego se lo servía en secreto en la cocina; si había pollo frito para la cena, siempre le daba el muslo y la pechuga, mientras que el resto se repartía entre las muchachas. Alejandro fue el único de los hermanos que tuvo carro propio de soltero: un Morris rojo con *rumble seat* convertible. Valeria lo hizo envolver en papel de celofán y lo estacionó bajo su ventana unas Navidades, cuando Alejandro cumplió los dieciocho años.

A Clarissa no le gustaban las muñecas; prefería jugar pelota, nadar, jugar baloncesto; y podía correr más ligero que todos los amigos de Alejandro. Hubiese dado cualquier cosa porque la dejaran formar parte del equipo de pelota del Silver Cup Sports Club, que quedaba muy cerca de Emajaguas. Pero cuando bateaba un *hit* y corría de segunda a tercera, Alejandro siempre sacaba el pie y ella se tropezaba y aterrizaba sobre los codos antes de llegar a *home*. Nunca logró ingresar al equipo.

Clarissa

Otras veces tío Alejandro le robaba sus libretas y escribía malas palabras en ellas. O entraba a su cuarto sin permiso y le cogía las crayolas y los libros de pintar. Clarissa salía disparada detrás de él con un tenedor en la mano, mientras le gritaba a todo pulmón que la dejara tranquila. Pero Alejandro le agarraba el brazo y se lo doblaba hasta que tenía que dejar caer el tenedor. Clarissa temblaba de rabia y salía otra vez corriendo detrás de Alejandro, con el sudor bajándole a chorros por la frente. Rodaban por el piso y se clavaban las uñas como un par de cachorros de tigre. Miña era la única que podía separarlos y obligarlos a que dejaran de pelear.

Abuelo Álvaro siempre se ponía del lado de Clarissa y regañaba a Alejandro. Pero Valeria insistía en que los dos tenían la culpa. "Para pelear se necesitan dos", le decía a su marido. "Alejandro no puede pelear solo, así que déjate de estar acusándolo". Y a Clarissa le decía: "Tu hermano de veras te quiere, Clarissa. Es que está aburrido y quiere jugar contigo. Si fueras más generosa no le darías tanta importancia a sus travesuras". Y Clarissa bajaba la cabeza y tenía que quedarse callada.

En el Sagrado Corazón de Guayamés donde Clarissa iba a la escuela, le enseñaron que Dios era siempre justo. Pero las monjas estaban equivocadas porque Dios había hecho a las mujeres más débiles que a los hombres. "Un día te juro que te mato", le gritó una vez a su hermano desde la puerta de su cuarto. "¡Aunque tenga que ir al Infierno!" Tío Alejandro se rió y corrió a esconderse detrás de las faldas de abuela Valeria, y desde allí siguió mortificando y acusando a Clarissa por todo.

15

El rapto ~Kidnapping~

de tía Siglinda

CUANDO MIS TÍAS ERAN adolescentes, Abuela les dio un sermón sobre la importancia que tenía la educación para las mujeres. "Se sentirán mucho mejor cuando tengan un diploma universitario", les dijo. "Disfrutarán más de la vida y adquirirán prestigio ante los ojos de los hombres. Una educación les hará más fácil encontrar un buen marido, y a la vez serán mejores madres para sus hijos". Sus hijas la besaron y la abrazaron cuando dijo eso, porque estudiar en la capital quería decir que

conocerían amigos nuevos y podrían beneficiarse de las actividades culturales que en Guaymés brillaban por su ausencia: los
conciertos, el ballet, el teatro, que habían disfrutado durante
sus viajes a Europa.

Tía Siglinda fue la única de mis tías que no estudió universidad, porque siempre quiso ser ama de casa. Soñaba con una casita blanca con una enredadera de rosas sobre la puerta, donde
esperaría todas las tardes a que su marido regresara del trabajo.
Su *hobby* era bordar manteles, sábanas y pañoletas, y cuando se
sentaba en la terraza de Emajaguas era como si un jardín de lirios, rosas y violetas le brotara de la falda. Estaba convencida
de que sus hilos eran mágicos; sabía que una vez le regalaba
una prenda bordada a alguien, esa persona nunca podría olvi-
darla.

Tía Siglinda era la hermana preferida de Mamá; nacieron
con sólo diez meses de diferencia y siempre estaban juntas.
Compartían el mismo cuarto, comían una junto a la otra en el
pantry y se bañaban a la vez. Siglinda había heredado el carácter
alegre de abuelo Álvaro —siempre se estaba riendo y echando
vainas, mientras que Clarissa se preocupaba por todo. Parecían
los dos lados de la misma moneda, la optimista y la pesimista, la
exuberante y la controlada, y se apoyaban siempre entre sí.

Abuelo y Abuela eran ambos de genio fuerte, y cuando reñí-
an todo el mundo en Emajaguas se enteraba: los gansos empezaban a graznar, los patos y las gallinas se alebrestaban, y las
hermanas más pequeñas corrían a esconderse debajo de las
camas. Pero Clarissa y Siglinda, abrazadas la una a la otra, se
interponían llorando entre sus padres. "¿No quieres a Papá,
Mamá?" le preguntaba Siglinda a Valeria. "¿No quieres a
Mamá, Papá?" le preguntaba Clarissa a Álvaro. Inmediatamente mis abuelos dejaban de insultarse, y corrían a besarlas y
a consolarlas, mientras le pedían perdón a sus hijas por el mal
rato que les habían hecho pasar.

La primera vez que tía Siglinda oyó a Venancio Marini, el alcalde de Guayamés, hablar en público fue durante su graduación de la Escuela Superior Eugenio María de Hostos, en el 1919. Siglinda estaba sentada en primera fila en el Auditorio Betances cuando Venancio pronunció el discurso de colación de grados.

La familia de Venancio era pobre y había emigrado a la isla veinte años antes. Eran del sur de Italia, de un pueblito llamado Gaeta. Venancio era un abogado brillante, o por lo menos así le oí decir a Mamá muchas veces. Se graduó de la escuela de leyes de la Universidad de Puerto Rico a los diecinueve años. A los veintidós lo eligieron a la Cámara de Representantes. Para cuando había cumplido los veintiocho se había hecho de una reputación, defendiendo hábilmente a las corporaciones norteamericanas que eran dueñas de las centrales azucareras más poderosas.

El Partido Republicano Incondicional se encontraba entonces en el poder y Venancio se hizo miembro. Veía la estadidad como la solución para todos los males económicos de la isla, pero no por eso se sometía a las órdenes de los políticos de la metrópoli. Venancio era su proprio jefe y sus seguidores le eran tan leales que, en una ocasión en que se le escapó un disparo en un mitin político y le causó la muerte accidental a un campesino, su chófer se ofreció a tomar su lugar con una vehemencia de mártir. Se entregó a la policía y fue gustoso a la cárcel por más de diez años, con tal de que "su padrino" permaneciera libre. El asunto le causó a Venancio no pocos dolores de cabeza, y desde entonces siguió llevando la pistola a todas partes, pero descargada. Poco después de este suceso, gracias a sus valiosas relaciones Venancio salió electo alcalde de Guayamés. Ese mismo año lo invitaron a dar el discurso de graduación en la Escuela Superior Hostos, donde estudiaba Siglinda.

Era un orador consumado. En Guayamés le decían "Pico de

Oro" porque nunca leía sus discursos, sino que le "manaban del pecho", como escribió un admirador suyo con el malgusto típico de la época en uno de los diarios del pueblo. Siglinda se le quedó mirando mientras subía las escaleras de la tarima decorada con abanicos de palma y sintió un fuerte aleteo en el corazón. Venancio levantaba pesas todos los días y tenía brazos de púgil de lucha libre. Llevaba puesto un traje de hilo recién estrenado, zapatos de dos tonos con las puntas tan relucientes que podía verse el rostro reflejado en ellos, y un brillante del tamaño de un garbanzo en el dedo meñique. Al hablar, Venancio ejercía un magnetismo misterioso sobre el público. Lo que decía tenía que ser cierto, la hermosura del timbre lo aseguraba, la claridad de su diapasón lo confirmaba, y el garbo de su presencia lo validaba —aunque algunas horas más tarde, cuando sus oyentes regresaban a sus casas, lo que Venancio había dicho les pareciera una tontería.

La noche de la graduación Venancio se fijó en Siglinda desde un principio, tal era la intensidad con la que la joven lo observaba. Estaba un poco rolliza, pero eso a Venancio le gustaba. No estaba de acuerdo con la canción "hueso na'más tenía mi novia"; no se dejaba llevar por los embelecos de la moda que afirmaban que para ser bellas las mujeres tenían que dejarse morir de hambre.

Una vez terminada la colación de grados Venancio descendió de la tarima y se acercó a donde se encontraba Siglinda. Le sirvió una copa de ponche y Siglinda la aceptó encantada. Entonces sacó del bolsillo un pequeño frasco de plata lleno de rón, dio un paso hacia atrás para ocultarse detrás de una palma de areca, y se lo empinó rápidamente. Luego le ofreció a Siglinda un trago con un guiño. Eran los tiempos de la Prohibición, y de haberlos visto alguien tomando hubiesen seguramente terminado en la cárcel.

Aquella noche Siglinda se había propuesto divertirse. Mis

abuelos no fueron a la graduación y Miña se había metido en la cocina a charlar con sus amigas, así que Siglinda bailó toda la noche con Venancio. "Me encantan los abanicos", dijo enseñándole el suyo. "Yo misma hice este, con un poco de encaje y unas varillitas de sándalo". Venancio lo examinó cuidadosamente. Estaba decorado con encaje de Bruselas, y tenía bordado encima un cisne nadando en un estanque.

"¿Sabe lo que Josefina de Beauharnais le preguntó a Napoleón Bonaparte el día que lo conoció en un baile?" le preguntó Venancio. Siglinda movió la cabeza; tenía una idea de quién era Napoleón pero nunca había oído hablar de Josefina.

"Le preguntó lo siguiente: '¿Cuál es el arma más mortífera a la que usted se ha enfrentado durante su carrera militar, mi General?' dijo Josefina. 'Su abanico, Señora', le respondió Napoleón". Siglinda se rió coquetamente y Venancio le besó la mano. Entonces Siglinda le dijo que tenía que ir a empolvarse la nariz y le entregó su abanico para que se lo guardara por un momento.

Venancio esperó a Siglinda junto a la palma de areca por más de una hora hasta que finalmente se dio cuenta de que no regresaría. Mandó a su chófer a buscar su De Soto y se marchó a la casa sintiéndose deprimido. No logró pegar un ojo en toda la noche pensando en Siglinda. Estaba indeciso entre si pasar o no por su casa al día siguiente, a devolverle el abanico. Siglinda era muy joven y él tenía que cuidar su reputación. Cualquier cosa podría dañarla, dar al traste con su carrera política. Decidió que no pasaría por Emajaguas. Colocó el abanico debajo de su almohada y al amanecer por fin se durmió.

Al día siguiente por la tarde le tocaba dar un discurso en la Asociación de Niñas Eschuchas de Los Meros, un barrio cercano a Guayamés. Al pasar frente al portón de madera de Emajaguas no pudo resistir la tentación, sin embargo, y le indicó a su chófer que se detuviera porque quería devolverle a la señorita Siglinda su abanico.

Llovía como si una catarata se despeñara de los aleros de la casa. El chófer de Venancio abrió un enorme paraguas negro y lo sostuvo sobre la cabeza del alcalde mientras descendía del coche. En el asiento de atrás había un ramo de rosas envueltas en papel de celofán que Venancio le llevaba a la matrona del capítulo de Niñas Escucha; lo agarró al último momento y se lo llevó consigo. Subió las escaleras de granito y apretó el timbre. Miña, al ver que se trataba del alcalde, abrió la puerta de par en par. "¿Se encuentra la señorita Siglinda?" preguntó. "Por favor comuníquele que Venancio Marini ha venido a visitarla". Y cerró la sombrilla y la dejó chorreando en el recibidor.

Miña se acercó a la habitación de Siglinda y con discreción taína tocó a su puerta. "Tienes una visita muy importante", le susurró al oído cuando la joven se asomó. Entonces regresó en puntillas al recibidor, abrió las puertas de cristal esmerilado e hizo pasar cortésmente a Venancio a la sala. Le dijo que Siglinda saldría a verlo en unos momentos.

Venancio se sentó con mucho cuidado en un sillón de medallón. Todavía sostenía el ramo de rosas en la mano cuando Miña regresó con un florero y las colocó en él. Venancio le dio las gracias y volvió a sentarse. No se atrevía a caminar por entre los muebles; era un hombre grande y sobre las mesitas de tope de mármol había muchos bibelots —figuritas de alabastro, cajitas de música, floreros—, podría derribar uno al suelo. Había también un sofá de medallón, un tú-y-yo, varias palmeras en tiestos y un piano de cola con una muñeca de biscuit sentada sobre la tapa. La muñeca era preciosa, de tamaño natural, y estaba vestida con faldellín y gorro de encaje de mundillo, tejido por abuela Valeria. Venancio estaba a punto de levantarse para ir a examinarla, cuando justo en ese momento se abrió la puerta.

"¿Quién lo dejó entrar aquí?" preguntó abuelo Álvaro desde el umbral con voz de trueno. El alcalde se levantó de la silla. "Su doméstica, Señor. Iba camino de Los Meros y pensé que era una buena oportunidad para devolverle a su hija su abanico. Lo dejó anoche en el baile de graduación de la Escuela Superior Hostos al que también asistí". Abuelo Álvaro se quedó mirándolo asombrado. "Mis hijas no reciben visitas de los políticos, y mucho menos cuando sólo tienen diecisiete años", dijo. Venancio era una pulgada más alto que Abuelo pero ambos eran igualmente robustos; sacaron pecho como gallos, para ver cuál era más fuerte. En ese preciso momento Siglinda entró a la sala y se acercó a Venancio para presentárselo a su padre, pero él se le adelantó.

"Soy Venancio Marini, alcalde de Guayamés. Mucho gusto", dijo extendiendo su mano.

"Ya lo sé", contestó Abuelo. "Y también veo que está lloviendo". Y acercándose, sacó el ramo de rosas del florero y se lo devolvió a Venancio, salpicándole de agua la corbata y el chaleco. "Es mejor que se vaya", añadió secamente.

Venancio se hizo el que no estaba ofendido. Recogió tranquilamente el ramo y sacó su pañuelo del bosillo para secarse las manos y el traje. Siglinda lo acompañó hasta la puerta mientras las lágrimas le corrían por las mejillas. "No se preocupe, mi niña", le dijo. "Usted es un cisne precioso, y algún día la sacaré de este estanque de patos y nos iremos a navegar juntos por el mundo". Y salió de la casa con la cabeza en alto, sin importarle que se estaba ensopando porque se le olvidó el paraguas.

Tía Siglinda se sintió destruida pero no se confesó con nadie. Una semana después despertó a Clarissa y se metió en la cama con ella. "¿Qué crees que debo hacer?" le preguntó a su hermana llorando. "Venancio quiere que me escape con él, pero me da pena darle a Papá ese mal rato".

"¿Te gusta Venancio?" le preguntó Clarissa. "Sí", le contestó Siglinda, "Y creo que yo también le gusto. Pero igual me asusta un poco. Cuando pienso en él me siento como si tirara de mí con una brida invisible. Quiero hacer todo lo que me mande, no puedo controlarme".

Venancio le caía bien a Clarissa. Pensaba que era un buen alcalde —siempre estaba construyendo algo nuevo: la represa del Río Corrientes, que había multiplicado la capacidad de la energía eléctrica en Guayamés al triple de lo que era antes; el orfelinato de la Calle De la Torre; el muelle al final de la avenida principal del pueblo, que permitía desembarcar y acarrear la mercancía fácilmente hasta los almacenes de la plaza. "No te preocupes por eso ahora", le dijo Clarissa. "Cupido suele resolver sus problemas sin la ayuda de nadie". Y tomó a Siglinda en brazos y le acarició la cabeza hasta que se quedó dormida.

Pasó otra semana, durante la cual Siglinda sólo pudo pensar en Venancio. Soñaba con él cada noche y las sábanas amanecían empapadas de un sudor perfumado que Miña aseguraba era orín de gata en celo. Miña fue la aliada de Venancio desde un principio. Lo alababa siempre que podía —Venancio iba acompañado de sus pistoleros, pero cuando Siglinda lo mencionaba, Miña decía "qué otra cosa puede hacer, pobre, si en esta isla todos los servidores públicos son unos bandoleros. Si no le limpian el pico los de la izquierda, se la limpian los de la derecha. En estas circunstancias es mejor que un pistolero como Venancio esté en el poder, para que meta en cintura a los demás".

Luego de la visita de Venancio, Miña le llevó a Siglinda varios mensajes, comunicándole que durante una semana su enamorado la estaría esperando todas las noches al otro lado de la verja de Emajaguas. El martes siguiente Siglinda se decidió a actuar. Se levantó de la cama a las tres de la mañana, fue al pantry en busca de un bollo de pan, abrió la puerta de la cocina y bajó al patio por las escaleras de atrás. Vestida sólo con su camisón de batista cruzó el jardín a la carrera, le arrojó unos mendrugos de pan a los gansos para que no graznaran, se trepó a un árbol de mangó que crecía junto a la muralla, saltó al otro lado y cayó prácticamente en la falda de Venancio, que la aguardaba en el De Soto estacionado a la orilla de la carretera. Para cuando el chófer corrió la cortinilla de terciopelo gris de la ventana interior y encendió el motor, Siglinda ya se había quitado el camisón y yacía, completamente desnuda, en los poderosos brazos de Venancio.

Cuando abuelo Álvaro descubrió que su paloma había remontado el vuelo se puso frenético. Llamó a la policía y le notificó que habían raptado a su hija, que era menor de edad, y que él sabía quién era el culpable. Acto seguido la patrulla se presentó en la casa, pero abuela Valeria no dejó que abuelo Álvaro saliera.

"No me parece sabio lo que haces", lo atajó en la puerta, fulminándolo con una de sus miradas Boffil. "Venancio Marini es alcalde de Guayamés y es un hombre muy poderoso". Abuelo la miró con los ojos inyectados de sangre. "Los políticos están todos podridos, y éste, para peor, es vanidoso como un pavo real. ¿Cómo se te ocurre dejar que Venancio Marini nos quite a Siglinda? Sólo tiene diecisiete años".

"Va a cumplir los dieciocho", le contestó Valeria. "Yo tenía su edad cuando me escapé contigo. Y Siglinda es muy terca. No le importará dar el escándalo, y eso es precisamente lo que quiero evitar. Una vez salga la noticia del rapto en los periódicos, el retrato de Siglinda saldrá en primera plana y no habrá quien la proteja de un baño de fango". A Abuelo se le fue el alma a los pies; se sentó frente a Valeria más pálido que un muerto. "Haré lo que tú quieras", dijo. "Le diremos a la policía que fue todo una equivocación. Pero te prohibo que vuelvas a mencionar el nombre de Venancio Marini en esta casa".

Venancio le compró a Siglinda una casa preciosa en la Avenida Cristóbal Colón, con un mirador de madera calada que daba a la bahía, una cancela de hierro y un *trellis* cubierto de rosas rojas sobre la puerta de entrada. Quería alquilar varios sirvientes pero Siglinda no se lo permitió. "En Guayamés hace mucho calor", dijo, "la brisa no entra por las ventanas como en Emajaguas. La única manera de soportar el muermo es uno andar por la casa desnudo, para refrescarse". Cuando Venancio llegaba del trabajo se sacaba la pistola que llevaba oculta debajo del brazo en una baqueta y la ponía encima del seibó. "No te preocupes, que no está cargada", le decía para tranquilizarla. Hacían el amor sobre la mesa del comedor, el sofá de seda amarilla de la sala, la alfombra persa con el jardín del paraíso en medio, y a veces hasta en la cama, a la deriva en un piélago de sábanas primorosamente bordadas. Pero cada vez que Venancio le pedía que se casara con él, Siglinda le decía que no.

"¿Para qué quieres casarte? ¿Para complacer a Papá y a Mamá? ¿Para que las señoras de sociedad y los curas de la parroquia no nos sigan haciendo tasajo? Igual nos harán carne mechada. Prefiero ser tu querida y gozar como tu amancebada".

Abuela Valeria se enteró de aquellos escándalos y le pidió a Clarissa que fuera a hablar con Siglinda. Clarissa fue a visitarla y se sentaron en la sala. Hacían una pareja estrambótica sobre el sofá de seda amarilla: Clarissa muy seria, arrebujada en el sarape mexicano que Miña le regaló hacía muchos años, tiritando bajo los colores del arcoiris; y Siglinda completamente desnuda, echándose fresco con una pandereta de cartón de las que usaban las putas y riéndose como unas pascuas.

"No puedes seguir así, Siglinda", dijo Clarissa. "El amor viene del alma y es un sentimiento puro, la concupiscencia viene del culo y es una inmundicia. ¡Acabarás en el Infierno, nadando en un mar de caca!"

"Eso es lo que nos hace distintas a ti y a mí, hermanita", le contestó tía Siglinda. "Estoy enamorada de Venancio y lo quiero más que a mi propia vida. Es imposible separar el alma del cuerpo. El cuerpo nos calienta cuando hace frío y el alma nos refresca cuando hace calor, pero si uno de ellos muere el otro también morirá, porque son inseparables. Están cosidos el uno al otro con hilo mágico".

"¿Con cuál hilo?" preguntó Clarissa ingenuamente.

"¡Con pelo púbico!" contestó Siglinda doblándose de risa. "El día que entiendas eso, hermanita, ya no te dará más frío".

A tía Siglinda le encantaba dejar patidifusa a la gente con comentarios como ése. Una vez sus vecinas vinieron a visitarla, a confirmar si los rumores que andaban volando por Emajaguas eran ciertos. Tía Siglinda corrió a su cuarto a vestirse y se sentó muy modosa en la sala a atender a la visita. Al principio la conversación fue normal, todo fueron susurros y bisbiseos de buenos modales. Pero de pronto Siglinda se quedó como lela, con la taza de café con leche humeándole en una mano y la pandereta de galletas la Sultana en la otra y dijo en una voz muy alta: "Cada vez que Venancio me singa, una rosa roja florece sobre esa puerta". Las tazas de café empezaron a tintinear sobre los platillos, las cucharillas de plata a tabletear contra las tazas y las servilletas de té bordadas con flores cayeron al suelo, pero Siglinda siguió como si nada. "Yo sé que deberíamos casarnos, porque soy una Rivas de Santillana", decía, mientras se abanicaba con su pandereta de puta y empezaba a quitarse la ropa, contoneándose mientras caminaba detrás de los vecinos que, de tan asustados, se habían puesto de pie y se dirigían hacia la puerta. "Me gusta irme a la cama con Venancio pensando que le procuro todo lo que él necesita: una teta o una taza, un culo o una corbata, o quizá unos palmitos de miel que pueda lamer como si fueran orejas". Y aunque nadie escuchaba esta última parte de su discurso, que pronunciaba desnuda en el recibidor de su casa porque sus vecinas ya iban volando calle abajo por la Avenida Cristóbal Colón tapándose las orejas, a Siglinda le encantaba repetírselo a sí misma.

En el 1920, un año después de que abuelo Álvaro exilara a Siglinda y a Venancio de Emajaguas, Venancio le mandó un regalo espléndido para las Navidades: una caja de champán Dom Perignon, el preferido de Abuelo, con una tarjeta deseándole felices Pascuas. Como Venancio para aquel entonces era amigo íntimo del nuevo gobernador americano, y la central Plata podía beneficiarse de los incentivos económicos del gobierno, Álvaro y Valeria le enviaron a Siglinda y a Venancio una invitación para que asistieran a la fiesta de Navidad en Emajaguas ese año.

La cena fue un éxito rotundo. Abuela Valeria y Venancio se llevaron a las mil maravillas y Venancio no paró de hablar de los estupendos inventos que los americanos habían traído a la isla: el telégrafo y el teléfono, el generador eléctrico y la estufa, el cepillo de dientes y el imperdible. Por eso defendía la estadidad, le confesó a abuelo Álvaro, porque creía en la edad moderna. Y como el Partido Republicano Incondicional proponía la modernización de la industria azucarera, a él le convenía hacerse miembro y contribuir con algún donativo. Abuelo Álvaro le dio las gracias a Venancio y siguió al pie de la letra sus consejos.

Dos años despúes Venancio salió electo presidente del Partido Republicano Incondicional. Era un puesto aún más importante que el de alcalde. Venancio se reuniría ahora con el gabinete del gobernador en San Juan y ayudaría a nombrar a los candidatos al Senado y a la Cámara de Representantes. Ese mismo año, el domingo de Pascua, Siglinda se casó con Venancio en Misa Mayor celebrada en la catedral de Guayamés. Todo el pueblo salió a la calle para ver a la novia acudir desnuda a la Iglesia, y se llevaron un chasco cuando llegó vestida de novia y a la última moda.

16

Okeechobee

EN SEPTIEMBRE DE 1921 Clarissa viajó a San Juan e ingresó a la Universidad de Puerto Rico en Río Piedras. Antes de irse de Emajaguas, dijo muy seria: "Quiero ir a la universidad para estudiar, Mamá, no para encontrar marido. Cuando me gradúe quiero ser tan libre como el viento. No me gustaría tener a un hombre revoloteando a mi alrededor como un zángano".

Clarissa se instaló en el Pensionado Católico. La comida era insabora pero saludable; las camas eran catres de hierro con colchoneta, separados unos de otros por sábanas que colgaban de varillas de bronce atornilladas al techo. Era un edificio de cuatro pisos, con un amplio balcón que daba al campus. Los jardines estaban sembrados de arbustos de canarios, alhelíes y buganvillas. Una larga avenida de palmas reales llevaba hasta una torre cucuruchos de cerámica rosados y gárgolas verdes y amarillas vomitaban agua cuando llovía.

Dido y Artemisa siguieron los pasos de Clarissa y se alojaron en el Pensionado al año siguiente. Muy pronto las hermanas estaban volando por la capital como una bandada de cisnes intrépidos. Recibían invitaciones a todas las fiestas y conocían nuevos pretendientes a cada oportunidad. Sin embargo, Clarissa no solía acompañar a sus hermanas en estas aventuras. Se pasaba las noches estudiando en la biblioteca, envuelta en el sarape mexicano de Miña.

El reloj de la torre tocaba su carillón cada media hora y hacía sentir a Clarissa que estaba en un lugar sagrado. Cruzaba el campus bajo las palmas reales con los brazos llenos de libros y caminaba de un salón a otro con la cabeza en alto. Tenía unos profesores excelentes, entre los que había varios científicos y un matemático famoso. Su corazón palpitaba más rápido al pensar que ahora formaba parte de una élite intelectual y que a su alrededor se encontraban los futuros médicos, jueces, ingenieros, economistas e historiadores que dirigirían el destino de la isla.

Clarissa se especializó en agronomía porque quería aprender los métodos más modernos de la producción del azúcar. Pensó que sus conocimientos podrían serle útiles a su padre cuando regresara a Emajaguas. Discutirían los mejores métodos de cultivo: la siembra, regadío y cosecha de la caña a la luz de los últimos descubrimientos de la ciencia. Clarissa también tomó clases de historia y de sociología, y estaba muy consciente de la importancia de la conservación de los recursos naturales, fuesen los de la tierra o los de su propio cuerpo y mente.

En el Sagrado Corazón de Guayamés las monjas le habían enseñado a Clarissa que Dios quería que las mujeres fueran buenas madres antes que nada, y le enseñaron lo que dijo San Pablo: la mujer le debe obediencia absoluta a su marido. Valeria estaba de acuerdo con las monjas, con tal de que sus hijas se educaran antes de casarse. Le daba una corajina impresionante cada vez que se acordaba de como su padre la había condenado al analfabetismo para que se quedara a cuidarlo. Pero aunque la educación femenina era una gran ventaja, las mujeres educadas y de buena familia casi nunca encontraban trabajo. En realidad, el matrimonio era la única profesión que tenían abierta entonces.

Clarissa lo veía de una manera distinta. Pensaba que la educación de la mujer era necesaria porque era el primer paso hacia su independencia económica. Uno no tenía más que viajar un trecho por una de las carreteras de la isla para toparse con alguna mujer encinta, cargando un niño entre los brazos y con un tercero a la zaga. Por eso los hombres explotaban tan fácilmente a las mujeres. Cuando se avejentaban o había demasiadas bocas que alimentar los hombres sencillamente se evaporaban, salían disparados para Nueva York y no los volvían a ver. Una vez las mujeres tuvieran suficiente educación para sobrevivir por su cuenta, sin embargo, no dejarían que los hombres les pusieran la mano encima sin antes hacerse cargo de las consecuencias.

En Puerto Rico las mujeres no tenían siquiera el derecho al voto. Sólo los hombres podían votar, lo cual significaba que legalmente las mujeres tenían los mismos derechos que los prisioneros, los mendigos, los idiotas y los niños. Cuando Clarissa se enteró de esto, se indignó. La lucha por el sufragio femenino cogía cada vez más impulso en San Juan y Clarissa se unió al movimiento. Se hizo miembra de varias organizaciones, como la Liga Socialista Sufragista y la Liga de la Mujer del Siglo XX.

La siguiente vez que fue de visita a Emajaguas, lo primero que hizo fue meterse a la cocina y decirle a Miña: "No pienso aprender a cocinar jamás, renuncio a la cocina y a todas sus pompas y sus glorias. Es mucho más importante tener una carrera y aprender a ser una profesional". Y añadió: "Las mujeres con educación universitaria deberían participar en los asuntos económicos de la nación y tener qué decir en el acontecer político". Miña se crispó. "Todas las mujeres tenemos derecho al voto", dijo, "tanto las alfabetas como las analfabetas". Y siguió trapeando el piso, pasando el estropajo sobre los zapatos de Clarissa y exprimiéndolo enérgicamente en el cubo.

"¡Todas las mujeres tienen derecho al voto!" chilló Felicia, estirando el pescuezo de izquierda a derecha dentro de su jaula.

"¿Me enseñarás a leer y escribir?" le preguntó Miña. "Por supuesto. Empezaremos ahora mismo", le respondió Clarissa. Y llevó a Miña a su cuarto, la sentó frente a su escritorio, le puso una libreta a rayas en la que había escrito previamente el abecedario, y empezó a guiar su mano por encima de las letras. Unos días después fue el cumpleaños de Clarissa y Miña le hizo un regalo: un retrato suyo, con Miña Besosa escrito en una esquina de su propia mano. Clarissa lo hizo enmarcar y lo colgó de la pared de su cuarto.

Un día Clarissa le contó a Miña sobre Aurelio Vernet, un joven muy simpático que había conocido cuando fue a quedarse el fin de semana en La Concordia, en casa de una amiga de la universidad, Janina Figueroa. Aurelio estaba pasando las vacaciones de verano en La Concordia; era estudiante de ingeniería en Northeastern University, de Boston. Santiago Vernet, el padre de Aurelio, tenía una fundición y un taller de maquinarias en La Concordia llamado Vernet Construction.

Clarissa le contó a Miña que Aurelio era muy agradable. No era engreído ni prepotente, como tío Alejandro. Era delgado y ágil; le gustaba tocar el piano y a Clarissa le encantaba escucharlo. "No es una relación amorosa; es sólo un buen amigo", insistió Clarissa al escuchar la risita burlona de Miña. "No me pienso casar, así que déjate de estar mirándome así. Nunca encontraré a un hombre tan bueno como Papá". A pesar de estas protestas Aurelio vino a Emajaguas a visitar a Clarissa, y desde entonces la familia lo consideró su pretendiente oficial. Mamá se graduó con notas sobresalientes de la Universidad de Puerto Rico en el 1925. Luego se regresó a Emajaguas y durante varios años siguió viviendo en casa de sus padres, libre y sin compromiso.

Durante la cena de Navidad ese mismo año abuelo Álvaro le comunicó a sus hijos las noticias sobre Okeechobee, una central de azúcar a orillas del lago de ese mismo nombre, cerca de los Everglades, que había empezado a chuparse la sangre de la familia. A Mamá nunca le gustó ese nombre. Por comenzar con O mayúscula Okeechobee le sonaba a ogro, a aullido ululante de fantasma.

Un día Clarissa me contó lo que se dijo en Emajaguas aquella Nochebuena sobre una encrucijada decisiva en el futuro de la familia. La velada comenzó como siempre; la cena se preparó con amor y la casa se decoró con el mayor cariño. Después de intercambiar regalos y de correrle la máquina al que le tocó el *pasapalante* del año anterior —el regalo que nadie quería por ser tan inútil— se sentaron a comer.

Entre risas y chanzas la garrafa de vino dio varias vueltas alrededor de la mesa y vino a parar cada vez delante de tío Venancio. En aquella época sólo tía Siglinda estaba casada; las demás hermanas eran todavía solteras. Después de un rato, sin embargo, el tono de la conversación se volvió quejumbroso. Abuelo Álvaro y abuela Valeria permanecían extrañamente callados mientras la voz de tío Alejandro se remontaba irascible por sobre las demás.

Alejandro tenía veintiún años y estaba estudiando administración comercial en la Universidad de Virginia. Pero se mantenía bien informado de lo que sucedía en Emajaguas. Al año de comprar la central ocurrió una doble hecatombe: un huracán de primera magnitud y luego una helada severa en la Florida arrasó con tres mil acres de caña y toda la cosecha se perdió. Cientos de miles de dólares literalmente se los llevó el viento.

"Te advertí desde el principio que Okeechobee era un mal negocio", le dijo tío Alejandro a abuelo Álvaro amargamente. "Pero preferiste escuchar a Venancio, quien tuvo la brillante idea de invertir en los Estados Unidos". Últimamente abuelo Álvaro había caído más y más bajo la influencia de Venancio, porque su yerno tenía cada vez mayor influencia con el gobierno. Álvaro dependía de él para conseguir los préstamos que mantenían a la central Plata funcionando.

"Compré Okeechobee porque me dio la gana, no porque nadie me obligara", respondió Abuelo a la defensiva. "Y no me arrepiento de haberlo hecho. Setenta por ciento de nuestra tierra está en manos de las grandes centrales extranjeras. Ya es hora de que les viremos la tortilla y les demostremos que nosotros también podemos ser 'accionistas ausentes'. Sólo tenemos que esperar unos meses a que mejore el tiempo".

"Pues te equivocaste de pronóstico", le contestó Alejandro en un tono sarcástico. "No podemos esperar a que cambie el tiempo porque estamos al borde de la quiebra. Hay que vender a Okeechobee lo antes posible".

Venancio intentó calmar a Alejandro. Dijo que estaba seguro de que el próximo año las cosas serían distintas. Se esperaba una cosecha fabulosa y el azúcar se vendía a muy buen precio. Todos en la mesa le creímos, porque era más fácil creerle a Venancio que a mi hermano. Venancio era un encanto de persona, mientras que Alejandro era un verdadero plomo. Además, nos convenció de que él había sugerido la compra de Okeechobee porque defendía la estadidad. Había que unir más estrechamente a la isla con los Estados Unidos, dijo, para que los americanos nos la concedieran.

Pero esta vez abuelo Álvaro no le siguió la corriente a su yerno. Bajó la cabeza abochornado y tuvo que admitir que Alejandro tenía razón. Okeechobee era un negocio funesto, y poco después se vendió con unas pérdidas enormes.

17

Abuelo Álvaro
se aleja nadando

Clarissa talking

"PAPÁ TENÍA SÓLO CINCUENTA y dos años cuando empezó a perder el control de la mente", me contó una vez Clarissa. "Estaba en la flor de la edad. Al principio casi no se le notaba; empezó a confundir los nombres de algunos objetos. Estaba sentado a la mesa y le pedía a Valeria que le pasara el sifón de agua de soda mientras señalaba a la garrafa del vino; o decía que el cabrito estofado estaba muy bueno y se estaba comiendo un pollo frito. Otros días se le olvidaba rasurarse un lado la

mistakes foods/ forgot to shave one side of face

cara, y se iba para la oficina con una mejilla suave como nalga de bebé, y otra que parecía un ventisquero de las Rocallosas.

"Empezó a hablar cada vez menos. Un día estábamos de sobremesa y se quedó mirando mucho rato el reloj de péndulo. Yo pensaba que estaba deprimido a causa de algún mal rato en la central y me preocupó su silencio. De pronto se quitó la corbata y empezó a desabotonarse la camisa. Se sacó los gemelos de oro de los puños y los colocó sobre la mesa. Luego se quitó la camisa. Estábamos a mitad de julio y hacía un calor insoportable, así que a Valeria no le pareció extraño que Álvaro hiciera aquello. Pero cuando Papá se subió a la silla y empezó a quitarse los pantalones, Valeria empezó a gritar.

"Afortunadamente estábamos solos —no había más nadie en Emajaguas. Siglinda ya vivía en Guayamés y mis otras hermanas, así como Alejandro, estaban todos estudiando fuera. Nos dio terror ver aquello. Álvaro empezó a caminar desnudo por la sala al tiempo que gritaba: "¡Nunca debí nacer! La Plata está casi en bancarrota y tengo que recurrir a las argucias de un yerno pistolero para que no se hunda del todo". Como las ventanas de la sala estaban abiertas de par en par y la gente que pasaba por la carretera podía ver a tu abuelo en pelotas, Urbano entró corriendo con una frazada y se la tiró por encima. Álvaro le dio un puñetazo que lo dejó tendido en el piso y luego se sentó a sollozar en una silla. Mamá y yo nos encerramos en uno de los dormitorios y le gritamos a Urbano que fuera a buscar ayuda porque tu abuelo se había vuelto loco. El doctor Martínez llegó en seguida con dos enfermeros fornidos y entre los tres sujetaron a Álvaro, mientras le inyectaban un sedativo que lo adormeció. Pero cuando se despertó, se levantó de la cama dando voces, se quitó la ropa y volvió a hacer exactamente lo mismo.

"El doctor regresó, esta vez en una ambulancia, y después de tranquilizar a tu abuelo con otra inyección se lo llevaron al hospital. Allí lo sometieron a una serie de exámenes y le diagnosticaron un deterioro mental avanzado, resultado de la artériosclerosis. Era necesario mantenerlo en cama bajo una dosis alta de sedantes, pero aquello resultó imposible. En cuanto se recobraba un poco, Álvaro se ponía violento. Un día sacó la calibre 42 del armario, le cayó a tiros al cerrojo de la puerta y se escapó al jardín. Valeria llamó otra vez a los enfermeros y entre todos lo dominaron y lo amarron a la cama. Los enfermeros se quedaron a cuidarlo: lo bañaban y lo afeitaban, pero era como intentar dominar a un toro de lidia. Álvaro forzaba sus ligaduras e insultaba en voz alta a Valeria, acusándola de mantenerlo prisionero cuando no le pasaba nada. El espectáculo le rompía el corazón a cualquiera.

"Yo era la única persona que podía entrar a su cuarto sin que se violentara, así que Mamá me encargó que le llevara las bandejas de comida a la hora de la cena. En cuanto tu abuelo me veía los ojos se le iluminaban y me sonreía, pero nunca más volvió a hablar. Valeria ocultó su pistola debajo del colchón de su cama y a Álvaro lo mudaron a una pequeña habitación con rejas que quedaba contigua a su dormitorio. Así la pobre se sentía que lo acompañaba, y a la vez no estaba tan sola. Pasaron varios meses pero Valeria se negó a internar a Alvaro en una institución. Ahí empecé a admirarla por primera vez en la vida. Mamá era una mujer increíblemente fuerte; hizo todo lo que pudo por mantener secreta su condición, para que los vecinos no se enteraran. Álvaro era su marido en las buenas y en las malas, dijo, y jamás se separaría de él.

"Los meses siguientes fueron una pesadilla. Una tarde llovía a cántaros y bajé al sótano para asegurarme de que las ventanas de las oficinas estuvieran aseguradas. Encendí el interruptor y vi su escritorio cubierto de recibos, cuentas sin pagar, docenas de IOU's, pagarés de gente que le debían dinero desde hacía años. Ahora entendía por qué Papá había enfermado de gravedad.

"Una noche alguien dejó sin querer la puerta de la habitación de Papá sin cerrojo. Álvaro se veía mejor; parecía más tranquilo y dormía sin ligaduras. Se levantó a las tres de la mañana, bajó al patio por las escaleras de la cocina y cruzó en pijamas hasta la carretera. Caminó un trecho por la orilla de la playa, y se detuvo a unos metros de distancia del agua; se quitó la ropa y la dejó caer en la arena. Entonces se adentró desnudo en el mar y empezó a nadar mar afuera. Nunca encontraron su cuerpo.

"Tu abuelo había hecho redactar un testamento notarizado unos años antes, cuando todavía estaba en control de sus facultades. Nombró albacea a Mamá, y unos meses después de aquella noche terrible Valeria mandó llamar al abogado. La familia se reunió y le leyó a la familia el testamento en voz alta: cada uno de los hijos heredaría una finca de caña de por lo menos trescientas cuerdas. A Siglinda le tocó La Templanza; a Dido La Altamira; a Artemisa El Carite; a Lakhmé La Constanza; y a mí me tocó Las Pomarrosas. Alejandro heredaría La Esmeralda, la finca más valiosa de todas, porque estaba en la parte más fértil del valle. Eran todas propiedades excelentes y no estaban hipotecadas. Cada finca producía por lo menos 1,200 toneladas de azúcar al año —cada cuerda producía 40 toneladas— y la caña se molía y se procesaba en la central Plata. Desgraciandamente, las fincas permanecerían a nombre de Mamá mientras viviese, y podía hacer con ellas lo que se le antojara. En su testamento Álvaro también expresaba su deseo de que Alejandro ocupase el puesto de presidente de La Plata cuando terminara sus estudios en el Norte. Mientras tanto, habría que encontrar un administrador que ocupara la posición. Valeria le pidió a Venancio que lo hiciera, en lo que Alejandro terminaba sus estudios y regresaba a casa; o sea, más o menos por un año.

"El mismo día que se leyó el testamento Valeria nos entregó

a cada uno un objeto que tu abuelo había dejado como recuerdo: Alejandro recibió su reloj de cebolla y su leontina de oro;
Dido su estilográfica Parker; Artemisa la llave de oro con la
cual le daba cuerda al reloj del comedor; Siglinda su anillo de
bodas, que a Papá le encantaba hacer bailar sobre la superficie
de caoba pulida de la mesa para hacer reír a los nietos; y a mí
me tocó la navaja de madreperla que Álvaro me había prometido hacía muchos años. Cuando Valeria me la entregó me
sentí abrumada por la pena. Recodé claramente el día que me
la enseñó en la oscuridad de su vestidor. Yo no era más que una
niña, tendría alrededor de seis o siete años. "Cuando salgo a
voltear las fincas siempre la llevo conmigo", me dijo entonces
como si me confiara un secreto, "y si algún enemigo me ataca,
lo tiro al suelo y le corto la yugular". Nunca había escuchado la
palabra 'yugular' antes y no tenía idea de lo que quería decir,
pero aquello me dejó impresionada. El que Papá —mi adora-
do sultán del azúcar—, a quien yo jamás había visto perder la
paciencia con nadie tuviera enemigos que desearan su muerte
me pareció inconcebible.

"Ahora, al recibir su regalo casi veinte años después, sabía lo
que quería decir 'cortarle la yugular' a alguien. Significaba cortarle la vena de la vida, condenarlo a una muerte segura. No
podía imaginarme por qué tu abuelo me había dejado a mí
aquel regalo; yo no tenía enemigos, al menos que yo supiera.
Así que salí con la navaja a la terraza como en un trance, y
apreté sin querer su resorte secreto. La hoja saltó fuera como la
lengua de una serpiente y casi la dejé caer al piso del susto. La
examiné con más cuidado y me di cuenta de que tenía unos
números misteriosos inscritos en la lámina: D 4-24 I 6-32 D
3-22 I. Me pregunté qué significarían y estaba dándole vueltas
al asunto, tratando de descifrarlos, cuando Siglinda salió
dando voces a la terraza. Se me acercó y se empeñó en que se la
mostrara. "¡Una navaja alemana con cachas de madreperla!"

exclamó, sosteniéndola con la punta de los dedos. "¡Qué cosa tan extraña! No puedo imaginarme por qué te tocó a ti. Tú eres soltera y eso es un regalo de hombre. Déjamela a mí, que Venancio puede aprovecharla". Al principio yo no quería, pero cuando Siglinda me ofreció intercambiarla por la alianza de bodas de Papá, decidí complacerla. Después de todo, gracias a aquel anillo que tenía la fecha de matrimonio de mis padres inscrita en el interior habíamos nacido todos nosotros. Lo mandaría a achicar para ponérmelo y me traería buena suerte. Siglinda me abrazó agradecida".

18

Alejandro
vende La Plata

"MI CUÑADO SE MOVÍA por los distintos círculos de la sociedad con la agilidad de un bagre", me contó una vez Mamá. "Venancio tenía muy buenas amistades por todas partes. Era amigo personal del general a cargo de La Guajira, la base naval cercana a Guayamés, y logró una renta más favorable por los terrenos que la Marina nos alquilaba cerca de la costa. Fue a visitar a los dueños de Caribbean Sugar, que colindaban con La Plata, y les ofreció conseguirles un subsidio del gobierno para

una represa que se necesitaba en las alturas, cerca del nacimiento del Río Emajaguas, que haría más eficiente el regadío
de las cañas. El presidente de Caribbean Sugar le devolvió el
favor y le hizo una visita al presidente del National City Bank
en San Juan para que le prestara a La Plata cien mil dólares a
un interés muy bajo. Pronto los pagarés de tu abuelo estaban
todos saldados y la central estaba libre de deudas.

"Yo me ofrecí para ayudar a Venancio en la supervisión de
los trabajos en la central. Visitaba el molino en las mañanas y
en las tardes iba a las oficinas a trabajar con el contable, en el
sótano de la casa. Me sentaba en la silla de cuero marrón de
Papá, abría la gaveta de su escritorio y me quedaba mirando
con tristeza sus plumas y sus lápices, sus antiparras de lectura,
su libreta de apuntes. No acababa de acostumbrarme a su ausencia, ni a conformarme a la idea de que estuviera muerto.

"Vestida con pantalones de montar negros, botas de cuero y
blusa blanca con lazo al cuello, me perdía galopando sobre Ba-
yoán, el alazán de Papá, por el horizonte brumoso de las fincas.
La idea que tenía del cultivo de la caña como algo romántico y
novelesco se me vino abajo entonces. Aquello era muy distinto
a la producción supermoderna del azúcar que yo había estudiado en la universidad. Los peones que trabajaban aquellos
predios eran víctimas de un sistema de tortura medieval: corta-
ban la caña bajo un sol que chisporroteaba sobre sus cabezas y
muchos enfermaban de malaria y de fiebre amarilla. La caña
túpida, de quince pies de alto, se cerraba a su alrededor como
una muralla y sofocaba la menor gota de brisa. Me di cuenta de
lo difícil que era bregar con aquel carraizo. Las hojas de caña
estaban cubiertas por una pelusa espinosa que desgarraba la
piel, y de sus tallos se desprendía un polvillo seco que se introducía por las fosas nasales de los peones, haciéndolos sangrar.
Por eso iban con los pies y las piernas atados con trapos y los
pantalones con sogas, las manos metidas dentro de unos guan-

tes de algodón rotosos para evitar en lo posible el contacto con aquella arenilla mortal. En la mañana, armados con sus machetes y vestidos de andrajos salían a luchar con la caña a destajo, y en las noches regresaban a hundirse en la oscuridad de sus casas. Ahora entendía claramente por qué Papá había pronunciado aquellas palabras el día que me mostró la navaja en su vestidor: 'Cuando volteo las fincas, si algún enemigo me ataca lo arrojo al piso y le corto la yugular'. Papá debió tener, en efecto, muchos enemigos —todos los peones que cultivaban sus tierras.

"Juré corregir en lo que pudiera aquellas injusticias, hacer lo que mi padre, en otro momento histórico y con los conocimientos modernos adquiridos en la universidad, seguramente también hubiera intentado. Después de todo Papá no tenía la culpa de las injusticias del latifundio, él solo no podía cambiarlo. Fue entonces que le pregunté a Venancio si podíamos hacer algo para ayudar a los peones. Le sugerí que les lleváramos comida y agua a la hora del almuerzo en un camión con tanques que daría la vuelta por las fincas. Así no tendrían que esperar a que llegaran sus mujeres cargando con fiambreras llenas de sopa de fideos, caldo de pescado, bacalao con vianda y arroz con habichuelas. Después de todo, aquello era comida de pobres; el costo de proveerla no podía ser tan alto. Venancio estuvo de acuerdo y desde entonces el almuerzo de los peones corrió por cuenta nuestra.

"Tío Alejandro regresó a Emajaguas en junio, cuando por fin se graduó de la Universidad de Virginia. Se había colgado en cuarto año y tuvo que repetirlo; por eso tardó cinco en graduarse. Pero se apretó los pantalones y le metió duro a los libros hasta que finalmente obtuvo su grado. Valeria dio un suspiro cuando lo vio de nuevo en casa. Venancio todavía era presidente de la central y yo lo ayudaba en la administración de las fincas.

"Venancio ya no era alcalde de Guayamés, pero aparentemente le iba muy bien en su práctica privada. Según él, había hecho una pequeña fortuna en un caso legal que había ganado en San Juan. Compró un Cadillac color ciruela, con asientos de terciopelo gris y gomas de banda blanca que le ganaba por mucho al viejo Packard funéreo de tu abuelo. Siglinda andaba siempre vestida a la última moda. Llevaba anillos con piedras preciosas en todos los dedos y Venancio mismo le escogía los vestidos y los sombreros importados de París. Venancio también era una estampa de elegancia, con sus chaquetas cruzadas al pecho y sus corbatas italianas de diseños alegres adornadas con el pequeño prendedor de diamantes en forma de herradura que nunca se quitaba. Hacían una pareja joven y atractiva, y era evidente que disfrutaban de la vida juntos.

"En Emajaguas todos se preguntaban de dónde sacaba Venancio la plata para costear aquel tren de gastos. El Partido Republicano Incondicional estaba atravesando por una crisis; casi todo su liderato político lo estaba pasando mal. '¡Así es la vida!' decía Venancio gesticulando con la mano derecha para hacer relampaguear su anillo de brillantes delante de la familia. '¡Nos trae una de cal y otra de arena! Pero no olvidemos lo mucho que el Partido Republicano Incondicional ha contribuido al bienestar de este pueblo'. Y cuando terminaba su arenga, posaba la mano derecha sobre la mansa nuca de Siglinda.

"Al año siguiente la producción del azúcar mermó aún más, y los ingresos de la familia se redujeron paralelamente. Para colmo, la Marina Norteamericana empezó a levantar anclas, y varias bases de vital importancia durante la Segunda Guerra Mundial quedaron desmanteladas. La Base Naval de La Guajira dejó de alquilar las tierras de la central Plata. A Venancio no le quedó otro remedio que acudir al banco y, gracias a los destellos de su garbanzo de brillantes, logró a duras penas sacar un préstamo con el cual pudimos asegurar la nómina por un año.

"El día que Alejandro regresó del Norte, bajó a las oficinas de tu abuelo en el sótano y gritó: '¡El hombre propone y Dios dispone! A Venancio le llegó la hora. O se va, o lo voy'. Se paró frente a mi escritorio y no pude evitar echarme a reír. Parecía un mismo barril de pólvora —bajito y tenche, con dos tocones en lugar de piernas. El contable, las dos secretarias, el mensajero, todos nos quedamos mirándolo asustados. Alejandro apartó con su fuete de montar mi secante, mi abridor de cartas de plata, mis lápices y mis plumas para hacerle lugar a su guaraguao encima de mi escritorio. 'La gerencia legítima entra hoy por primera vez en funciones; todo lo demás ha sido una bufonada. Me gustaría saber quién tuvo la brillante idea de repartirle a los peones fiambreras gratis en el campo. Si los peones quieren mantengo, que trabajen para el gobierno. La central Plata es una empresa privada. En adelante cobraremos por la comida, o que traigan fiambreras de sus casas como hacían antes'.

"'Lo de la comida gratis fue idea mía y Venancio estuvo de acuerdo', le respondí desafiante. 'Él todavía es presidente de la central'.

"'Ya no. De ahora en adelante el que manda aquí soy yo. ¡Y si no, pregúntaselo a Mamá!'

"Fui inmediatamente a hablar con Valeria. Ese año no habíamos tenido huracanes, pero las lluvias bajaron muy recias de la montaña y el contenido del azúcar estaba aún más bajo. La refinería había producido un tercio menos de azúcar que el año anterior. 'Estamos atravesando una crisis, Mamá. ¿No te das cuenta? No es el momento propicio para cambiar de gerencia. Tienes que dejar que Venancio y yo llevemos las cosas por un tiempo en lo que Alejandro aprende a cómo manejar las riendas'. Pero Valeria me echó del cuarto.

"Hablé con mis hermanas y las convencí de que lo más prudente era dejar que la gerencia permaneciera como estaba, hasta que nos sobrepusiéramos a la crisis del azúcar. Pero cuando fui a informarle a Mamá lo que habíamos decidido, a Valeria le dio un arrebato. Empezó a dar vueltas por la casa y a jalarse los pelos mientras gritaba: '¡Cría cuervos y te sacarán los ojos! ¿Cómo es posible que sean tan malagradecidas? Les dimos todo y las educamos como princesas: tienen ropa fina, joyas, hasta una educación universitaria que costó un capital. También gozan de uno de los apellidos más rancios de la isla. Pero resulta que nada de esto es suficiente. ¡Ahora las niñas también quieren ser presidentas!'

"Y en otros momentos nos decía, golpeándose el pecho con el puño cerrado: 'Alejandro es mi único hijo. Álvaro lo obligó a comer vidrio molido para fortalecer su carácter de niño. Sólo él es capaz de ocupar la presidencia de la central Plata'.

"No había nada que hacer. Mis hermanas se plegaron a la voluntad de Valeria y la presidencia pasó a manos de Alejandro. Pero mi hermano todavía tenía que probar que podía llenar los zapatos de Papá.

"Un día me acerqué a Valeria y le dije: '¿Cómo piensas financiar la nueva cosecha, Mamá? En diciembre es la zafra, y habrá que pagarle a los jornaleros del corte. Estamos en junio, y en enero tendremos que comprar los fertilizantes y emplear el doble de los peones para abrir surcos y sembrar la semilla en los campos. Faltan sólo seis meses para eso y dudo que Alejandro tenga las conexiones para obtener el crédito necesario porque es demasiado joven. Estoy segura de que Venancio lo tendría, porque conoce a medio mundo en la comunidad bancaria'. Pero Mamá rehusó escucharme.

"'No, gracias', me contestó fríamente. 'Tu padre dejó medio millón de dólares en efectivo en la caja fuerte para ese tipo de emergencia. Alejandro es el único que sabe la combinación, y yo sólo estaba esperando a que él regresara del Norte para abrirla. Mañana mismo la abriremos, ya le avisé al resto de la familia'. Mis hermanas y yo nos quedamos de una pieza; nadie había oído hablar de aquel dinero antes. Por unos momentos tuve la esperanza que todo se arreglaría, pero mi optimismo no duró mucho.

"'Espero que tengas razón, Mamá. Porque de otra manera, dentro de unos días Alejandro tendrá que solicitar un segundo préstamo.

"Al día siguiente toda la familia bajó al sótano para actuar como testigo. Yo había visto a Papá abrir la caja fuerte Humboldt muchas veces. Era una caja de hierro enorme, casi del tamaño de un cuarto; varias personas podían estarse de pie adentro. Tu abuelo la mandó hacer a la orden en Alemania, y se necesitó la ayuda de una grúa de la central para bajarla del barco y montarla en el camión de azúcar que la trajo hasta la casa. Alejandro había entrado a ella muchas veces con Papá, entrechocando los tacones de sus zapatos y burlándose de mí porque me quedaba afuera. Recuerdo claramente a tu abuelo dándole vueltas lentamente al cilindro de la puerta, hasta que las cifras diminutas como pestañas caían una a una en su sitio.

"Aquel día, sin embargo, cuando Alejandro repitió la operación, nos llevamos una sorpresa monumental: la caja estaba vacía. Un efluvio de humedad y hongos salió de su interior y nos golpeó la cara. Alejandro se puso blanco y tuvo que sentarse en una silla. Parecía tan sorprendido como el resto de la familia.

"Valeria fue la primera en reaccionar. 'Alguien más tiene que conocer la combinación', dijo arqueando las cejas y clavándome los estiletes de sus ojos. 'Tú eras la preferida de tu padre, Clarissa. A lo mejor te confió cómo abrirla'. Yo logré controlarme y no perdí los estribos. '¿Cuál es la combinación, Mamá? Me gustaría saberla', le dije calladamente.

"Valeria me alargó un papel con las siglas: D 4-24 I 6-32 D 3-22 I escritas encima. De pronto lo comprendí todo. Acababa de ver aquellos números hacía unos meses. Estaban inscritos en la navaja de madreperla que Papá me había dejado, y que Siglinda se empeñó en que le intercambiara por el anillo.

"Le dirigí a Venancio una mirada fulminante, pero él me esquivó los ojos como si los tuvieran engrasados. Se me heló la sangre, pero rehusé creer que Venancio se hubiera robado el dinero. Estaba segura de que Alejandro era el culpable, —tanto odio sentía hacia mi hermano.

"'Creo que todos deberíamos ir ahora mismo al National City Bank de Guayamés, a preguntar si Alejandro ha abierto alguna cuenta de ahorros a su nombre recientemente', dije en voz alta, para que todos pudieran oírme. Pero Valeria no lo permitió. 'Alejandro sería incapaz de un comportamiento tan deleznable. Lo humillaríamos frente a todo el mundo y nunca nos perdonaría. Yo tengo confianza en él; no necesito pruebas'.

"Siglinda y Venancio salieron del sótano furiosos y se marcharon a su casa. Mis hermanos y yo nos quedamos donde estábamos, paralizados por el asombro.

"'¡Alejandro le ha cortado la yugular a la familia!' le susurré al oído a Miña.

"Unos meses después Mr. Winston, uno de los gerentes de Caribbean Sugar, se presentó en Emajaguas y preguntó por Valeria. 'Nos gustaría hacerle una oferta por Las Pomarrosas, la finca que colinda con las tierras de La Plata por el Sur', nos dijo. 'Estamos dispuestos a pagarle muy bien'. La Caribbean Sugar buscaba ampliar sus operaciones para incrementar su producción y recortar gastos. Necesitaban más tierra para sembrar más caña. Valeria les dijo que lo pensaría.

"Cuando me enteré corrí a la habitación de Mamá. No podía creer que se atreviera a consentir a Alejandro hasta ese punto. 'Te prohibo que vendas mi finca, Mamá. Si quieres vender las de mis hermanas no puedo hacer nada; pero si vendes la mía te llevaré a la corte'.

"'¡Bravo Clarissa!' me respondió Valeria. 'Pleitos tengas y los ganes, dice la maldición gitana'.

"Alejandro intentó tranquilizarme. Esa noche vino al cuarto que yo compartía con Dido y tocó suavemente a la puerta. 'No lo tomes a mal, Clarissa', me dijo, sentándose en el borde de mi cama. 'La industria del azúcar no tiene futuro, está condenada a desaparecer. Hasta las centrales gigantescas de los americanos desaparecerán dentro de algunos años, aunque ahora mismo sean tan poderosos que siguen operando. ¿Sabes cuántas toneladas de azúcar produce la Caribbean Sugar? Cincuenta mil toneladas al año. La Plata produce veinticinco mil, y tenemos dos veces más tierra que ellos. Pero nada de eso importará mañana. Es mejor cortar por lo sano y salir de las fincas cuando todavía valen algo, que vender más tarde, cuando no valgan nada. Pero si no quieres vender tu finca, Clarissa, no la venderemos', dijo. Y me apretó cariñosamente las manos. Yo lo empujé lejos de mí. Mi orgullo me importaba más que admitir que Alejandro podía tener razón. Pero sobre todo, me negaba a traicionar la memoria de mi padre.

"La rivalidad con la Caribbean Sugar continuó y a los seis meses La Plata seguía perdiendo todavía más dinero. Valeria y Alejandro empezaron a vender las fincas una por una, y La Plata tenía menos caña que moler cada mes. Entonces, cuando estábamos al borde de la quiebra, Caribbean Sugar ofreció novecientos mil dólares por la central y, luego de agonizar sobre la situación durante varias semanas, Alejandro recomendó que aceptáramos la oferta. Valeria estuvo de acuerdo y La Plata se vendió.

"Alejandro depositó escrupulosamente todo el dinero de la central y de las fincas a nombre de Valeria, y Mamá redactó un testamento dejándole a cada una de sus hijas la cantidad exacta que produjo la venta de la finca que había heredado. También el millón de dólares, que estaría ganando intereses, se repartiría por partes iguales a la hora de su muerte. Gracias a estas medidas Valeria logró reconciliarse con sus hijas —menos conmigo. Mi caso era distinto. Yo me había aliado con Venancio contra mi propio hermano, y eso era imperdonable.

"Mis hermanas siguieron viviendo cómodamente en Emajaguas. Mamá no escatimaba con ellas; tenían dinero, ropa y joyas, y viajaban a Europa una vez al año. Yo nunca fui con ellas. Me quedaba en Emajaguas con Miña y no tenía un centavo. Pero cuando le pedí a Valeria que me ayudara me dijo: 'Tú todavía eres dueña de Las Pomarrosas. Puedes costear tus propios gastos'.

"Busqué trabajo enseñando historia en la Escuela Superior de Guayamés. Era la única manera de ganar algún dinero y de independizarme de Valeria y Alejandro, al menos parcialmente. Pero todo esto pasó hace tanto tiempo, que es como si le hubiera sucedido a otra persona".

19

Alejandro sale volando
mar afuera

UN AÑO DESPUÉS DE QUE La Plata se vendiera tío Alejandro se
compró una Chriscraft Sports Fisherman de cuarenta y tres
pies de largo y salía a pescar casi a diario. Era un barco precioso. Tenía la cabina empanelada de caoba, cuatro cama-literas,
una sala alfombrada de pared a pared con un bar espléndido, y
una amplia cubierta de teca en la popa. Pero Mamá siempre
decía que la verdadera razón por la cual a tío Alejandro le gustaba tanto ir de pesca era porque en el mar daba lo mismo si

uno era alto o bajito, lo único que importaba era tener un motor con muchos caballos de fuerza.

Tío Alejandro era más inteligente de lo que Clarissa suponía, porque después de la venta de La Plata una docena de centrales criollas tuvieron que cerrar sus puertas. Las centrales americanas también empezaron a menguar su producción, pero la agonía de los norteamericanos fue una agonía sin dolor. Éstos sólo perdían dinero en efectivo, mientras que para los hacendados puertorriqueños la ruina de sus centrales constituía una tragedia. Una vez se arruinaban ya no pertenecían a la aristocracia criolla. Se hacían profesionales o abrían negocios lucrativos nuevos: tiendas por departamentos, compañías de seguro, farmacias, bufetes de abogados —pero ya no era lo mismo. El dinero del azúcar tenía un abolengo de por lo menos doscientos años, mientras que ser comerciante era algo grosero, característico de los *nouveau riche*.

Los hacendados de Guayamés que habían perdido sus centrales hacían lo posible por olvidar sus tragedias personales, y uno de sus métodos favoritos era la pesca. Cuando tío Alejandro invitaba a sus amigos a pescar, los instaba a que trajeran consigo a sus amigas. Éstas no eran siempre niñas de buena familia, como decía tío Alejandro guiñando un ojo al verlas subir al bote con sus tacos de picar hielo y sus aretes de rumbera cubana, pero qué más daba. Lo importante era desafiar a los chismosos, atreverse a encender el motor y salir volando a mar abierto.

Alejandro soñaba con pescar un pez vela algún día. El pez vela era el San Miguel marino, una espada voladora que hendía en dos las aguas. Por eso cuando adquirió su bote, lo aprovisionó especialmente para ese tipo de pesca. Compró unas cañas tan largas que la gente no sabía si eran para capturar pájaros en el cielo o peces al fondo del mar. Mandó a hacer a la orden una silla de pescar que parecía un trono: era de aluminio niquelado y estaba tapizada en cuero rojo, tenía estribos de acero, un receptáculo para apoyar la caña entre las piernas y un cabestro que se amarraba al pecho para asegurar al pescador a su asiento. Desde la terraza de Emajaguas de vez en cuando se divisaban los peces vela navegando a la distancia. Saltaban fuera hasta veinte pies de altura, y volaban sobre el agua como ángeles plateados de una sola ala. Pero aunque soñaba con ellos, Alejandro nunca había logrado pescar uno: cuando salía de paseo con sus amigos, lo que pescaba era casi siempre una borrachera. Al regresar a Emajaguas Urbano tenía que desvestirlo y meterlo en la cama.

Una vez al año los miembros del Yatch Club de Guayamés organizaban un torneo de pesca. El que pescara el pez más grande recibía un trofeo que se exhibía en una vitrina del club durante semanas. Los peces vela podían llegar a ser monstruosos —pesaban hasta mil libras, y medían entre seis y diez pies de largo. Alejandro le prometió a abuela Valeria que ese año ganaría la competencia, para compensar por la pérdida de prestigio que había significado la venta de la central Plata. Y aunque no le adjudicaran el trofeo, le aseguraba a sus amigos riendo mientras se servía un cuba-libre, de todas formas pescaría el pez vela más grande del mundo. Sus hermanas habían hecho correr falsos rumores sobre él en Guayamés, acusándolo de llevar La Plata a la bancarrota y de haberse embolsicado el dinero de la venta. Pero el pez vela que el destino le tenía deparado y que se tragaría su anzuelo algún día, sería la prueba divina de que estaban equivocadas. Por eso se había mandado hacer aquella silla magnífica en La Florida, le decía riendo a sus amigos mientras hacía tintinear los cubos de hielo al fondo del vaso; porque aquella silla no era para pescar sino para atrapar un animal mítico.

Abuela Valeria sentía escalofríos cuando escuchaba a Alejandro hablar así, pero no le comentó nada. Tenía una confianza ciega en él —era un buen hijo y un excelente hombre de negocios. Gracias a su perspicacia la familia se había salvado de la ruina y los dineros de La Plata y de las fincas estaban invertidos hasta el último centavo. El dinero que había desaparecido de la caja fuerte no les había hecho falta después de todo. Lo único que a abuela Valeria le preocupaba era que tío Alejandro bebiera tanto durante sus expediciones de pesca.

Cuando tío Alejandro salía al amanecer en sus expediciones Clarissa a veces se levantaba a espiarlo por la ventana. Descalza y en camisón, se paraba tiritando de frío detrás de la cortina de su cuarto y decía en voz baja: "¡Ahí va otra vez ese canalla, ojalá y se muera pronto!" Miña conocía bien esa mirada, y un día se molestó con Clarissa y le dijo: "Acuérdate que Alejandro también es hijo mío. Puede que no te caiga bien, pero ustedes son hermanos de leche además de hermanos de carne. Si le deseas mal un día tendrás que pagar por los platos rotos, porque no hay pecado más vil que reñir con los de tu misma sangre".

Un día tío Alejandro estaba navegando por la costa norte y se acercó al Puerto Rico Trench —el abismo submarino de más de veinticinco mil pies de profundidad que se encuentra al norte de la isla. De pronto la caña de pescar de tío Alejandro casi se dobló en dos. Se acercó a la pértiga, apretó el botón de soltar línea, y el hilo salió volando sobre el agua con el chirrido de un águila. Le ordenó al capitán que cortara el motor y el barco cabeceó sin rumbo por unos minutos, a merced de las olas.

Tío Alejandro se entoldó los ojos con la mano y escudriñó el horizonte. Ni una nube se recortaba contra el azul del cielo; sólo el hilo de acero, tenso como el filo de un cuchillo, lo separaba del mar. De pronto un ala plateada se deslizó fuera del agua y, dando un estallido ensordecedor, volvió a caer al océano. Alejandro supo que le había llegado la hora. Dejó el cuba libre sobre una mesita y se sentó apresuradamente en la silla, mientras sus amigos le gritaban para darle ánimo. Colocó los pies dentro de los estribos, se ajustó el cabestro al pecho y agarró la caña de pescar. El carrete seguía vertiginoso desenrollando línea y Alejandro tuvo que aguantarla con todas sus fuerzas.

Sabía que tenía que darle manga ancha al pez, dejar que nadara por varios kilómetros hasta que se agotara y entonces atinarle el primer jalón. La bestia era grande, no le cabía la menor duda, pero nunca se le hubiera ocurrido hasta qué punto. Alejandro agarró la pértiga todavía con más fuerza, afirmó los pies e hizo presión contra los estribos. Luchó durante veinte minutos pero la presa seguía tirando con una fuerza descomunal. De pronto el cordel se aflojó y el corazón de Alejandro dio un vuelco; estaba serguro de que lo había perdido. Todo el mundo aguantó la respiración, temeroso de lo que pudiera suceder. Alejandro se sacó el cabestro del pecho y se asomó al agua por encima de la baranda, esperando ver al monstruo deslizarse por debajo de la quilla. Pero no se veía nada. El océano allí era muy oscuro: un pedazo de berilio líquido y casi inmóvil de tan profundo. Alejandro volvió a sentarse y empezó a recoger hilo, amarrándose a la silla nuevamente por si las moscas. Precisamente en ese momento el pez vela dio un salto formidable y la línea se enganchó en la silla. La base saltó fuera de su eje y la silla salió disparada por encima de la baranda y se alejó volando por encima del agua. Los amigos no podían creer lo que veían: Alejandro todavía agarrado a la caña de pescar, con su gorra de capitán puesta y las piernas estiradas sobre los estribos como si estuviera esquiando, persiguiendo el ala monstruosa que se deslizaba frente a él como un ángel gigantesco. Entonces la silla empezó a hundirse poco a poco con Alejandro todavía amarrado a ella, hasta que por fin la silla y el pez y el pescador desaparecieron en las profundidades de océano. Varios amigos de Alejandro se arrojaron al agua a buscarlo, pero nunca lo encontraron.

Abuela Valeria quedó hecha polvo después de la muerte de mi tío. La desaparición de Abuelo el año antes fue un golpe duro para ella, pero en su pena no había desesperación. Álvaro pasó a mejor vida de causas naturales —se le declaró una enfermedad incurable antes de suicidarse en el mar. Pero la muerte de Alejandro fue diferente. Sólo tenía veintinueve años, y abuela Valeria estaba segura de que era inocente de los rumores que circulaban sobre él.

Y sin embargo, abuela Valeria no derramó una sola lágrima durante el velorio de Alejandro. Los deudos se arremolinaban a su alrededor como moscas pero ella ni pestañeó ante su malévolo zumbido. Tengo que confesar que sentí una gran admiración por mi abuela cuando Clarissa me describió su fortaleza de ánimo. Estoy segura de que le hubiese encantado acariciar el rostro de tío Alejandro por última vez, haberle peinado con su agua de colonia Imperial y sellado sus ojos con un beso. En lugar de eso, Valeria se puso a rezar en voz alta el rosario, aunque cada Ave María le nacía tallado en piedra sobre los labios. La herida fue tan profunda, que casi la dejó insensible.

20

Las bodas
de Aurelio y Clarissa

porque — *so attached to her fr?*

"NUNCA PENSÉ CASARME mientras Papá todavía estaba vivo. Pero Aurelio no se daba nunca por perdido. Tenía mucha paciencia —me esperaría eternamente, me dijo un día. Y cuando tu abuelo pasó a mejor vida, Aurelio adivinó que la puerta se había entreabierto. — *half - opened?*

"Fuimos novios durante tres años y durante los veranos él venía a visitarme a menudo desde La Concordia. Se graduó en el 1926 de Northeastern University y regresó a la isla con una maestría en ingeniería mecánica y eléctrica. También se había graduado del Boston Conservatory of Music. En cuanto llegó, comenzó a trabajar con su padre en Vernet Construction. "¿Por qué no nos casamos?" me preguntaba cada vez que venía a Emajaguas. Yo dejaba que me cogiera la mano y que me diera besitos huérfanos en la mejilla, pero siempre le decía que era imposible. Aurelio nunca me presionó a que me decidiera.

"Algunas semanas después de que a Papá se lo tragara el océano, Aurelio me llamó por teléfono. Yo todavía estaba de duelo pero cuando me preguntó si podía venir a verme le dije que sí. Nos sentamos en la terraza, mirando el sol deslizarse como una yema de sangre dentro de la bahía, y fue la primera vez que Aurelio me besó en la boca. 'Ahora tengo mi propio ingreso', me dijo. '¿Por qué no nos casamos y te vienes a vivir a La Concordia?' me preguntó. 'Está bien', le contesté con una sonrisa, pero sin ningún entusiasmo.

"Y como prueba de que lo que le decía a Aurelio iba en serio, añadí: 'Papá siempre me dijo: "Nunca vendas Las Pomarrosas, porque habrás vendido tu corazón y no podrás comenzar de nuevo". Pero como voy a abandonar a Emajaguas y tú y yo empezaremos desde cero, quiero que vendas la finca e inviertas el dinero en lo que te parezca. Así habré puesto mi corazón en tus manos'.

"La boda fue pequeña porque Valeria no quería gastar dinero en mí. Lakhmé y Artemisa, que todavía vivían en la casa, estuvieron presentes. También asistieron a ella Siglinda y Venancio. Don Santiago Vernet, los tres hermanos de Aurelio y sus dos hermanas viajaron a Guayamés desde La Concordia. Adela Pasamontes, la madre de Aurelio, no pudo venir porque ya estaba enferma de cuidado. Le pedí a Mamá que la boda se celebrara en el jardín de Emajaguas, y me concedió el deseo. Quería pasar mis últimos momentos de felicidad en el paraíso que estaba abandonando.

"La noche antes de la boda me acosté temprano porque quería verme descansada al día siguiente. Pero en cuanto me metí en la cama el sueño me abandonó por completo. Valeria había colgado mi vestido de satín blanco de la puerta del closet y colocó el velo al pie de la cama. En la oscuridad mi traje de novia despedía un fulgor tenue, como el de un alma en pena. Un soplo de brisa entró por la ventana y el velo se arremolinó a mis pies como una neblina fría. Miré para otro lado y suspiré profundamente. A las cinco de la mañana las estrellas empezaron a palidecer sobre el palmar de Emajaguas y yo todavía no había logrado conciliar el sueño —me sentía como el soldado que vela sus armas la noche antes de la batalla. Pensé en Papá, y en cómo le gustaba llevarme a la playa a mirar los veleros cuando era niña. 'Cuando crezcas podrás ser como ellos, tan libre como el viento', me decía. Luego recordé a Siglinda cuando me repetía: 'Ojalá que el amor sea la solución a todos tus problemas, hermanita'.

"Por fin me levanté de la cama, me abrigué con mi sarape mexicano para protegerme del sereno de la madrugada y bajé silenciosa las escaleras de la cocina. Subí al departamento del servicio, encima de la cochera. Urbano ya había salido; lo vi al pasar junto a las jaulas de los animales, encorvado bajo la llovizna que se colaba entre las palmas y echándoles pan mojado a los gansos. Miña se estaba poniendo el uniforme antes de bajar a la casa. Se ató el delantal a la cintura y empezó a cepillarme el pelo, que me acababa de recortar al estilo *boy*, lo más corto que podía llevarlo sin que me metieran a monja. Cuando terminó nos sentamos al borde de su cama, abrazadas la una a la otra como en nuestros mejores tiempos.

"'No puedo casarme, Miña', le susurré. 'Aurelio es dos años menor que yo y no estoy segura de si estoy enamorada'. Miña se echó a reír.

"'Eso no es una excusa válida, Clarissa. Estás arrepentida porque te acuerdas de cuando tu padre estaba vivo y te hace mucha falta. Pero don Álvaro está muerto, —déjalo que descanse en paz y ocúpate de Aurelio, que está vivito y coleando. Por supuesto que tienes dudas, pero eso no es culpa tuya. Es que la astilla de hielo que se te enterró en el corazón el día que naciste no se te ha derretido todavía'.

"Y entonces me susurró en voz baja: 'Aurelio es un hombre bueno. Él sabrá cómo derretirlo'. Y me dio un beso en la frente. Unos minutos después bajamos juntas las escaleras de la cochera y entramos a la cocina. Miña me coló una taza de café tan fuerte que era capaz de revivir a un muerto.

"La boda se celebró en la catedral de Guayamés el 3 de junio de 1930, temprano en la mañana. Tengo una foto de Aurelio y mía de pie ante la puerta de la catedral, rodeados por la cola mía traje como por un estanque de seda. Aurelio alquiló su *tuxedo* y su sombrero de copa y se veía guapísimo. Ambos salimos muy serios en la foto, conscientes de que compartíamos una ocasión solemne.

"Después del brindis de champán y de la pequeña recepción en el jardín de Emajaguas, nos cambiamos de ropa en cuartos distintos y corrimos hasta el carro de Aurelio, un Ford coupé Model T. que acababa de comprar y que bautizó 'El pájaro azul de la felicidad'. Viajamos en él hasta La Concordia y desde ese día tu padre se convirtió en el centro de mi vida."

21

La casa
de la Calle Virtud

plots?

"AURELIO HABÍA COMPRADO una casa cerca de la estación del tren. Era un vecindario de clase media donde las casas tenían techos de planchas de zinc y estaban edificadas sobre solares de pocos metros, de manera que uno siempre sabía lo que los vecinos estaban guisando y en qué capítulo se encontraba la novela que escuchaban por la radio. Aurelio compró la casa con sus ahorros. Estaba hecha de madera y tenía un pequeño balcón de cemento al frente; luego la sala, el comedor y la cocina, todo en

cooking

The house in la Concordia

fila como los vagones de un tren. Un pasillo estrecho llevaba a los dormitorios, que daban para la parte de atrás. Los muebles eran de mimbre, pintados de blanco, y las ventanas tenían cortinas de algodón suizo. Aurelio se había ocupado hasta del último detalle.

"El único lujo que teníamos en la Calle Virtud era el piano Bechstein que Aurelio compró con parte del dinero de la venta de Las Pomarrosas. La finca se vendió por trescientos mil dólares y el piano costó diez mil. Aurelio puso la diferencia en una cuenta a mi nombre, y diez años más tarde, cuando la planta de Cementos Estrella estaba en vías de construcción, me compró un buen número de acciones de la fábrica con el dinero que quedaba.

"El piano era tan grande que se quedaba por completo con la casa, parecía una ballena a bordo de un bote de remos. Para lograr entrarlo fue necesario desatornillar la puerta de los goznes y removerla de su sitio. Cuando por fin ocupó su lugar, en la sala no quedaba espacio donde sentarse. Era un objeto extraordinario, completamente fuera de lugar en aquel barrio de clase media. Pero a Aurelio le encantaba. Cuando se sentaba a tocarlo la música lo invadía todo, y me arrastraba como una marea irresistible".

"Cuando llegamos de Emajaguas y nos bajamos del Pontiac me sentí mareada. El calor de La Concordia fue como una bofetada y Aurelio tuvo que ayudarme a subir las escaleras. 'Nuestro cuarto es el último del pasillo', me dijo, 'el que tiene una ventana amplia que da al jardín donde hay un árbol de mangó enorme. Cuando hay brisa, las hojas murmuran y suenan como si lloviera'. Y añadió: 'En seguida te traigo algo fresco de beber. Tiéndete un rato en la cama y te sentirás mejor'.

"Que Aurelio me hablara de lluvia en aquellos momentos resultó premonitorio, porque pasarían varios meses antes de que yo viera caer una sola gota de agua en La Concordia. Durante mucho tiempo mi nostalgia más profunda por Emajaguas se tradujo en una nostalgia por la lluvia, por ese rumor oscuro y denso del agua cargada de hóngos, amebas y otros organismos que había desbordado mi juventud al otro extremo de la isla.

"Asfixiada casi por el calor, hice lo que Aurelio me indicó y caminé hasta el final del pasillo como en un letargo. Aurelio sacó mis valijas de cuero blanco del auto y las llevó a nuestra habitación. Entonces se fue a la cocina a prepararme un refresco de naranja. Cuando regresó con los vasos helados en la mano, me encontró en un sopor, sentada en el borde de la cama. El techo de zinc, con su plafón de madera, había atrapado todo el bochorno del día y el cuarto era un verdadero horno. 'No puedo quedarme a dormir aquí', le dije con los ojos llenos de lágrimas. 'El calor es tan fuerte que estoy a punto de desmayarme. Por favor, Aurelio, llévame de vuelta a Emajaguas en el auto'. El sudor me bajaba por la espalda a chorros, y sin embargo temblaba de frío.

"Antes de la boda Miña le había hablado a Aurelio brevemente de mi padecimiento; de cómo recién nacida llegué a la casa como un conejo sin pelo tiritando de frío y de cómo ella me había atado a su cuerpo con una frazada y me había cargado por todas partes durante un mes hasta que poco a poco se me fue calentando la sangre. Aurelio, con la caballerosidad que lo caracterizaba siempre, no me comentó nada de lo que Miña le había dicho.

"'¿Te gustaría escuchar un poco de música antes de regresar a Emajaguas? Quizá te haga sentir mejor', me sugirió suavemente, sin oponerse a mis deseos. Fue a la sala, se sentó frente al piano y abrió la tapa. 'Ven y siéntate un rato a mi lado', llamó desde allí. Me levanté de la cama y me senté también en la banqueta del piano. Empezó a tocar la Sonata #23 de

Beethoven, conocida como la *Appassionata*. La música era tan hermosa y tu padre tocaba tan bien que poco a poco se me olvidó que tenía frío. Me tranquilicé y dejé de temblar. Cuando terminó de tocar empezó a besarme. Era muy buen amante; tenía los dedos largos y delicados, y eran tan sensibles cuando acariciaban mi cuerpo como cuando oprimían el teclado marfileño del piano. Pronto la astilla de hielo que llevaba en el corazón empezó a derretirse. Entramos al dormitorio e hicimos el amor sobre la cama de pilares de caoba. Fue como si una ola de música nos transportara muy lejos de la faz de la tierra".

✳

CUARTA PARTE

La saga
de la familia Vernet

Cuando yo era joven me acordaba de todo,
hubiese sucedido o no; pero mis facultades han
comenzado a declinar y pronto sólo podré
acordarme de lo que nunca sucedió.

La autobiografía de Mark Twain

22   *Elvira narrates*

Grandson ~~son~~ ~~Alvas~~

Navegando por las aguas del Caribe

Grandparents/ Auretio

CHAGUITO VERNET, COMO LE DECÍAN en La Concordia a abuelo Santiago, a menudo le contaba a sus hijos las historias de cómo su familia había llegado a la isla, y a ellos les encantaba escucharlas. Elvira Zequeira, su madre, era una rebelde que a menudo escondía a los mambises —los soldados negros— en su casa de Santiago de Cuba. Elvira tenía un hermano gemelo, Roque Zequeira, y Henri Vernet era el mejor amigo de Roque. Roque y Henri se conocieron en París. Ambos estudiaban inniería en L'Ecole des Ponts et des Chaussés, y se graduaron en 1875. Poco después Roque invitó a su amigo a venirse con él a Cuba a buscar fortuna.

Henri nació en un pueblo pequeño del sur de Francia, en las orillas cenagosas del Río Charente. Los tributarios del Charente pasan de ciento, e irrigan la campiña francesa como alimentan las venas las paredes del corazón. Henri era de familia campesina; pudo estudiar ingeniería en París porque tenía una beca del gobierno, que le fue otorgada cuando su padre murió en la guerra franco-prusiana a causa de un accidente desgraciado. Ya se había firmado el acuerdo de paz, y el batallón de Charles Vernet abandonaba a Francfort e iba de regreso a Francia, cuando una bala de mosquete rebotó contra un árbol y lo hirió en la cabeza.

La madre de Henri hizo un sacrificio enorme para enviarlo a estudiar a París mientras ella trabajaba de lavandera en Saint Savinie. Tenía cinco hijos, y una fe ciega en que su hijo podría sacar a la familia de la pobreza. Pero cuando Henri se graduó no pudo resistir la tentación de embarcarse hacia América con Roque. Nada más pensar en regresar a las orillas pantanosas del Charente, donde nadie tenía prisa y las barcazas flotaban lentamente por los canales hacinadas de repollos y alcachofas que parecían cabezas decapitadas en el sueño, le ponía los pelos de punta. Henri se había acostumbrado a la vida citadina: en París el ambiente estaba cargado de energía y las mentes eran agudas como navajas. Cuando Roque lo invitó a viajar con él a Cuba, Henri aceptó. Regresaría a Francia después de hacerse rico, se dijo, y ayudaría entonces a su madre y a sus hermanos.

Zarparon juntos hacia Santiago de Cuba, y al llegar Henri se alojó en casa de su amigo. Allí conoció a su hermana, Elvira Vernet. 'Es como el zumbador, no se está quieta ni un momento', le dijo Roque, levantando a su hermana por la cintura. 'Pero cuídate, no es tan inofensiva como parece. Cuando quie-

Cuba

re algo más vale que la complazcas, o búscate la ventana más bajita para escapar de la casa'. Elvira vio los ojos de porcelana azul y los rizos acaramelados de Henri, que llevaba siempre atados en una pequeña coleta, y se enamoró de él locamente. Henri se enamoró también, pero como era hijo de soldado y tenía un carácter espartano, fue Elvira la que se le declaró y le pidió que se casara con ella. Pronto Santiago Vernet, mi abuelo, se encontró en camino. Nació en el 1879. (Elvira narrating)

Roque y Elvira Zequira eran huérfanos; sus padres habían muerto ahogados en un accidente de bote cerca de Punta Santiago, la península más al sur de Cuba —según abuelo Chaguito le contó a sus hijos muchos años después. Los hermanos heredaron una casona con varias cuerdas de terreno a las afueras de la ciudad. Después de la boda Henri y Elvira decidieron quedarse a vivir con su hermano, y los tres jóvenes se ayudaban unos a otros. Unieron sus ahorros y, utilizando sus conocimientos de ingeniería, construyeron la primera fábrica de hielo en Santiago, Nieves Vernet, que tenía su propio generador eléctrico —el primero que se construyó en la ciudad. Santiago de Cuba era la capital de Oriente, la provincia más rica de la isla, donde se originaba mucha actividad comercial. Había cuarenta haciendas azucareras en las afueras; y a más de esto, el tabaco, el cacao y el café se daban muy bien en la vecina Sierra Maestra. La ciudad tenía casas muy hermosas y a la gente le encantaba dar fiestas extravagantes, así que el hielo era una mercancía con mucha demanda. Santiago de Cuba = capital the wealthiest province, Cuba

Nieves Vernet fue un éxito desde el principio. Una docena de carretones tirados por bueyes venían a la fábrica, situada cerca de la vieja casa de los Zequeira a las afueras, a recoger bloques de hielo envueltos en sacos de yute para que no se derritieran tan pronto, y los repartían tanto a las casas de familia como a los negocios de la ciudad. El calor en Santiago podía llegar a temperaturas infernales —hasta cien grados Fahrenheit en la sombra— pero una vez Nieves Vernet comenzó a operar, insistían los santiaguinos, el calor no era tan fuerte como antes.

A pesar de tan buenos augurios, Henri heredó la mala estrella de su padre. Un día un cortocircuito fundió el generador de la planta de hielo, y Henri mandó a Roque a que apagara el interruptor principal. La caja de fusibles estaba en una pared exterior del edificio y Roque se dirigió hasta allí mientras Henri bajaba al sótano a arreglar el generador. Elvira había dejado a Chaguito en la planta de hielo en lo que iba de compras, y el niño bajó saltando las escaleras detrás de su padre. Estaba muy oscuro, y Henri llevaba una lámpara de gas en la mano.

Roque bajó el interruptor y se quedó de pie junto al panel, esperando a que Henri le avisara desde el sótano que ya había resuelto el problema. Henri examinó el generador con la lámpara en alto y pronto encontró un cable deshilachado, con varios alambres al aire. "Aquí está el cortocircuito", le dijo a Chaguito, mostrándole el enredijo de cables enhiestos y medio chamuscados. "Tenemos que cortar el cable y luego reconectarlo". Y Henri puso la lámpara en el suelo, agarró el cable y comenzó a repararlo con unos alicates que sacó del bolsillo.

En el primer piso uno de los carretones cargados de bloques de hielo salió rodando por la puerta del almacén. Había mucho tráfico en la avenida, y el guardián de turno le gritó al conductor, "¡Siga adelante!", para que cruzara en aquel momento. Roque se confundió, y pensó que Henri le estaba avisando que había terminado el trabajo, y empujó la palanca del interruptor hacia arriba. La descarga eléctrica hizo saltar a Henri, y cayó al suelo a tres pies de su hijito.

Roque escuchó los gritos de Henri y bajó corriendo las escaleras, pero en la prisa se le olvidó bajar la palanca y la electricidad siguió fluyendo. Su amigo todavía estaba asido al cable, y se sacudía violentamente. Roque alargó la mano para agarrarlo pero Henri lo miró con ojos desorbitados y le gritó: "¡No me toques! ¡La descarga será el doble y nos matará a los dos! ¡Ve y apaga el interruptor!" Roque subió volando las escaleras, pero cuando regresó al sótano Henri estaba muerto. Chaguito estaba arrodillado junto a él, observando asombrado como de los rizos castaños de su padre salía humo.

Cuando Elvira se enteró del accidente, cayó redonda al piso. Roque también se hundió en el abatimiento. Se sentía culpable por la muerte de Henri y todavía le parecía ver la mirada de terror en los ojos de su cuñado cuando luchaba por librarse del maldito cable al que se había quedado pegado. Después de un tiempo Elvira intentó consolarlo. "Algunas personas nacen con una buena estrella y otros nacen estrellados", le dijo. "Los Vernets pertenecen a la segunda categoría. No debes echarte la culpa por lo que le sucedió a Henri, Roque. Conociendo la historia de su familia, lo más probable es que hubiese muerto joven de todas maneras".

Elvira estaba muy preocupada por su hijo, porque había dejado de hablar después de la muerte de su padre. Una noche se llegó hasta el cuarto de Roque y le tocó en la puerta. "Los dos perdimos lo que más queríamos —yo a mi marido y tú a tu hermano, pero no debemos amargarnos por eso", le dijo. "Todavía nos tenemos el uno al otro y podemos ayudarnos. Necesito que me des una mano con Chaguito. El director de la escuela ha amenazado con expulsarlo si no sale de su mutismo".

Roque se comprometió a hacerlo. Sentía una gran compasión por su sobrino. En consonancia con el carácter espartano de los Vernet, Chaguito no había derramado una sola lágrima por la muerte de su padre, ni expresado una sola queja. Roque respetaba su silencio —si Chaguito no deseaba hablar ésa era su prerrogativa— pero eso no quería decir que no podía contar. Roque subió a la buhardilla de la casa, abrió un baúl polvoriento y sacó de él los libros de ingeniería eléctrica en los que

Henri y él habían estudiado para los cursos de L'Ecole des Ponts et des Chaussés. Los trajo consigo al comedor y los abrió sobre la mesa. Chaguito se acercó y se quedó mirándolos como hechizado. Estaban escritos en francés, y al principio Roque pensó que Chaguito no los entendería, pero se equivocó. Para bregar con números no era necesario hablar ningún idioma, y muy pronto Chaguito había aprendido todo lo necesario sobre el álgebra, la geometría, la trigonometría, así como sobre el diseño mecánico y eléctrico. Y de paso, también aprendió a hablar francés.

En el 1895, cuando abuelo Chaguito tenía dieciséis años, la Guerra de Independencia volvió a estallar en Cuba. Valeriano Wyler era Gobernador General y la situación de la isla era pavorosa. Un tercio de la problación —unas cuatrocientas mil personas— había muerto de hambre en los reconcentrados, los pueblos-presidios que Wyler había mandado a fortificar en Oriente y Camagüey. Los campesinos tenían que refugiarse en ellos mientras quemaban sus casas, y su ganado fue robado o asesinado. Entonces José Martí cayó mortalmente herido en Dos Ríos durante un ataque de caballería, lo que enardeció a los Zequeira aún más contra los españoles. Un día Roque le disparó a un oficial español desde el techo de la casa, y éste murió al día siguiente. Los soldados acudieron en busca del francotirador, pero Roque escapó y se ocultó en casa de un amigo. Entonces desvalijaron la casa de los Zequeira y encontraron un cargamento de vendajes, algodones y medicinas ocultos dentro del piano. La casa era un puesto de ayuda médica clandestina para los revolucionarios heridos. Elvira, Roque y Santiago fueron a parar a la cárcel, pero seis meses más tarde fueron puestos en libertad durante una tregua en la guerra.

Al regresar a la casa Roque encontró una orden de reclutamiento para que se presentara al cuartel militar de Santiago al

día siguiente: el ejército español lo necesitaba y tendría que trabajar como ingeniero de carreteras. Roque salió de la ciudad y
se perdió en la manigua cercana a la costa. Elvira ocultó a Chaguito en la buhardilla; en cuanto cumpliera los diecisiete años
también lo reclutarían para trabajo forzado. Chaguito pasó un
mes y medio en la oscuridad. El techo de la buhardilla era tan
bajo que no podía ponerse de pie; tenía que vivir sentado.
Tarde en la noche bajaba a la casa, donde su madre le servía
una comida caliente y podía bañarse. Lo picó toda clase de in-
sectos: escorpiones, arañas peludas, garrapatas —y los ojos se le
hincharon tanto que parecía chino. Pero había heredado el es-
toicismo militar de su padre, y nunca se quejaba de nada.

Elvira era muy religiosa y le hizo a la Virgen de la Caridad
del Cobre un pequeño altar en la buhardilla, para que su hijo le
rezara. Podría encenderle velas en la oscuridad, le dijo, y observar las pequeñas llamas ondear a su alrededor como bande-
rines de la esperanza. Pero Chaguito no rezaba. Dormía de
espaldas a la Virgen y juró que un día haría que la mala suerte
de los Vernet cambiara.

Después de mes y medio en la buhardilla Chaguito ya no
aguantaba más y estaba a punto de coger la juyilanga para
unirse a los mambises en la manigua cuando su tío Roque se
presentó una noche en casa. Le dijo a Elvira que necesitaban
un ingeniero eléctrico en Puerto Rico y que se embarcaba hacia
la isla vecina al día siguiente. El empleo se encontraba en La
Concordia, una ciudad del sur, y era para montar unos evaporadores nuevos en la central Siboney. Sus amigos acababan de
darle la noticia y lo estaban esperando ahora mismo en el patio.

"Llévate contigo a Chaguito, Roque, te lo ruego", le susurró
Elvira mientras señalaba a la buhardilla. "No me importa si
nunca lo vuelvo a ver. Prefiero saber que está vivo y lejos, que
cerca y bajo seis pies de fango". Pero cuando Elvira subió a hablar con Chaguito, el joven dijo que no quería irse de Cuba.

Roque y sus amigos tuvieron que bajarlo a la fuerza de su escondite y darle un puñetazo que lo dejó inconsciente. Luego lo metieron de contrabando en el *Alicia Contreras,* un carguero de vapor que salía al día siguiente para Santo Domingo. Cuando estaban ya en alta mar Roque habló con el capitán, y a Chaguito le dieron trabajo como calderero. Y mientras alimentaba la caldera con la pala Santiago sentía que el corazón se le consumía como una brasa.

En Santo Domingo el carguero recogió una cosecha de naranjas, guineos y plátanos verdes y siguió camino de Puerto Rico. Santiago y su tío comieron guineos y naranjas por dos semanas, hasta que llegaron sanos y salvos a su destino.

23

Chaguito llega
a La Concordia

"¡SALIMOS DE GUATEMALA PARA meternos en Guatepeor!" le
dijo Chaguito a Roque el primer día que fueron a caminar por
La Concordia. "No te pierdas a esos gachupines marchando de
un lado a otro de la plaza". El Regimiento de Cazadores de la
Patria practicaba sus maniobras en la Plaza de las Delicias, en
el centro del pueblo. Marchaban con paso firme, y sus uniformes de dril a rayas eran perfectos para el clima atosigante del
pueblo. "Te apuesto que, a pesar del nombre elegante que le

pusieron, ese regimiento no se dedica precisamente a cazar ja-
balíes", respondió Roque.

Roque tenía razón. Los Cazadores de la Patria se dedicaban
a perseguir a los que buscaban derribar al gobierno español por
métodos subversivos. Y una vez los cazaban, les rebanaban las
orejas, les perforaban los párpados con agujas de coser y les
metían astillas encendidas debajo de las uñas hasta que confesaban. Y una vez confesaban, los mandaban a fusilar.

La Concordia era un pueblo desvergonzadamente comercial. Había un negocio en cada esquina, y sólo dos o tres iglesias
en toda su periferia. Los ciudadanos eran casi todos dueños de
un tipo de empresa u otro. Durante su corto paseo por el pueblo Chaguito identificó cuatro fábricas: de confeccionar tabacos, galletas, tallarines y sombreros de jipijapa. Luego se dijo
que en una ciudad de setenta mil habitantes tenía que haber
por lo menos una fundición. Se detuvo en una esquina, cerró
los ojos y husmeó el aire como un perro. Era hijo de ingeniero y
llevaba el hierro en la sangre; podía reconocer el olor del metal
fundido a una milla de distancia. En seguida adivinó que en el
pueblo había dos fundiciones y se encaminó hacia ellas. Descubrió que eran negocios anticuados; una era propiedad de un
escocés, el señor McCann, que se negaba a gastar dinero modernizando sus maquinarias; y el otro le pertenecía a un español, don Miguel Sáez Peña, que había hecho miles de dólares
construyendo las máquinas de vapor, catalinas y masas que se
utilizaban en los ingenios de caña. Chaguito vio que estas fundiciones tenían unas calderas anticuadas y en malas condiciones. En efecto, la fundición de Sáez explotó poco después de
que Chaguito llegara al pueblo.

Los ciudadanos de La Concordia eran una gente práctica, de
los que tienen los pies plantados en la tierra y les gusta llamar
las cosas por su nombre. Por eso a la calle donde estaba el hospital le pusieron Calle Salud; donde se encontraba la escuela

era la Calle Educación; donde estaba el carnicero era la Calle Matadero; y así por el estilo. Pero las calles preferidas de Chaguito eran la Calle Armonía, la Calle Hermandad y la Calle Fraternidad, porque representaban las virtudes masónicas. Cuando Chaguito las vio, adivinó que la masonería se encontraba muy arraigada en aquel pueblo.

Bajo la ley española la masonería estaba estrictamente prohibida, y en Santiago de Cuba pertenecer a una logia masónica era un crimen que se pagaba con la vida. Pero en La Concordia había masones por todas partes, y Roque pronto se puso en contacto con ellos. En Santiago Roque había llegado a servir como Maestro Masón, y todavía tenía alguna influencia en la hermandad. Así que lo primero que hizo cuando llegó a La Concordia fue visitar la Logia Adelphi —localizada en un almacén de azúcar medio arruinado a las afueras del pueblo— y proponer a su sobrino como miembro. Chaguito se inició en la masonería poco después, y como los masones eran miembros del cuerpo de bomberos, también se hizo bombero.

La foto más temprana que conozco de abuelo Chaguito está fechada 1900, cuatro años después de que llegó a Puerto Rico. Salió retratado junto a once bomberos más, y lleva puesto el uniforme de gala del cuerpo: gorra con visora de charol, chaqueta estilo mandarín con adornos de pasamanería al cuello y sable de latón al cinto. Con sus cinco pies, tres pulgadas de alto Abuelo era el más bajo de todos, y su esbeltez resaltaba aún más el imponente tamaño de sus bigotes. Al pie de la foto alguien escribió con tinta: "Fosforito Vernet, a quien le gustaba apagar fuegos tanto como encenderlos".

Los comerciantes de La Concordia amaban su ciudad, y por eso equipaban eficazmente a sus bomberos. Tenían las máquinas más modernas, bombas de presión para arrojar agua, mangas, tanques, hachas y escaleras. La Concordia estaba rodeada de caña por todas partes, y periódicamente la cercaban los peligrosos fuegos que facilitaban la cosecha. Había que estar muy pendientes en la época de la zafra, porque cuando había viento las pavesas encendidas de la caña se desplazaban varias millas y aterrizaban en los techos de las casas.

La construcción del nuevo evaporador de la hacienda Siboney les tomó a Roque y a Chaguito dos años. Al terminar la tarea, don Eustaquio Ridruejo, el dueño de la central, les comisionó el nuevo alambique de la destilería de ron. Pero Roque dijo que se quería regresar a Cuba. "Se acabó la guerra", le dijo a don Eustaquio. "Es hora de regresarse a casa".

"Tu madre nos está esperando, muchacho", le dijo a Chaguito. "No tiene a nadie en el mundo más que a nosotros".

"Ve tú primero, Tío", le respondió Chaguito. "Quiero quedarme acá un tiempo más. Prometí montarle a don Eustaquio su nueva destilería de ron".

Roque pensó que Chaguito estaba todavía molesto por la manera intempestiva en que su madre lo había puesto a bordo del *Alicia Contreras,* así que prefirió guardar silencio. Se despidió de él, cargó sus maletas hasta el muelle y abordó solo la balandra que lo devolvería a Santiago.

Pero tío Roque se equivocaba. Abuelo Chaguito quería permanecer en la isla por otras razones. Cuando el *Maine* explotó en el puerto de La Habana, empezaron a correr rumores de que los Estados Unidos tenía intenciones de invadir a Puerto Rico. A Santiago no le hacía ninguna gracia abandonar la isla cuando las cosas se estaban empezando a poner interestantes. Había oído decir que algunos ministros del presidente William McKinley en el Departamento de Estado contemplaban la posibilidad de quedarse definitivamente con Cuba, una vez la isla lograra su independencia de España. Cuba era la Antilla más grande de todas, una verdadera joya por la feracidad de sus campos y la riqueza de su comercio, pero era también muy nacionalista. Sería mucho más fácil arrimar a Puerto Rico —la Antilla sardina— a la brasa.

Un mes después de la llegada del general Nelson A. Miles a La Concordia, abuelo Chaguito le escribió una carta a su madre en Cuba. Bisabuela Elvira siempre la guardó, y cuando murió poco después, tío Roque se la envió de vuelta a Chaguito, para que la tuviera de recuerdo. Aurelio la heredó de su padre, y hace más de sententa años que está en nuestra familia. La he visto varias veces, y siempre que Papá me la enseña, abre con mucho cuidado la gaveta de su escritorio, que está cerrada con llave, como si lo que guardara allí fuera algo sagrado.

25 de agosto de 1898

Querida Mamá:

Te ruego que por favor no te preocupes. Yo estoy bien y en buena salud. Las cosas en esta isla por fin se han calmado, y la gente ha regresado a la rutina diaria de comer, dormir y trabajar, aunque ahora hay una bandera distinta ondeando ante la alcaldía y el correo.

Estoy trabajando arduamente en varios trabajos que me han comisionado en haciendas vecinas a La Concordia, que me dan lo suficiente para vivir. Esto no es Santiago de Cuba —La Concordia es una ciudad pequeña y provinciana; pero es mejor merendar en paz que darse un banquete en guerra. El trabajo no mata a nadie; ya sabes que desde los catorce años yo laboraba en una mina de fosfato cargando sacos de sal hasta los cañaverales que necesitaban fertilizante. En Cuba había más dinero que aquí, pero también más ambiciones — y yo prefiero ser cabeza de ratón que rabo de león. Aun así, jamás hubiese abandonado a mi patria a no ser porque alguien que no nombraré me mandó a secuestrar, y me subieron a la fuerza a un carguero que estuvo dos semanas dando vueltas por el Caribe. "Los últimos serán los primeros", me decían cuando era pequeño, citando la Biblia para enseñarme el significado de la caridad cristiana. No sabía cuán de cerca me iba a tocar ese versículo.

Cuba heredó de España dos piedras de molino que todavía lleva colgadas al cuello, y que si no se cuida la hundirán un día: el absolutismo político y el fanatismo católico. Aquí, con la llegada de los americanos los puertorriqueños se han librado de ambas de un solo golpe. Aunque seguramente las noticias del desembarco del General Nelson A. Miles ya han llegado hasta Santiago, me gustaría darte una descripción de primera mano de los eventos, porque como oficial del Batallón de los Bomberos de La Concordia tuve el honor de desempeñar un papel distinguido durante los mismos.

En ciertos aspectos, el desembarco en Puerto Rico fue una comedia de enredos. La fe en la democracia lleva a veces a los americanos a ser bastante ingenuos. La hora y el lugar del desembarco salieron publicados en los periódicos de Nueva York —el World, el Journal y el Herald— y allí los diarios de la isla —La Democracia y La Correspondencia, por ejemplo— les birlaron la noticia. La flota del General Miles se esperaba que desembarcara en Fajardo, un pueblo de la costa este, el 21 de julio al amanecer. Las amas de casa corrieron a los colmados y a las plazas del mercado como si se avecinara un huracán y se pertrecharon de todo. Pero cuando Miles se acercó a Fajardo y observó, a través de sus binoculares, que los españoles lo estaban esperando con la mecha de los cañones encendida, dio media vuelta y enfiló su flota otra vez hacia mar abierto.

El general Miles es grueso y rechoncho como una morsa. Tiene las mejillas rojas y unos bigotes blancos y abultados que le chorrean a cada lado de la cara. Lo conocí personalmente el día del desembarco, cuando hizo su declaración pública en la Plaza de los Leones de La Concordia. Se pasó todo el tiempo asegurándonos que los americanos no venían en son de guerra, sino a compartir con los puertorriqueños "la protección de su bandera". Pero Miles no engañó a nadie con ese cuento. Los jíbaros de esta isla son más listos de lo que parece, y todo el mundo estaba enterado de que Miles era un veterano de las guerras indígenas del oeste americano. Hace ya algunos años, en el 1877, le limpió el hocico a Crazy Horse, el jefe sioux en Montana. Más recientemente, en el 1896, le brilló el morro a los apaches de Arizona y a su jefe, Gerónimo. Dudo que los puertorriqueños, que odian a muerte a los españoles, arriesguen el pellejo por los cachacos y le disparen flechas a Miles.

"Si logramos embolatar a los sioux de Montana, podemos engatusar fácilmente a los españoles, que son, después de todo, casi tan salvajes como los indios", le dijo Miles a un reportero que viajaba con él y que más tarde reportó los eventos. "Y ya verá como de paso nos ganamos el apoyo de los nativos". Los cuatro buques de guerra de Miles —el Massachusetts, el Yale, el Dixie y el Gloucester, así como diez barcos de transporte con 3,415 hombres a bordo, navegaron hacia el norte, alejándose lo más posible de la costa. En la noche rodearon el Canal de la Mona, con todas las luces de a bordo apagadas, y a las 5:20 A.M. del 25 de julio desembarcaron en la bahía de Guánica.

Guayamés, Sabana Verde, Hicacos, todos los pueblos del oeste se rindieron pacíficamente a las tropas de Miles. Los soldados entraron al son de las bandas municipales, las jovencitas arrojaban flores desde los balcones, y en todas las plazas quemaron la bandera española con gritos de júbilo. Los españoles se retiraron rápidamente hacia San Juan, marchando a través de las montañas. La flota de Miles navegó desde Guánica hasta La Concordia, siguió muy de cerca la costa, y ancló a la entrada de la bahía. Entonces los acorazados, capitaneados por el comandante Davies, enfilaron sus cañones hacia la ciudad.

Un teniente del ejército de los Estados Unidos —el teniente Meriam— descendió de uno de los buques con un banderín blanco en la mano, cruzó la bahía en bote de remos, y galopó hasta El Castillo, el cuartel de las tropas españolas de La Concordia, donde el general San Martín se encontraba al mando. Era el portador del ultimátum del general Miles: si la guarnición española no se rendía, los cañones americanos arrasarían la ciudad. "Tienen hasta el amanecer para contestar", gritó el teniente antes de girar sobre sus talones y marcharse a todo galope.

Los que lo oímos nos horrorizamos. San Martín no tenía la autoridad para rendir la plaza; el capitán general de la isla, el general Macías, era el único capaz de hacerlo, y Macías estaba en San Juan. Las tres horas de espera no daban tiempo suficiente para que el mensaje llegara a la capital y se recibiera la respuesta. Eso quería decir que La Concordia sería bombardeada sin remedio.

No te imaginas el desbarajuste que se armó cuando se regó la noticia. La gente corría de aquí para allá como loca, tratando de salvar lo que cupiera en carretones y coches. Durante toda la noche la caravana de refugiados salió de la ciudad y se internó en dirección de los montes cercanos al pueblo. Miles de personas huyeron.

Mis compañeros bomberos y yo nos pusimos nuestros capacetes y botas, y nos dirigimos hacia el puerto a intentar mediar una tregua. Hablamos con el teniente Meriam, que había regresado al muelle con órdenes de esperar una respuesta. Meriam era un soldado de carrera, forzudo de cuerpo y con mucha experiencia, y escuchó con paciencia nuestra petición. *Necesitábamos por lo menos veinticuatro horas para que el general Macías tuviera tiempo de responderle a Miles, le informamos; tenía que ayudarnos a posponer el bombardeo. Meriam le llevó la petición a sus superiores, y la tregua nos fue concedida.*

A las diez de la noche del día siguiente la respuesta del general Macías se recibió desde San Juan: le daba órdenes al coronel San Martín de que se retirara de la ciudad. Nos pusimos nuevamente nuestros capacetes de bombero y condujimos nuestras máquinas a toda marcha hasta las barracas del ejército español. Los bomberos formábamos parte del cuerpo civil de la ciudad, y como tal los españoles nos permitieron llegar hasta el cuartel. Allí apostamos nuestro lanzallamas durante varias horas, velando porque el Regimiento de Cazadores siguiera al pie de la letra las órdenes y abandonara la ciudad. Montamos guardia durante toda la noche, asegurándonos de que no hubiera motines y de que los criollos no atacaran viciosamente a las tropas que se retiraban, tan grande era el odio que sentían los ciudadanos de La Concordia por los españoles.

El ejército del general Miles entró pacíficamente a la ciudad a las ocho de la mañana del día siguiente. Sudando la gota gorda bajo un sol implacable los soldados, vestidos con unos uniformes de lana negra y azul marina muy poco prácticos, marcharon desde los muelles hasta la alcadía al compás del "Star-Spangled Banner", que pronto degeneró en "There's a Hot Time in the Old Town Tonight". Los Cazadores de la Patria poseían una banda musical excelente, y cuando huyeron hacia el interior dejaron atrás sus instrumentos —bombardinos, tambores, cornos franceses, cornetas y hasta címbalos. Cuando los soldados americanos los vieron arrumbados contra la pared del cuartel les echaron mano y empezaron a tocar en medio de la plaza. Todo el mundo empezó a bailar.

No sabes cuánto te echo de menos, Mamá, pero no voy a regresar a Cuba. Ahora soy americano —lo que equivale a ser un hombre libre. Además me hice francmasón; ya no soy católico. ¡Abajo España! ¡Abajo la religión católica! ¡Abajo la tiranía! ¡Que vivan los Estados Unidos de América! Pronto habré ahorrado suficiente dinero para enviarte un boleto de vapor, pues quiero que vengas a reunírte conmigo. Nuestra buena estrella está despuntando por fin.

Tu hijo que te quiere,
Santiago

24

La hija
del lotero ciego
seller of lottery tix

EN LA CONCORDIA HABÍA una pequeña planta que le suminis-
traba corriente eléctrica a algunos negocios privados, pero la
mayor parte de las casas se iluminaban con lámparas de gas y la
gente cocinaba en fogones de carbón. Cuando los americanos
llegaron contrataron a la firma *Stone and Webster* de Boston
para que electrificara el pueblo. Los ingenieros de la firma
construyeron una planta eléctrica grande y docenas de troncos
de pino de Montana fueron enviados a la isla, sumergidos en

Electrificul
La Concordia

brea de extremo a extremo, para iluminar las calles de La Concordia. Una mañana abuelo Chaguito los vio levantando un poste en una esquina de la Calle Fraternidad.

"¿Necesita ayuda?" le preguntó a uno de los ingenieros de Boston que estaba conectando los cables a los transformadores.

El hombre se rió. "A ver, muchacho. ¿Qué quiere decir 'electricidad'? Te apuesto a que no puedes definirla", le dijo el hombre.

"La electricidad es una fuerza que se mide en voltios, y es el resultado del movimiento de los electrones. Produce varios fenómenos físicos, como atracción y repulsión, luz y calor, y puede también causar una sacudida peligrosa al cuerpo. Al menos, eso es lo que dicen los manuales, pero nadie sabe de verdad lo que es", le contestó Chaguito, recostado despreocupadamente contra una verja.

"¿Quién te enseñó todo eso?" preguntó amoscado el de la Stone and Webster.

"Mi padre", contestó Chaguito. "Y también me enseñó lo que es un electromagneto, un electrotipo y un electrodo. Pero nunca me explicó lo que quería decir 'electrocutar', y fue una pena porque si yo lo hubiera sabido quizá él no hubiera muerto".

"¿Tu padre era electricista?" preguntó el hombre, extrañado ante la respuesta de Chaguito.

"Era ingeniero eléctrico, como usted. La electricidad fue su gran amor, pero desgraciadamente, murió a causa de ella".

"Bueno, pues si es así, ven y échanos una mano. Mira a ver si puedes poner a funcionar este cacharro viejo", dijo el hombre, dándole una patada a un generador mohoso que estaba tirado en el piso. Chaguito se puso en cuclillas y lo examinó detenidamente. "Todo lo que necesita es un conductor nuevo y funcionará. Si me espera un momento, voy al garaje aquí cerca y le traigo uno".

"Tráelo contigo mañana, cuando vengas a trabajar con nosotros", le dijo el ingeniero de Boston.

Santiago empezó su trabajo con la Stone and Webster al día siguiente. Tenía una facilidad sorprendente con todo lo que fuera mecánico y podía componer cualquier tipo de motor. También era muy ágil de cuerpo y se subía como un mono a los postes de la luz, gracias a los espigones de acero que llevaba amarrados a los zapatos y al cinturón de cuero que lo sostenía en el aire como un columpio. Los ingenieros de Boston estaban muy contentos con su trabajo y lo invitaron a que viniera a quedarse con ellos en el campamento militar que el ejército norteamericano había levantado a las afueras de La Concordia.

Un día Chaguito se encontraba colgando del tope de un poste cuando vio un letrero curioso sobre la puerta, pintado con las imágenes de Adán y Eva con sus consabidas hojas de parra colocadas en lugares estratégicos. "Escuela de la Buena Suerte", decía. Un anciano vestido con chaqueta andrajosa y pantalones negros estaba sentado en el quicio de la puerta. Tenía los ojos nebulosos, como si alguien le hubiese derramado clara de huevo adentro, y marcaba el tiempo con su bastón al ritmo de la tabla de multiplicar que los niños recitaban en voz alta — Chaguito podía oírlos perfectamente por la ventana abierta de la escuela. El ciego sostenía en la mano una hoja de billetes de la lotería, y cada vez que alguien pasaba por la calle voceaba: "¡Mil dólares por una peseta! ¡Diez mil por un dólar! Éste es su boleto al paraíso. Cómprelo hoy sin falta".

Chaguito pensó que aquel era un lugar insólito para que un lotero vendiera boletos, pero le dio una peseta y compró el número 202. Ahora los niños recitaban el alfabeto, y Chaguito estiró el cuello para divisar por la ventana lo que sucedía en el salón. La maestra era una mujer de pechos piramidales que tenía una gran semejanza con la diosa Atenea; daba la impresión de que, como ella, había brotado un día completamente armada de la frente de Zeus. Era casi el doble de Chaguito —al que siempre le gustaron las mujeres más grandes que él—, medía seis pies de alto y se movía con la parsimonia de un acorazado. Vestía zapatacones negros y traje blanco, y llevaba un delantal de madrás a cuadros azules cruzado al pecho que hacía resaltar el azabache de sus rizos.

A Chaguito le gustó cómo la maestra trataba a sus discípulos; sostenía en la mano una varita de acerola, y cada vez que cometían un error o se quedaban en babia, les zurraba las pantorrillas. Pero lo que más le gustaba eran sus pechos, que de tan grandes hubiesen podido alimentar a media docena de cachorros. Chaguito se dijo que aquella mujer sería la madre perfecta para sus hijos. Él quería seis varones —los varones eran una buena inversión, sobre todo si trabajaban para la familia.

Se bajó de su puesto de vigía clavando con firmeza los espigones en la madera embreada del poste, caminó hasta Agapito's Place, la cantina más cercana, y le preguntó al cantinero cómo se llamaba la maestra. "Se llama Adela", le contestaron. Chaguito regresó a la Escuela de la Buena Suerte esa tarde, alrededor de las cuatro. Adela estaba acabando de cerrar las puertas, y Chaguito la esperó al pie de las escaleras. El vendedor de la lotería todavía estaba allí, profundamente dormido. En ese momento pasó un coche por la calle y levantó un remolino de polvo que vino a posarse sobre el traje negro del anciano, dejándolo blancuzco como un fantasma.

"Buenas tardes, Miss Adela", le dijo Chaguito alzando la vista para mirarla a los ojos porque Adela le llevaba seis pulgadas de alto. "Decididamente tenía usted las manos llenas hace un rato, enseñándole a tanto niño. Y sin embargo se ve tan fresca como una rosa de Francia". Adela Mercedes Pasamontes tenía la piel muy rosada, pero ése era prácticamente su único rasgo femenino. Era la primera vez que alguien la comparaba con una rosa —los hombres nunca la piropeaban y a ella le importaba un bledo.

"Pues usted parecía un mono esta mañana, columpiándose del poste de la luz. ¿No le da miedo electrocutarse?"

"Es cierto que la electricidad es muy peligrosa, Miss Adela. La era moderna empieza y terminará con ella. Pero las leyes de probabilidad están a mi favor, porque mi padre murió electrocutado", le contestó Chaguito.

"Lo siento. Mi madre también murió joven y mi padre se quedó ciego", dijo Adela. Santiago se sintió menos sobrecogido por aquella joven tan fornida y segura de sí misma cuando la oyó decir eso. Por lo menos tenían algo en común: ambos eran huérfanos. Adela se detuvo en la puerta para ayudar al vendedor de billetes de la lotería a ponerse de pie.

"Éste es mi padre, don Félix Pasamontes".

Chaguito apretó la mano del anciano y ayudó a Adela a levantarlo del piso, sosteniéndolo por el brazo derecho. Empezaron a caminar juntos por la acera.

"¿Usted ha viajado a Francia alguna vez, jovencito?" preguntó don Félix en una voz atiplada. Le gustaba hacer preguntas intempestivas como aquella, que no tenían nada que ver con lo que sucedía a su alrededor. *"Toute la France est un jardin, monsieur. C'est le plus beau pays de l'Europe"*, le respondió Chaguito en un francés perfecto, sin la menor sombra de acento.

Adela lo miró con interés. Tenía veintiún años pero su sonrisa amable y su constitución delicada le hacían parecer más joven.

"¿Dónde aprendió a hablar francés?" le preguntó Adela. "En La Concordia muy poca gente lo habla. Me recuerda a la Guadalupe, donde yo nací". "He viajado mucho", mintió Chaguito con una sonrisa, y se ofreció cortésmente a llevarle los libros que Adela cargaba en los brazos.

Bajaron juntos por la Calle Fraternidad, ayudando a don

Félix entre ambos. "Mis padres emigraron a la Guadalupe hace veinticinco años. Tenían una tienda de licores y perfumes en Pointe-à-Pitre", dijo Adela. "Se llamaba Le Rivolí y tenía un patio interior muy bonito, todo sembrado de palmeras. Lo pasábamos muy bien allí. Papá vendía licores y Mamá todo tipo de esencias francesas —L'Heure Bleu, Shalimar, Fleur de Rocaille. Yo no tenía que trabajar, me estaba todo el día tocando piano. Pero ninguna felicidad dura para siempre", dijo con tristeza. "Mamá murió de un ataque al corazón el año pasado, el mismo día que yo cumplí dieciocho años, y a Papá se le declaró una diabetes fulminante y perdió la vista. Tuvimos que hipotecar la tienda, los acreedores se quedaron con nuestra casa y hasta hubo que vender el piano. Regresamos a Puerto Rico, donde Papá tenía un hermano —don Francisco Pasamontes— dueño de una fábrica de tabacos, "La Belle Cacica." Tío Francisco le consiguió la licencia para vender boletos de la lotería. Papá se los vende a los padres de mis discípulos, cuando pasan a recogerlos a la escuela".

Llegaron a la esquina de la Calle Fraternidad y la Calle Salud. Docenas de coches tirados por caballos y mulas iban y venían por la vía pública y la acera parecía un hormiguero de gente. Don Félix tanteaba constantemente el terreno frente a él con su bastón, moviéndolo en semicírculos. Abuelo Chaguito lo observaba fascinado. Intuía lo que tenía delante y bailaba para esquivarlo con una agilidad asombrosa, sin tropezarse con nadie.

Chaguito tomó a Adela por el brazo y se dispuso a cruzar la calle. Abuela estuvo a punto de zafarse porque odiaba que la sujetaran por el brazo, pero se controló. Chaguito tenía un encanto especial; saludaba a todo el mundo con un gesto tan amable que era como si emanara de él una substancia invisible, que hacía felices a las personas. Así que Adela dejó que le tomara el brazo, y siguió caminando mansamente en la dirección que Chaguito quería.

Pronto llegaron a la Plaza del Mercado Isabel Segunda, que había sido un obsequio de la reina española al pueblo de La Concordia. Al otro lado de la calle estaban los almacenes de zapatos, juguetes, mercerías, muebles y ferreterías que casi hacían de la plaza un bazar oriental. En la plaza, bajo un techo de planchas de acero sostenido en alto por ornadas columnas de hierro colado, había docenas de puestos de vegetales y frutas, frente a los cuales los placeros voceaban sus productos. Imposible escapar allí a los olores del cilantro, del laurel y del recao, así como de las naranjas y de las piñas puestas en fila como capacetes medievales y de los sacos de café arrumbados contra los muros; los estímulos al olfato, al gusto y al tacto se disolvían en un solo arco de sensaciones maravillosas.

A Adela el mercado le encantaba. No había nada en el mundo que le diera más gusto que comprar a precio de ganga. Le tomó diez minutos visitar diez casillas, hablando y riendo con todo el mundo mientras seleccionaba cuidadosamente la mercancía. Abrió su pequeño bolso marrón, donde había guardado la peseta de Abuelo, y compró un pollo, arroz y papas, y se lo dio todo a Chaguito para que lo cargara. Abuelo no podía creer que había comprado tantas cosas por tan poco dinero.

Volvió a tomarla decididamente por el brazo. "Vivir con usted debe ser como tener a la Estatua de la Libertad en casa", le dijo cortésmente. "Uno se sentiría completamente seguro. Como es tan alta, no habría que preocuparse de que el techo se viniera abajo". Adela se moría de risa. "¿En serio? ¿No será porque usted es un inmigrante?"

Por fin llegaron a casa de los Pasamontes —un bungalow de madera que quedaba en El Polvorín, un barrio a las afueras del pueblo— y Chaguito vio que necesitaba malamente una mano de pintura y que tenía varias ventanas rotas. Pero el pequeño patio que lo circundaba estaba muy bien cuidado y tenía por lo menos seis rosales florecidos. Chaguito estaba a punto de despedirse cuando Adela le preguntó si le gustaría quedarse a cenar porque esa noche pensaba guisar un *coc au vin*. Chaguito aceptó encantado.

Desde aquel día Chaguito pasaba por la Escuela de la Buena Suerte todos los días a las cinco, acompañaba a Miss Adela y a don Félix a casa, y se ponía a pintar o a carpintear en lo que Adela preparaba la comida. Nunca cobraba por su trabajo; su pago eran los deliciosos guisos de Adela. Se había enamorado de ella, pero como a los Vernet se les hacía difícil expresar sus sentimientos, no se atrevía a decirle nada.

Unos meses más tarde, Chaguito dormía la siesta recostado de un poste cuando una ventolera levantó un periódico de la calle, lo hizo girar por el pavimento, y lo sopló de golpe contra su rostro. Chaguito se lo despegó de los ojos y allí mismo, a la altura de sus narices, estaba la noticia: "Sigue sin reclamar el Premio Mayor, #202" —el mismo que él le había comprado a don Félix. Chaguito buscó la fecha del periódico— era de la semana anterior. No podía creer lo que veía. Era miércoles, el último día que podía reclamar el premio.

Corrió a su carpa en el campamento de los ingenieros y buscó el boleto por todas partes pero no lo encontró. Entonces se acordó de que lo había dejado en el bolsillo de sus pantalones la semana pasada, y que la lavandera se los acababa de llevar al río ese mismo día. Lavaba la ropa aporreándola contra las piedras y luego la tendía al sol sobre las lajas. Chaguito salió como un relámpago a buscarla.

La encontró arrodillada sobre una laja, y acababa de sumergir la ropa sucia en la corriente. "¿Por casualidad no encontró un boleto de la lotería en el bolsillo de atrás de mi pantalón?" le gritó Chaguito desde la ribera opuesta.

"Lo siento; se me olvidó revisarlo. Pero deje ver si lo encuentro". Y antes de que Chaguito pudiera evitarlo, metió la mano llena de lavazas dentro del bolsillo del pantalón.

Adela saves the lottery ticket

"¡Déjelo, no saque nada!" le gritó desesperado. Y dando un par de saltos llegó hasta donde estaba la mujer, le arrebató el pantalón de las manos y salió corriendo hacia La Concordia. Al llegar a la escuela Adela salió a verle. "El premio mayor de la lotería está en este pantalón", le dijo Chaguito sudando a chorros, "pero como está mojado, si lo saco se hará pedazos. Le propongo un trato. Si salva mi boleto y logra que no se rompa, me casaré con usted".

Adela no le contestó. Regresó adonde sus estudiantes y les dijo que se había terminado la clase, que se podían regresar a casa. Entonces se llevó el pantalón de Chaguito al bungalow y le pidió que se sentara en el sillón de don Félix en la sala. Mientras Chaguito esperaba pacientemente, salió al patio, encendió una fogata y colgó los pantalones mojados cerca de ella. Cuando se secaron, los planchó por ambos lados sobre una tabla mullida. Cuando terminó, deslizó la mano con cautela dentro del bolsillo y sacó fuera el boleto intacto. "Aquí tiene su boleto al paraíso, Chaguito", le dijo. "Pero va a tener que viajar hasta allí solo, porque yo no voy a casarme nunca". Y dándole un empujón, lo sacó sin miramientos de la casa.

"¡Pero don Félix me vendió el boleto! Es justo que compartamos los diez mil dólares", gritó Chaguito, dando puños contra la puerta. Cuando se cansó de rogar, cambió de táctica y ordenó: "Ábrame la puerta, Miss Adela. Su padre me vendió el boleto y es mi responsabilidad ayudarla". Pero la puerta de Adela permaneció cerrada.

Chaguito corrió a las oficinas de la lotería y cobró su premio: diez mil dólares en billetes nuevecitos, ordenados en una pila. Los contó y los escondió debajo de la colchoneta. Al día siguiente regresó a la escuela de la hija del lotero. Dulcificó el tono y dijo: "Le ruego que se case conmigo, Miss Adela. Tendremos media docena de hijos y haremos una escuela privada en nuestra casa. Además le prometo que me ocuparé de que a su padre le operen los ojos, y pagaré todos los gastos".

Cuando Adela vio tan compungido a Chaguito no tuvo el valor para decirle que no. La boda se celebró el primero de mayo de 1901 en la Capilla de la Guadalupe, una iglesia cercana al barrio de El Polvorín. Chaguito se tragó la lengua y no le mencionó a Adela que era Francmasón para que no se le arrepintiera al último momento. Accedió sin chistar a todo lo que Adela quería —misa nupcial cantada, bendición papal, confesión y comunión. Y durante la ceremonia interminable de incienso, monaguillo y campanilla, Chaguito permaneció arrodillado susurrando disparates en voz baja, haciéndose el que estaba rezando. "Después de todo, una ceremonia religiosa de tres horas es un precio mezquino a pagar, con tal de que la buena estrella de los Vernet empiece a despuntar", se dijo en voz baja.

25

La casa
de la Calle Esperanza

POCO DESPUÉS CHAGUITO compró la casa de la Calle Esperanza #13. Como ese número le traía mala suerte a todo el mundo,
estaba seguro de que a él le traería buena. La casa estaba decorada con muebles estilo Isabelino, que a Abuelo le gustaban
porque tenían un aire marcial, con el respaldar muy derecho,
perillas redondas talladas en los hombros, y asientos de enea te-
jida que le daban a uno la sensación de estar sentado sobre una
galleta a punto de desmoronarse. La casa era de madera y esta-

ba pintada de gris claro por afuera. Pero adentro los cuartos estaban decorados en colores alegres. Adela quería vivir en un lugar que le recordara su vida en Guadalupe; por eso su dormitorio era color melocotón con un toque de cognac, el comedor era verde menta y la sala amarillo Benedictino. Un balcón de hierro colado pintado de plata daba a la calle y tenía tres columnas delgadas, también plateadas, que terminaban en unas hojas de acanto pequeñas y rizadas. El techo de la casa era de planchas de zinc y tenía dos ventiladores de acero, uno a cada lado, que parecían capacetes redondos. En el patio de atrás Adela tenía una rosaleda y Chaguito varias jaulas donde criaba sus cotorras.

Abuelo le regaló a Abuela un piano Cornish vertical. Viajó a San Juan a comprarlo y lo envió a La Concordia en un vapor que circunvaló la isla. Cuando Adela vio a los empleados sacar el piano de la caja corrió a la acera, se sentó en la banqueta y allí mismo empezó a tocar las zarabandas, danzas y malagueñas que no había oído desde que había abandonado a su querida Guadalupe. Al escucharla, todo el mundo en la calle empezó a bailar.

La Calle Esperanza estaba a la vuelta de la esquina de la Plaza del Mercado, y a Adela le encantaba visitarla. A Chaguito, por otra parte, el lugar le resultaba muy conveniente porque la nueva Logia Adelphi se encontraba sólo a unas cuadras de distancia y él seguía visitándola secretamente.

Con el resto del dinero del premio Chaguito consiguió un préstamo para la fundición. Vernet Construction estaba a las afueras del pueblo y al principio era un negocio pequeño, pero poco a poco se hizo más grande. En el taller de acero los soldadores —soplete en mano botando fuego, guantes de asbesto y máscaras de acero sobre los rostros como guerreros medievales— soldaban las planchas de metal unas a otras para construir con ellas tanques de agua, techos de almacenes, canaletas de desagüe y otras cosas más; en el taller de máquinas había varios tornos, grandes y pequeños, que sostenían las cuchillas de recortar metales con las que se labraban piezas; luego los cepillos y los moldeadores les daban forma y los terminaban. El taller de fundición tenía un horno donde Chaguito fundía tuberías de agua, tanques de gasolina y otros productos de menor importancia que se fabricaban para el consumo local.

Cuando Abuelo ahorró suficiente dinero, construyó un horno de gran tamaño donde derretía la chatarra mohosa que iba a recoger en camión al basurero de La Concordia. Le encantaba derramar el hierro derretido dentro de los moldes, observar cómo el metal los llenaba con su masa de fuego blando, que luego se enfriaba con un chirrido rabioso dentro del tanque de agua. Chaguito diseñaba él mismo los moldes de sus máquinas, que se fabricaban de arena para llenarlos con el hierro líquido.

Chaguito tenía buena mano para el dibujo, y empezó a recibir cada vez más órdenes de maquinarias para las centrales de La Concordia. Las masas de exprimir los canutos de caña, los evaporadores, las catalinas y hasta los pistones de las calderas de vapor que se usaban para procesar el guarapo y convertirlo en azúcar, todo se hacía en la fundición.

A pesar del éxito inicial, para el 1910 la agricultura de la isla se enfrentó a una de sus crisis periódicas, y la fundición se afectó bastante. Pero Chaguito nunca se dejó vencer por el desaliento. Era un optimista nato, y veía su pequeño negocio como la base de una empresa exitosa en el futuro.

Tío Ulises nació en el 1904, el mismo año que Adela y Chaguito se mudaron a la casa de la Calle Esperanza. Papá nació al año siguiente, y tío Roque y tío Damián lo siguieron con escasos meses de diferencia. Era como si cada hijo fuera una pieza más en el ensamblaje de Vernet Construction. Entonces, para

enorme sorpresa suya, en el 1912 Adela dio a luz a Amparo, y
en el 1913 a Celia. Abuelo Chaguito se puso tan enojado que
pitaba solo. "Yo creí que tendríamos un equipo de seis muchachos para desarrollar una empresa exitosa", le reprochó. Pero
Adela no se inmutó. "Las mujeres también pueden concertar
tratos de negocio", le respondió. "Y además, no todos los contratos se firman en la tierra. Algunos se pactan en el cielo". Y al
decir esto se inclinó para darle un beso a Celia, la bebé que cargaba entre los brazos.

Cuando los niños fueron llegando, Chaguito le añadió más
dormitorios a la casa. Ulises y Aurelio dormían en el de licor de
cerezas; Damián y Roque en el jerez; Celia y Amparo en el
azul anisete. Los cuartos de los varones estaban en el lado izquierdo de la casa y los de las niñas en el derecho, más cerca del
baño y de la cocina. Todos los dormitorios daban a la sala-
comedor, que estaba dividida por una pared con medio punto
de madera contra la cual se encontraba arrimado el piano.

A pesar de los colores alegres con los que Adela había mandado a pintar la casa, ésta tenía un aire militar. Los dormitorios
de los niños eran todos iguales: un catre de hierro con una colchoneta, una mesa de noche espartana y una escupidera en el
piso. El dormitorio que Abuela y Abuelo compartían estaba en
el lado izquierdo, contigua a la de los varones. Dormían en una
enorme cama con dosel, tan alta que Chaguito tenía que subirse a ella por una banqueta. Adela le había encargado al ebanis-
ta que le tallara cuatro piñas para decorar los pilares de las
esquinas, porque en Puerto Rico las piñas eran símbolo de hos-
pitalidad.

La disciplina era la única manera de lograr que la casa marchara sobre ruedas. Adela le pidió a su marido que le fabricara
una correa de cuatro pulgadas de ancho de una de las catalinas
de su taller, y la bautizó Santa Úrsula —la santa que silbaba—
cuya imagen vio una vez reproducida en un libro de pintura

italiana que vio en casa del párroco. Adela caminaba con Santa Úrsula amarrada a la cintura por toda la casa, para que la ayudara a inspirarle respeto a sus hijos.

Cada mañana, en cuanto el reloj del comedor daba las seis, Adela, vestida con su batola de "Estatua de la Libertad", se sentaba al piano y empezaba a tocar algo alegre para despertar a la nidada: el *Anvil Chorus* de Wagner, o *Semper Fidelis* de Sousa. En otras ocasiones tocaba un pot-pourri de La Marsellesa y el himno nacional de Cuba que a Chaguito le encantaba porque le sonaban iguales. Los niños salían todos en fila india hacia el baño con la escupidera en la mano, vaciaban el contenido en el inodoro, jalaban la cadena, se vestían y corrían al comedor. En diez minutos todo el mundo tenía que estar sentado a la mesa, y el que llegaba tarde tenía que salir para la escuela sin desayunar. Todo el mundo seguía las órdenes de Adela al pie de la letra.

Chaguito se montaba entonces en su coche, dejaba a los niños en la Escuela Pública de La Concordia y seguía para la fundición. Para las siete y media ya la casa estaba en silencio. Adela se sentaba a tocar el piano por una hora, y luego salía al balcón a tomarse una segunda taza de café y a ver pasar a la gente. El balcón era una especie de palco desde el cual se podía observar la actividad comercial del día, que le interesaba mucho. Desde allí hacía mucha obra de caridad. En Guadalupe había aprendido lo que era el hambre, y por ello había establecido la costumbre de servirle, a la hora del almuerzo, un asopao de pollo a los indigentes.

Santiago quería que sus cuatro hijos estudiaran ingeniería, para que trabajaran con él en la fundición. Se esforzó en despertarles desde niños un interés por la ciencia, mientras que Adela insistía en que estudiaran música. Hizo que Ulises aprendiera a tocar la flauta, Roque la viola y Damián el violín, mientras que Aurelio, Amparo y Celia daban clases de piano.

Adela contrató los servicios del mejor profesor de piano del pueblo, Monsieur Guillot, quien se sentaba con ellos durante horas, a practicar escalas y arpegios.

Durante un tiempo los niños formaron un conjunto musical que celebraba recitales en las tómbolas de caridad de Adela. La Concordia era un pueblo muy musical por aquel entonces. Tenía sólo cincuenta mil habitantes, pero había docenas de pequeñas orquestas que amenizaban en los clubes sociales. Las compañías de ópera y zarzuela que viajaban a la isla desde Madrid, Barcelona y París daban representaciones en el famoso teatro Atenas. Adela se apasionaba por estos espectáculos. Se vestía con una batola de muselina negra, se prendía al moño una pluma de aigrette también negra y hacía que Chaguito le dijera a sus amigos que la estaba llevando al teatro a escuchar *La viuda alegre,* cuando en realidad era ella la que lo estaba llevando a él. Y como tenía muy buen oído, a la mañana siguiente se sentaba al piano y le tocaba a sus hijos todas las canciones que había escuchado la noche anterior y que se había aprendido de memoria.

26

El presidente Roosevelt
llega a la isla

CUANDO VERNET CONSTRUCTION finalmente abrió sus puertas Chaguito tuvo que luchar con uñas y dientes para lograr que el negocio saliera a flote. Estas experiencias lo forzaron a desarrollar una coraza que a veces podía confundirse con indiferencia. Chaguito no era codicioso ni mezquino, nada por el estilo. Sencillamente no tenía tiempo que perder con los que habían sido tan desafortunados como él en la vida.

Abuela Adela, por otra parte, se crió acostumbrada a la belleza y al privilegio en Guadalupe. Quizá por eso nunca endureció su corazón. Aurelio quería mucho a Chaguito y admiraba su lucha por lograr que Vernet Construction fuera un éxito. Pero estaba secretamente del lado de Adela.

Abuela Adela pensaba que Jesucristo era el único Dios verdadero, y que su santidad el Papa "estaba sobre todas las cosas". Tía Celia contaba el siguiente cuento para ilustrar la fe católica de Adela:

"Cuando yo tenía cuatro años", decía Celia, "el presidente Teodoro Roosevelt visitó a Puerto Rico. Aquello fue para 1917, cuando ya no era presidente. Vino a nuestra casa en la montaña para un picnic, porque quería discutir con sus ayudantes un programa de obras públicas para la isla. Mamá había preparado un almuerzo en el jardín, y cuando los invitados estaban a punto de llegar se acordó de que nuestro perro se llamaba Teddy Roosevelt. No quería que le faltaramos el respeto al presidente llamando al perro en su presencia, y nos mandó que lo encerráramos.

"Roosevelt llegó con toda su familia —incluso con varios nietos— y los niños empezamos a jugar entre los geranios y las hortensias. Uno de los nietos era muy poseído y se creía mejor que nadie. No paraba de hablar, echándoselas de que su abuelo había hecho esto y había hecho lo otro hasta que por fin me harté y le di un jalón de oreja. "¡Tu abuelo no es mejor que Papá, así que ya cállate!" le ordené. Y para probar lo que decía, solté a Teddy, y mis hermanos y yo empezamos a correr detrás de él, llamándolo a gritos mientras él saltaba y tratábamos de atraparlo. Todo el mundo se enteró de que nuestro perro se llamaba como el presidente. Esa noche, después de que Mr. Roosevelt se regresó al pueblo, Mamá me obligó a quedarme de rodillas una hora en un rincón de mi cuarto, como castigo por lo que había hecho.

"'Dijo que Mr. Roosevelt era mejor que Papá', le dije a Mamá con rabia. 'No tenía ningún derecho a decir eso'.

"'Cristo es nuestro único Padre', me amonestó Mamá. 'Es más grande que tu padre y que el presidente puestos juntos. Y tú no tenías ningún derecho a hacer lo que hiciste'".

Como Maestro Masón, abuelo Chaguito estaba convencido de que la Iglesia Católica era una institución paleolítica. La masonería era la forma moderna de ayudar a la humanidad. Al mismo tiempo, podía ser un vehículo para acercar a la isla a la Unión Norteamericana y a la estadidad.

Cuando Aurelio cumplió los dieciséis años lo aceptaron en Northeastern University. En cuanto se enteró de la noticia Chaguito lo llevó a la Logia Adelphi para que prestara el juramento de aprendiz. Fue en el verano, poco antes de que Aurelio se embarcara para los Estados Unidos. Algunos de los hombres más destacados de la historia habían sido masones y sus nombres estaban inscritos en oro en lo alto de las paredes del salón principal: Benjamín Franklin, Jorge Washington, Domingo Faustino Sarmiento, Voltaire, Wolfgang Amadeus Mozart. Aurelio se sintió profundamente orgulloso mientras juraba servir al prójimo respetando los principios de la hermandad bajo el triángulo masónico y el compás. Desde aquel día las cosas que solía hacer con Adela —asistir a Misa temprano en la mañana, ganar indulgencia plenaria al rezar el Vía Crucis— le parecieron pamplinas. En Northeastern los estudiantes no andaban rezando el rosario por los pasillos, como Adela quería que él hiciera. No se podía creer en los principios de la ciencia y a la misma vez profesar una fe ciega en la infalibilidad del Papa y en la omnipotencia de Dios; era tan sencillo como todo eso. Y Aurelio había decidido ser moderno, agnóstico y norteamericano.

27

Los dos amigos

A COMIENZOS DE SIGLO La Concordia expresaba una secreta convicción de ser la "verdadera" capital de la isla a través de la arquitectura exuberante de sus casas. Los burgueses de La Concordia fueron siempre adeptos a "tirar la casa por la ventana", y nacer allí implicaba entrenar el ojo desde niño a las líneas arquitectónicas de los palacetes Art-Nouveau, a los balcones de ánforas plateadas y a las pérgolas pobladas de cariátides y ninfas que se paseaban bajo un cielo límpido, cargando sobre la

nymphs

cabeza copones sembrados de helechos y matas de espárrago
que erizaban al viento sus plumachos verdes. Cada ciudadano,
al construir su casa, pensaba que le añadía un escalón más al
zigurat de La Concordia.

Abuelo Chaguito se hizo amigo de un personaje famoso en
el pueblo: Alfredo Wiechers, mejor conocido por Bijas, porque
tenía el pelo tan rojo como la bija —el tinte de achiote con que
los taínos se teñían el cuerpo. Bijas también era Francmasón, y
se conocieron en la Logia Adelphi. "Los arquitectos, los ingenieros y los músicos todos son constructores de formas", le
decía a Bijas. "No en balde Mozart era masón, y le dedicó a los
masones *La flauta mágica.*

Bijas era hijo de un comerciante alemán que fue embajador
de Prusia en La Concordia en el 1895. Se graduó en el 1896 de
la Escuela Especial de Arquitectura de París, y ganó la medalla
de honor de su clase. De allí pasó a Barcelona a estudiar con
Enrique Sagnier, el famoso arquitecto Art-Nouveau. Cuando
los hacendados de La Concordia se enteraron del gran talento
de Bijas, le escribieron a Barcelona y lo invitaron a que regresara a la isla para que les diseñara sus casas.

Bijas regresó a La Concordia cerca del 1896. Era un verdadero artista, un endemoniado del arte. En ocho años llenó el
pueblo de edificios hermosos. Diseñó la nueva Logia Adelphi,
el Teatro Atenas, el Mausoleo de los Bomberos, así como una
docena de residencias privadas. Ganó muchísimo dinero y en
pocos años se hizo un ciudadano acaudalado. Era el nene lindo
de La Concordia; la burguesía lo llevaba y lo traía a todas partes como oro en paño.

Una vez La Concordia sufrió un gran fuego, que empezó
en la Plaza del Mercado Isabel Segunda. El viento soplaba del
sur y las llamas se esparcieron hacia el norte, donde se encontraba el polvorín de Santa Bárbara. Las tropas que habían de-
sembarcado con el general Miles se encontraban acuarteladas

cerca de allí, y recibieron órdenes de evacuar a la población inmediatamente. El coronel Huling estaba seguro que el fuego no tardaría en llegar al depósito de municiones, y que el pueblo entero volaría en pedazos.

Chaguito era teniente de la brigada de bomberos y desobedeció las órdenes de Huling. Condujo su camión hasta donde el fuego ardía con más violencia y, con la ayuda de los hombres de su brigada, logró apagarlo. Lo bomberos fueron aclamados como héroes, y el pueblo entero se tiró a la calle a celebrar, cuando llegó un destacamento militar para llevarse preso a Chaguito. Había desobedecido las órdenes, y acabó con todos sus hombres en la cárcel, donde esperaría a que un tribunal militar le celebrara juicio.

Alfredo Wiechers y su padre, el antiguo embajador de Prusia, fueron a visitar a Huling acompañados por un grupo de ciudadanos prominentes, y lo convencieron de que los bomberos habían llevado a cabo un acto heróico. "La Concordia es como París", le dijeron, "—una obra de arte universal— sólo que más pequeña. Salvarla de la destrucción fue un acto humanitario de alcance universal". Al día siguiente de la visita del embajador, Huling puso en libertad a Chaguito y a sus compañeros bomberos, y a Abuelo lo condecoraron con una medalla.

El 1918 fue un buen año para la fundición, y Chaguito decidió emprender un negocio secundario. Compró un solar vacío en la Calle Fraternidad, y le pidió a su amigo Bijas que le diseñara los planos para un teatro de vodevil —el Teatro Estrella— donde también se pasarían películas mudas.

Abuelo Chaguito admiraba mucho a Bijas porque como él, era un hombre obsesionado por las formas. La vida de Chaguito había sido caótica: la muerte prematura de su padre, la huida de Cuba debido a la persecución de los españoles, habían dejado en él una desazón profunda, y por eso la estructura de las cosas le parecía tan importante. Un sábado en la tarde Bijas pasó por las oficinas de Vernet Construction en la Calle Esperanza a visitar a Chaguito. Aurelio estaba allí por casualidad. Chaguito hizo que Bijas se sentara frente a la mesa de dibujo donde él trabajaba todos los días, calculando cuidadosamente cada centímetro de las máquinas que fundiría luego en el taller. Wiechers tomó un lápiz y empezó a diseñar de memoria, sin regla ni cartabón, la fachada del Teatro Estrella. Su mano volaba sobre el papel con la velocidad del rayo dibujando los detalles de un edificio que sólo existía en su mente, a la vez que anotaba con precisión matemática las dimensiones deseadas.

En aquel momento Chaguito tuvo una revelación. Se dio cuenta del privilegio que era poder imaginar algo completamente nuevo y original, sacárselo de adentro sin referencias al mundo de afuera. Él jamás podría hacer lo mismo, y miró a su amigo con una envidia profunda.

"Eso está muy bien", le dijo a Bijas mientras éste seguía dibujando. Un escalofrío de exaltación le recorrió la espalda. Sentía por su amigo una gran admiración, pero no quería que se enterara. Ahora Bijas dibujaba el techo del teatro que debía ser más alto que lo corriente, porque necesitaba acomodar al fondo una pantalla de cine. "Recuerda que los muros son de ladrillo, y pueden ser peligrosos durante un terremoto si se construyen muy altos. ¿No sería prudente reforzarlos con una viga de hierro?" preguntó.

Wiechers lo miró con interés. "Ésa es la diferencia entre usted y yo, amigo Chaguito", le dijo. "Las vigas son estructuras que nos aseguran el sueño, y para usted, por ser ingeniero, es mejor precaver que tener que remediar. Yo, como soy arquitecto, tengo el deber de demostrarle a nuestros ciudadanos que la verdadera fuerza viene de adentro, y que no hay viga ni fleje que se le compare. Ya sabe que no me gustan los flejes, pero coronaré su edificio con un chanfle, para complacerlo". Y diciendo y haciendo, le diseñó al Teatro Estrella una corona de margaritas de hierro.

Wiechers muy pronto se hizo rico, gracias a las generosas

comisiones que recibía de los burgueses del pueblo al diseñarles sus casas. Se casó y construyó para su esposa y su hijo una hermosa mansión Art-Nouveau con un quiosco-mirador en el techo, desde el cual su familia podía sentarse a ver pasar la Retreta los domingos.

Durante la Primera Guerra Mundial en La Concordia se desarrolló un ambiente de xenofobia brutal, y todo el que tuviera un apellido alemán era visto como un espía. Wiechers no se salvó de las sospechas. Sus padres se regresaron a vivir en Hamburgo, pero Bijas se quedó en la isla. Puerto Rico era su hogar, allí había nacido y se ganaba la vida. La gente chismeaba y pronto empezó a sentirse incómodo. Se le quedaban mirando cada vez que salía a la calle, y la FBI lo hizo seguir por un agente. Bijas trató de ganarse al agente obsequiándole sus anteojos para que la Marina los usara en la vigilancia del puerto, amenazado entonces por submarinos alemanes. Pero no cayó en cuenta de que los binoculares eran marca Zeiss, de hechura alemana, y el obsequio despertó aún más sospechas.

La guerra ya casi había terminado, y Wiechers se sintió aliviado de que había sobrepasado la crisis cuando un terremoto muy fuerte sacudió a La Concordia y muchos edificios se vinieron abajo. Gracias al fleje de hierro el Teatro Estrella no sufrió deterioro alguno. Pero la casa de Bijas se derrumbó parcialmente, su pérgola rosada se vino abajo como una corona que se desploma. La familia salió disparada a la calle y, aunque no murió nadie, aquel suceso le dejó a Bijas los nervios deshechos. La gente empezó a criticarlo a sus espaldas, afirmando que se lo tenía merecido por ser un espía alemán. Bijas sufrió un colapso nervioso. Se pasaba las noches en vela, aterrado de que el techo se le viniera encima durante el sueño si ocurría un segundo sismo. Lo internaron en el hospital por un tiempo, pero cuando lo dieron de alta juró que jamás diseñaría otro edificio. Se dedicó a dibujar acuarelas, que vendía prácticamente por nada. Una vez le hizo una a Chaguito vestido de bombero y se la regaló. Al calce escribió, con mano temblona: "En La Concordia los bomberos siempre serán los héroes".

Wiechers vendió su casa, con todos los muebles adentro, y se embarcó en un crucero de regreso a Barcelona. Jamás volvió a dibujar una sola línea. Algunos años después Chaguito recibió una carta suya, contándole que estaba en la ruina y pidiéndole prestados doscientos dólares. Un paquete envuelto en papel de estraza llegó con la carta. Adentro venían los binoculares marca Zeiss que el gobierno le había confiscado y que el agente le devolvió al terminar la guerra. Bijas quería que Chaguito los guardara de recuerdo. Abuelo le envió los doscientos dólares, y nunca volvió a saber más de su amigo.

28

Aurelio y el talón
de Ulises

NUNCA LLEGUÉ A CONOCER a abuela Adela en persona. Murió
en el 1930, el mismo año que mis padres se casaron en Emajaguas. Sólo la conocí por el retrato que Papá tenía en su vestidor
de Las Buganvillas: un medallón ovalado de una mujer que
llevaba una rosa prendida al pecho. Era la única foto sobre su
cómoda, y todas las mañanas se cepillaba el pelo y se ponía la
corbata mirándola. Un día me enseñó un pañuelo de hilo amarillento envuelto en papel de seda que guardaba en su caja

fuerte. "Este pañuelo tiene las últimas lágrimas de tu abuela",
me dijo. "Antes de morir le sequé los ojos con él".

Tía Amparo me contaba a menudo de Adela cuando venía a
visitarnos a Las Buganvillas. "Tu abuela era muy perceptiva",
me dijo un día. "Sabía cómo se sentía la gente con sólo mirarla,
no tenían que decir nada. Si veía a un hombre pasar frente a la
casa con la camisa mal abotonada o con las faldetas de por
fuera, adivinaba que había hecho un mal negocio. Y si a una
mujer se le salía el refajo o se veía desaliñada, estaba deprimida
porque le estaban poniendo cuernos. Adela parecía habitar la
mente de los otros, adivinar sus pensamientos como por arte de
magia.

Un día pasó algo terrible. Ulises tenía seis años y estaba jugando en un solar vacío junto a la casa de la Calle Esperanza
cuando encontró un tanque de gasolina casi vacío. Recogió
unos pedazos de leña para hacer una fogata. Los roció con gasolina y les dejó caer encima un fósforo, pero la llama saltó tan
lejos que la ropa le cogió fuego. Corrió gritando a donde Mamá
y Adela le tiró encima un jarro de agua. Fueron a buscar al
doctor, y éste le quitó la ropa chamuscada con mucho cuidado.
Tenía el cuerpo hecho una llaga, todo cubierto de quemaduras
de segundo grado. 'Tiene sólo veinticinco por ciento de probabilidad de salvarse', le dijo a mis padres. Adela lo bañó con
agua destilada, le untó unguento de Picrato por todo el cuerpo
y lo envolvió en una sábana. Entonces entre todos lo cargamos
hasta la cama.

"Aurelio tenía sólo cinco años y nunca olvidaría el olor a
carne chamuscada que invadió la casa y la tumbadera que se
armó —la gente iba de un lado para otro disque tratando de
ayudar, pero en realidad no se podía hacer nada. La familia se
olvidó por completo de él, y Aurelio corrió a esconderse en un
closet. La palabra 'morir' entró silbando por la casa como una
guadaña y él no sabía lo que quería decir; era la primera vez

que la oía. Cuando le preguntó a Chaguito, le explicó que morir era desaparecer, dejar de existir. Aquello era algo sorprendente, nunca lo habría imaginado. Quiso acercarse a la cama de su hermano —quería verlo desaparecer, un truco inaudito— pero Adela lo sacó del cuarto por una oreja. Se encerró en el cuarto de al lado y encontró un hueco en el tabique de madera que le permitió espiar lo que sucedía. Vio a sus padres arrodillados junto a la cama, rezando en voz alta. Los vio llorando, cogidos de la mano. 'Ulises es nuestro primer hijo, Señor', sollozaba Adela. 'Por favor apiádate de él'. Aurelio sintió que el corazón se le hacía un puño y empezó a temblar. Se dio cuenta de que Ulises era el mayor, y que él había llegado al mundo en segundo término, agarrado del talón de Ulises. Esto le produjo una desagradable sensación de vértigo. Siempre se había visto a sí mismo como el gemelo de su hermano y ahora temía que Adela lo quisiera menos que a Ulises.

"Adela pasó tres días cambiándole a Ulises los vendajes y cauterizándole las heridas con éter, hasta que logró rebasar la crisis. Y desde aquel momento a Aurelio no le cupo la menor duda de que su madre era la piedra angular sobre la cual estaba fundada la casa de la Calle Esperanza".

Abuelo Chaguito no era una persona totalmente confiable. Una vez tía Celia me contó cómo Ulises había ingresado a Boston University en el 1920. Pero cuando en el 1921 le tocó el turno a Papá y lo aceptaron en Northeastern, Chaguito dijo que no tenía dinero para comprar su boleto de vapor. Abuela Adela se indignó, pero sentía demasiado respeto hacia Chaguito para atreverse a contradecirlo. Controló su indignación y le dijo serenamente: "Tengo un poco de dinero guardado debajo de la colchoneta, querido. ¿Por qué no le compras a Aurelio su boleto con eso?" Eran sus ahorros de los últimos cinco años, pero no se quejó; era imprescindible que Aurelio fuera a estudiar.

Adela nunca pudo perdonarle a Chaguito su preferencia

por Ulises. Poco después de que Aurelio se marchara al Norte, Adela se mudó a la habitación de tía Celia. Abuelo Chaguito se quedó a dormir solo en la enorme cama de las cuatro piñas, con los perros tendidos a sus pies. Adela no le dio explicaciones a nadie —pero desde aquel día nunca tuvo la misma confianza en su marido.

Abuelo nunca regresó directo a casa después de eso. Al salir del trabajo se iba a visitar a sus amigos, y se quedaba con ellos hasta tarde. La casa de la Calle Esperanza se dividió en dos: los hombres dormían en el lado izquierdo y las mujeres en el derecho: era como si dos barcos navegaran paralelos en la noche, acompañándose en la oscuridad pero sin tocarse.

Tío Ulises era el que más se parecía a abuela Adela: era rollizo y tenía los ojos Pasamonte —más bien chicos y demasiado próximos el uno al otro. Esto le daba un aire bobalicón de papar moscas que era muy conveniente, porque tío Ulises era más listo que un lince. Había heredado la habilidad de Adela para los negocios, y sus dedos, cortos y carnosos, sumaban los billetes más rápido de lo que el ojo podía contarlos.

Aurelio salió a los Vernet; heredó los rizos acaramelados de bisabuelo Henri, sus ojos color miel muy separados, y unos dedos largos que eran perfectos para tocar el piano. También sacó el amor por la ciencia de los Vernet, pero lo atemperaba con una verdadera pasión por la música. Aurelio era tan incapaz de decir una mentira como Ulises de pronunciar la verdad, pero ambos hermanos se apoyaban en los momentos difíciles.

Un día abuela Adela envió a los hermanos a comprar un bollo de pan a la panadería, y en el camino Ulises le hizo un hueco y se comió toda la tripa. Cuando trajeron el pan a la mesa y Adela empezó a rebanarlo, la corteza del bollo se desmoronó en fragmentos. Adela cogió a Santa Úrsula y Aurelio aguantó el castigo como un hombre. Pero cuando fue a buscar a tío Ulises, no lo encontró por ningún lado.

"¿Dónde está metido ese demonio?" le preguntó a Aurelio,

sacudiendo a Santa Úrsula en sus narices. "¡Estoy segura de que tú lo sabes; ustedes son uña y carne!" Pero Aurelio se quedó callado.

Ulises se había subido al tope del ropero de Adela, y se quedó allí por tres días. Sólo bajaba en las noches a beber leche y a usar el baño. Al tercer día Adela estaba tan preocupada que llamó a la policía. "Es como si la tierra se lo hubiera tragado sin dejar rastro", les dijo con lágrimas en los ojos. "Al principio creí que era un juego y que su hermano lo estaba protegiendo, pero se debe haber marchado de casa. Pobrecito, es todo culpa mía ¡no debí ser tan estricta con él!" Cuando tío Ulises oyó esto se deslizó por la parte de atrás del ropero y salió huyendo de la casa por la puerta de la cocina. Un rato después la policía lo encontró tirado en la acera; se había desmayado del hambre. Abuela Adela se puso tan contenta de que la policía lo encontrara vivo, que no le pegó. Aurelio tuvo que aguantar la paliza solo.

Ulises siempre trataba de ganarse a su madre. Se hizo íntimo amigo de los placeros del mercado, y con el dinero que sacaba de las peinillas y chicles que vendía en la escuela, le compraba a Adela todo tipo de frutas y vegetales escogidos. Podía vender lo que quisiera —sobre todo si era algo que su cliente no necesitaba. "Vender es el arte más antiguo del mundo", le decía a su hermano. "Cada vez que uno vende algo, se está vendiendo a sí mismo. Por eso, si no te anuncias como la madre de los coños, nunca llegarás a ser buen vendedor". A Aurelio le daba dentera escuchar las malas palabras de Ulises y le gritaba que se callara, pero Ulises se reía de él.

No había nada en el mundo que le gustara más a tío Ulises que hacer un buen negocio. Algunas veces se llevaba los adornos de la casa —una de las bandejas plateadas y a algo estropeadas de Adela, por ejemplo— la brillaba hasta que parecía nueva y la vendía por un precio exorbitante. Entonces corría a la casa y le decía a su madre: "Aquí tienes el dinero de tu *cha-fing dish,* Mamá. Estaba un poco magullado y lo vendí para comprarte uno nuevo". Adela le reñía y de castigo lo obligaba a que se arrodillara por una hora frente a la imagen de la Virgen de Guadalupe, pero al rato terminaba perdonándolo.

Cuando Ulises llegó a la mayoría de edad le gustaba tanto comprar y vender como hacer el amor. "Son dos maneras de afirmar la energía vital", decía. "De ambas devengamos la emoción de la conquista. Cuando uno seduce a una mujer, triunfa gracias a la fuerza de voluntad; cuando uno vende algo, vence gracias a la astucia". Abuelo Chaguito estaba de acuerdo con lo que decía tío Ulises; ambos veían el comercio como un deporte en el cual el mejor equipo ganaba. Algunos años más tarde, cuando Aurelio y sus hermanos ya estaban de vuelta de sus estudios en el Norte, Vernet Construction se constituyó en un equipo de cuatro jugadores, con abuelo Chaguito de capitán. Jugaban con pelota dura: los ganadores se quedaban con todo y los perdedores no recibían nada. Era triste, pero los negocios eran los negocios y así eran las reglas del juego.

Aurelio, mi padre, tenía el corazón tan blandito que no podía ver un perro muerto tirado a la orilla del camino sin bajarse del auto a recogerlo. Lo subía al asiento trasero y se lo llevaba a casa a cuidarlo hasta que sanaba. Una vez estaba manejando por la carretera tarde en la noche —acababa de montar la maquinaria de una hacienda cercana a La Concordia— cuando vio a dos borrachos embistiéndose a machetazos a orillas de la calzada. Papá detuvo el auto, caminó hasta donde los hombres estaban engrampados y se interpuso entre ellos. Como no querían matar a un extraño, tuvieron que dejar de pelear.

Siempre fue sentimental y romántico; se esforzaba en aprender las piezas de piano más difíciles para ganarse con ellas el corazón de Adela. En el 1918, cuando tenía trece años, estaba ensayando el Rondó Caprichoso de Mendelssohn para una competencia de piano en la escuela. Varios alumnos participarian y su prima, Mariana Pasamontes, estaba entre ellos. Mariana tenía dieciocho años y estaba mucho más avanzada en el piano que Aurelio, pero ese día Aurelio ganó la competencia. Cuando el principal apareció en el escenario a entregarle la medalla a Aurelio, éste dijo que se la dieran a Adela.

Aurelio tenía algo de niño prodigio, pero su precocidad se debía más a la feroz competencia con Ulises que a la genética. Desde que tuvo uso de razón, Aurelio trató de sobrepasar a Ulises en todo. Se saltó el octavo grado y se graduó de escuela superior a los dieciséis años, a la misma vez que Ulises. Regresaron de Boston el mismo año, cada uno con su diploma de universidad debajo del brazo. Tío Ulises era muy alegre, le encantaba beber, bailar y fiestar. Tenía media docena de novias y era amigo de todos los artistas de La Concordia —mientras que Aurelio era muy responsable y nunca se divertía.

En Boston los hermanos compartían un departamento en Kingsbury Street, cerca de Fenway Park, que era parte de una casa de huéspedes. Después de clases Aurelio servía de mozo en una cafetería de la Huntington Avenue, cerca del Conservatorio de Música de Boston. A Ulises le dieron trabajo en una ferretería de Commonwealth Avenue. Llevaba el comercio en la sangre y en seguida empezó a ganar más dinero que Aurelio. Cada semana Papá recibía una carta de Adela, en la que le rogaba que no dejara el piano y siguiera con sus estudios en el Conservatorio aunque tuviera que luchar contra viento y marea, y una carta de su padre ordenándole que abandonara el piano y tratara de graduarse de Northeastern en tres años porque necesitaba que regresara a casa y empezara a trabajar cuanto antes en Vernet Construction.

Aurelio no tenía respiro durante el día. Asistía a clases en la mañana, y a las tres se encerraba en el Conservatorio a estudiar piano. A las seis se tragaba a escape y corriendo la cena y se sumergía en la biblioteca a estudiar hasta las dos de la mañana. Durante su último año de universidad se matriculó en un curso de cálculo integral y luego se le olvidó por completo. Cuando llegó el examen final no había asistido a una sola clase, y el profesor le informó que no podía darse de baja. Tendría que tomar la prueba de todas maneras, y si no pasaba se colgaría en el curso —lo que quería decir que no podría graduarse ese año. Aurelio se amaneció estudiando y tomó el examen al día siguiente —pasó con una C–, pero logró graduarse. No sabía lo que quería decir la palabra "cansancio". Era como un soldadito de plomo, marchando sin parar a través del campo de batalla.

Abuela Adela y abuelo Chaguito sobrevivieron gracias al picadillo y a la carne cecina hasta que lograron enviar a Roque y a Damián a estudiar también a Boston. Los dos se matricularon en Northeastern. Roque estudió ingeniería civil y Damián ingeniería química, pero nunca fueron tan inteligentes como Ulises y Aurelio. Roque era lento y tenía que estofarse durante horas para rebasar cada asignatura, y Damián era muy listo pero era también muy sensible, y cuando tenía que dar un examen a menudo le entraba pánico, se le nublaba la mente y se colgaba. Adela tenía que escribirles una carta diaria para darles ánimo y apoyo moral. Pero también los amenazaba con el destierro durante el verano, a menos que pasaran sus cursos.

29

El gigante manso

TÍO ULISES REGRESÓ DE Boston en el 1925 y Papá en el 1926. Se graduaron juntos pero Aurelio se quedó un año más en Northeastern para obtener su maestría. Tío Ulises retrasó su regreso a la isla para acompañarlo, y ese mismo año conoció a Caroline Allan, una heredera de Boston. El matrimonio duró poco; se divorciaron cuando el divorcio era todavía un escándalo en La Concordia, y por eso la familia pronunciaba siempre el nombre de Caroline en voz baja.

Abuelo Chaguito estaba demasiado ocupado para viajar al
Norte y asistir a la boda, y abuela Adela no quería viajar sin su
marido, así que Papá fue el único miembro de la familia que
asistió a la ceremonia. Ulises insistió en que hiciera de padrino
y Aurelio tuvo que empeñar su reloj pulsera —un Bulova de
oro que Abuela le acaba de regalar para su graduación— para
alquilar el *cutaway* que llevaría puesto ese día.

Al llegar a La Concordia Caroline se mudó a vivir con la familia Vernet en la Calle Esperanza. Se comportó con Adela
como una hija. Le hizo compañía y la ayudó mucho, porque
para esa época ya la salud de Abuela estaba quebrantada y caminaba con dificultad. Adela siempre le tuvo pena a Caroline,
porque se había casado con el rufián de la familia. Le hubiese
encantado que se hubiera casado con Aurelio, que era mucho
más serio y responsable, pero Papá ya estaba enamorado de
Clarissa.

Caroline se graduó Phi Beta Kappa de Radcliffe en el 1925,
un año antes de casarse con tío Ulises. Su familia era muy adi-
nerada; los Allan tenían un *cottage* en Newport —Valcour—
cerca de los Breakers, la mansión de los Vanderbilt en Belmont
Avenue. Valcour tenía dieciséis habitaciones, seis baños, dos
docenas de sirvientes negros uniformados de blanco y una piscina junto a una cancha de tenis. Las bañeras corrían tanto con
agua dulce como con agua salada, y la familia también era
dueña de un yate, el *Cormoran,* en el que navegaban hasta las
Bahamas todos los inviernos.

"¿Por qué una heredera de Newport se enamoraría de un
pituco medio sambo, escogería vivir en una isla perdida en el
Caribe, donde la mitad de la población anda descalza, casi no
tiene qué comer y vive en chozas con techos de yaguas y sin
plomería sanitaria?" le pregunté una vez a tía Celia. "¡Para escapar a su familia, por supuesto!" me contestó Celia, arqueando las cejas para subrayar su punto.

Caroline, como casi todas las mujeres que mi tío conocía, andaba completamente chalada por Ulises —algo que siempre me pareció extraordinario, porque tío Ulises no era nada bien parecido. Era bajito, con las piernas un poco chuecas y un bigotito fino que le daba un aire de castor satisfecho. Pero la naturaleza humana es un misterio y las personas están llenas de sorpresas, aunque nos parezca que las conocemos como la palma de la mano. Y supongo que un hombre tan apasionadamente enamorado de la vida como tío Ulises podía resultarle a las mujeres sumamente atractivo.

A Caroline no le importaba compartir el único baño de la casa de la Calle Esperanza con los otros siete miembros de la familia, ni que las garrapatas de nuestros pastores alemanes Siegfried y Gudrun, reptaran en fila india por las patas de su cama, ni tener que pasar ella misma las fuentes de comida alrededor de la mesa en lugar de que le sirvieran sus seis camareros negros, con tal de que su amado Ulises se sentara a su lado a la hora de la cena. Tenía una belleza lunar y aparentaba ser distante y reservada. Pero su corazón era un pequeño volcán incansable, en constante erupción. Como abuela Adela, Caroline tenía una misión, sólo que en lugar de los pobres, su causa era el feminismo. Cuando se enteró de que en Puerto Rico las mujeres no votaban, se horrorizó —en los Estados Unidos habían adquirido ese derecho hacía más de diez años, en el 1926.

Caroline organizaba mítines sufragistas, encabezaba comités, se ocupaba de que en la legislatura se presentaran proyectos para lograr el derecho a la igualdad de sueldo y de oportunidad de empleo de la mujer. Cuando tía Celia empezó a hablar de la India, adonde quería ir a trabajar como misionera, Caroline le dio su apoyo. "Los Vernet se las pasan discurseando sobre la justicia", le dijo una vez a tío Ulises, "pero Amparo sólo tiene escuela superior. Y ahora Celia quiere ser misionera y tu padre no la deja. ¿Qué clase de justicia es ésa? ¿Dónde está la igualdad que los Vernet se pasan alabando tanto?"

En cuanto Aurelio y mis tíos estuvieron de regreso en La Concordia empezaron a trabajar en Vernet Construction. A Adela no le molestaba ver a tío Ulises metido a hombre de negocios. Pero Aurelio era distinto. A Abuela le dolía ver que pasaban los días sin que su hijo tuviera tiempo para sentarse al piano, ni siquiera para tocar una danza cortita como "No me toques", que le gustaba mucho porque le recordaba cuando Chaguito y ella eran novios.

Los años veinte fueron una época difícil en la isla. El mercado del azúcar se derrumbó después de la Primera Guerra Mundial, y el café puertorriqueño no podía competir con el colombiano, que se vendía por menos del nuestro aunque no era ni la mitad de bueno. En el 1929 la caída de la bolsa en Wall Street le dio el golpe de gracia a la economía y nos sumergimos de lleno en la Gran Depresión. Un año antes habíamos sufrido un revés todavía más severo: San Felipe arrasó a la isla.

San Felipe entró por el Sur como un aserradero y salió por el Norte dejando a la isla trasquilada. Los vientos eran tan fuertes que el barómetro de abuelo Chaguito explotó y dejó las paredes salpicadas de chisguetes de mercurio. Nada nos había preparado para aquel desastre, ni siquiera las novenas a San Francisco y a Santa Agata, que espantan la lluvia porque aman a los gatos. En aquellos tiempos no había manera de predecir la furia que se avecinaba; la gente dependía de los árboles de aguacate que abortaban los frutos cuando no había ni gota de viento. Pronto el cielo se puso como un saco de carbón y un viento de brujería empujó a la isla como a un perro realengo hacia el horizonte. En casa tuvimos que amarrarlo todo, porque si no el sillón de la sala, la estufa de la cocina y hasta el techo de zinc hubieran amanecido colgando de un mangle en la Florida.

El huracán fue en septiembre, y todos mis tíos y tías se encontraban en la Calle Esperanza. Tío Roque y tío Damián estaban de vacaciones, y ya Ulises y Aurelio trabajaban en Vernet Construction. Entre todos, clavetearon las puertas y las ventanas al último minuto. Pero cuando el huracán empezó a resoplar con todas sus fuerzas, los muros empezaron a jamaquearse como parihuelas y el techo de zinc empezó a temblar como una tetera. A Adela le entró el pánico y empezó a chillar. Chaguito le ordenó a sus cuatro hijos que se subieran a la buhardilla y clavetearan las vigas del techo a las cuatro esquinas de la casa. Cuando a las veinticuatro horas el huracán por fin siguió de largo y el techo todavía estaba en su sitio, abuelo Chaguito gritó eufórico: "Gracias a mí se evitó la catástrofe". Pero a Adela le tomó varios días reponerse de aquel mal rato, y durante mucho tiempo soñó que sus cuatro hijos salían volando agarrados del techo de la casa como trapecistas de circo.

Después de San Felipe una hambruna inaudita asoló a La Concordia. La gente sobrevivió gracias a las galletas saladas y a la leche en polvo que la Marina norteamericana repartió en el pueblo. Más de diez mil personas se quedaron sin hogar, y los que todavía tenían techo se quedaron sin gas, electricidad o agua. Los hacendados del azúcar, café y tabaco que habían perdido sus cosechas necesitaban reparar sus maquinarias en Vernet Construction, pero como no tenían dinero, abuelo Chaguito tenía que ver con mucho cuidado a quién se le daba crédito. A tío Ulises y a Papá les daba un trabajo enorme cobrar lo que los hacendados les debían —Aurelio se pasaba casi toda la semana en la carretera, visitando una hacienda tras otra y aventurándose por los caminos vecinales que las comunicaban. A menudo tenía que dormir en el auto, y una vez se llevó un susto tremendo cuando una vaca lo despertó de un lengüetazo en la cara.

Las centrales americanas —la Eastern Sugar, la Guánica

Central y la Aguirre— eran dueñas del 46 por ciento de las tierras más fértiles de la isla y tenían capital suficiente para reparar lo que fuera necesario, pero se negaban a hacer negocios
con los Vernet. Abuelo Chaguito insistía molesto: "¿Qué se
creen? ¡Somos tan ciudadanos americanos como ustedes! ¡Vernet Construction puede, no sólo reparar el equipo, sino hasta
construirlo nuevo!" Pero cuando Chaguito los visitaba para
enseñarles sus catálogos y listas de precios, los americanos
siempre respondían lo mismo: "Claro que pueden reparar el
evaporador. ¿Pero cuánto duraría el trabajo? Preferimos enviarlo a los Estados Unidos para que lo arreglen allá, y dormir
tranquilos porque no se romperá de nuevo". Como Chaguito
no hablaba inglés y tenía que comunicarse con los gerentes de
las centrales a través de un intérprete, no lograba convencerlos
de lo contrario.

Las cosas empezaron a cambiar, sin embargo, cuando Ulises
y Aurelio regresaron de sus estudios. Hablaban un inglés perfecto —con acento de Boston, para colmo— e hicieron una
buena impresión con los gerentes americanos. Pronto empezaron a llegar las órdenes para las reparaciones de las centrales
americanas y a veces hasta le compraban el equipo nuevo. Pero
entonces llegó San Felipe y arrasó con todo. Ni los americanos
podían comprar maquinaria nueva o pagarle a los Vernet lo
que les debían.

Para colmo de males, la única manera que Chaguito lograba
olvidarse de aquella crisis era malgastando dinero. Adela le
gritaba que en el Infierno había un caldero especial para él,
lleno hasta rebosar con el oro derretido que había malbaratado
en vida. Pero era como si Abuelo oyera llover en el desierto.

Todo empezó con las cotorras. Cada sábado Chaguito compraba una nueva, y pronto tuvo una colección de ellas al fondo
del patio. Eran preciosas, brillaban como gemas dentro de sus
jaulas, pero también eran viciosas y trataban de triturarle los

dedos a Adela cada vez que les daba pan con leche. "¿Cómo es posible que unos animales tan hermosos den unos alaridos tan horrendos? Parecen diablos disfrazados de ángeles", decía tapándose las orejas. "Si traes otro más a la casa te juro que le tuerzo el pescuezo y lo dejo caer dentro de la olla".

Pero Chaguito seguía con sus extravagancias. Compró una *amazona vittata* casi extinta que le costó un capital; un guacamayo de Venezuela con los siete colores del arcoiris, que le costó cien dólares; una cacatúa del Paraguay azul añil desde la punta del rabo hasta el copete, que le costó doscientos. A Chaguito le encantaba amaestrarlas. Pasaba horas enteras delante de sus jaulas rascándoles la cabeza con la uña mientras repetía "pulguita, pulguita", hasta que el pajarraco entrecerraba los párpados y se quedaba dormido. Le encantaba verlas coger una avellana con el pico, darle vueltas con la lengua negra como la brea, y aplicarle media tonelada de presión hasta que el cascarón saltaba en pedazos y el guacamayo devoraba la nuez. La ferocidad se les iba derrumbando según la carne dulce se les desmigajaba en la lengua. Muchos años después, cuando Aurelio llegó a gobernador y tuvo que bregar con los alcaldes de la isla, descubrió que los políticos eran tan feroces como los guacamayos, pero que por más avellanas que les dieran, no se amansaban.

Cuando Adela de veras empezó a preocuparse fue cuando Chaguito empezó a coleccionar automóviles. En el 1907 don Rafael Escribá, el dueño de la central Tabonuco en Cayey, le ofreció pagarle por la reparación de su evaporador con un Reo que sólo tenía dos años de uso, en lugar de con dinero de contado. Chaguito se enamoró del Reo, que tenía un toldo de lona negra y ruedas con travesaños de madera, de manera que le vendió su coche de caballos al gerente de los Ridruejo por una bagatela, y regresó a la casa montado en el Reo. Al año siguiente, en el 1908, don Marcelino Marfisi le preguntó si podía pa-

garle por la nueva tahona que Chaguito acababa de fabricar
con su Parry azul deportivo, que tenía guardalodos de charol y
gomas con rayos de acero. Estaba casi nuevo, aunque don Marcelino estuvo a punto de matarse cuando lo chocó contra un
árbol. A Chaguito le encantó. Podría reparar las abolladuras en
el taller y el motor estaba intacto, así que lo aceptó como pago
por la tahona. En el 1909 reparó una de las catalinas en el molino de los Antonsanti, y en lugar de los mil dólares que le debían aceptó que le saldaran la cuenta con un Stutz Bear Cat rojo
flama. El señor Antonsanti quería salir de él porque el precio
del azúcar había caído todavía más y no podía pagar las men-
sualidades, pero a Chaguito no le importó. Aceptó el canje de
mil amores.

Hasta ese día abuela Adela se había comportado como un
gigante manso. Se pasaba preguntándole a Chaguito cuánto
debía gastar en el presupuesto de la casa. Cuando Abuelo le
daba quince dólares y le decía que tenían que rendirle para
comprar la comida de toda la semana, Abuela no se quejaba y
hacía milagros con el dinero. Chaguito le llevaba once años y
tenía la sabiduría de la experiencia. En cuanto entraba por la
puerta al terminar el día, Adela soltaba lo que estaba haciendo
—enseñándole a Ulises a leer, o bañando a Aurelio con estropajo— y corría a atenderlo. Recogía su chaquetón y lo colgaba
de una percha, colocaba su sombrero de paja en un gancho de
la sombrerera y le preguntaba si deseaba algo. Chaguito le
decía que le trajera sus pantuflas y un vaso de cerveza fría y
salía a la terraza, desamarrándose la corbata y quejándose del
calor. Para cuando se sentaba a la sombra de la caoba al fondo
del patio, donde leía el periódico todas las tardes, ya Ulises y
Aurelio volaban calle abajo como un par de demonios descalzos, porque sabían que su madre no les pondría más atención
durante el resto de la tarde. Pero la noche que condujo su Stutz
Bear Cat a lo largo de la Calle Esperanza, escandalizando a

Chaguito's good week end?

todo el mundo con la trompeta de la bocina porque venía de regreso de una fiesta en el Casino, a Chaguito se le acabó la buena suerte.

Eran las dos de la mañana y Adela estaba sentada junto a la cama de Damián, enfermo con un ataque de asma, cuando Chaguito, que tenía unas copas de más encima, entró muy sonriente al cuarto, vestido con el uniforme de gala de los bomberos. Tío Damián tenía el pecho cubierto con una cataplasma de benjuí —un ungüento negro y apestoso que se aplicaba caliente para ayudar al enfermo a respirar mejor— y Santa Úrsula estaba recostada sobre la silla. "No sabes lo afortunado que me siento de tener a una esposa tan maravillosa", le dijo a Adela poniéndole una mano sobre el hombro, "que alimenta a sus hijos prácticamente de la nada y se pasa con ellos la noche en vela". Se sentía aquella noche muy cariñoso, pero cuando le fue a dar un beso, Adela le hurtó _hid_ la cara.

"¿Cuánto costó ese trasto viejo?" le preguntó, señalando el Stutz estacionado al otro lado de la calle que se veía por la ventana. "Mil dólares", le contestó Chaguito. "Pero eso no es mucho, querida", añadió con deferencia. "Un Stutz es el sueño de todo coleccionista. Vale cada centavo de lo que pagamos".

Adela se levantó con parsimonia del lecho. "¿Te importa enseñarme las palmas de las manos?" le dijo con voz mesurada. Se hizo un silencio incómodo, pero Chaguito decidió no contrariarla. Extendió las manos con las palmas hacia arriba, y soltó una risita nerviosa. Adela las examinó detenidamente. "Qué raro. No veo un hoyo _hole, pit_ por ninguna parte. Y estoy segura de que tiene que haberlo, porque jamás he visto un botarate _idiot_ como tú en toda la vida. Mañana mismo vas a devolverle esa langosta roja al señor Antonsanti y a pedirle que nos pague lo que nos debe, si no quieres que Santa Úrsula te silbe un son". Y a abuelo Chaguito no le costó más remedio que devolverle al señor Antonsanti su Stutz y exigir que le pagaran de contado.

Desde entonces todas las sonrisas y chistes de Chaguito no le sirvieron de nada. Adela se puso al timón de la casa y se encargó del presupuesto. Y en cuanto las jarcias comenzaban a aflojarse y el barco se inclinaba peligrosamente hacia la derecha o hacia la izquierda, Abuela empuñaba a Santa Úrsula, las paredes de la casa empezaban a temblar, y abuelo Chaguito, como el resto de la familia, corría a resguardarse debajo de la cama.

30

La muñeca azul
de Celia

CUANDO ABUELA ADELA amanecía sintiéndose mal y no podía presidir la mesa, Aurelio tomaba su lugar a la cabecera. Abuelo Chaguito estaba tan ocupado en la fundición que rara vez llegaba a la casa a tiempo para la hora de la cena. Según me contó tía Celia, Aurelio era peor que un sargento de campaña.

Los Vernet no tenían ni tiempo ni paciencia para consumir manjares como los de Emajaguas. Las comidas en la Calle Esperanza eran sencillas pero cuantiosas, muy distintas a las frugales pero exquisitas cenas de los Rivas de Santillana. El bistec encebollado, las papas fritas, las mazorcas de maíz hervido y los huevos fritos con arroz blanco y guineitos niños eran los platos preferidos de los Vernet. Las bandejas venían a la mesa llenas hasta rebosar y regresaban a la cocina dos o tres veces a aprovisionarse otra vez. Los mariscos, bechameles y ensaladas eran lujos que costaban mucho dinero y que no le daban a uno las calorías necesarias para trabajar. Aurelio nunca probó una ostra, y mucho menos una langosta, hasta que se casó con Clarissa.

En la Calle Esperanza se comía sin mantel salvo en contadas ocasiones, cuando era día de fiesta. Los cubiertos eran de acero y los vasos y platos provenían de la ferretería más cercana. El comedor daba a una terraza que abría hacia el patio de atrás de la casa, y los pastores alemanes de Chaguito siempre dormitaban debajo de la mesa, donde hacía fresco y podían velar los ires y venires de la sirvienta cuando servía la mesa. Muchos años después, cuando Siegfried y Gudrun murieron, abuelo Chaguito mandó hacer dos esculturas de cemento con los moldes de sus cuerpos y las colocó a ambos lados de la escalera que bajaba al patio.

La disciplina en la mesa era sumamente importante. Una vez Aurelio dio órdenes estrictas de que nadie empezara a comer antes de que todo el mundo se sirviera. Adela estaba enferma, y Ulises, Amparo, Damián y Celia se sentaron a almorzar con Aurelio a la cabecera. Tía Celia estaba muerta de hambre y cuando los bacalaitos fritos llegaron a la mesa no pudo resistir la tentación y se metió uno a la boca antes de que los demás se sirvieran. Al principio Aurelio no se dio cuenta, pero cuando Celia le metió un mordisco, el bacalaito crujió como si estuviera vivo. Aurelio oyó el ruido y levantó la cabeza. "¿Quién empezó a comer?" preguntó secamente, paseando los ojos alrededor de la mesa. Celia soltó una risita debajo de la servilleta, pero Aurelio no se rió. Le ordenó que se fuera a su cuarto; ese día se quedaría sin almorzar. Ulises se escabulló después de la comida y entró al cuarto de su hermana. "No le hagas caso", le dijo, mientras se sacaba media docena de bacalaítos fritos de los bolsillos grasientos del pantalón. "A Aurelio le encanta mandar y no deja que nadie se divierta".

Tía Celia era la ñapa de la familia; nació de gratis, cuando a Chaguito ya se le había acabado el crédito con Adela. Abuelo acababa de regresar de un viaje a la capital donde había pasado varios días, buscando desesperado un contrato con el gobierno, y Adela se sintió tan sola, que cuando Chaguito regresó tarde en la noche se arrojó entre sus brazos y lo cubrió de besos. "La soledad es mala compañía", le dijo. "Las sombras de la noche sacan dientes y torturan a uno. Por favor abrázame porque necesito saber que, en algún lugar del mundo, existe un amor que pudo ser el nuestro". Y esa noche hicieron el amor con tal ahínco que las piñas de pan de azúcar de la cama de Adela se vinieron abajo y bailaron como trompos sobre las losas del piso.

Aquella energía con la que fue engendrada se le contagió a tía Celia, que siempre andaba rebotando por la casa en sus piernas cortas y gordas como una bola de caucho. Quizá por la manera en que nació, Celia era la favorita de Abuela. Adela le enseñó a leer y a escribir, y rezaban juntas el rosario todos los días frente a la imagen de la Guadalupe. Celia a menudo acompañaba a Adela a los arrabales cuando visitaba a las familias pobres.

Un día Adela le dijo a Celia: "Para salvar el alma hay que hacer sacrificios. Rezar el rosario y ayudar a los pobres no es suficiente". Celia nunca había oído la palabra "sacrificio" antes y no sabía lo que quería decir, pero sonrió y estuvo completamente de acuerdo con su madre. Unos días después, cuando Adela estaba sentada en el balcón con Celia, pasó por la calle una pordiosera que Adela conocía, y que traía a una niña de la mano. Se pararon en la acera a conversar. Fue un 6 de enero, día de Reyes, y la plaza del mercado estaba llena de casillas y tenderetes que exhibían su mercancía: caballos de balancín, cornetas plateadas, muñecas de trapo. La hija de la pordiosera lo miraba todo sin pedir nada —de sobra sabía que no se lo comprarían. Celia estaba sentada detrás de Adela jugando con una muñeca preciosa, vestida de piqué azul con cintas blancas al cuello. Los Reyes Magos se la acababan de traer de regalo la noche antes.

De pronto Adela se volvió hacia Celia y le dijo: "Ve a ver si los Reyes no le trajeron a la nena de Aralia un regalo. Me parece que vi algo para ella debajo del árbol". Celia comprendió al instante. "¡Claro que sí!" dijo feliz, y fue inmediatamente a su cuarto a buscar una muñeca vestida con un traje de organdí rosado —la que los Reyes le habían traído el año pasado. Estaba algo maltratada pero todavía servía. Se acercó al balaustre para regalarle a la nena la muñeca rosada, pero Adela la detuvo. "Ésa no, Celia. La vestida de azul. ¿No te acuerdas?" Y tía Celia, con lágrimas en los ojos, tuvo que entregarle a la niña su muñeca nueva. Ese día aprendió lo que quería decir la palabra "sacrificio".

Tía Celia se las pasaba trepando palo y corriendo bicicleta de niña, y llegó a ser la jugadora estrella del equipo de béisbol del Country Club de La Concordia. Una vez me enseñó un retrato de su primera comunión, que me pareció revelador de lo que más tarde sería su vida. Estaba arrodillada en un reclinatorio de caoba, con la cabeza cubierta por un velo y una corona de rosas blancas. En una mano sostenía el Misal y en la otra una vela gruesa, de las que se usaban entonces para la primera comunión, decorada con palomitas y lirios al relieve. Pero en lugar de sostener la vela devotamente frente a ella, como lo hubiese hecho cualquier otro niño, Celia la había apoyado sobre su hombro como si fuera un bate. Cuando se metió a misionera muchos años después, Celia mantuvo ese mismo estilo de "bateadora" cuando andaba entre los pobres.

31

Adela y su
bastón de mando

Celia speaks

"LA PIERNA DERECHA DE Mamá se empezó a hinchar y la piel se le puso escamosa y gris como la de un elefante", me contaba tía Celia. "Nadie sabía lo que tenía y ella rehusaba ir al doctor. 'No es nada; me picó una pulga', nos decía mientras seguía con los ajetreos de siempre. En las noches Caroline y yo la ayudábamos a lavarse la pierna enorme con sal de heno diluida en agua tibia, y Caroline le buscó unos Simplicity Patterns para que se cosiera varios camisones con faldas de volante que disimularan su deformidad". Por aquellos días La Concordia sufrió una invasión de campesinos que venían huyéndole a las epidemias de cólera y tifus que trajo consigo San Felipe. Por todas partes le salían tumores a la ciudad: arrabales sin electricidad, sin agua corriente y facilidades sanitarias, donde la materia fecal se empozaba en los callejones y la peste lo seguía a uno a todas partes. "El olor a mugre, a semillero de moscas que se arrastran por la cara; la peste a pobre, en fin, es uno de los recuerdos más vivos que tengo de la niñez", me contaba tía Celia. "Mamá se sentía culpable de vivir en una casa bonita y de tener una sirvienta que la ayudaba en todo. Tratábamos de decirle que no se podía hacer nada, pero ella no estaba de acuerdo".

"'Una vez Papá regresó a casa de una iniciación de los masones y se le olvidó guardar bajo llave la paleta y el mandil de las ceremonias. Mamá los encontró por casualidad encima de su escritorio. Al darse cuenta de lo que eran, le entró terror. El párroco le había dicho que los masones celebraban ritos demoniacos en sus templos, y que cada vez que celebraban sus servicios, el Infierno abría sus fauces y se los tragaba. Pensar que Chaguito veneraba el triángulo y el compás era ya calamidad suficiente, pero cuando Mamá se enteró de que había llevado a sus cuatro hijos a jurar fidelidad masónica se deprimió profundamente".

"En retribución por los desafueros de Papá, redobló sus esfuerzos caritativos y empezó a caminar por los arrabales descalza mientras repartía víveres y medicinas. Quería hacer penitencia por los pecados de su marido y de sus hijos. Las batolas de Estatua de la Libertad se le llenaron de fango y regresaba a casa en las tardes agotada. Un día se sintió enferma y no pudo levantarse de la cama. Chaguito trajo por fin un doctor para que la examinara, y el doctor dijo que un parásito se le había alojado en la pierna derecha, y que aquello no tenía cura. El parásito eventualmente invadiría todo su cuerpo, pero afortunadamente la enfermedad era lenta. Adela podía vivir dos o tres años, quizá hasta más tiempo. Chaguito, tan optimista como siempre, estaba seguro de que los americanos descubrirían la cura para aquel mal antes de lo estipulado por los galenos.

"Después de un tiempo Mamá se sintió mejor y se levantó de la cama. Caminaba por la casa con un bastón, pero no podía salir. Tuvo que abandonar sus excursiones caritativas a los arrabales. Sabía que le quedaba poco tiempo, y que tenía que decidir el asunto de a quién dejaría a la cabeza de la familia cuando faltara. Al quedarse en casa observó con más detenimiento el comportamiento de sus hijos. El asunto de la educación de Amparo y mía la preocupaba."

Abuelo Chaguito estaba convencido de que las mujeres no necesitaban ir a la universidad. Pensaba que debían casarse, tener hijos y ocuparse de ellos y del hogar. "Un hombre sin una carrera no vale nada", decía. "Pero una mujer puede casarse con un profesional, y ayudarlo a tener éxito en la vida".

Abuela Adela no podía estar menos de acuerdo. Era mucho más moderna que abuela Valeria en cuanto a la educación de las mujeres se refería. Para ella la educación universitaria no era un cebo que hacía a las mujeres más atractivas ante los hombres; era parte fundamental de su derecho a la libertad y a una vida plena —con o sin la compañía de los hombres.

Abuela no quería que Amparo y Celia se quedaran en casa, como ella tuvo que hacer luego de abandonar su trabajo de maestra. Adela había disfrutado plenamente de su profesión, pero cuando Chaguito se ofreció generosamente a pagar por la operación de su padre, había accedido a casarse. La cirugía fue un éxito y Adela tuvo suerte: Chaguito resultó ser una buena persona. Se hizo cargo de don Félix, y su padre nunca tuvo que vender otro boleto de la lotería. Pero el anciano murió dos años después de la operación, y Adela terminó sacrificando su carrera para dedicarse en cuerpo y alma a los cachorros de Chaguito.

Adela intentó inspirarle a sus hijas un espíritu de independencia desde el principio. Quería que las dos estudiaran en la universidad, como habían hecho los varones. Entonces, en el 1928, ocurrió una doble catástrofe: San Felipe le pasó por encima a la isla como un tren, y Adela descubrió que Chaguito y sus hijos eran masones. Las prioridades de Adela cambiaron y empezó a ver el asunto de la educación de sus hijas en una luz distinta. Aunque ahora resultaba imposible que emprendieran estudios universitarios —el ingreso de Vernet Construction escasamente si daba para pagar los intereses del préstamo que Chaguito había tenido que sacar cuando Roque y Damián entraron a Northeastern— las niñas podrían tener una carrera de todas formas: serían misioneras y viajarían al extranjero a evangelizar a los infieles. Por eso abuela Adela fijó con tachuelas un mapa de Kenya a la pared de la habitación de Amparo, y un mapa de Nepal a la de la habitación de Celia.

"¿Cómo les gustaría viajar al África y a Nepal cuando se gradúen de escuela superior?" les preguntó un día en voz baja, para que Chaguito no la oyera. "Las misioneras pueden viajar de gratis, y sólo necesitan un diploma de escuela superior. Así lograrán tres metas importantes: conocerán mundo, ganarán almas para nuestra Santa Madre Iglesia, y evitarán que su Papá y sus hermanos acaben achicharrados en el Infierno".

A tía Amparo le dio terror cuando Adela le dijo que pensaba mandarla al África de misionera. Cursaba el segundo semestre de su cuarto año y estaba a punto de graduarse. Pero no quiso estudiar más y se colgó en todos los exámenes finales. Abuela Adela no entendía qué diantres se le había metido a su hija entre ceja y ceja, y le pidió a tío Ulises que hablara con ella. Tío Ulises y tía Amparo eran uña y carne. A los dos les encantaba la juerga y se protegían cuando llegaban tarde a la casa de alguna fiesta. Se trepaban por el muro al fondo del jardín, se escurrían por entre los crotones en la oscuridad, y escalaban juntos la ventana de la terraza mientras todos dormían.

Tía Amparo era una muchacha atractiva, aunque de modo improvisado. Era alta y un poco gruesa, y vestía a la sanfasón. Llevaba la ropa siempre estrujada y el refajo a menudo le asomaba por debajo del ruedo de la falda. Pero tenía unas facciones suaves y sin ángulos que expresaban muy bien su placentera manera de ser. Era un pan de buena y nunca perdía la paciencia por nada. Cuando era pequeña le encantaba que sus hermanos mayores la cargaran, y quizá por eso no aprendió a caminar con sus piernas regordetas hasta que cumplió los dos años. Cuando se hizo señorita desarrolló un pecho generoso como el de su madre, razón por la cual muchos pretendientes le revoloteaban alrededor. Tío Ulises y Papá se la pasaban espantándolos como si fueran moscas. Tía Celia no se parecía en nada a tía Amparo. Era bajita y musculosa, y no necesitaba que nadie la cuidara. Sabía cuidarse muy bien ella sola.

Cuando tía Amparo le contó a tío Ulises que Adela quería que se hiciera misionera, sacó todo el dinero que había ahorrado de su trabajo en la ferretería de Boston y le compró a su hermana unas zapatillas plateadas con los tacones incrustados de *rhinestones*. Entró al cuarto cuando Amparo estaba haciéndose la que estudiaba y las puso encima de su escritorio. "El día que te gradúes serán tuyas", le dijo. "Y déjate de estar pensando en purgarle las lombrices a los negritos de Mombasa. Eres demasiado guapa para eso, y estoy seguro de que este verano conocerás al hombre de tus sueños".

Tío Ulises no se equivocó. Ese verano Amparo conoció al hijo de uno de los hacendados más ricos de la isla, Arnaldo Rosales. Se casaron a fines de agosto y tía Amparo se fue a vivir a Maracai, una ciudad-puerto del este. Al principio a Adela no le gustó nada la idea de perder a Amparo, porque se quedaba sin una de sus combatientes en la batalla por salvar las almas de los varones de la familia. Pero como Arnaldo Rosales era un caballero y estaba de veras enamorado de tía Amparo, no le quedó más remedio que acceder a la boda.

Después de que Amparo se casó, la casa de la Calle Esperanza se dividió aún más. El ala derecha, donde dormían Chaguito y sus hijos, leía libros de física, química y manufactura, y soñaba con fundar un negocio que sacara a la familia de la penuria. El "E Pluribus Unum" y el "Novus ordo seclorum" se convirtieron en los lemas favoritos de Chaguito, grabados sobre los billetes de a uno, con el ojo de Dios flotando encima. El ala izquierda de la casa —donde dormían tía Celia y abuela Adela— rezaba el rosario todas las noches, leía *Las vidas de santos,* y soñaba con el día en que Celia viajaría hasta Nepal como misionera. Aurelio estaba siempre en un vaivén —aunque dormía en el lado de su padre y quería que Vernet Construction fuera un éxito, soñaba con ayudar a los pobres de los arrabales y luchar por la justicia.

Tía Celia gets ready for Nepal

Cuando Celia estaba en tercer año de escuela superior era muy buena estudiante y sacaba A en todo. Se fijó que sus padres ya nunca se besaban ni se abrazaban, y que dormían en habitaciones distintas. Si irse a Nepal vestida con el hábito negro de las misioneras los hacía volver a estar juntos, estaba dispuesta a viajar hasta allí con los ojos cerrados. Por eso se acostaba todas las noches pensando en Nepal como si fuera el lugar más maravilloso del mundo. Averiguó todo lo que pudo sobre el país —sobre los Himalayas, el monte Everest y Katmandú— y no podía esperar a graduarse para embarcarse hacia el oriente.

Aurelio

Un día Papá encontró a tía Celia tumbada en la cama, absorta en el mapa de Asia. "¿Qué te ha picado? ¿Una pulga de Katmandú?" le preguntó. "No veo qué tiene Nepal que de pronto te interesa tanto".

In 3rd yr (high sch
Celia thinks that
if she becomes a
missionary she will
re-unite her parents

"Es que voy a viajar allá el año que viene, en cuanto me gradúe", se le zafó decir a Celia. "Y una vez escale descalza los Himalayas, ni Papá ni ninguno de ustedes podrá evitar que me sacrifique para salvarles las almas". Cuando Celia se apasionaba por algo sus ojos ardían como hielo seco, y la mirada le brillaba con una luz intensa.

Aurelio la miró azorado. "¿Quién te ha estado metiendo esos disparates en la cabeza?" refunfuñó. Pero Celia se tragó la lengua y guardó silencio. Aurelio nunca le hablaba mas que para regañarla. ¿Por qué iba a tener confianza en él ahora?

"Nadie. Me los inventé ahora mismo".

Pero Aurelio no le creyó y fue a buscar a Adela para que le explicara lo que estaba pasando.

"Celia quiere irse a estudiar a los Estados Unidos, pero tu padre no tiene dinero para mandarla", le dijo Adela. "Lo menos que podemos hacer es dejarla que se dé un viaje. Las hermanas de Loretto pagarán su boleto de vapor hasta Calcuta. Desde allí la acompañarán en tren hasta Nepal. La orden de la Virgen de Loretto tiene una misión en Katmandú. Celia estará muy bien allí. Aprenderá nepalí, trabajará duro y adquirirá un poco de mundo".

Papá se horrorizó e inmediatamente fue a ver a abuelo Chaguito. "Celia dice que se irá de misionera a Nepal si no la mandas a estudiar a la universidad, como nos mandaste a nosotros. Y Mamá la está apoyando. Si conozco bien a Mamá, Celia acabará en Katmandú en menos de un año". Abuelo Chaguito se prendió al oír aquello. "¡Tendrá que meterse a monja por encima de mi cadáver! ¿Te imaginas lo que dirán nuestros hermanos masones cuando se enteren de esto? Estamos supuestos a erradicar a la Iglesia Católica, no a contribuir a sus huestes. Celia no irá a ninguna parte y punto. Aunque quisiera mandarla a estudiar fuera, ahora mismo no puedo, porque estoy endeudado hasta la coronilla".

Aurelio decidió entonces sacar un préstamo a su nombre y

enviar a Celia a estudiar a la universidad por su propia cuenta. Fue una decisión difícil; estaba a punto de pedir la mano de Clarissa y necesitaba el dinero, pero no lo pensó dos veces. Cuando abuela Adela se enteró de lo que Aurelio había hecho dio un salto de alegría. "Yo sabía que podíamos depender de ti", le dijo a Papá. "Celia te lo agradecerá por el resto de su vida".

Aurelio fue a donde Celia. "¡Encontramos el dinero para mandarte a estudiar, Celia!", mintió. "Hicimos un negocio redondo en San Juan; le vendimos tres catalinas nuevas a la central Paquita. El año que viene podrás ir a estudiar a una universidad de primera en los Estados Unidos".

Pero Celia dijo que ya no le interesaba asistir a la universidad. "Prefiero hacerme misionera y viajar a Nepal", afirmó con los ojos ardientes. Así podré salvarlos a ustedes de ir al Infierno". Aurelio sintió miedo. Celia se les estaba escapado, cada vez la sentía más lejos. Rezaba hincada en el suelo y con los brazos en cruz durante horas. Rebajó diez libras —ya no se servía tres porciones de tocino de cielo, su postre favorito, a la hora del almuerzo, y hasta dejó de comer bacalaítos fritos. Se metía guijarros dentro de los zapatos y debajo de las sábanas en la cama, y ofrecía todo aquello por la "salvación de sus hermanos ateos".

Una noche Aurelio fue al cuarto de Celia y tocó a su puerta. "Creo que debemos hablar sobre tu viaje a Asia con Mamá", dijo. Y escoltó a su hermana al cuarto de Adela. "Celia insiste en lo del viaje a Nepal, y me parece buena idea. Pero ¿no crees que sería más beneficioso viajar allí con un diploma universitario?" Adela estuvo de acuerdo con Aurelio y, como Celia siempre respetaba los deseos de su madre, accedió a complacer a su hermano.

El 10 de septiembre de 1930 abuela Adela se despertó sintiéndose muy mal. Se dio cuenta de que se iba a morir. La casa era un caos: en la cocina la sirvienta calentaba con velas las ventosas de cristal que el médico luego le aplicaba a la enferma en el pecho; el baño estaba todo revuelto con sábanas ensangrentadas. Tío Damián y tío Roque acababan de graduarse de Northeastern y estaban de regreso en la Calle Esperanza. Tía Amparo y tío Arnaldo vinieron de Maracai cuando se enteraron de la gravedad, y también se estaban quedando en la casa.

Sólo faltaba Aurelio, que se encontraba en viaje de negocios por la Florida. Estaba investigando un contrato para fabricar el equipo de una hacienda azucarera en Tallahassee cuando se enteró por cable de la noticia. El viaje de regreso tomaba entonces varios días —los viejos Clippers de Pan American no volaban directo de la Florida a San Juan, y había que saltar de isla en isla en aviones que amarizaban en las bahías.

La familia, fiel a la tradición Vernet, se mantuvo atenta alrededor del lecho de la matriarca. Había llegado el momento de que Adela le entregara el bastón de mando a alguno de sus hijos y se preguntaban cuál sería, pero ella no soltaba prenda.

Ulises se puso al timón y se ocupó de todos los detalles prácticos durante la crisis; el resto de la familia estaba hundida en un marasmo. Llamó al hospital y pidió que enviaran dos enfermeros que ayudaran a transportar el cuerpo de Adela a la cama que antes había compartido con Chaguito, porque allí estaría más cómoda. Luego llamó a la funeraria e hizo una cita para velar el cuerpo; habló con el sacerdote y encargó una Misa de Réquiem; habló con la administración del cementerio y escogió una parcela en el tope de una colina; mandó preparar las esquelas; finalmente, solo y cabizbajo, escogió el ataúd.

Inmóvil sobre la enorme cama de columnas, Abuela parecía una amazona tendida sobre un altar. Así pasaron dos días, que a la familia le parecieron eternos. Adela sufrió una agonía prolongada: los parásitos se le habían regado por el sistema sanguí-

[handwritten: Last 2 days were v. painful]

neo y cualquier movimiento le causaba un dolor insoportable. No dejaba que nadie la tocara, ni siquiera Ulises, que intentó varias veces enjugar el sudor de su frente con un pañuelo. Hasta el roce de su mano en la piel le causaba un relámpago de dolor.

[handwritten: foot, strong point]

Su pecho, envuelto en una sábana blanca, parecía un fuerte atravesado por las flechas del enemigo. Estaba consciente, pero no había pronunciado una sola palabra ni derramado una sola lágrima durante las últimas veinticuatro horas. Se limitaba a mirar a su familia como si quisiera grabárselos en la memoria. Cuando veía a Clarissa le preguntaba, en un eco casi irreconocible de la voz que solía retumbarle dentro del pecho que dónde estaba Aurelio, y Clarissa le contestaba que aún no había llegado. Adela daba un suspiro profundo y volvía a sumirse en su modorra.

Tía Celia colocó la imagen de la Virgen de Guadalupe, ardiendo en velas, frente a la cama de Adela. Abuelo Chaguito, Ulises, Roque y Damían se mantenían silenciosos, las manos trenzadas a la espalda y los ojos más secos que un desierto; Amparo y Celia, arrodilladas al lado izquierdo de la cama, rezaban el rosario en voz alta y le rogaban al Todopoderoso que se llevara pronto a su madre para que no sufriera más. Ulises se sentía cada vez más angustiado ante su silencio.

El tercer día el párroco de la capilla de La Guadalupe, donde Adela había hecho tanta obra de caridad, llegó con el viático. Pero ni aún así Adela se decidió a hablar. Comulgó y recibió los santos óleos. De vez en cuando se quejaba, abría los ojos y preguntaba dónde estaba Aurelio, y cuando le decían que no había llegado, otra vez guardaba silencio. No encontraba la tranquilidad necesaria para soltar amarras y dejarse ir en esa corriente poderosa que al final nos anega a todos.

Al cuarto día llegó por fin Aurelio. Se acercó a la cama y se inclinó sobre su madre para darle un beso. Adela abrió los ojos y dos gruesas lágrimas rodaron por sus mejillas —las primeras que vertía desde el comienzo de la crisis. "¡Hijo mío, que Dios te bendiga!" dijo. Y dando un último suspiro, entregó su espíritu.

Y con esa bendición especial que Adela sólo le impartió a Aurelio, le dejó saber a la familia a cual de sus hijos le entregaba el bastón de mando.

32

La paloma masónica

Chaquito desigual a
pin for Maryknolls
w/ a triangle + a
paloma (paloma —
Celia)

1937

DOS AÑOS MÁS TARDE Vernet Construction ganaba suficiente
dinero para costear la educación universitaria de Celia sin que
Aurelio tuviera que sacar un préstamo. Le pidió a tía Celia que
escogiera un colegio de primera en los Estados Unidos, y en el
1933 Celia se decidió por Marymount College of the Sacred
Heart, en Washington D.C. Celia envió la solicitud y como se
había graduado entre las diez mejores de su clase en el Sagrado
Corazón de La Concordia, la aceptaron en seguida. Cuando

llegó septiembre Celia tenía todo listo para irse a estudiar, y Amparo la ayudó a comprar ropa nueva para el viaje.

Después de la muerte de Adela, abuelo Chaguito cambió mucho. Él, que era siempre tan alegre y refistolero, se iba para el trabajo en las mañanas con la ropa estrujada y la corbata manchada con la salsa de las habichuelas de la noche antes. Se afeitó el bigote, y sus labios delgados y finos quedaron por primera vez al descubierto, mostrando su vulnerabilidad.

"Por favor no te vayas, Celia. ¿Quién cuidará de mí entonces?" le dijo un día con los ojos líquidos. Y cuando Celia no le contestó añadió en un susurro, para que sus hijos varones no lo oyeran: "Amparo me dejó cuando se enamoró de Arnaldo; Adela se fue al Cielo y me dejó solo, y ahora te toca a ti abandonarme. A lo mejor Dios quiere castigarme por haber abandonado a mi madre en Cuba hace muchos años. Pero si yo no hubiese venido a Puerto Rico, no hubiera conocido a Adela, y ustedes no hubieran nacido".

Tía Celia comprendió que Chaguito la necesitaba. La casa parecía un cuartel a merced de las hordas de los hunos. Había ropa sucia tirada por todas partes, y los muebles estaban cubiertos de polvo. Matilde, la doméstica, no daba abasto cocinándole a cinco hombres hambrientos, y todos los días amenazaba con marcharse. Y si Matilde se iba, ¿qué sería de su padre y de sus hermanos?

Así que Celia hizo lo que su madre le enseñó: se sobrepuso a las circunstancias y decidió hacer un sacrificio. "Muy bien, Papá, me quedaré para cuidarte. Pero tienes que prometerme que, dentro de cuatro años, cuando cumpla los veintiuno, tú mismo me llevarás a estudiar a los Estados Unidos".

Abuelo Chaguito le prometió que lo haría. Celia tenía dieciocho años y estaba en la flor de la juventud. ¿Cuántas cosas no podrían suceder en cuatro años? Con su pelo color caoba y sus hermosos ojos azules, a lo mejor conocía a un buen muchacho que se enamorara de ella.

Durante cuatro años Celia cumplió su promesa. Ayudaba a Matilde a limpiar la casa; lavaba la ropa y la tendía a secar al sol mientras Matilde planchaba. Se sentaba al piano todas las noches, y tocaba alguna pieza para alegrar a su padre. Aurelio le ofreció un empleo como trabajadora social en Vernet Construction, y Celia pasaba parte del día visitando a las familias de los empleados. Tenía mucha paciencia; le había prometido a su madre que un día viajaría hasta Katmandú, y juró que llegaría.

Unos meses antes de cumplir los veintiún años tía Celia le escribió una carta a la Reverenda Madre de las Maryknoll en Chicago, pidiendo que la admitiera de novicia en su convento, y la monja le contestó que estaría encantada de recibirla. El día de su cumpleaños, Celia se acercó a su padre a la hora del desayuno y le recordó su compromiso. Chaguito la miró asombrado —no recordaba prometer nada por el estilo, Celia se lo estaba inventando. Celia empezó a arrojar trastos por la ventana, y le escaldó el lomo a Gudrun con una olla de agua hirviendo.

Aurelio tuvo que intervenir en el asunto. Trató de ser lo más diplomático posible. "Le ofreciste a Celia que la llevarías a los Estados Unidos, Papá; yo soy testigo. Hoy cumple veintiún años; llegó el plazo estipulado y tienes que cumplirle".

"Dije que la llevaría a los Estados Unidos a estudiar, no a meterse a monja", refunfuñó Abuelo sin levantar la cabeza, hundido detrás del periódico. "Ya cumplió los veintiuno. Si se quiere ir, que se vaya".

"La vas a llevar a estudiar para monja, Papá, que no es lo mismo; igual que llevaste a Ulises a estudiar para comerciante, y a mis hermanos y a mí para ser ingenieros. Ahora le toca el turno a Celia. No puedes dejarla que se vaya por su cuenta". Y a abuelo Chaguito no le quedó más remedio que cumplir con su promesa.

Abuelo Chaguito y tía Celia se embarcaron en el vapor Borinquen. Desembarcaron en Nueva York unas semanas después y de allí cogieron el tren hasta Chicago. Antes de irse Aurelio le entregó a Celia las joyas que Chaguito le regaló a Adela luego de cada alumbramiento, embrollándose cada más pero con una gran ilusión. Adela las aceptó porque no quería herirlo: un collar de perlas, un par de dormilonas de diamantes, un anillo de zafiro y un broche haciendo juego. "Haz lo que quieras con ellas, hermanita", le dijo Aurelio a Celia. "Llévalas puestas o regálaselas a los pobres. Pero déjalas en un lugar donde Mamá pueda verlas desde el otro mundo".

Cuando llegaron al convento, un sombrío edificio victoriano labrado en granito gris con siete torres góticas a lo largo de la fachada, tía Celia le dijo a Chaguito: "Mejor no entres conmigo, Papá; ya es tarde y deberías irte a descansar al hotel". Sabía que las monjas la estaban esperando al otro lado de la puerta para que hiciera los primeros votos, y que desde el momento en que atravesara el umbral ingresaría al noviciado. Le daba pena que su padre se enterara de la verdad. Aurelio había convencido a su padre con el argumento de que Celia entraría al convento para estudiar la carrera de monja.

Pero abuelo Chaguito insistió. Era un caballero, no podía dejar a su hija sola en la acera, rodeada por su equipaje. Apretó el timbre y tres monjas le abrieron la puerta. "Hacía rato que los estábamos esperando, queridos", corearon al unísono, y los escoltaron adentro haciéndose cargo de los bártulos. Llevaron a Abuelo a una salita con sillones de mimbre y doilecitos de crochet en las mesitas, y lo invitaron a sentarse. Entonces se llevaron consigo a tía Celia, y desaparecieron dentro del claustro. Una hora más tarde le tocó a Chaguito aprender el significado de la palabra "sacrificio". Cuando se abrió la puerta, tía Celia salió con la cabeza monda, sin sus hermosos rizos color caoba, y vestida con el pesado hábito de lana negra de las Maryknoll, pero con una sonrisa radiante en el rostro.

Al día siguiente abuelo Chaguito abordó el tren hasta Nueva York y se embarcó de regreso para la isla. Tía Celia se quedó en Chicago por cuatro años, al final de los cuales hizo votos de pobreza, castidad y obediencia. Le donó las joyas de Adela al convento, y las monjas las usaron para decorar la custodia en la que se exponía el Santísimo los Jueves Santos.

Tía Celia hizo sus votos perpetuos en el 1940, y por diez años se dedicó a trabajar como misionera en el Bronx y luego en los montes Apalaches de Alabama. Le daba catecismo a los negros, a los italianos y a los puertorriqueños, y no volvió a acordarse de su promesa de ir a Nepal. Con el tiempo la hicieron directora de una de las nuevas congregaciones de Maryknolls, y le pidió a su padre que le diseñara un logo que las misioneras pudieran llevar puesto sobre el hábito como un prendedor. Abuelo Chaguito aceptó encantado, y diseñó un triángulo sospechosamente parecido al de la pirámide masónica, sólo que en su centro, en lugar del Ojo de Dios, había una paloma con las alas abiertas. "El triángulo simboliza la Santísima Trinidad y la paloma es el Espíritu Santo, por supuesto", le explicó Chaguito a Celia en una carta. Pero Celia siempre sospechó que, cuando su padre colocó a la paloma dentro de la pirámide masónica, estaba pensando en ella.

33

La walkiria criolla

ABUELO CHAGUITO CONOCIÓ a Brunhilda Casares, mi abuela postiza, poco después de dejar a tía Celia en el convento. Era mucho menor que mi abuelo y tenía unos cabellos rubios y muy abundantes, que llevaba recogidos sobre la cabeza en una trenza de eslabones dorados. Había nacido en el pueblo de Caguas, donde aprendió a confeccionar unos bizcochos exquisitos que vendía con mucho éxito. Nunca he podido comerme un pedazo de torta de bodas sin acordarme de Brunhilda, porque su pelo era exactamente del mismo color que la masa dorada que horneaba en sus moldes. En su casa tenía siempre a mano una lata de galletitas de huevo que se llamaban *ladyfingers,* y que nos ofrecía a los nietos en cuanto entrábamos por la puerta. Los *ladyfingers* eran como ella, demasiado dulces y llenos de viento.

En Nueva York Abuelo abordó nuevamente el *Borinquen* y se dispuso a pasar siete días en su camarote como un buzo sumergido en la tristeza. Odiaba viajar solo y tener que regresar a casa sin Celia. Estaba paseándose por cubierta con el bastón en la mano y observando a la Estatua de la Libertad deslizarse a estribor mientras pensaba en Adela, cuando vio a una mujer voluminosa acodada sobre la barandilla del barco. Era grande como una walkiria y aunque estaba sola, se estaba riendo alegremente. La risa parecía rebotarle de las tetas y subirle por la garganta hasta llenarle los cachetes de tembleque de coco.

Chaguito se le acercó y la saludó en inglés, pensando que era americana, pero ella le contestó en español.

"Soy Brunhilda Casares. Mucho gusto de conocerle."

"¿Lleva mucho tiempo lejos de la isla?"

"Pasé un mes en Nueva York. Mi marido murió hace tres meses y mis parientes me invitaron a pasar una temporada con ellos para que me distrajera". Y volvió a emitir un arpegio de risa mientras le guiñaba un ojo a Chaguito, como si lo que acababa de decir fuera para desternillarse las costillas. Chaguito se inclinó para besarle la mano. "Me gustan las mujeres como usted, generosas en todo: cabellos de caramelo, caderas de flan de guayaba y unas tetas rellenas de risa".

Chaguito se quedó sorprendido al pronunciar aquel requiebro hiperbólico. No solía ser tan atrevido, pero estaba harto de los hábitos negros con peste a moho y de las salmodias farfulladas entre dientes sobre "la salvación del alma", "el sacrificio del cuerpo" y "la expiación de las culpas". Chaguito se sintió poderosamente atraído hacia Brunhilda. Era un cambio refrescante de Adela, que parecía una esfinge de tan seria.

Brunhilda lo miró como si recibir aquel piropo fuese lo más natural del mundo y soltó una risita coquetona mientras se alisaba con la mano los delicados bucles que el viento le sonsacaba de las trenzas. A Chaguito le pareció que su alegría salía volando sobre el agua e iluminaba las crestas juguetonas de las olas. Tres delfines salieron a la superficie y empezaron a nadar junto al barco. Brunhilda hizo como si les tuviera miedo y se arrimó un poco más a Chaguito, para que pudiera oler la esencia de Bal à Versailles que se había untado bajo los volantes del escote.

Esa noche Chaguito no tuvo que dormir solo en su camarote después de todo. Pasó la noche envuelto en la dulce red de los cabellos de Brunhilda. Al día siguiente se desayunaron juntos y le dijo a su amiga: "Estoy tan feliz de haberte conocido, que podría morir tranquilo entre tus brazos".

Cuando llegaron a La Concordia ya eran marido y mujer. Chaguito entró por la puerta de la casa de la Calle Esperanza con Brunhilda prendida orgullosamente del brazo. "¡De ahora en adelante ya no tendrán que preocuparse más por mí!" le dijo a sus hijos mientras los abrazaba. "Brunhilda es joven y fuerte. Ella se ocupará de mí para todo, y no molestaré a más nadie. Dentro de algunos años les ahorraré unos cuantos centavos, porque no tendrán que gastar dinero en un asilo de ancianos". Al principio a la familia le preocupó la situación porque Brunhilda sólo tenía veintiocho años —Abuelo le llevaba veinticinco. Temían que fuera una mujer manipuladora o ambiciosa. Pero cuando la escucharon reírse por todo, incapaz de coger nada en serio, dejaron de preocuparse; se convencieron de que era completamente tonta.

Lo primero que hizo Brunhilda cuando llegó a la casa de los Vernet fue hornearle a Chaguito un ponqué de mantequilla y huevo. "Yo no soy una ama de casa común y corriente, también soy repostera", le dijo a los hijos de Chaguito, mientras traía el postre al comedor. "Desgraciadamente, la comida gourmet es un arte perecedero. Es sumamente difícil ganarse la inmortalidad gracias al paladar, porque la lengua tiene una memoria muy corta". Antes de conocer a su primer marido —el doctor Mediavilla— Brunhilda era una pastelera famosa del pueblo de Caguas. El doctor Mediavilla tenía a su cargo un asilo de ancianos con enfermedades terminales llamado El Angel Custodio, que se encontraba en San Juan. Cuando se casó con Mediavilla, Brunhilda cerró su pastelería en Caguas y se fue a vivir a San Juan.

Brunhilda confeccionaba todo tipo de merengones, bizcochos y flanes. Pero su especialidad era el ponqué de bodas. Tenía una receta de su propia invención: una docena de yemas de huevo batidas hasta color limón, una libra de mantequilla, tres tazas de harina cernida, una taza de azúcar, media cucharadita de polvo de hornear, un chorrito de extracto de vainilla y una pizca de sal —todo ligado amorosamente con la espátula como si los ingredientes fueran amantes y se estuvieran abrazando. La masa se vertía entonces en un molde con un hueco en el medio y se horneaba a fuego lento y al baño de María hasta que formaba un anillo perfumado. En La Concordia se rumoraba que el ponqué de bodas de Brunhilda tenía cualidades mágicas, y una vez que el novio lo probaba, se le hacía imposible serle infiel a la novia. Pero cuando Brunhilda se casó con Mediavilla decidió abandonar todo eso, y hacía años que no horneaba un bizcocho.

Brunhilda disfrutaba de las cosas buenas de la vida, y muy pronto logró que mi abuelo recobrara su alegría. El día que llegó a la casa empezó a rebuscar por todas partes, para ver qué había dentro de gavetas y roperos. Sacó del seibó del comedor el mantel de hilo más fino de Adela, su vajilla de porcelana japonesa y las copas Fostoria que sólo se usaban en grandes ocasiones y le dijo a la sirvienta que en adelante las usarían para el diario. Tiró a la basura los vasos de culo de botella y la vajilla de terracota que Adela había comprado en la ferretería y le dijo a Chaguito: "¿Por qué vivir como pobres si tenemos cosas tan bonitas? ¿Para que los demás las disfruten cuando estemos en la tumba? Mejor nos las gozamos nosotros". Chaguito se reía a carcajadas de las ocurrencias de Brunhilda. Encontraba refrescante que fuera el polo opuesto de Adela, que economizaba cada centavo como si fuera de oro.

Chaguito tenía sólo cincuenta y tres años —todavía era un hombre joven— pero había tenido una vida difícil. Había trabajado catorce horas diarias desde los doce años, enfrentándose a sucesos apocalípticos como la Guerra Hispanoamericana y los huracanes para mantener a su familia a flote. El esfuerzo lo había agotado y se veía mucho mayor de lo que en realidad era. Estaba casi completamente calvo y sus bigotes eran blancos como la nieve.

A Brunhilda no había nada que le gustara tanto como vestir a Chaguito con ropa nueva y sacarlo a pasear en coche para que sus amigas lo vieran. "¿Cómo se siente hoy mi maridito?" le decía riendo cuando se montaban en el Buick azul que Brunhilda acababa de comprar. "¿Verdad que parece un abuelito recién nacido?" Le daba palmaditas en las mejillas y le acicalaba los bigotes perfumados con una peinillita de carey que había encargado a París. Abuelo se sonrojaba pero no se atrevía a protestar para no herir los sentimientos de Brunhilda. Trataba de complacerla en todo. Todavía se acordaba con nostalgia de cuando los "maquinones" eran su locura, y él vivía para ellos. Ahora estaba cansado y no sentía por los autos el mismo entusiasmo, pero le daba placer ver a Brunhilda disfrutarlos.

Brunhilda era sabia en las artes amatorias más antiguas, y pronto tenía a Chaguito encendiéndose como un cerillo todas las noches. La segunda vez que hicieron el amor Chaguito se sintió como el Capitán Ahab montado sobre su ballena mítica, navegando por los mares de la inmortalidad a cien millas de la costa. Después de esa primera noche, Brunhilda espantó a los perros policías de Chaguito —que habían reinado debajo de su cama durante años— y se declaró allí soberana. Chaguito los vio irse con pena, porque eran el último símbolo de la disciplina marcial que había regido su vida hasta entonces.

Brunhilda se empeñó en derrotar el fantasma de Adela, que juraba podía escuchar en las noches cojeando por la casa. Unos meses después de su matrimonio empezó a quejarse de que las sillas de perilla del comedor eran demasiado incómodas, y se empeñó en comprar un juego nuevo. El estilo Isabelino lo hacía sentir a uno como si estuviera en un desfile militar y le recordaba a Adela. Chaguito corrió a las tiendas y le compró un juego de comedor Henredon con sillas tapizadas en shantún de seda, y de paso encargó también un juego de sala nuevo. Vendió a muy buen precio la cama de Adela, que era una antigüedad, y le compró a Brunhilda un Beauty Rest queen size, con la cabecera tapizada en satín azul celeste. También mandó restaurar la sala de baño, que dio que hablar durante años en La Concordia. Todo allí era negro como el pecado: el inodoro parecía un trono de la necrópolis de Luxor, la bañera un catafalco romano y el lavamanos una fuente para cuervos. Las paredes eran de reluciente losa negra, y Brunhilda las decoró con calcomanías de mujeres desnudas de diferentes partes del mundo, para que Chaguito pudiera constatar las ventajas que ella les llevaba en todos los encantos.

Pero donde Brunhilda de veras botó la bola y rompió el bate fue en la remodelación de la cocina. Encargó a Escoffier, en París, una estufa de gas en acero inoxidable y un horno haciendo juego, que costaron cinco mil dólares cada uno. Compró una batidora eléctrica Mix Master que costó mil dólares, y la mandó colgar del techo como si fuese un molino de viento. El refrigerador era tan potente como el del Condado Vanderbilt, el hotel más lujoso de San Juan, y costó tres mil dólares.

Cuando Aurelio se enteró de que Chaguito se había gastado más de veinte mil dólares en arreglarle la casa a Brunhilda y que le había cargado todo a Vernet Construction, fue a ver a su padre y le dijo: "¿Te has olvidado lo hambriento que llegaste de Santiago de Cuba, después de sobrevivir casi un mes a fuerza de guineos y chinas en un balandro? Aquel día juraste que te librarías de la pobreza pero si sigues como vas, en un año nos arruinarás a todos".

Chaguito sintió un escalofrío. "¿Y qué sugieres que haga?", dijo, hundiéndose como un cirio derretido en la silla. "Pon todas las acciones de Vernet Construction a nuestro nombre, Papá. Y cierra tu cuenta de banco. Nosotros te pasaremos una mensualidad, para que vivas con Brunhilda decentemente. Yo seré tu contable de ahora en adelante, y así controlaremos tus gastos".

Cuando Brunhilda se enteró, dejó de reírse. "¡Con que así son cosas!" refunfuñó. "¡Pues no me queda más remedio que ponerme a trabajar otra vez!" Y abrió una repostería en la sala de la casa de la Calle Esperanza.

Cada jovencita comprometida para casarse le exigía a sus padres un Bizcocho Brunhilda, y la madrastra de Aurelio se hizo famosa por sus pasteles de boda. Recuerdo que, para aquellos años, cuando íbamos a visitar a Abuelo siempre encontrábamos la sala poblada de bizcochos recién horneados —unas torres escalonadas de mantequilla y huevos con seis y siete pisos de altura, que Brunhilda insistía eran sus "palacetes del amor". Los ponía a secar sobre la mesa del comedor, el tope de mármol del seibó, los veladores ovalados de la sala y hasta sobre la banqueta del piano, y luego los decoraba con rosas de azúcar espolvoreadas con gragea, lagos de espejo con cisnes navegando encima, arcos trenzados con cintas, quioscos extravagantes, tórtolas que se besaban y se arrullaban tal y como Chaguito quería hacer con Brunhilda todas las noches —sólo que ella ahora lo mantenía a distancia. Y en la base de cada pastel Brunhilda escribía, con el niple de su manga llena de clara de huevo batida con azúcar en polvo: "El amor puede ser un bálsamo divino o un veneno maldito. Pero sólo gracias al amor sobrevivimos".

Para complacer a la clientela de La Concordia, Brunhilda colocaba, sobre cada uno de sus pasteles, una reproducción de alguno de los edificios de la ciudad —horneado separadamente y luego glaseado con *icing* blanco: el Teatro Atenas, el Casino, la Logia Adelphi, la Catedral, el Parque de Bombas. Y antes de que el novio y la novia repartieran la torta entre los invitados, tenían que comerse el pequeño edificio del tope, hasta que no quedara ni una miga. Este canibalismo arquitectónico de su ciudad enfurecía a Chaguito, y puede decirse que fue el toque más cruel de la venganza de Brunhilda. Mientras Chaguito se veía obligado a contemplar cómo desaparecían bajo los delicados dientes de las novias y de los novios los edificios más hermosos de La Concordia, se preguntaba lo que hubiera dicho Bijas, su amigo arquitecto, ante tal sacrilegio. Pero como para ese entonces Brunhilda ya tenía su propio ingreso —le pagaban cientos de dólares por cada torta de bodas— abuelo Chaguito tuvo que conformarse y no pudo prohibirle que trabajara de bizcochera.

34

El reino del cemento

Bible

HOY CASI NADIE EN LA ISLA se acuerda de la Gran Depresión, pero a Papá nunca se le olvidó. Por eso siempre ponía a buen recaudo parte de su dinero, "por si regresaban las vacas flacas". "El que guarda siempre encuentra" era uno de sus refranes preferidos, muy distinto a "el que da lo que tiene, a pedir se atiene" de tía Artemisa.

En el 1928 San Felipe acabó con la cosecha de café en la isla. Los bosques de caoba, roble y yagrumo que habían servido de dosel al delicado grano rojo quedaron arrasados, y el café nunca se recuperó, pero la caña empezó poco a poco a resucitar. Los azucareros de La Concordia tenían la piel dura y se tiraron de pecho a rescatar la cosecha.

Le prendieron fuego a los cañaverales arrasados y sembraron cepas nuevas. Dos años más tarde los cañaverales estaban de nuevo tan altos que la zafra empezó una semana antes de lo previsto. Las órdenes para las masas y los evaporadores de las centrales empezaron a llover de nuevo sobre Vernet Construction. Abuelo Chaguito y sus hijos sintieron un gran alivio, pero Fernando Martín, el líder del Partido Democrático Institucional, montó en cólera. Estaba seguro de que el azote de San Ciprián, tan poco tiempo después del de San Felipe, le había dado el golpe de gracia a la "yerba del diablo" y que la caña quedaría exterminada para siempre. Pero se equivocaba.

Fernando Martín era un político joven por aquel entonces, pero tenía mucha influencia en Washington. Apoyaba la ley Costigan-Jones, que le imponía una cuota despiadada a las centrales azucareras —nacionales y extranjeras— y que era especialmente onerosa para con la industria puertorriqueña. En febrero de 1934 el Congreso de los Estados Unidos votó por que el proyecto se convirtiera en ley. Papá mismo me contó lo sucedido.

El Partido Republicano Incondicional, al que pertenecían tío Venancio y los hacendados, estaba en el poder por aquel entonces. Pero aunque en Puerto Rico la crisis de la industria azucarera se había superado y los cañaverales producían más que nunca, los precios del azúcar empezaron a bajar en los Estados Unidos. Cuba producía muchísima azúcar —era 13 veces más grande que Puerto Rico y su tierra era igual de fértil. Y como si eso fuera poco, Hawai, a miles de millas de distancia, también había empezado a competir con nosotros. En Louisiana se producían toneladas de sucrosa de remolacha.

América del Norte estaba apabullada por una avalancha de azúcar.

A abuelo Chaguito le gustaba echárselas de que la ley Costigan-Jones había sido para la clase hacendada lo que la guillotina para la aristocracia francesa. En el 1933 la producción del azúcar en la isla alcanzó 1,101,023 toneladas, pero la cuota de 1934, puesta en vigor por la ley Costigan-Jones, fue de 826,000 toneladas. Casi trescientas mil toneladas de azúcar se perdieron. Esto fue un golpe terrible para La Concordia, donde el azúcar era todo.

Las compañías norteamericanas que controlaban la industria de la caña en Cuba, como las que dominaban la remolacha en Louisiana, eran mucho más poderosas que las de Aguirre, Eastern Sugar y Guánica Central en Puerto Rico —que también eran norteamericanas— por lo cual sus cuotas eran mucho más altas. En Cuba, a más de esto, el presidente Fulgencio Batista acababa de llegar al poder, y le prometió a los Estados Unidos que les permitiría construir bases navales como Guantánamo si la cuota de azúcar de Cuba se respetaba.

Vernet Construction empezó a sentir el apretón en seguida. Aurelio, Ulises, Roque, y Damián daban vueltas como trompos por toda la isla, tratando de que los barones del azúcar les pagaran lo que les debían. Ni uno solo les saldó la deuda. Machete, Bocachica, Cortada, Constancia y Carambola, las cinco centrales que rodeaban a La Concordia, estaban a punto de zozobrar. Hasta a las centrales norteamericanas se les hacía difícil mantenerse a flote. Los hermanos no podían hacer absolutamente nada excepto atestiguar la catástrofe. Temían que Vernet Construction, ligada como estaba a la industria azucarera por innumerables contratos, se fuera también a pique.

La sindicalización fue el próximo golpe, y en varias centrales miles de peones se fueron a la huelga. Durante el mes de noviembre de 1934 se rumoró que el Partido Socialista ganaría las elecciones. Pero varios líderes obreros fueron asesinados misteriosamente y el Partido Republicano Incondicional ganó otra vez la elecciones.

Los disturbios continuaron y los obreros de Vernet Construction también se unieron al paro. A abuelo Chaguito no le quedó otro remedio que despedir a diez de sus empleados y reducir la semana de trabajo en la fundición a tres días solamente. Los salarios se rebajaron un 20 por ciento. Abuelo se sintió culpable, porque sabía que el sueldo escasamente les daba a los trabajadores para comer, pero era la única manera de refinanciar la deuda con la U.S. Steel de Michigan.

Entonces sucedió algo completamente inusitado. Eleanor Roosevelt visitó a Puerto Rico. La oposición a la ley Costigan-Jones había sido tan violenta, las acusaciones volando como dagas a diestra y siniestra porque la medida sólo beneficiaba a los centralistas, que recibieron una generosa compensación en dólares por la reducción de sus cuotas de azúcar mientras que cientos de peones de la caña se habían quedado cesantes, que el presidente envió a su esposa a investigar sobre el asunto. El gobernador Blanton Winship recibió a Mrs. Roosevelt en La Fortaleza con un ramo de rosas rojas envuelto en papel de celofán verde, pero Mrs. Roosevelt no asistió a la recepción formal que el gobernador organizó en su honor. Le pidió que la suspendiera, se subió a un Model T Ford, y pidió que la llevaran a visitar los arrabales. Tenía un rostro caballuno —largo y con las fosas nasales grandes— y era demasiado alta para que a los puertorriqueños les pareciera bonita, pero era una persona maravillosa. Habló con las mujeres de la industria de la aguja y les dijo que no dejaran de ejercer su derecho al voto —habían tenido que luchar demasiado para que ahora los hombres las dejaran en el Limbo. Habló con los niños sobre la importancia de lavarse las manos antes de cada comida, de cepillarse los dientes y de rezar las oraciones antes de acostarse;

visitó los asilos y habló con los viejos sobre el Seguro Social, que incluía el plan de retiro que su marido había convertido en ley en los Estados Unidos en el 1935. El pueblo puertorriqueño se enamoró de ella.

Cuando visitó las escuelas públicas, Eleanor se asombró de ver a las niñas bordando pañuelos durante la hora del almuerzo, porque así añadían unos centavos más al ingreso de la familia. También visitó las chozas de los peones de la caña. Éstas por lo general consistían de dos habitaciones sin ventanas. El cuarto de atrás era tétrico y miasmoso, y el de adelante sólo estaba iluminado por la claridad que entraba por la puerta. No tenían tela metálica, tuberías de agua corriente o servicio sanitario, y las mujeres cocinaban a la intemperie, sobre un fogón de carbón aledaño a la vivienda. Eleanor se horrorizó. Aquello era vivir en la Edad de Piedra.

Mrs. Roosevelt evidentemente tenía el oído del presidente, porque cuatro meses después Franklin Delano en persona visitó a la isla. Desembarcó en la bahía de La Concordia, donde habían fondeado las tropas del general Miles cuarenta años antes. Su caravana subió por la Calle del Real de la Marina a los vítores de la muchedumbre. Las banderas norteamericanas ondeaban a cada lado de la calle, y a la entrada de La Concordia se levantó un arco triunfal con un león rugiente a cada lado —el emblema de la ciudad. El presidente constató que todo lo que le había informado su esposa era cierto y le asignó setenta millones de dólares a Puerto Rico a través del Puerto Rico Reconstruction Administration, conocido en la isla como la PRERA. Cuando llegó a la Plaza de las Delicias, el presidente hizo un discurso y subrayó el propósito de su programa: aliviar el desempleo por medio de la construcción de obras públicas. Se edificarían proyectos de vivienda donde se trasladarían a vivir los habitantes de los arrabales. Se instalaría un sistema pluvial y sanitario amplio que beneficiara a toda la población; el agua y la electricidad serían gratis para la gente del pueblo. Las calles se pavimentarían y se construirían aceras.

"Aquel día fui a escuchar el discurso del presidente", me contó Papá una vez. "Tuve que pararme encima de uno de los leones de la plaza para verlo, pero no me perdí una palabra. Cuando regresé a casa reuní a mis hermanos en las oficinas de Vernet Construction. 'El presidente le ha ofrecido a Puerto Rico una oportunidad extraordinaria', les dije. Y les conté sobre los proyectos que Roosevelt había descrito. 'El año que viene habrá una demanda para el cemento tres veces más grande de la que hay ahora. ¿Por qué no construimos una planta con los fondos que el gobierno federal está dispuesto a prestarle a la isla? Con Vernet Construction de colateral, levantaríamos parte del capital nosotros mismos. Estoy seguro de que Ulises y yo podremos recaudar lo que falte con una visita a Washington D.C.'" A Chaguito le gustó el plan. Vernet Construction ya no dependería de los hacendados que lo habían dejado colgado tantas veces, y se negaban a pagar las maquinarias que habían encargado antes de que se pasara la ley Costigan-Jones. Los equipos habían sido instalados por sus hijos, y ahora esos canallas se negaban a pagar por ellas, de manera que era un milagro que Vernet Construction no se hubiese ido a la quiebra.

"Pero a Ulises aquello no le pareció buena idea, porque lo de la planta de cemento no se le había ocurrido a él. 'El azúcar será siempre la espina dorsal de nuestra economía', insistió. 'Esto no es más que una crisis temporal; pronto saldremos de ella y las centrales nos pagarán lo que nos deben. Pero si nos metemos a construir el equipo para la planta de cemento en la fundición y dejamos a los azucareros varados, se irán a otra parte a poner las órdenes para sus maquinarias y nos cancelarán los contratos. Y si la planta de cemento es un fracaso, Vernet Construction no se recuperará del golpe. Creo que debemos construir una fábrica de abonos químicos'.

"Casi me caigo de la silla. '¿Abono?' le contesté riendo. 'Tú estás loco, Ulises. La agricultura de Puerto Rico está difunta. El cemento es el futuro, el azúcar el pasado'."

Pero a abuelo Chaguito le dio miedo endeudar a Vernet Construction todavía más en aquel momento. La planta de cemento costaría alrededor de dos millones de dólares, y sospechaba que el gobierno federal no le prestaría tan fácilmente una cantidad como aquella a una empresa puertorriqueña. "Mejor esperamos un poco, y nos aprovechamos de la racha de construcciones nuevas que la PRERA ya ha contratado", le dijo sabiamente a sus hijos. "Las tuberías del acueducto y del sistema de alcantarillado, los puentes, todo eso podemos hacerlo nosotros en la fundición. Así economizaremos dinero, y cuando llegue el momento en que de veras se necesite la planta de cemento, tendremos un capital más sólido para invertir en ella".

Resultó que abuelo Chaguito tenía razón. En el 1935 la PRERA anunció en Washington D.C. que le estaba prestando al gobernador Blanton Winship medio millón de dólares para construir una pequeña planta de cemento en San Juan, y que la firma de M. A. Long, de Baltimore, construiría la maquinaria de la misma. Más tarde la PRERA le prestó al gobernador Winship otro medio millón, y la planta de cemento del gobierno empezó a operar tres años más tarde. Pero los planes de reconstrucción del Nuevo Trato eran tan amplios que la planta pronto se quedó corta, y no daba abasto para suplir todo el cemento que se necesitaba en la isla.

Durante cinco años Vernet Construction construyó para el gobierno miles de pies de tuberías para el nuevo alcantarillado y el sistema pluvial de la ciudad, y los hermanos ayudaron a instalarlos. También construyó parte del acueducto de La Concordia, que aportaba el agua de las montañas. Se pavimentaron treinta y cinco kilómetros de calles y avenidas, se fraguaron y montaron docenas de puentes de hierro sobre los ríos de la isla, y todo aquello lo pagó la PRERA de contado. Para el 1940 ya abuelo Chaguito y sus cuatro hijos habían economizado lo suficiente para embarcarse en la aventura más grande de su vida: la construcción de Cementos Estrella.

Chaguito estaba feliz. Le dio la vuelta a la sala varias veces bailando y cantando La Marsellesa, con Siegfried y Gudrun saltando y ladrando a sus espaldas. Abuelo siempre fue bombero de corazón, y por eso le parecía que el cemento era tan importante. Históricamente, había sido la materia prima por excelencia de los masones, y ahora se produciría en La Concordia, la ciudad más bella de la isla y orgullo del mundo francmasón. Manufacturado con cal y arena puertorriqueñas, el Cemento Estrella se emplearía para construir todos los edificios de la ciudad, y ésta se volvería indestructible. Bijas, su amigo arquitecto, se hubiese sentido orgulloso de él. Abuelo compuso él mismo el primer *jingle* de la campaña de publicidad, una cancioncita que decía: "Construya con Cementos Estrella, que ni se agrieta, ni se quema, ni se lo come la polilla". La pasaron durante años por las estaciones de radio de La Concordia.

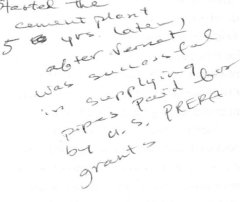

35

La estrella de los Vernet empieza a despuntar

TÍO ROQUE Y TÍO DAMIÁN se graduaron de universidad en el 1938 y en el 1929 respectivamente. Su contribución al proyecto de la planta de cemento fue tan importante como la de sus hermanos mayores, pero la gente nunca se acuerda de ellos. Los dos eran tímidos, y no les gustaba sacar el fotuto y empezar a alabarse a sí mismos a la menor oportunidad, como hacían Ulises y Aurelio. La competencia entre los hermanos mayores continuaba igual de intensa. Aurelio tenía que probar constantemente que merecía la confianza que Adela había depositado en él, y Ulises estaba tan envuelto en los negocios que ni se daba cuenta de que su hermano venía chascándole los talones.

Tío Roque era el más feo de los Vernet. Era bajito y narigudo, con unas orejas largas que le daban un aire de perro sabueso. Nunca sacó buenas notas como sus hermanos, salvo el año en que descubrió la arqueología. Estaba en el primer semestre de su tercer año de universidad y fue amor a primera vista. Se había matriculado en una clase, *Arqueología en las tierras bajas de América Latina y el Caribe,* para distraerse un poco de los aburridos cursos de ingeniería civil, y fue como si descubriera un paraíso perdido. Se dio de baja de todos los cursos de construcción —el de análisis estructural, el de comportamiento de estructuras en concreto reforzado, el de carreteras y puentes— en los que siempre pasaba raspando, y se apuntó en el programa de estudios arqueológicos de la Región Amazónica.

Roque sentía una admiración enorme por los taínos, los indígenas que poblaban a Puerto Rico cuando Colón descubrió la isla. Los taínos vivían en armonía con la naturaleza, integrando el ritmo del sol, la luna y las mareas a la vida diaria. Se bañaban dos y tres veces al día en los ríos cristalinos, fumaban hojas de tabaco, de cohoba y de campana para purificarse antes de comunicarse con los dioses; y hacían el amor a menudo en hamacas de maguey teñidas de colores vivos y decoradas con plumas de colibrí. A tío Roque le sentaba muy bien la forma de vida de los taínos.

Cuando empezó a descubrir las maravillas de la cultura indígena, Roque decidió que no quería regresar a la isla a trabajar en la planta de cemento que su padre y sus hermanos estaban planeando. Quería irse a vivir a Venezuela, a excavar los yacimientos de los igneri —antepasados de los taínos— en la desembocadura del Río Amazonas. Cuando Aurelio se enteró de los planes de Roque se puso tan caliente que echaba chispas. Sólo de pensar en los sacrificios que Chaguito y Adela habían hecho para mandar a Roque a estudiar a Northeastern hacía que le saliera humo por las orejas. Se embarcó en el primer vapor para Nueva York, abordó el Yankee Clipper y llegó a Boston unas semanas después.

Aurelio sabía que a los Vernet se les haría imposible echar a caminar la nueva planta de cemento sin la ayuda de Roque. Como ingeniero civil, los conocimientos de Roque serían fundamentales a la hora de ensamblar las estructuras de acero donde reposarían el horno y el enorme molino. Pero Aurelio no lo regañó ni le dijo que estaba siendo un egoísta al cambiar de planes al último momento y dejar a todo el mundo plantado, sino que le habló como si allí no sucediera nada.

"¿Sabías que en la cantera de piedra caliza donde constuiremos la planta se ha descubierto un yacimiento taíno de hace más de dos mil años? En el tope del monte hay un conchero lleno de retacería de cerámica y hasta se han descubierto varias hachas petaloides. Salió publicado un artículo sobre el asunto en *El Diario la Prensa*. El Smithsonian Institution acaba de informarnos que está interesando en financiar una excavación, porque sospecha que hay muchas más reliquias de valor arqueológico. Si decides venir a trabajar con nosotros, podrías hacerte cargo de los trabajos y vigilar que no se roben nada". Era sólo una corazonada, Aurelio se acababa de inventar el cuento; pero no era del todo improbable. Hacía sólo unos días acababan de encontrar el rastro de varios peces fosilizados entre los pedruscos arrancados a la montaña por las mandíbulas de la grúa, y pensaba mostrárselos a un arqueólogo. Entre los amigos que Ulises y él tenían en Washington D.C. seguramente aparecería alguno que pudiera interesarse en echarles un vistazo.

Tío Roque se quedó mirando a Papá. "¿De veras?", le preguntó con ojos brillantes. "Eso me encantaría. Estaría dispuesto a ayudarlos a construir la planta si prometen que me dejarán supervisar la excavación del yacimiento taíno".

Roque se puso a estudiar como loco y logró graduarse de ingeniero un año más tarde. Regresó a la isla y ayudó a sus hermanos a construir las vigas de hierro y los pedestales de hormigón armado sobre los que descansaría La Teclapepa, el primer horno de la planta. Cuando todo estuvo listo la excavadora empezó a mordisquear la cantera de piedra caliza que quedaba detrás de la planta. La piedra molida se mezclaba con arena y La Teclapepa la convertía en *clinker* —el cascajo negro que, pulverizado en el molino y mezclado con agua, formaba una pasta blanca de la cual se sacaba el cemento.

El primer día de producción, lo primero que hizo tío Roque cuando tuvo unos minutos libres fue trepar a zancadas hasta la cima de la cantera. Comprobó que lo que Aurelio había dicho era cierto. La montaña de piedra caliza contenía varios enterramientos. Se descubrió una fosa cuadrada, donde aparentemente estaba enterrado un cacique taíno. Un dujo, o silla baja de piedra con cara de lagarto, se encontró dentro de la fosa, así como también una macana. Tío Roque estaba encantado. Acabó de desenterrar las piezas con infinito cuidado y dio órdenes de que, en cuanto se descubriera otra tumba, paralizaran la excavadora, la oruga y las aplanadoras, y le comunicaran la noticia. Sucedió tal como él lo había previsto y pronto se encontró una segunda tumba. Roque corrió a la cantera y se metió dentro de la fosa, encontró varias vasijas igneri y se puso a gritar de alegría. Pasó varias horas de rodillas bajo un sol encandilado, hurgando en la tierra con una escobilla y una espátula a ver si descubría algo más.

Había definitivamente una relación entre la velocidad con que la excavadora roía "el queso" de la cantera y la rapidez con que se pagaban los sueldos de la planta. Por eso, cuando los operadores de la excavadora, de la oruga y de la aplanadora se dieron cuenta de lo que sucedía, le cogieron miedo a tío Roque. Albergaba buenas intenciones y era una buena persona, pero no tenía la menor idea de lo que era ganarse la vida picando piedras. De ahí en adelante, cada vez que avistaban un yacimiento taíno aceleraban el trabajo lo más que podían hasta que la montaña se derrumbaba por ese lado. Después de un par de descubrimientos arqueológicos extraordinarios, tío Roque nunca volvió a descubrir más reliquias taínas en la cantera de los Cementos Estrella. Tuvo que dedicarse a desenterrar huesos indígenas en otros yacimientos de la isla.

Tío Damián, el menor de los hermanos, era el favorito de Papá. Compartían el gusto por el arte y la música clásica, y Aurelio fue siempre su protector. Damián tenía el pelo y los ojos claros como tía Celia, y era delicado de constitución y de carácter. Como tenía la tez muy blanca, de niño Celia y Adela le decían el "jazmincito blanco", pero Amparo y Roque lo llamaban "el ratón blanco". Quería ser tan bueno que cuando se confesaba y no tenía nada que decir, le aseguraba al cura que se había portado mal porque Ulises le había dado un sopapo, Amparo un pellizco y Roque le había arrancado un mechón de pelo.

Cuando Damián empezó a estudiar en Boston, Aurelio lo ayudó en todo. Lo llevó a matricularse y lo orientó respecto a los profesores, le sugirió los cursos que debería coger, lo instaló en su dormitorio y le regaló la mitad de sus suéteres y calcetines, porque temía que Damián cogiera una pulmonía que lo fletara al otro mundo. Pero lo que de veras salvó a tío Damián de perecer en los inviernos crudos de Boston fue el abrigo de piel que Aurelio le consiguió en el Ejército de Salvación. Papá usaba un sobretodo de borrego comprado en un remate, que rellenaba con hojas de periódico cada vez que cruzaba a pie el Río Charles. Así que visitó las oficinas del Ejército de Salvación en Commonwealth Avenue y preguntó si alguien había donado algún abrigo de piel recientemente. Le dijeron que sí, pero que a su dueño lo ultimaron de un pistoletazo en una bronca de borrachos y el abrigo podía traer mala suerte. Como tío Damián no bebía, Aurelio compró el abrigo por un dólar y se lo regaló a su hermano. Cuando Damián se lo puso le rozaba los talones y parecía una marmota. "¡Ahora ya nadie te dirá ratón blanco!" afirmó Aurelio riendo.

Lo que más le gustaba a tío Damián era tocar el violín —parecía un enano, con el violín encajado debajo de la mandíbula y el arco vertiginoso en la mano. De niño Aurelio lo acompañaba al piano, pero Papá siempre lo opacaba. Aurelio tocaba con tanto entusiasmo que era como si un huracán aporreara el pentagrama, y las notas del violín de tío Damián, finas y delicadas como hilos de gasa, se las llevaba el viento.

Aurelio vivía para la política y la estadidad, Ulises para hacer dinero y conquistar mujeres, y Roque para desenterrar el rastro de los taínos. Tío Damián existía para la belleza. Un poema, una sonata o una escultura si eran buenas, tenían que ser bellas; si eran feas inevitablemente también eran malas. Y lo mismo sucedía con las personas. El mundo estaba dividido entre los que podían experimentar la belleza y los que no podían —entre los seres sensibles y los indiferentes, los generosos y los egoístas.

Cuando Damián llegó a Northeastern guardó el violín en su estuche y se zambulló en los estudios. Salió cuatro años después con el diploma de ingeniero bajo el brazo, pero sin haber tocado una sola nota de música. Sólo podía hacer una cosa bien a la vez; no era como Aurelio, que podía repicar las campanas y marchar en la procesión. Aurelio nunca entendió por qué Damián, con quien él congeniaba tanto, no pudo graduarse de ingeniero y de violinista al mismo tiempo. Cuando Damián regresó por fin a la Calle Esperanza, Aurelio lo regañó severamente por haberse dado de baja del Conservatorio mientras hacía la carrera de ingeniero en Northeastern.

Damián se fue a su cuarto, se encerró con llave y se colocó el violín sobre el hombro. Al poco rato una melodía triste como un suspiro de remordimiento empezó a colarse por debajo de la puerta.

36

La Teclapepa

Money for the cement plant

ENTRE EL SUEÑO DE LA PLANTA de cemento y la realidad todavía mediaba un gran trecho. Lo primero que hicieron los hermanos fue juntar capital. La familia había ahorrado medio millón de dólares; hipotecaron a Vernet Construction por medio millón más; tío Arnaldo Rosales puso doscientos mil dólares; y Papá invirtió los doscientos mil de Clarissa, que era dinero del azúcar y venía originalmente de los "colmillús" que tanto habían hecho sufrir a abuelo Chaguito, pero como La

Fango

Plata se había ido a la quiebra no sintió remordimiento al utilizarlo. Faltaban todavía doscientos mil dólares, y los hermanos sabían que tendrían que ir a la PRERA a conseguirlos. Cada vez que Chaguito pensaba en eso, se descorazonaba.

Al comenzar la Segunda Guerra Mundial el ejército y la Marina de los Estados Unidos necesitaban desesperadamente que se produjera cemento en Puerto Rico. Los ataques masivos de la Luftwaffe sobre Londres se intensificaron, y los ingleses se pusieron en contacto con Washington D.C. Necesitaban una bahía lo suficientemente grande para alojar un destacamento de la Marina Real en el Caribe, en caso de que los alemanes invadieran a Inglaterra. Se inició la búsqueda y se escogió la bahía de Ensenada, en el este de Puerto Rico, como un lugar idóneo. El dique de Carenas sería uno de los diques más grandes del mundo. Miles de toneladas de cemento se necesitaban para construirlo, y la Marina lo necesitaba lo antes posible.

El primer préstamo del gobierno federal para la planta de los Vernet —$5,000,000— se consiguió tres meses después, con el apoyo tanto de la Marina como del ejército norteamericanos. Aurelio y tío Ulises viajaron a Pennsylvania y compraron un horno viejo, un molino para moler el *clinker* y un generador eléctrico. Pero los submarinos alemanes que patrullaban el Caribe hundieron el barco que traía el equipo antes de llegar a la isla. La operación se repitió tres veces, y tres veces el horno y el molino terminaron en el fondo del Atlántico por culpa de los torpedos alemanes. La cuarta vez los hermanos tuvieron éxito. El horno y el molino llegaron sanos y salvos, pero el generador eléctrico y el equipo de engranaje del molino, que venían en otro barco, fueron a dar al fondo del océano.

Los hermanos estaban a punto de darse por vencidos, pero Chaguito no cejaba. "¡No hay nada imposible!" decía. "Construiremos la maquinaria que nos falta nosotros mismos".

En la fundición nunca se había construido nada tan grande

como el equipo de engranaje de la cementera. Tendría cuatro pies de diámetro y un pie de espesor, y pesaría varias toneladas. El horno de Vernet Construction, donde se fundían las masas de las centrales azucareras, no era lo suficientemente grande y no aguantaría aquel peso. Pero la capacidad de improvisación de Chaguito era inagotable. Le ordenó a sus hijos que fundieran seis planchas de hierro de dos pulgadas de espesor hasta formar con ellas un cilindro de cuatro pies de diámetro, y luego cortaron uno a uno los dientes del piñón. Cuando el equipo de engranaje estuvo terminado, era una joya.

Aurelio estaría a cargo del funcionamiento eléctrico de la planta, Damián del mecánico y Roque del químico. Ulises exploraría el territorio de los bancos, en busca del segundo préstamo que necesitaban para empezar la producción. Muy pronto, gracias a las habilidades comerciales que había heredado de Adela, el Federal Financial Reconstruction Office le prestó a Ulises un millón de dólares a un interés muy bajo, tomando la planta misma como colateral. Desde entonces en La Concordia le pusieron el apodo de "El mago de las finanzas".

La familia compró una finca de caña a las afueras del pueblo. La caña se eliminó y el primer horno de la planta —el que escapó a los torpedos alemanes— se colocó en su sitio. Era un horno pequeño, sólo tenía 189 pies de largo y 10 pies de diámetro, y llegó en dos segmentos que los hermanos remacharon con sopletes en la fundición. También compraron un molino de segunda mano en Pennsylvania, que originalmente había servido para moler harina. Era mucho más grande de lo que necesitaban pero lo vendían barato porque el negocio de harina en Pennsylvania se había ido a justas a causa de la sequía, y los hermanos decidieron comprarlo.

El motor del molino era un Allis Charmer de mil caballos de fuerza. Funcionaba gracias a un curioso sistema de teclas que a Aurelio le pareció fascinante. Lo que lo hacía comenzar a girar era el *stator* —la parte estacionaria del motor— en lugar del *rotor.* Aurelio se enamoró de él cuando lo vio. Era como un juguete, y lo bautizó La Teclapepa. Cuando yo era niña Papá a menudo me llevaba a ver a La Pepa. Subíamos los cuatro escalones de cemento con barandilla de acero que conducían hasta ella, me colocaba una máscara con cristales redondos de color violeta frente a los ojos, abría una puertecita de hierro que parecía la visera de un capacete, y me levantaba en brazos para que me asomara por el hueco y viera lo que estaba adentro: un lago de fuego que estallaba en olas anaranjadas y giraba sin cesar.

Aquello me recordó el Infierno con que las monjas y los curas de la escuela nos amenazaban para que nos portáramos bien. Si el demonio existía, me dije, La Teclapepa era su tripa. Se tragaba las almas que morían en pecado mortal, y éstas caían dentro del horno y se quedaban allí atrapadas eternamente.

Cada vez que Mamá se enfurecía conmigo, me aseguraba que un día yo iría a parar a La Teclapepa. Al principio me aterraba, pero cuando vi los cuidos amorosos que Papá le proporcionaba —cada vez que el horno se descomponía, aunque fuera a las tres de la mañana, corría a la planta a arreglarlo él mismo porque nadie lo entendía cómo él, y unas cuantas horas de paro significaban miles de dólares que se iban por el tubo— se me quitó el miedo. En lugar de asociar a La Teclapepa con el pecado la relacioné con el bienestar de la familia porque cagaba oro.

Cuando por fin se inauguró la planta, La Teclapepa producía cuatro mil sacos de cemento diario. Para el 1944 se habían instalado tres molinos más y la planta producía 1,626,059 sacos de cemento Portland al mes, la mayoría destinados a las bases de la Marina y del ejército norteamericano en la isla. Para el 1945, cuando yo tenía siete años, los hermanos Vernet ya eran millonarios.

Ni mi padre, ni ninguno de mis tíos tuvo que servir en el ejército durante la Segunda Guerra Mundial porque el funcionamiento de la planta se decretó imprescindible para la defensa nacional. El ejército, las Fuerzas Aéreas y la Marina norteamericanas establecieron bases por toda la isla, y se construyeron con Cementos Estrella. Miles de soldados puertorriqueños salieron de ellas para combatir en Europa.

Los Vernet dormían tranquilos porque pensaban que habían hecho su fortuna limpiamente, sin tener que quitársela a nadie. Su situación era muy distinta a la que había tenido que enfrentarse abuelo Álvaro, por ejemplo, que había luchado con uñas y dientes para que los centralistas americanos no le arrebataran sus tierras.

Una vez se terminaron de construir las bases del ejército y de la Marina, surgió un segundo proyecto que ayudó a los Vernet a consolidar su capital. El Federal Home Administration anunció que le haría accesible al pueblo préstamos a treinta años, pero que las casas tendrían que construirse de cemento. Sólo así podrían servir de colateral para los préstamos. Las viviendas de concreto empezaron a multiplicarse por toda la isla. En los suburbios de la capital se construyeron dos avenidas paralelas importantes, ambas rodeadas por caseríos de clase media: una era amplia y estaba sembrada de palmas reales, la Avenida Franklin Delano Roosevelt. La segunda era una calle estrecha más que una avenida, pero la gente se empeñó en llamarla Avenida Eleanor Roosevelt. Y al final de ambas uno podía imaginarse fácilmente a los hermanos Vernet parados en la acera, sonriendo de oreja a oreja mientras le vendían sacos de cemento a los transeúntes.

Aurelio nunca olvidó la promesa que le hizo a Adela cuando estaba moribunda. En cuanto la planta de cemento empezó a operar, implementó en ella los mismos principios masónicos de Vernet Construction: se estableció un plan de salud para los trescientos empleados y un plan de retiro para los envejecientes, e insisitió en que se le pagara a los obreros el salario mínimo federal —un dólar la hora para aquella época.

37 through 40,
hasta p.
308

Estadidad, santidad

Clarissa speaks

"MI LUCHA CONTRA LAS presiones de estar casada con Aurelio comenzó en el 1944, cuando el éxito de Cementos Estrella le hizo posible a mi marido tirarse por primer vez al ruedo político. Ese año se presentó para alcalde de La Concordia como candidato independiente. Lo derrotaron rotundamente, pero él estaba dispuesto a hacer cualquier maroma para lograr su cometido, aunque tuviera que esperar años.

"El amor por la naturaleza, la fe en la necesidad de fundirse con las fuerzas positivas del universo —creencias que me inculcaron de niña— no son tan importantes para los políticos. Siempre temí que el progreso económico —el fin que persiguen tanto los estado-libristas como los estadistas— significaría aún más comercios, más carreteras, más urbanizaciones por toda la isla, que acabarían por ahogarnos en una selva de cemento —y no me equivoqué. Hoy los desarrolladores no le tienen ningún respeto a la tierra, a las cosas vivas —los embalses de agua están llenos de sedimento, y la falta de agua provoca unas sequías terribles; nuestros montes están cada vez más calvos, y han destruido los bosques. La energía positiva del universo se difunde por todas partes y todo está conectado entre sí. Si destruimos nuestro ambiente, la isla desaparecerá. Pero los políticos no quieren reconocerlo.

"La política siempre me ha parecido una actividad sórdida, yo no creo en ella. Me he burlado de los hombres que se hacen edificar estatuas en su honor en las plazas, y que acaban con las cabezas cagadas por las palomas. Cuando yo era joven estaba convencida de que la acción política podía cambiar el mundo y me uní a la Liga de la Mujer Socialista y a la Liga de la Mujer del Siglo XX. Me sentí feliz cuando ganamos el derecho al voto. Pero después de tanta lucha me di cuenta de que casi todas votábamos como nuestros maridos, para disque "no cancelarles el voto". Después de la Primera Guerra Mundial muchas mujeres en la isla se hicieron profesionales y lucharon por vivir independientemente —yo fui una de ellas. Pero el espíritu rebelde que heredé de mi bisabuelo, Bartolomeo Boffil, no me sirvió de nada cuando tuve que enfrentarme a mi hermano Alejandro. 'Que te parta un rayo y que te pise un tren', me susurraba en voz baja cada vez que me veía. Cuando llegó el momento, me botó de la Plata y me dejó sin dinero con el consentimiento de mi madre.

"Entonces conocí a Aurelio y nos enamoramos. Mi esposo es

un hombre generoso. La estadidad es para él la manera más eficaz de cumplir con la promesa que le hizo a Adela en su lecho de muerte de ayudar a eliminar la pobreza y el hambre. La estadidad es el paraíso terrenal para Aurelio. Yo no estoy de acuerdo con él, me siento más puertorriqueña que norteamericana, pero prefiero no llevarle la contraria. Por eso, cuando llegan las elecciones, dejo un espacio en blanco donde debería hacer una cruz. Pero no le digo nada a Aurelio. Yo sé lo importante que es la estadidad para él.

"La política es tan acaparadora como una mujer hermosa, y yo vivo aterrada de que me quite a mi marido. Papá vivió únicamente para su familia: Valeria era su reina, sus hijas eramos sus princesas y Emajaguas su reino. Nunca se hubiera prestado para los bochinches de la política. Mi padre llevó una vida privada y productiva; crió a su familia en paz, lo más lejos posible de la algarabía de las turbas.

"Yo sé que Aurelio tuvo las mejores intenciones al involucrarse con la política y que su vocación es servirle al pueblo, pero últimamente le he cogido resentimiento. Me sacrifiqué por él. Mis estudios de agronomía e historia al fin y al cabo se esfumaron, tal y como me anticipó Valeria. Yo ya no soy Clarissa Rivas de Santillana, la que por un corto tiempo supervisó la siembra de los terrenos de la Plata y estuvo a la cabeza del negocio de su familia. Me convertí en el apoyo de Aurelio, en su bálsamo, su refugio. Vivo como la luna, del reflejo de los éxitos de mi marido. Ha sido duro para mí.

"Después de morir Papá, Aurelio se convirtió en el centro de mi vida. Me quería mucho, pero también tenía a la política. Yo sólo lo tengo a él".

38

El bigote
de Fernando Martín

AURELIO SE POSTULÓ PARA alcalde en el 1944. Ese año Mamá y yo asistimos a nuestro primer mitin a escondidas de Papá. Las mujeres casi nunca iban a mítines entonces. A menudo se celebraban en barrios peligrosos, donde los hombres terminaban borrachos y blandían sus machetes en cuanto empezaba una discusión. Aurelio le había dado a Clarissa órdenes terminantes de no asistir a ningún mitin por su cuenta.

Pero una noche, cuando Papá se encontraba de campaña por

un pueblo lejano, nos escabullimos de la casa para asistir a una actividad del Partido Democrático Institucional en el Barrio San Martín de Porres, uno de los arrabales de La Concordia. Queríamos saber lo que los enemigos decían de Papá. Mamá se puso un traje viejo, se cubrió la cabeza con una pañoleta, y me hizo ponerme unos overoles desvencijados y unos tenis mugrosos.

El mitin se celebró en las márgenes del Río Flechas, que siempre estaba seco en esa época del año. Nos metimos a empujones por entre la muchedumbre que voceaba y nos acercamos al templete. Como no podíamos ver nada a causa del gentío, Mamá me tomó en brazos y me alzó para que me enterara de lo que sucedía. "Cuéntame lo que hacen", me gritó. Pero no pude obedecer. Lo que vi me heló el corazón: sobre la plataforma los demócratas habían montado un cadalso bajo el cual estaba sentado un muñeco relleno de paja y vestido con una guayabera vieja. Llevaba una bandera americana amarrada al cuello como un babero. Cada vez que alguien jalaba una cuerda, el muñeco se levantaba, la bandera se apretaba alrededor de su cuello y bailaba en el aire como un ahorcado. En una de esas dio la vuelta y se quedó mirando del lado de nosotros: reconocí en seguida el bigotito fino, la nariz recta y los ojos marrones de Papá. Empecé a llorar y le di a Mamá una patada en el estómago para que me soltara. Entonces corrimos juntas de regreso a casa, tapándonos la cara con las manos. Ahora entendía por qué Mamá se ponía tan nerviosa cada vez que Papá salía para un mitin político.

Ese año Aurelio perdió las elecciones y no lo eligieron alcalde. Se quedó en casa durante los próximos años, lo cual nos hizo felices a Clarissa y a mí. Entonces un día tío Venancio se le acercó. Era ya un político curtido; había sido presidente del Partido Republicano Incondicional por veinte años y había luchado por la estadidad durante todo ese tiempo. Le sugirió que por qué no se hacía miembro de su partido y se postulaba para un puesto electivo. Venancio se presentaría para gobernador y

Papá para comisionado residente en una misma papeleta. Aurelio aceptó la oferta.

Los anuncios de la doble candidatura aparecieron en las avenidas principales de La Concordia. Los afiches eran enormes. En ellos tío Venancio aparecía muy serio y mirando hacia abajo, observando los autos ataponados en la vía pública y con una diminuta herradura de brillantes prendida a su corbata. Papá vestía una guayabera blanca y miraba sonriendo hacia el cielo, con cara de Cordero Pascual. La estrategia era que Venancio arrastrara los votos de la clase acomodada y de la clase media alta, mientras que Aurelio atraería el voto del "pueblo".

Las comparsas de los barrios empezaron a llegar a nuestra casa en Las Buganvillas cargados de gallinas, cabros, gallos de cola rizada, canastas desbordantes de naranjas nebo, plátanos verdes, yautías, ñames; o con neveras portátiles llenas de chillos, meros, colirrubias e innumerables obsequios más. Cuando Clarissa los vio entrar por el portón les sonrió diplomáticamente, ocultando sus verdaderos sentimientos. Aquellos abrazos y apretones de manos significaban sólo una cosa: si el Partido Republicano Incondicional ganaba las elecciones, Aurelio se convertiría en una figura pública, y ella tendría que compartirlo con toda aquella gente.

Y lo que era peor, ella ya no se pertenecería a sí misma. Perdería su anonimato y tendría que aguantar el metimiento de la gente en su vida privada. Su espíritu se quedaría atrapado dentro de la urna de votos (Clarissa aparecía retratada a menudo junto a Aurelio en los afiches de propaganda del Partido Republicano Incondicional), y se le haría imposible fundirse a las corrientes positivas del universo. A pesar de sentirse así, Clarissa siempre le dio a Aurelio su apoyo absoluto.

Fernando Martín tenía un aspecto muy latino. Tenía el pelo negro como el carbón y un bigotito cuadrado y muy bien cuidado que parecía una brocha de pintar. Era alto y corpulento, y daba una impresión de solidez que era algo nuevo en la imagen del político latinoamericano que tenían los Congresistas. Era hijo de un hombre brillante, el comisionado residente en Washington, don Luis Muñoz Martín. Se había criado en Greenwich Village y había trabajado varios años como reportero en los Estados Unidos, de manera que hablaba inglés sin sombra de acento.

Martín era un político sabio. Se dio cuenta de que era importante conversar con la gente y escuchar sus problemas, que la época de pronunciar discursos desde el otro lado del foso del castillo familiar —como hacían antes los hacendados— había pasado a la historia. Martín se subió a una mula y empezó a recorrer los barrios y las jaldas de la montaña. La semejanza con los evangelios era evidente: Jesús llegó a Jerusalén montado en un pollino, Martín conquistó la isla montado en una mula. Se sentaba con los jíbaros frente a sus bohíos y compartía con ellos su café puya, sin gota de azúcar. Dormía en sus hamacas y bebía con ellos su pitorro clandestino. El Partido Democrático Institucional era el partido de los trabajadores y debían "prestarle" su voto, les dijo. "El voto es como el machete; es para defender la hombría. Ningún par de zapatos, ninguna botella de ron puede comprarlo. El que vende su voto vende su alma". Ningún líder, en toda la historia política de la isla, se había preocupado por los pobres, ni les había hablado así. Y en el 1946 el bigote de Fernando Martín barrió la isla. Ganó las elecciones por una avalancha.

Aurelio admiraba secretamente a Fernando Martín porque había defendido el voto de los campesinos. Sabía que, cuando llegaba el momento de las elecciones, muchos peones vendían su voto. Martín tenía razón en criticar los manejos corruptos de los Incondicionales —el día de las elecciones encerraban a los campesinos en los corrales de ganado y les regalaban botellas de ron. Cuando estaban completamente borrachos los hacían desfilar por el callejón por el que salían las reses a pastar al campo. Tenían que hacer una X debajo de la insignia a plena vista del capataz.

Aurelio se sintió destruido, pero Venancio le dijo: "No te desanimes. Ganaremos la próxima. Tenemos que seguir luchando por salvar la industria de la caña; ahora mismo es lo único que tenemos. Si somos pobres, los Estados Unidos no nos admitirá como estado. Si logramos que las haciendas azucareras prosperen, la isla entera se beneficiará".

Aurelio había seguido de cerca la campaña humanizante de Fernando Martín; leía El Bohío, la publicación del Partido Institucional, donde Martín publicaba sus discursos, y hasta fue de incógnito a varios de sus mítines. Casi se alegró cuando Martín ganó las elecciones del '46. "El desarrollo económico de la isla no es lo principal", le reprochó a Venancio en aquella ocasión. "La gente importa mucho más. Y si la gente tiene hambre y está enferma, tenemos que ayudarlos a ellos primero". Pero a Venancio le entraba una ira apocalíptica cada vez que escuchaba las diatribas de Fernando Martín contra la industria de la caña.

Venancio y Aurelio a menudo se encontraban en las reuniones familiares de Emajaguas, y permanecieron aliados desde el 1946 al 1966. Siglinda y Clarissa seguían muy unidas, y eso ayudaba a cimentar la relación entre los concuños. Venancio era una persona agradable, le encantaba recitar poemas y se las pasaba embromando y haciendo reír a la gente. Aurelio lo apreciaba mucho, pero no estaba de acuerdo con sus amapuches políticos.

Venancio mantenía la maquinaria del Partido Incondicional en condiciones óptimas, y se pasaba apretándole las tuercas y aceitándole las bisagras. "Lo más importante de una carrera política es saber cómo ganarse la lealtad de los seguidores", le aconsejaba a Aurelio. En eso Venancio era sin duda un experto, pues controlaba el presupuesto del Partido con puño de hierro. El gobierno le asignaba a cada uno de los tres partidos inscritos una cantidad de dinero específica cada cuatro años para que hiciera su campaña, y Venancio repartía cada centavo personalmente entre sus seguidores.

A los admiradores de tío Venancio les encantaba escuchar sus discursos. Venancio se subía a la tarima, abría de par en par los brazos con el garbanzo de tres kilates destellándole en el meñique, y empezaba a hablar. "Amigos y compatriotas", decía, "hay que saber sacrificarse por la causa". Al instante todo el mundo se callaba; podía oírse caer al suelo un alfiler. Pero tío Venancio nunca explicaba lo que quería decir "la causa". No era como Aurelio, que se había leído a Thomas Jefferson y se sabía de memoria todos los discursos de Abraham Lincoln. De hecho, Venancio casi no hablaba inglés. Eso era lo más curioso de todo. Había invitado a Aurelio a unirse al partido porque su cuñado dominaba "el difícil". Aurelio podría viajar a Washington D.C. y hablaría con los senadores y los representantes sobre los problemas de Puerto Rico como hacía Fernando Martín: sobre la hambruna de los campesinos durante el tiempo muerto, sobre el analfabetismo, el desempleo, la tuberculosis y otros temas engorrosos como aquéllos. Tío Venancio se quedaría en Guayamés cuidando de tía Siglinda, y velando por el bienestar del Partido Republicano Incondicional.

39

El piano de bodas

PREFIERO ADMITIRLO DE UNA VEZ: siempre estuve enamorada de Papá. Cuando me sacaron de la sala de maternidad y me colocaron en sus brazos, seguramente lo miré con ojos enamorados porque dicen que exclamó: "¡Parece una virgencita! ¡Qué suerte que ahora siempre tendré quien me quiera!" Y desde aquel momento me convertí en la rival de Mamá.

Siempre fui hija de mi padre. Siempre quise ser como él. Cuando estaba de vacaciones en el verano lo acompañaba a las oficinas de Vernet Construction, me sentaba en la silla giratoria de su escritorio, y me ponía a lamer los sellos y a pegarlos a las cartas, le servía agua fría del filtro, le ordenaba los sujetapapeles y las gomitas elásticas. No me importaba lo que hiciera. Prefería mil veces estar cerca de él a quedarme en casa con Mamá, o a jugar con las niñas de mi edad.

A muy temprana edad Clarissa me hizo saber que yo había nacido exclusivamente gracias a un capricho de Papá. Después que nació mi hermano, Aurelio tuvo que rogarle para que tuvieran más hijos. Clarissa estaba muy contenta con un solo niño; no quería sufrir otro embarazo. Tenía una constitución delicada y estar encinta de Álvaro había sido una tortura. "¡Un globo con piernas! ¿A quién le gusta verse así?", se quejaba. "Una mujer encinta no puede caminar ni dormir. Sólo puede rodar". Por fin dio su brazo a torcer, quizá porque abuela Adela acababa de morir y le cogió pena a Aurelio. Unos años después de nacer Álvaro, yo llegué al mundo.

A Mamá le gustaba señalarle a los extraños lo mucho que yo me parecía a los Vernet. Había heredado su manera desgarbada de caminar; derribaba los vasos de leche en la mesa, me manchaba el traje de salsa, tropezaba con el reborde de la acera al cruzar la calle y aterrizaba de bruces en el suelo. Y cada vez que me ocurría uno de estos percances, Mamá sacudía tristemente la cabeza y decía: "¡Eres la viva copia de tu padre!" Álvaro, sin embargo, no tenía defectos. Se parecía mucho a Clarissa: tenía su misma nariz perfecta, como esculpida en mármol, las mejillas tersas y la frente alta. Por eso cuando yo saqué la nariz de bulbo, la frente de hongo y la tez pecosa de abuelo Chaguito, mi suerte estaba echada. No podía negar de cual lado venía.

Papá me veía como una prolongación de sí mismo. Yo era el camino no transitado, el destino no asumido. Gracias a mí, él podía abarcar más de la vida, vivir vicariamente aspectos que le eran inaccesibles.

Papá amaba su Bechstein y lo tocaba durante horas, sobre todo en las noches. Escuchándolo me di cuenta de que la música era un lenguaje de seducción poderoso para él. Me enamoró tocándolo, de la misma manera que enamoró a Mamá. Muchas veces, mientras él tocaba yo me quedaba de pie a su lado, y veía sus manos, grandes y huesudas como águilas, volar por encima de las teclas. En ese preciso instante un hilo de amor invisible se desprendió de aquellas notas y se ovilló en torno a mi corazón.

En las teclas negras de los bemoles se empozaba toda la tristeza del mundo. Eran altas y estrechas como ataúdes delicados, y al escucharlas sentía que me balanceaba al borde de un abismo. Las teclas blancas, por el contrario, eran chatas y soleadas, como lajas en el sendero que volaba bajo mis pies cuando escuchaba el portón y adivinaba que Papá había llegado.

El Bechstein había viajado a Nueva York desde Alemania en un zapelín —el *Hindenburg*— que explotó algunos años después, a comienzos de la Segunda Guerra Mundial. El que nuestro piano hubiera atravesado toda esa distancia en globo aereostático, y que luego viajara en barco hasta la isla, me parecía extraordinario. Me imaginaba acurrucada en su vientre mientras flotábamos por encima del Atlántico, y quizá por eso cuando Papá tocaba el piano, me encantaba esconderme debajo de la cola y dormirme arrullada por su música.

Papá estudió piano para complacer a abuela Adela. Lo tocó cada día de su vida, aunque Adela estuviera muerta y ya no pudiera oírlo. Era su manera secreta de mantener viva la ilusión —una llamita siempre a punto de extinguirse— de que un día llegaría a ser un pianista profesional como ella quería. Para Abuela la música era como la religión. "Escuchar música clásica", le decía a Aurelio, "es dejar caer una plomada en el pozo del alma. Es la única manera de ponernos en contacto con Dios". Su sueño de salvación comenzaba a un nivel muy pedestre: obligando a su hijo a practicar las escalas en el piano Cornish vertical de la Calle Esperanza todos los días.

Cuando mis padres se casaron había muy pocos fonógrafos en La Concordia y todos eran de manigueta —una música lejana y llena de rayaduras salía por la boca de un fotuto cuando la aguja rascaba el disco de baquelita. Quizá por eso, a la gente de La Concordia le gustaba tanto tocar algún tipo de instrumento musical. En nuestra casa todos tocábamos el piano: Papá, Mamá, Álvaro y yo. Mamá tocaba por placer; nunca tuvo ambiciones de llegar a ser pianista profesional. Álvaro y yo lo estudiábamos porque era una manera de disciplinarnos. Papá tocaba porque, aunque sabía que nunca llegaría a ser lo que Adela soñaba que fuera, no podía reconocerlo.

Una vez, cuando yo tenía seis años, Papá abrió la tapa de la cola del piano, la apoyó sobre una pértiga que terminaba en una contera de bronce y me izó suavemente, sosteniéndome por debajo de los brazos para que me asomara a sus adentros. Dentro de la caja había un harpa horizontal, con docenas de cuerdas de bronce que terminaban en unos martillitos cubiertos de fieltro verde que parecían pájaros carpinteros. Cada pájaro estaba conectado a una nota musical. Uno apretaba la tecla del do, el pájaro daba un picotazo y el do sonaba durante mucho tiempo.

Yo estudié piano durante ocho años, pero aunque me gustaba mucho, nunca llegué a tocarlo bien. Clarissa se sentaba a mi lado en la banqueta todos los días, para asegurarse de que me aprendiera los arpegios del Czerny. Pero como tenía poca paciencia, cada vez que cometía un error me metía un pellizco en el brazo o me daba un jalón de pelo, de manera que para cuando terminaba la lección, mis brazos estaban llenos de verdugones y tenía las trenzas deshechas.

Fosforito Vernet

CUANDO ABUELO CHAGUITO se mudó a Las Buganvillas, vivía en una casa muy bonita frente a la nuestra. Por aquel entonces estaba sordo como una tapia y caminaba apoyado en su bastón; pero nunca perdió su buen humor. El anciano que conocí de niña debió de tener bastante del muchacho de diecisiete años que llegó de Cuba en el 1896.

Cuarenta años después todavía se le notaba el acento y decía palabras que no se usaban en Puerto Rico: "congrí" en vez de arroz con habichuelas, "fruta bomba" en vez de lechosa. Siempre me decía con un guiño que no dijera nunca "¡Qué vaina!", porque en Cuba era algo muy chocante, sobre todo si lo decía una mujer. El significado de la palabra según el diccionario era "envoltorio tierno de las leguminosas", y no fue hasta muchos años después que me enteré de su otra acepción: la vulva femenina.

A Chaguito le encantaban los animales. Cuando viajaba a América del Sur a montar las masas de los molinos de las refinerías que se fundían en Vernet Construction, traía monos, perezosos y una vez hasta un jaguar pequeño. Criaba ovejas en la colina de la cantera, y cuando cumplí los ocho años le pedí que me regalara una. Inmediatamente hizo que capturaran la más pequeña, la mandó a bañar, peinar y perfumar; le amarró al cuello una cinta roja, y llegó con ella debajo del brazo a mi fiesta de cumpleaños. Cuando Serafina creció y se hizo carnero, le dio con mochar a todo el que se le paraba delante, y Mamá decidió guisarla para la cena. Abuelo se enteró y corrió a nuestra casa. "No hay que comerse a los amigos", me dijo. "Serafina te hizo feliz, tienes que perdonarle la vida". La montó en su coche y se la llevó de vuelta a la planta.

Siegfried y Gudrun, los pastores alemanes de Chaguito, dormían debajo de su cama. Se desayunaba con ellos en la mañana, y cuando los perros saltaban para agarrar en el aire los trozos de pan empapados de café con leche que él les tiraba, salpicaban a todo el mundo en la mesa. Las garrapatas a veces se le pegaban a los pantalones, pero a él no le importaba. Chaguito era muy distinto de abuelo Álvaro, que andaba siempre impecable por Emajaguas —muy planchado y almidonado.

Yo era la nieta más joven de Chaguito, y pasamos bastante tiempo juntos. Cuando mis primos y mi hermano se fueron a estudiar a los Estados Unidos, Chaguito le pidió a mis padres que no me mandaran. Me enseñó a jugar dominó; me llevaba a pasar el día en su casa de campo donde había una huerta de fresas y nos sentábamos en el piso a comerlas. Llevaba una pequeña foto mía en su billetera, y le decía a todo el mundo que yo era su novia. Una vez me contó que cuando yo nací fue él quien insistió que me llamaran Elvira, en recuerdo de su madre, a la que nunca volvió a ver. Pero todos estos pormenores de nuestro romance se los llevó el viento, porque cuando llegué a la adolescencia y empecé a salir con amigos de mi edad, dejé de visitar a Abuelo. La baraúnda de fiestas, pasadías y jaranas se celebraba por toda la isla, y nunca tenía tiempo de ir a visitarlo. Debió dolerle mucho, pero nunca se quejó. Chaguito fue el primer novio que dejé plantado. *Stand someone up*

Mi vida social demasiado activa preocupó a mis padres, y decidieron enviarme a estudiar a los Estados Unidos. Cuando surgió el asunto de a qué tipo de escuela debería asistir, abuelo Chaguito los aconsejó que me enviaran a una escuela protestante. Cuando repetí en el colegio el comentario, las monjas, horrorizadas, dijeron que aquello era poner en peligro mi fe. Pero Chaguito me aseguró que no había una religión sino muchas, y que darse cuenta de eso era un aspecto fundamental de ser un Vernet.

Me enviaron a estudiar a Danbury Hall, en Newton, Massachusetts. Me encantó Danbury. No tenía que ir a confesarme los sábados y me arrepentía de los pecados en silencio en lugar de acusarme frente al cura. Ya no tenía que levantarme temprano los domingos para ir a Misa. Asistía a Vespers los viernes por la noche, donde se cantaban himnos y no había que arrodillarse. Cuando los protestantes rezaban el Padre Nuestro, le añadían un rabito al final de la oración: *"for thine is the kingdom, the power and the glory, for ever and ever Amen",* que los católicos nunca decían. Pero yo no me sentí en lo absoluto culpable cuando lo rezaba así. Me había convertido en una Vernet.

QUINTA PARTE

La Cuadriga de los Vernet

Nos remontamos al pasado ancestral;
todos regresamos al comienzo;
en nuestra sangre y huesos y cerebro
llevamos los recuerdos de miles de seres.

— V. S. NAIPAUL, *A Way in the World*

41 4 42

La casa de Clarissa

PARA EL 1948 LOS HERMANOS Vernet habían hecho tanto dinero que Aurelio, Ulises, Roque y Damián todos se mudaron a
vivir a Las Buganvillas, el barrio más elegante de la ciudad. Las
casas estaban hechas de cemento en lo que entonces se llamaba
"estilo Hollywood": techos inclinados de tejas; paredes estuca-
das de blanco; patios interiores con fuentes y galerías de arcos
que mitigaban el calor; jardines de grama con orquídeas, frangipani, ylang-ylang y otras flores y árboles exóticos. Las casas

estaban construidas en los terrenos de un antiguo cañaveral que los desarrolladores habían aplanado y luego segregado en solares, y estaban alineadas sobre una misma acera de la Avenida Cañafístula como cuatro carruajes elegantes que competían en opulencia y lujo.

Papá fue el primero de los hermanos en construir su casa, Cañafístula #1, y lo hizo con los primeros sacos de cemento que se produjeron en la planta. Todavía vivíamos en la Calle Virtud, y Papá me llevaba con él al terreno de Cañafístula temprano en la mañana, antes de que me dejara en la escuela. Los obreros ya estaban esperándonos. En cuanto nos bajábamos del auto empezaban a hacer una zanja circular con el cemento. Entonces añadían tres partes de arena y una parte de cascajo, y llenaban de agua el pequeño volcán gris. Con una pala iban tirando el cemento de los bordes hacia adentro, y lo mezclaban todo como si se tratara de la masa de un bizcocho. Entonces los hombres se ponían en fila y se pasaban uno a otro los baldes de cemento, que luego derramaban dentro de unas formaletas de madera erizadas de varetas de hierro. Una semana después las formaletas se quitaban y un cuarto nuevo —un dormitorio, la sala, la cocina— aparecía como por arte de magia.

La casa tenía dos alas perpendiculares una a la otra: la sala y el comedor estaban de un lado, y los dormitorios del otro. Una galería con arcos al borde de cada ala daba al jardín. El techo inclinado de la galería tenía por lo menos veinte pies de alto, y estaba pintado de un turquesa profundo, como si Aurelio hubiese querido traer el cielo sin nubes de La Concordia dentro de la casa. Era un color optimista, la expresión de la fe inamovible de Papá en el *"American way of life"*.

La casa estaba rodeada por dos acres de grama que había que regar constantemente, porque en La Concordia casi nunca llovía. En el jardín había palmas reales, caobas y robles, así como arbustos de mirto, frangipani y dama de noche, que dejaban una estela de perfume alrededor de los árboles cuando se

levantaba la brisa. El jardín era el *hobby* de Clarissa, y la ventana de su dormitorio abría a él directamente. En cuanto se levantaba por la mañana se asomaba por ella en camisón y
dirigía a Confesor, el jardinero que había trabajado con nosotros por más de veinte años, a que podara los mirtos por allí o el
frangipani por allá. Era el momento más feliz del día para ella,
cuando trataba de reproducir en nuestra casa el jardín de Emajaguas.

En Cañafístula #1 a menudo se daban conciertos de múscia
clásica los sábados en la noche, y los amigos que tocaban el violín, la viola y la flauta venían a acompañar a Papá y a Mamá en
el piano. Durante esos conciertos uno debía quedarse quieto
como en la Iglesia, sin levantarse y sin interrumpir bajo ninguna circunstancia. La música clásica era como Dios. Su belleza
era absoluta, despiadada, perfecta. No había manera de esta-
blecer un diálogo con ella; lo dejaba a uno completamente
mudo. Y para colmo, había sido toda compuesta por hombres:
Beethoven, Brahms, Schubert.

A mis padres no les gustaba para nada la música popular, y
se molestaban cuando yo la tocaba en la vitrola: los boleros de
Rafael Muñoz cantados por Bobby Capó, las guarachas y
mambos de Mingo y sus Whoopee Kids, el Trío Vegabajeño y
La Sonora Matancera, los conjuntos musicales de entonces.
Mamá practicaba el piano en las mañanas y Papá en las tardes.
Ella prefería piezas melancólicas, que me hacían sentir débil y
a punto de desmayarme, mientras que la música de Papá era
siempre vigorizante, como el concierto *Emperador* de Beethoven, el Soneto #123 de Liszt, el Concierto #2 de Chopin, que
hacían que el sol brillara en el cielo y los pájaros cantaran a
todo pulmón. Mamá tocaba los preludios de Chopin, sobre
todo los que compuso en Valdemosa, donde pasó una temporada con George Sand cuando estaba tuberculoso. En cuanto
Clarissa se ponía a tocarlos me sentía mareada, las manos y los
pies se me ponían helados y empezaba a toser como si estuviera

a punto de escupir sangre. Entonces corría a mi cuarto, agarraba un volumen de *Tarzán,* de Edgar Rice Burroughs, y empezaba a leer. Sólo así me sentía mejor.

La música era la vía de escape de Mamá y de Papá, y la mía era la lectura. Desde niña me encantaba leer, y pronto descubrí la biblioteca de mis padres, que quedaba en el segundo piso, encima de mi dormitorio. Entraba en puntas de pie, agarraba una novela, y me deslizaba dentro del balcón del cuarto de huéspedes, que era muy estrecho y sobresalía por encima del jardín. Nadie subía allá arriba. Las puertas estaban siempre cerradas para que no entrara el polvo, y el cuarto se mantenía oscuro para que la colcha y las cortinas no se marearan. El balcón tenía un balaustre de hierro colado a través del cual se podía ver el jardín, que se desplegaba a mis pies como una laguna de grama caliente y verde, que respiraba vapor. Una enorme enredadera de buganvilla púrpura subía por un lado del alero de tejas y lo cubría por completo, de manera que me protegía de la lluvia.

Tenía que escurrir el cuerpo contra el balaustre y aguantar la respiración para lograr cerrar las puertas del balcón a mis espaldas. Una vez adentro, me sentaba en el piso, abría un libro y me ponía a leer. Oculta dentro de mi nido espinoso, conocí a Emma Bovary, a Eugènie Grandet, a Cathy Heathcliff, a Jane Eyre, a Milady, a Becky Sharp, a Tom Sawyer, a Cyrano de Bergèrac y muchos otros héroes y heroinas que me han acompañado a través de la vida. Veinte pies más abajo escuchaba a Clarissa y a las sirvientas llamándome a gritos, porque tenía que hacer las asignaciones, tocar el piano o bañarme. Pero nunca me encontraron. Cuando me cansaba de leer me ponía de pie, me estiraba y respiraba hondo, y miraba hacia La Concordia. Me preguntaba entonces qué estaría sucediendo bajo los techos de aquellas casas, y cuántas novelas se estarían viviendo en ellas.

Algunas de mis lecturas no eran del todo propias para mi edad. Una vez cayó en mis manos una copia inexpurgada de

Las mil y una noches, y leí un pasaje que decía: "Cuando Yaz-
mín, la hija del sultán, se comprometió con Aladino, las mujeres del harén la llevaron a los baños y le afeitaron el pubis hasta
que se lo dejaron rosado y suave como la palma de la mano".
Me devané los sesos pensando por qué harían eso, y como no lo
entendí, bajé de mi escondite y me tropecé con abuela Valeria,
que se estaba pasando unos días con nosotros. Le leí el pasaje, y
Abuela se escandalizó. Me arrebató el libro de las manos y se lo
dio a Aurelio para que lo guardara bajo llave.

Fortunata y Jacinta, de don Benito Pérez Galdós, era una de
mis novelas preferidas, y la leí de un tirón dentro de mi escondite secreto. Era la historia de dos muchachas madrileñas: Fortunata, la pollera rebelde que desafiaba las convenciones de la
sociedad porque le daba a comer huevos crudos a su amante —
un señoritingo de sociedad— mientras jugueteaban sobre un
montón de heno; y Jacinta, la señorita bien educada, que acep-
taba mansamente el rol de la mujer casada en el mundo, nunca
se quejaba, y moría joven pero en paz consigo misma. Al punto
me identifiqué con Fortunata. Ese verano, cuando Mamá me
preguntó que de qué me gustaría ir disfrazada al baile de Carnaval del Casino, le enseñé la novela que me estaba leyendo y le
dije que de Fortunata, la pollera de Galdós, que le daba a
comer a su amante huevos crudos en el pajar. Mamá me dio
una cachetada y me arrancó la novela de las manos, y ese año
no fui al Carnaval del Casino. Después de esas dos experiencias, no le volví a decir a nadie los libros que leía.

Una vez estaba hojeando unos libros viejos y me encontré
con el álbum de la primera infancia de mi hermano. Era precioso: tapizado en seda azul, con un bebé que llevaba una coro-
nita dorada en la cabeza adornando la portada. En él Mamá
había apuntado día por día todos los detalles de los primeros
meses de Álvaro: cómo había sido su lactancia, su dentición,
cuándo se había sentado en la cuna por primera vez, cuándo
había dado los primeros pasos, pronunciado las primeras síla-

bas. Junto al álbum, en una cajita primorosa, encontré un rizo de Álvaro atado con una cinta azul, y sus primeros zapatos, sumergidos en bronce para que se conservaran; sus certificados de nacimiento y de bautismo; sus primeros informes de notas; las cintas de los premios que se había ganado en Los Paules en la graduación de primer grado; y hasta su primer libro —hecho de tela— en el cual Clarissa le había enseñado a leer. Yo no había visto nunca un libro igual. Al pasar, las páginas no hacían ruido, y si se ensuciaban se podían lavar con jabón y quedaban como nuevas. Era blando y suave como una almohadita, y uno se lo podía llevar a la cama y ponerlo bajo la cabeza. En seguida me enamoré de él. Pero cuando le pregunté a Mamá si me lo prestaba, me lo quitó suavemente de las manos y lo devolvió a su caja. "No, querida. Ése fue el primer libro de Álvaro. Tú tienes los tuyos".

Mi propio álbum estaba tapizado en seda rosa, con una cigüeña pintada a mano sobre la tapa. El corazón me tembló de anticipación al abrirlo. Pero después de tres o cuatro apuntes —el hospital donde había nacido, el día y la hora—, el resto del libro estaba en blanco. No había nada escrito; hasta olía a nuevo. Me sentí como si me hubiera caído del pico de la cigüeña y me precipitara al vacío.

Inmediatamente me propuse llenar aquellas páginas. Durante las próximas dos o tres semanas traje loca a Mamá con preguntas como: "¿Cuándo aprendí a caminar?", "¿Cuál fue la primera palabra que dije?", "¿Cuándo aprendí a leer?". Me recorté un mechón de pelo, lo até con una cinta y lo pegué al álbum con cinta adhesiva. Encontré un viejo par de botines —no podía estar segura de si eran los primeros que había usado, pero tendrían que servir— y le pedí a Clarissa que los sumergiera en bronce, como había hecho con los de mi hermano. Clarissa se los dio al secretario de Papá en mi presencia, y le indicó que los enviara al Departamento de Bebés de Macy's, en Nueva York, "para que los embadurnaran de algo que los conservara bonitos". Me daba cuenta de que me estaba complaciendo para que no me enchismara, pero me daba igual. Seguí buscando afanosamente lo que faltaba: le pedí a tía Celia que buscara la copia de mi certificado de nacimiento en la parroquia; pedí el récord de mis reportes de notas en la escuela; revisé de arriba abajo los closets buscando fotografías viejas que Papá me hubiera tomado de bebé y las pegué al álbum. Cuando terminé estaba tan completo como el de Álvaro. Fue la primera vez que me di a luz a mí misma.

Mamá era muy linda. Me acuerdo lo mucho que yo quería parecerme a ella aunque era el vivo retrato de Papá, según ella siempre me decía. Los cuentos de lo inteligente que era Mamá en la escuela eran famosos en la familia —había recibido el primer medallón de su clase en el Sagrado Corazón de Guayamés, y luego había ganado el Valedictory en la Universidad de Puerto Rico. Álvaro había salido a ella, nunca sacaba menos de A y estaba a la cabeza de su clase. Yo, por el contrario, tenía A's, B's y C's; algunas veces estaba a la cabeza y otras en la cola. Lloré de frustración más de una vez, pero aquello no tenía remedio. Nunca tendría la nariz perfilada de los Rivas de Santillana, ni la mente privilegiada de Clarissa.

Por aquel tiempo me daba miedo perder a Mamá. Cada vez que viajábamos a Emajaguas me daba terror que se quedara en casa de mis abuelos y que Cristóbal y yo tuviéramos que regresar solos a La Concordia, y explicarle a Aurelio por qué Clarissa no estaba con nosotros. Otras veces me daba pánico pensar que mis padres pudieran olividarse de mí y dejarme por detrás. Esto me sucedió más a menudo después de mi experiencia en Palisades Park.

La primera vez que mis padres me llevaron a Nueva York yo tenía siete años. Fue en el verano del 1945 y la Segunda Guerra Mundial acababa de terminar. Reinaba un espíritu de optimismo en la metrópolis de hierro. Nos quedamos en el Essex House, en un cuarto precioso con vista a Central Park. A la vuelta de la esquina del hotel estaba el Automat, una cafetería que nos encantaba. En lugar de mozos o estantes con taburetes niquelados, las paredes tenían buzones de bronce como en el correo. Uno metía diez centavos, la puertecita se abría, y uno podía sacar un pastel de limón, un sandwich de jamón y queso o una manzana tan roja que parecía que un hortelano la había enviado Air Mail desde la huerta.

Visitamos el Metropolitan Opera House, Carnegie Hall, la Estatua de la Libertad y el Empire State Building, que se mecía imperceptiblemente bajo nuestros pies mientras nos asomábamos por las ventanillas, y que Papá me explicó había sido construido como un atracadero para los zepelines. Pero lo que más me gustó de Nueva York fue Coney Island, el parque de diversiones. Papá me llevó a visitarlo dos veces. La primera vez viajamos allá en subway y fue un día maravilloso. La segunda fue una pesadilla.

Ese primer sábado Mamá se quedó en la ciudad con tía Siglinda porque quería ir de tiendas a Saks Fifth Avenue. Tío Venancio llevó a Álvaro y a sus dos hijas al zoológico del Bronx. A Papá le encantaba "El Ciclón", la montaña rusa de Coney Island. Era una de las más altas del mundo y tenía planeado que nos montáramos varias veces, cosa que no podía hacer cuando Mamá lo acompañaba. Clarissa le tenía pavor a todo lo que fuera elevado, y cuando Aurelio la dejaba sola en tierra, en seguida empezaba a quejarse y a protestar.

Durante nuestra primera visita Papá y yo nos subimos a un vagón rojo, y el operario nos colocó al frente la barra de hierro que nos mantendría seguros. A los dos segundos partimos, y no regresamos a la Tierra por una hora. Cada vez que el tren se detenía en la plataforma de salida, Papá le compraba al empleado otros dos boletos y volvíamos a subir lentamente la enorme cuesta en forma de S. Esperábamos en el tope unos momentos, suspendidos en el borde mientras contemplábamos a distancia el hermoso panorama de Palisades Park, y de pronto nos íbamos de boca hacia el abismo, gritando y abrazándonos contra el rugido del viento. El vértigo se nos iba a la cabeza y nos emborrachaba de placer.

El sábado siguiente le pedí a Papá que me volviera a llevar a Coney Island, pero esta vez Mamá dijo que ella también quería ir. Dejamos a Álvaro con mis primas y tomamos el subway en la ciudad. Yo estaba de mal humor porque sabía que Mamá no nos dejaría subir a la montaña rusa más de una vez; ella siempre prefería el carrusel. Justo antes de llegar a la estación que venía antes de la de Coney Island, me solté de la mano de Papá y me fui a parar sola junto a la puerta. Mis padres, conversando animadamente, no se dieron cuenta de que me había separado de ellos y de que la muchedumbre del sábado había empezado a invadir el tren. Cuando el vagón se detuvo se abrieron las puertas y hubo una estampida; la muchedumbre me empujó fuera. Se me hizo imposible volver a entrar porque la gente estaba apiñada como sardinas a la entrada. Las puertas se cerraron de golpe y el subway arrancó con un rugido ensordecedor. Me quedé mirando el tren horrorizada, y vi a Papá y a Mamá que se levantaban y corrían a la ventana. Comenzaron frenéticos a gritar y hacerme señas, pero como los cristales del vagón estaban subidos, no se oía lo que decían. Me senté al borde de la vía del tren y empecé a llorar.

Al poco rato me rescataron dos policías que me llevaron al Lost and Found; mis padres se habían bajado en la estación siguiente y llamaron por teléfono desesperados para que me fueran a buscar y me cuidaran en lo que ellos llegaban.

Aquel día nuestro pasadía tuvo un final feliz, pero durante mucho tiempo tuve una pesadilla recurrente en la que Papá y Mamá se alejaban a toda velocidad en el tren, sonrientes y agitando alegremente las manos en señal de despedida mientras me dejaban por detrás.

42

El rostro en el espejo

EN LA PLANTA DE CEMENTO hay que regular constantemente el producto: treinta y seis horas después de fraguar, se coloca un pequeño cilindro de concreto dentro de una máquina hidráulica de hacer pruebas, y se le aplican tres mil libras de presión. Si el cilindro se desmorona, quiere decir que hay algo malo con la mezcla: puede tener demasiada cal o muy poca sílice, o quizá la temperatura del horno no estaba donde debió de estar cuando la arena, la piedra caliza y la cal se convirtieron en *clinker*

—esas piedras negras y brillantes que suenan exactamente igual que su nombre.

El mundo de Mamá había cambiado tanto desde que se fue de Emajaguas —sus padres muertos, la agricultura desaparecida, los cañaverales que rodeaban a Guayamés abandonados y cundidos de maleza— que tenía los nervios deshechos. La planta de cemento no le interesaba, y sin embargo el cemento le había dado forma a su existencia. Juré que yo no me desmoronaría por culpa de la presiones de ser una Vernet, que a mí no me pasaría lo mismo que le había pasado a ella.

Una vez le dije, muy segura de mí misma: "Cuando sea grande tendré una profesión. Seré doctora, mujer de negocios, reportera, quizá hasta agricultora. Cualquier cosa menos ama de casa, que es lo único que tú eres".

"¿No me digas? Ya veremos, señorita Independencia", me contestó Mamá, frunciéndo los labios en una sonrisa irónica.

Clarissa no volvió a trabajar después de irse de Emajaguas. Papá nunca se lo permitió. Estaba seguro de que había peligros misteriosos acechando en cada esquina: podrían secuestrarla y pedir un rescate, podrían ridiculizarla, podrían reírse de ella —y todo por ser una Vernet. "¿De veras quieres trabajar? ¿Pero, y para qué? ¿Para levantarte a las siete de la mañana todos los días y manejar hasta la escuela más cercana, a enseñarle a un grupo de adolescentes rebeldes historia o agronomía?" le decía Aurelio a Clarissa. Y si ella contestaba, "Porque quiero respetarme a mí misma, quiero sentirme orgullosa de lo que puedo hacer". Aurelio inevitablemente le contestaba: "Pero si ya eres una Vernet. ¿No te basta con eso?", como si para ella el orgullo debería centrarse en el ser y no en el hacer. Y se quedaba mirando a Mamá con ojos llenos de reproche, por querer ser más de lo que ya era.

Aurelio intentó proteger a Clarissa lo más que pudo, pero

sólo logró empeorar las cosas. La rodeó de sirvientes y si decía que quería ir al pueblo la desanimaba. Hizo que Cristóbal, que era alto y robusto, la acompañara a todas partes como si fuera su guardaespaldas. Clarissa hizo lo que Aurelio le sugirió; vivió completamente dedicada a su familia y a su jardín, y eventualmente perdió el contacto con el mundo al otro lado de la muralla.

Mamá tenía un club de costura —Las Tijerillas— que se reunía en casa una tarde por semana. Las Tijerillas eran las mejores amigas de Mamá y le daban mucho apoyo. Se intercambiaban recetas y chismes jugosos, y se reían a carcajadas de las barbaridades de los hombres. Casi ninguna de ellas había estudiado en la universidad, y no pertenecían a la aristocracia cañera. Eran amas de casa de clase media, muchas de ellas esposas de los gerentes de la planta de cemento, de los representantes de venta, ingenieros y ejecutivos jovenes, y ninguna tenía servicio doméstico. Ellas mismas hacían todo el trabajo de la casa. Mamá no soportaba a las señoras de la alta sociedad de La Concordia, que hacían sus compras en Miami y hablaban un Spanglish salpicado de *honeys* y *darlings*. Todas le caían antipáticas.

Estas "damas de postín" estaban consentidas hasta las lágrimas por sus maridos, y Papá nos consentía a nosotras de la misma manera. Cuando salía de viaje siempre llegaba con regalos espléndidos, uno para Mamá y otro para mí. Una vez viajó a México y le trajo a ella una pulsera preciosa, de plata y turquesas. A mí me trajo una igual, sólo que más pequeña. Cuando visitó la isla de Margarita, cerca de la costa de Venezuela, le trajo un hermoso crucifijo de oro y perlas de agua dulce —y a mí me trajo otro igual, pero diminuto. Yo nunca me ponía aquellas joyas, pero me gustaba tenerlas. Eran una prueba del amor de Papá.

Aquellos mimos equivalían a la muerte por asfixia, no importa cuán placentera. Y me causaban un problema serio con

Mamá, porque nos ponían a competir como iguales. Papá necesitaba la lealtad de Mamá tan desesperadamente como había necesitado la de abuela Adela cuando era joven, y Clarissa le daba su apoyo incondicional en todo.

Mamá idolatraba a Papá, pero la vida sobreprotegida que llevaba en Las Buganvillas fue poco a poco erosionando su seguridad en sí misma. Aurelio también veneraba a Clarissa, pero a veces su amor era ciego. Recuerdo que un sábado en la mañana me sucedió un percance: se me derramó un pote de tinta azul marina encima de la silla del tocador de Mamá al llenar mi estilográfica Parker. Era una silla dorada y tapizada de seda blanca. Sobre el tocador, que servía también de escritorio, había una serie de botellitas de perfume sobre una bandeja de plata, y entre ellas estaba la botella de tinta. Di un tropezón y la dejé caer torpemente sobre la silla. Traté de disolver la tinta con leche, pero fue peor. Se corrió por la seda como una nube profunda. Cuando Mamá regresó del mercado se puso histérica conmigo. Me dio una cachetada y me dijo que yo era una atolondrada, que no tenía la menor consideración para con los demás. Me ordenó que me fuera a mi cuarto y que me quedara allí el resto del día. Papá se rió y dijo que una silla no era más que una silla, y que yo sólo estaba tratando de hacer mis asignaciones —que no perdiera la paciencia por algo que no tenía importancia. Mamá se echó a llorar y se encerró con llave en su habitación. Le pedí perdón por el boquete de la cerradura, pero, en secreto, me alegraba de lo sucedido. Papá y yo nos quedamos allí parados, y mientras esperábamos a que Mamá saliera estreché la mano grande y huesuda de Papá en la mía. Como Clarissa no salió, Aurelio me guiñó un ojo, me dio un beso en la mejilla y me encerró con llave en mi cuarto. Me sentí traicionada.

Otro día Papá, Mamá y yo estábamos de visita en Emajaguas y nos quedamos a pasar la noche. Álvaro tenía una competencia de tenis en La Concordia y no vino con nosotros. Cuando me desperté por la mañana descubrí que tenía la regla. Odiaba tenerla; no podía nadar, jugar pelota, trepar árboles ni comportarme como los chicos, lo que hacía generalmente. Me encerré en el baño y lavé el pantalón de la pijama; lo tendí a secar sobre el tubo de la cortina de baño. Quería hacerme la que no había sucedido nada; me llené los pantis de papel sanitario en lugar de pedirle a Mamá un Kotex, y salí a saltar la cuica al patio.

Después del almuerzo subimos al auto para emprender el viaje de regreso a casa. Papá estaba manejando. Llevábamos como hora y media en la carretera y ya estábamos a mitad de camino cuando Clarissa me preguntó si había empacado mi pijama nuevo en la maleta. "¡Lo dejé olvidado en Emajaguas!" dije aterrada. "Anoche me vino la regla y tuve que lavarlo". "Habrá que ir por él, no hay más remedio", dijo Mamá, lívida de ira. "Aurelio, por favor, dale la vuelta al auto. Hay que regresar".

Papá trató de calmarla. "Podemos recoger el pijama la próxima vez visitemos a tu Mamá, querida. No hay que ir a buscarlo ahora mismo". Pero Clarissa empezó a regañarme. "¿Por qué eres siempre tan descuidada? Andas siempre con la cabeza en las nubes".

Aurelio se hizo el que no pasaba nada. Se puso a mirar por la ventana y a silbar, y en el próximo cruce de la carretera dio vuelta al auto y retomamos la dirección de Emajaguas. Yo estaba llorando como una Magdalena, no por el regaño de Mamá, sino porque estaba segura de que Papá la quería a ella más que a mí. Aquello era completamente absurdo.

43, 44, 45

Aurelio se postula
para gobernador

EN EL 1956 TÍO VENANCIO se le acercó a Papá y le dijo: "La gente está cansada de verme como candidato para gobernador. Tú eres una cara nueva, creo que el Partido Republicano Incondicional tendría más oportunidad de ganar si te postulas en las próximas elecciones. Yo seguiré siendo presidente, y me ocuparé de los quehaceres tras bambalinas, como siempre he hecho. Juntos mantendremos el Partido Incondicional a flote". Venancio quería decir que seguiría escogiendo personalmente a los que se presentarían para los puestos de la cámara y el senado, y que les dispensaría personalmente los sueldos.

Era cierto que tío Venancio estaba quemado, pero no por las razones que aducía: la gente le había perdido la confianza porque se pasaba haciendo negocios turbios con los hacendados. Aurelio estaba consciente de esto, pero el Partido Republicano Incondicional también representaba la lucha por "el ideal". La estadidad, la causa sagrada, era más importante para él que las pequeñas corrupciones de los políticos.

Papá aceptó la oferta de tío Venancio y ese año se postuló para gobernador por el Partido Republicano Incondicional. La campaña era una proeza. ¡Había que visitar tantos pueblos, hacer tantos discursos! El Partido Democrático Institucional tenía una maquinaria formidable, era sumamente difícil derrotarlo. Mamá vivía presa del pánico por los tiroteos que a menudo se desataban en las concentraciones. Cuando Papá se internaba por la isla a dar discursos, ella pasaba la noche en vela, siguiéndolo con su imaginación por las carreteras tortuosas.

Aurelio se transformó en una figura pública, y a veces también en un actor de telenovela. En cuanto empezaba a hablar por el micrófono desde el templete, se transformaba en el "padre de la patria". Durante su campaña, una de las canciones más populares del Partido Republicano Incondicional decía: "¡Vernet, Papá, queremos estadidad! ¡Vernet, Papá, queremos estadidad!" A Aurelio le encantaba, pero cada vez que yo la oía se me subía la bilirrubina. Mi padre era mi padre, y aquel sonsonete estúpido me relegaba al parentesco de una prima distante. A Papá, sin embargo, el fragor de la campaña política le encantaba. Sobaba, abrazaba y besaba a la gente con tanto entusiasmo que en más de una ocasión se le pegó la sarna, el pelo empezó a caérsele y la piel se le cubrió de ampollas, como le su-

cedía a los perros realengos que a menudo veíamos deambular
perdidos por las calles de La Concordia.

Clarissa se sentía tan celosa de las mujeres que rodeaban a Papá
durante la campaña, que se volvió medio chiflada. Estaba
siempre velándolo, porque le dio con que tenía una amante en
cada pueblo. Sospechaba de sus secretarias y lo obligó a desha-
cerse de todas y a no tener más que secretarios varones. Cuando caminaba con Papá por la calle, si una mujer les pasaba por
el lado columpiando las caderas, bamboleando las nalgas o ma-
riposeando las pestañas, porque había reconocido al candidato
a gobernador por el Partido Republicano Incondicional, Mamá
le susurraba "¡puta!" al oído y le pasaba por el lado lo más rápido posible, colgada del brazo de Papá. En un ocasión, una funcionaria del partido que era muy atractiva se acercó a hablar
con Aurelio durante la Convención Republicana en Denver.
Mamá los vio de lejos, enfiló hacia ellos como una avispa, y le
pegó a la mujer una nalgada tan fuerte que resonó como un
disparo. Entonces dio la vuelta, salió corriendo por el corredor
central de la sala de convenciones y desapareció doblando una
esquina. La funcionaria empezó a gritar a todo pulmón, acusando a Clarissa de asalto y agresión física mientras Papá le
pedía excusas y trataba de calmarla, rojo de vergüenza. Por
suerte, Papá era tan popular con las damas que episodios como
éste nunca tuvieron consecuencias serias.

Cuando Aurelio empezó a ausentarse de casa por más tiempo, las rabietas de Clarissa se hicieron cada vez más frecuentes.
Se ponía que trinaba con el jardinero, porque era un borrachín
y no regaba las plantas lo suficiente; con mi niñera, porque era
una puta que se quedaba a dormir en casa de su novio en su día
libre. Eladio, nuestro cocinero chino, una vez se molestó tanto
con ella cuando le gritó "carbonero" por dejar que el asado se
pasara de punto, que la amenazó con un cuchillo y Clarissa

tuvo que correr a encerrarse en su cuarto. Sentía celos de las sirvientas y de las cocineras que un día entraban sonriendo y otro día salían llorando de nuestra casa, como las muñecas de los relojes suizos que habíamos visto en las plazas de Lausanne y Berna.

Después de un tiempo, cada vez que Clarissa se internaba con Cristóbal por los arrabales en el Cadillac buscando a las hijas de las familias pobres pero decentes que las Siervas de María le recomendaban para trabajar de sirvientas, nunca encontraba a nadie. Las casas de los vecindarios pobres estaban construidas con pedazos de latón, tablas de cajas de refrescos y paneles de cajas cartón, y las calles eran laberínticas. El Cadillac tenía que doblar a la derecha y a la izquierda una docena de veces antes de llegar a una dirección específica, y en el trayecto la gente de vez en cuando "accidentalmente" nos tiraba basura por la ventana al pasar. Cristóbal empezaba entonces a tocar la bocina para imponer respeto, y esto le daba tiempo a las muchachas a esconderse debajo de las camas o a salir disparadas por la puerta de atrás en cuanto oían que doña Clarissa se acercaba. Y cuando Cristóbal detenía el auto e inquiría si allí vivía alguna joven que le interesara emplearse como doméstica, los padres decían que no tenían hijas.

Una vez Mamá fue a confesarse a la capilla de La Guadalupe, donde abuela Adela había hecho mucha obra de caridad. La Guadalupe estaba cerca de un arrabal donde vivían muchas de las jóvenes que se empleaban como domésticas en *Las Buganvillas,* y el párroco las conocía personalmente. Cuando Mamá se arrodilló en el confesionario y empezó a pedir perdón por su mal genio, el sacerdote sintió curiosidad y le preguntó su nombre. Clarissa se identificó y el padre dijo: "¡Conque usted es la famosa doña Clarissa! He oído hablar de usted muchas veces, y me interesa lo que tenga que decir. El mal genio es un pecado venial. Pero cuando uno le quita la dignidad a alguien, puede ser una escala de fuego que lleva al Infierno". Una oleada de sangre le subió a Mamá a la cara, y hubiese querido que el suelo se abriera a sus pies y se la tragara. Le pidió perdón al párroco y por varios meses logró controlar sus accesos de cólera y se quedó tranquila.

Clarissa me tenía a mí más celos que a nadie. Después de todo, yo también era una Rivas de Santillana, aunque fuera sólo a medias y me pareciera a los Vernet, como ella siempre me andaba diciendo. Cuando la campaña política se intensificó y a veces Clarissa se sentía demasiado cansada para asistir con Papá a los mítines, Aurelio me pedía que lo acompañara en el templete. Yo tenía dieciséis años y esto me hacía sentir sumamente importante. Papá me necesitaba y mi presencia en este mundo hacía que la de Mamá fuese un poco menos imprescindible.

Por esa época Aurelio dio un viaje a Nueva York para levantar fondos para su campaña. Tío Ulises lo acompañó y se quedaron juntos en la YMCA, donde sólo se quedaban hombres. A Clarissa, que conocía lo enamoriscado que era Ulises, le preocupó muchísimo el viaje. Papá la tranquilizó y le aseguró que necesitaba que Ulises fuera con el: sus conexiones eran muy útiles para lograr alquilar el Madison Square Garden. El Partido Republicano Incondicional quería celebrar allí una concentración enorme para recoger fondos para la estadidad.

Papá se quedó una semana en Nueva York, y cuando llegó de San Juan a La Concordia era más de media noche. Yo estaba todavía despierta, y en cuanto escuché las gomas de su auto en la gravilla de la entrada me levanté, y salí corriendo por la terraza para abrirle la puerta. Tenía puesto su traje de lana azul marina y una corbata de sedas gris, y con sus ojos color canela y su bigotito fino, me pareció el hombre más guapo del mundo. Lo abracé y lo besé en ambas mejillas.

Mamá, extrañamente, no salió a recibirlo y se quedó en su

cuarto. Papá entró a la casa llamándola y fue directamente a la habitación matrimonial, que quedaba junto a la mía. Yo lo seguí, insensible al hecho de que seguramente querrían estar solos.

Clarissa no estaba durmiendo. Se encontraba sentada en la cama, apoyada sobre las almohadas. Tenía puesto uno de sus camisones de georgette de seda. La lámpara de su mesita de noche, un pastor de porcelana de Sèvres vestido con una chaqueta azul de florecitas, arrojaba un óvalo de luz sobre el embozo bordado de la sábana.

"¿Tuviste buen viaje?" le preguntó un poco fríamente, sin levantar la vista de la novela que leía.

Papá dijo que sí. Se sentó a su lado en la cama y se inclinó hacia ella para darle un beso. "Venecia, tu cuñada llamó por teléfono esta tarde", añadió Clarissa. "Dijo que había salido un retrato tuyo y de Ulises publicado en el *Daily News*. Comentó que no estaban solos; que cada uno tenía una rubia platino colgada del brazo".

Aurelio soltó una carcajada. "¡No lo puedo creer! Llevamos casados más de veinte años y te estás comportando como una novia celosa", dijo. Y se volvió hacia mí y me guiñó un ojo. "Eran ayudantes de campaña. ¿No viste las banderolas con la insignia del partido que llevaban cruzadas sobre el pecho?"

Me reí yo también, y miré avergonzada el piso. No me atrevía a mirar a Mamá, que seguía sin decir nada. "¡Tengo la prueba aquí mismo de que estuve pensando en ti todo el tiempo!" añadió Papá, sacándose una cajita negra de terciopelo del bolsillo y poniéndosela a Clarissa en la falda. "¡Ábrela!" le dijo con una gran sonrisa. Clarissa se le quedó mirando, las cejas como dos arcos tendidos y a punto de disparar. Sacó la sortija del estuche: era un zafiro pálido, con una estrella que brillaba suavemente en el centro. Pero en lugar de ponérselo, Clarissa lo tiró furiosa al suelo y rebotó hacia un rincón del cuarto.

Me quedé helada, pero Papá no se enfadó en lo absoluto. Se levantó riendo de la cama y se puso a buscar de rodillas el anillo por debajo del ropero. Cuando lo encontró, se me acercó y me dijo: "Cógelo para ti, cariño. Tu Mamá tiene razón en no quererlo, ella se merece algo mucho mejor. Debí haberle traído un diamante".

"¡No lo aceptes, Elvirita! No es más que un soborno. ¡Tu padre se siente culpable por lo que hizo, y está tratando de congraciarse conmigo!" chilló Mamá desde la cama.

Pero yo tomé la cajita, la abrí, y me deslicé la joya en el dedo.

"¡Gracias, Papi!" le dije encantada, y le planté un beso en la mejilla.

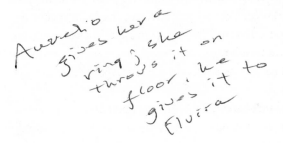

44

La reina de la música

AUNQUE EN EL PASADO La Concordia tenía mucha actividad
musical, para las décadas cuarenta y cincuenta pocas compañías de teatro, ópera y ballet venían al Teatro Atenas. Tampoco
había una biblioteca ni una universidad, lo que dejaba nuestro
panorama cultural angustiosamente yermo. Había tres cines: el
Teatro Estrella, el Broadway y el Fox, y los tres combinaron en
sus comienzos el vaudeville con las películas mudas, razón por
lo cual no era bien visto que las damas como Clarissa asistieran
solas a ellos. A pesar de que Las Tijerillas le proporcionaban a

Mamá un entretenimiento semanal, a menudo se aburría. Fue probablemente por eso que aceptó un día la invitación de Rosa Luisa Sheridan, la esposa de uno de los dueños del Ron Cofresí, para una merienda *bridge* que se celebraría en su casa, a las afueras del pueblo. No todo el mundo en La Concordia recibía invitaciones para asistir a las meriendas de Rosa Luisa, pero como Clarissa pertenecía a la aristocracia cañera de Guayamés, Rosa Luisa la consideraba uno de los suyos.

En La Concordia los barones del azúcar se las arreglaban para vivir todavía bastante bien, gracias a la producción de sus rones. Casi todas las centrales tenían su destilería. En ellas se producía el Ron Llave, Ron Bocachica, Ron Caneca, Ron Carioca, Ron Agüeybaná, Ron Palo Viejo, Rón Bocoy —"si es Bocoy no me lo doy". Pero con el derrumbe del imperio azucarero, el reinado del ron también se aproximaba a su fin. De vez en cuando los hacendados desmembraban una destilería pieza por pieza como si se tratara de un dinosaurio, la embalaban y la transportaban por barco a Santo Domingo o a Trinidad, donde la volvían a armar y en poco tiempo estaba otra vez ganando dinero, gracias a los salarios de hambre que se pagaban en esas islas.

Lo único que los barones del azúcar podían hacer era disfrutar de la vida, brindando con los últimos tragos de ron que quedaban al fondo de sus barricas. Por eso la expresión que se usaba en mi juventud para emborracharse en La Concordia era "darse el palo", literalmente golpearse la cabeza hasta perder la conciencia de la ruina.

En las casas de los barones del azúcar había siempre un bar en un lugar prominente. Por lo general estaba en la terraza, decorado con losetas de Talavera que representaban a Baco o a la Maja Desnuda; otros eran de mármol al estilo bañera romana; otros de gruesos bloques de cristal Art Deco que se encendían como los *nickelodeons*. El tope era de caoba pulida y por lo general exhibía una colección de sacacorchos tallados en forma de negritos pikaninis con penes de tirabuzón de acero, abridores de Coca-Cola que representaban vaginas, calendarios de modelos desnudas con los pechos de todos los colores y tamaños. Al pie de la barra había siempre un tubo de bronce para apoyar los zapatos, varios taburetes de níquel y cuero rojo para sentarse, y un estante atisbado de botellas de licor en la parte de atrás. En otras casas el bar estaba localizado en una habitación sin ventanas, y las penumbras les daban un ambiente de cabaret que acrecentaba la nube azul de los cigarrillos. Un tocadiscos con enormes bocinas Philco empotradas en el mueble *built in* rezumaba una música empalagosa que chorreaba por encima de las parejas el ritmo de los boleros cortavenas.

Como tío Venancio era abogado y necesitaba mantener sus reuniones sociales a un nivel respetable, en su casa el bar estaba escondido en la biblioteca. Se apretaba un botón y detrás de una hilera de cajas vacías en forma de libros, con tapas falsas y filos dorados, se escondía una hilera de rones exquisitos, los más costosos de la isla: Barrilito Tres Estrellas; Oro Viejo; Don Quijote Añejo. La exepción a la regla era nuestra casa en la Avenida Cañafístula, donde Mamá y Papá se hubieran dejado cortar la cabeza antes de tener un bar. Cuando daban fiestas se servía licor sólo hasta la medianoche —una indirecta a los invitados de que la fiesta ya había terminado y debían marcharse.

Algunos de estos bares tenían puertas que abrían a la parte de atrás de las casas, donde los caballeros y sus amigas de turno podían hacer una salida discreta sin que las esposas se enteraran. El ron y el sexo eran, en efecto, los deportes favoritos de la alta sociedad de La Concordia. Los hombres los practicaban abiertamente. Las mujeres bebían como cosacos, pero tenían que ser cuidadosas en cuanto al sexo. La infidelidad matrimonial estaba terminantemente prohibida —en más de una ocasión el marido agarró a la esposa in fraganti, le pegó un tiro y la corte lo declaró inocente. Por ello las mujeres sólo podían reunirse socialmente unas con otras. Clarissa, aislada como vivía en Cañafístula #1, no se había enterado de esto cuando decidió asistir a la merienda *bridge* en casa de Rosa Luisa Sheridan.

Llegó tarde porque venía de una cita en la oficina del dentista, y cuando llegó encontró la puerta entornada. La empujó con la punta de la sombrilla y la puerta se abrió sola; llamó a Rosa Luisa en voz alta pero no le contestó nadie. Escuchó que estaban tocando música al fondo del pasillo y se dirigió hacia allí. En lugar de las elegantes mesitas de *bridge* con mantelitos bordados que esperaba ver, y de las señoras barajando cartas y apostando en voz baja, vio un grupo de mujeres bailando y otras recostadas en cojines de seda tirados por el piso. Se estaban besando y refregándose unas contra otras lentamente, y estaban tan borrachas que no se dieron cuenta de que alguien las estaba observando desde la puerta. Clarissa dio la vuelta y salió corriendo de la casa, con la cara en llamas.

Los carnavales de coronación eran también una avenida de escape muy popular entre la aristocracia cañera. En nuestro Country Club de Las Buganvillas, por ejemplo, se celebraban varios todos los años. El Country Club se encontraba situado en un edificio Art Deco que Bijas había diseñado a comienzos de siglo. Aunque estaba muy deteriorado, todavía se podía apreciar el elegante diseño Prairie Style de sus aleros y patios interiores, y su gran salón de baile —ahora con el piso carcomido por el comején y salpicado de huecos— había sido en su época una verdadera joya arquitectónica. Era el salón de baile más grande de todo el sur de la isla: medía ciento cincuenta pies de largo por cuarenta y cinco de ancho; el techo estaba pintado por un pintor famoso de La Concordia y era una copia de las *Ninfas de Bougerau* jugueteando semidesnudas por entre las nubes, y al final tenía un escenario enorme. Allí se celebraban carnavales de todas clases: de los piratas, de los animales, de las plantas, de los pájaros, de las muñecas. Clarissa, así como Aurelio, ambos habían participado en estas coronaciones cuando eran jóvenes: Clarissa fue Reina de las Muñecas y Aurelio Rey de los Planetas. Cuando me enteré de esto le comenté a Papá que yo también quería ser reina del Country Club. Seguramente no me hubiera permitido perder el tiempo en esas tonterías a no ser porque ese verano había empezado la campaña política.

El rito social exigía que, a las niñas de mi edad, se las "exhibiera" con sus mejores galas en los bailes para lograr atraer a jóvenes de buenas cualidades que se casaran con ellas. Mis amigas y yo estábamos a punto de iniciarnos en este elaborado proceso, que comenzaba durante el cotillón, y mis padres pensaron que el reinado del Country Club podría sustituirlo. Pero ante todo, la publicidad podría ser útil durante la campaña política que se avecinaba. Papá se ofreció, por tanto, a pagar todos los gastos del carnaval y me eligieron Reina de la Música. Yo estaba eufórica. El baile se celebraría en junio, y Mamá me encargó un traje precioso a Saks Fifth Avenue. Era la oportunidad perfecta para llevar a cabo una campaña de levantar fondos para el Partido Republicano Incondicional.

Precedida por mis pajes y damas desfilé pavoneándome por el salón de actos del Country Club, subí las gradas del escenario y me senté muy satisfecha de mí misma en el trono —una lira gigantesca, espolvoreada con escarcha nacarada— como si me mereciera todo aquello. Desde arriba podía ver a Mamá, vestida de negro y semi-oculta detrás de una columna, que torcía nerviosamente entre las manos el pañuelito de encaje con el que me había enjugado el sudor y empolvado las narices unos minutos antes. Velaba desde allí para que todo saliera a pedir de boca.

Como Reina de la Música acompañé a Papá a muchos banquetes, bailes y caravanas aquel verano, montada a su lado en un Lincoln Continental y precedida por las banderas del Partido Republicano que ondeaban alegremente sobre el bonete del auto. Mamá por lo general se quedaba en casa.

45

Venecia,
antesala del Cielo

NUESTRA CASA EN CAÑAFÍSTULA #1 colindaba con la de tío Ulises, y estaba rodeada por una muralla que tenía una puerta en arco en el mismo medio. Por esa puerta se podía pasar libremente de una casa a la otra, hasta que un día alguien la mandó clausurar. Su silueta, sin embargo, permaneció siempre allí, y de niña despertaba mi curiosidad. ¿Por qué la habrían tapiado? No logré aclarar aquel misterio hasta muchos años más tarde.

La casa de tío Ulises, Cañafístula #2, tenía una verja de hierro colado espectacular, con volutas y espirales enormes que le daban un aire festivo. La nuestra tenía una muralla blanca de siete pies cubierta de tejas estilo claustro que le daba mucha privacidad, cosa que a Clarissa le gustaba porque le recordaba a Emajaguas. Después de la casa de tío Ulises venía la de tío Roque, y después la de tío Damián —ambas tan hermosas como las de sus hermanos mayores. Al otro lado de la calle los hermanos Vernet compraron un solar amplio para abuelo Chaguito, y le sugirieron que por qué no construía allí una casa nueva y se mudaba a vivir en ella. Pero a Abuelo le daba pena mudarse de la Calle Esperanza y dejar por detrás los recuerdos de Adela.

Tío Ulises era un defensor de la doctrina del *laissez-faire* y tenía dos refranes que eran sus preferidos: "El dinero no admite ideologías; corre igual para la derecha que para la izquierda". Y también: "El que trate de controlar la energía sólo logrará destruirse a sí mismo". Estaba convencido de que nada era eterno y de que el mundo estaba en constante cambio. Por eso donaba dinero para la Iglesia Católica, la Evangélica y la Luterana indistintamente. Y en la política era igual de flexible: contribuía para la campaña política de Fernando Martín y su Partido Democrático Institucional, para la de tío Venancio y su Partido Republicano Incondicional y para la del Partido Independentista. Durante las elecciones, clavaba tres banderas del techo de su casa: la roja del Partido Democrático, la tricolor del Partido Republicano y la blanca y verde de los Independentistas. Y probablemente también votaba por los tres partidos, porque como tenía tantos amigos en La Concordia, los oficiales de votación lo dejaban entrar a los colegios mucho después de que se cerrara el sufragio.

Pero luego de la muerte de abuela Adela, tío Ulises dio un cambio radical. La bendición que Adela le había dispensado a

Aurelio en su lecho de muerte fue un golpe terrible para él. Ulises era el mayor, el que más se parecía a su madre. Había heredado la sabiduría comercial de los Pasamontes, y sin embargo Adela había elegido a Aurelio como su sucesor, saltándole a él por encima. Ulises no podía entenderlo. Aurelio era quizá más inteligente, pero él era el más valiente. Fue él quien se atrevió a irse a vivir solo a Venezuela, a montar allí varios ingenios de azúcar cuya maquinaria se fabricó en Vernet Construction. Tuvo que vivir en una choza de paja durante meses y acostumbrarse a cagar en una letrina y a sobrevivir del cambur y de las caraotas negras, pero al final de aquellas ordalías pudo regresar a la isla con un mazo de billetes en la mano que le entregó a su padre.

A pesar de ello Adela no lo había querido lo suficiente para nombrarlo cabeza de la familia, y Ulises se sintió profundamente herido. Necesitaba el amor de otras mujeres, decía, para que aquella herida se le sanara y lograr recobrar la seguridad en sí mismo. Fue entonces que empezó a serle infiel a Caroline, y a correrle detrás a cuanta mujerzuela se le cruzaba en el camino. "Ulises es tan follonudo, que si una escoba con falda le pasa por delante, tratará de montarla", decía la gente de La Concordia.

Tenía una novia en cada esquina. Al llegar a la casa luego de pasar la noche en la calle, Caroline le preguntaba furiosa dónde había estado, y él no le contestaba. Podía preguntarle todo lo que quisiera menos eso, decía, porque él vivía según los preceptos del *laissez-faire.* "La energía sexual es como el dinero", decía, "no se puede controlar. El que trate de subyugarla, se destruirá". Al poco tiempo Caroline enfermó de los nervios y un día sus padres la vinieron a buscar en el *Cormoran,* el yate de la familia, y se la llevaron de regreso a Boston. Tío Ulises y ella se divorciaron en el 1931.

Ulises permaneció soltero por varios años, y cuando la planta de cemento empezó a ganar millones de dólares se mudó a su casa nueva en Las Buganvillas. Entonces decidió viajar a Europa. Pasó tres meses de visita por las capitales del continente y cuando regresó a La Concordia, le contó a sus hermanos lo que había visto. Roma no era más que un montón de ruinas y en París sólo le gustó el Lido —donde vio mas tetas saltarinas y pubis enjoyados al aire que los que había visto en toda su vida. Pero se enamoró de la ciudad de Venecia. "Venecia es la antesala del Cielo", le dijo a sus hermanos, "allí pasé unos días maravillosos". Alquiló una lancha de motor y estuvo dos semanas acelerando para arriba y para abajo por los canales a treinta millas por hora, hundiendo las góndolas que se le cruzaban al frente mientras se preguntaba por qué los turistas las encontraban tan románticas cuando eran tan lentas y fúnebres. Se enamoró de las cúpulas doradas de la Basílica de San Marcos y del campanile. La historia de los antiguos comerciantes de la ciudad lo llenó de admiración, y sobre todo la del dux Enrico Dándolo, porque se atrevió a desafiar la bula del Papa Inocencio III, y transformó la sangrienta cruzada de Jerusalén en una empresa comercial exitosa.

Unas semanas después del regreso de Ulises a La Concordia, abuelo Santiago necesitaba cerrar un negocio en San Juan y lo envió a que se ocupara del asunto. Ulises cruzó la isla en su Morris deportivo. Decidió darle la vuelta a la isla por Maunabo, un pueblecito de la costa este, en lugar de cruzar por las montañas hasta la capital, y en el camino se topó con una joven a la orilla de la carretera que vendía mangós debajo de una palma. Ulies detuvo el auto y se bajó. Los mangós estaban maduros, y brillaban como globos perfumados al fondo de una palangana blanca, desconchada y mohosa. La muchacha era alta y delgada, y mientras esperaba allí se cimbraba al viento como las palmeras cercanas. La ropa le quedaba apretada y las esferas perfectas de sus pechos se le marcaban debajo de la blusa de algodón blanco. "¿Le han dicho alguna vez que usted parece una catedral bizantina?" le preguntó Ulises, acercándosele. "Sus pechos me hacen pensar en las cúpulas de la Basílica de San Marcos, su cuello me recuerda el campanile de Gioto y sus brazos parecen hechos del mismo bronce con que Ghiberti cinceló las puertas del Paraíso". La muchacha pensó que Ulises estaba loco y se echó a reír. "No tengo idea de quiénes son esos caballeros, pero si me compra media docena de mangós, cierro el puesto y me regreso a casa. Hace tres horas que estoy aquí parada y el dolor de pies me está matando".

Tío Ulises compró la palangana completa y la invitó a que se subiera al Morris convertible. La joven obedeció, y mientras corrían a setenta y cinco millas por hora por el túnel de árboles de la carretera, —rápido abriéndose adelante y oscuro cerrándose atrás— Ulises empezó a cantarle una canción que el Trío los Panchos solía tocar por aquellos años: "A la orilla de un palmar, estaba una joven bella, su boquita de coral, y sus ojitos de estrella; al pasar le pregunté, que quién estaba con ella, y me contestó llorando, sola vivo en el palmar". La joven volvió a reír y su pelo llameó al viento como la cola de un cometa. Al rato entraron al pueblo y Ulises le preguntó dónde vivía; ella le señaló un establecimiento dilapidado a la entrada de la plaza. "Mi padre, Francisco Martínez, es el dueño de ese colmado, La Cócora de Pepe", le dijo. "Yo vivo con mi madre y mis tres hermanitos en los cuartos de atrás". Tío Ulises le dio la vuelta a la plaza en el auto, lo estacionó, y entró al establecimiento. Preguntó quién era el dueño. "Véndame por favor una cerveza", le dijo al anciano. El padre de la joven lo miró curioso. La cara de Ulises le resultaba familiar, pero no se acordaba dónde la había visto antes. Filomena los presentó. Al escuchar el apellido Vernet, don Pepe le dijo: "Le vendo la tienda completa: el ron, las papas, el arroz, las habichuelas, los plátanos, los ñames y las yucas. Y le incluyo a mi hija con la cerveza, todo por diez mil dólares". Minutos más tarde Filomena estaba sentada otra vez en el Morris descapotable, camino a La Concordia. Ulises la llevó esa misma tarde a Cañafístula #2.

A Filomena le encantó la casa. Lo primero que hizo cuando se bajó del automóvil fue quitarse los zapatos, y entró descalza por la puerta. A tío Ulises le gustaba todo de Filomena menos su nombre. Así que al día siguiente la llevó a la catedral, la asperjó con agua bendita y la bautizó Venecia Vernet. Se casó con ella frente a un juez, le compró un baúl lleno de ropa bellísima, un collar de brillantes y un anillo con un solitario tan perfecto que le costó cien mil dólares. Viajaron a Venecia en su luna de miel, y Ulises le mostró la Basílica de San Marcos, el campanile del dux y el Gran Canal. Le compró un traje largo de canutillos color Adriático, la sentó en la terraza del Royal Danieli para que su reflejo se confundiera con el agua, y le preguntó si no se daba cuenta de lo mucho que se parecía a su tocaya. Venecia se desternilló de risa, pero como siempre había sido pobre y Ulises era un hombre bueno, no le importó que fuera tan excéntrico. Cuando hicieron el amor por primera vez y Ulises empezó a gemir y a llamar a Adela con grititos de huérfano, Venecia se compadeció de él y lo trató con mucha ternura. Poco a poco, tío Ulises se enamoró de ella.

Tía Venecia era un espíritu libre, y en ese sentido tío Ulises y ella se parecían. Se crió casi salvaje en una cabaña con techo de yaguas junto al mar. Su padre era un comerciante mallorquín que había emigrado a la isla hacía muchos años, y que se enamoró de una muchacha humilde del pueblo de Maunabo. Venecia sólo había estudiado hasta octavo grado pero tenía una inteligencia natural, y en cuanto llegó a la casa de Las Buganvillas empezó a leer todo lo que podía en la biblioteca de Ulises. Aprendió por sí sola a hablar inglés y se convirtió en una anfitriona consumada, que hechizaba a todos los banqueros y hombres de negocios de La Concordia.

Venecia era guapísima y lo sabía. Tenía un cuerpo ágil y vo-

luptuoso, y su piel dorada y su melena color amapola causaban
sensación a dondequiera que iba. Antes de conocer a tío Ulises
le encantaba bañarse desnuda en la playa de Maunabo, donde,
a causa de lo llana que es la plataforma submarina en ese litoral, las olas arrastran largas crines de espuma como corceles
desbocados. Le encantaba tender su cuerpo sobre el agua como
el arco de un violín y sentir el mar deslizarse sobre sus pechos y
entre sus piernas. Había tenido muchos amantes y le gustaba
hacer el amor en la playa, a la luz de las estrellas.

Después de un tiempo de vivir con tío Ulises, Venecia se dio
cuenta de que su marido nunca le sería completamente fiel.
Cada vez que la familia concertaba un nuevo negocio —si se
necesitaba acero para un nuevo molino de cemento, o si plane-
aban construir un nuevo horno—, Abuelo mandaba a Ulises a
que consiguiera el financiamiento, y a éste le entraba una angustia terrible. Entonces Adela volvía a habitar sus sueños, y
Ulises tenía que buscarse una prostituta. Hundía la cara en su
ingle, se zambullía debajo de su ombligo hasta que se ahogaba
en el olor acre que le exhumaba del pubis y de los sobacos, y
sólo entonces podía cerrar el negocio y olvidarse de la falta terrible que le hacía su madre. Venecia era muy comprensiva y
nunca le riñó a Ulises por sus infidelidades. Pero lo obligó a
que se contruyera un departamento de soltero en la parte de
atrás de la casa, y ella se quedó a vivir en la parte de enfrente.

Venecia no era persona de guardar resentimientos; los celos
le parecían cosa de gente cicatera y pequeña. Además, amaba
de veras a Ulises, así que decidió seguir con él a condición de
que durmiera con ella por lo menos cuatro noches en semana y
pasara las otras tres en su madriguera con quien le diera la
gana. De esa manera ella podría mantener su dignidad y salvar
su matrimonio.

Los juegos eróticos de tío Ulises eran muy imaginativos.
Construyó un pasillo secreto que conectaba ambos lados de la

casa. Le gustaba que Venecia se desnudara y corría desnudo
detrás de ella, riendo y jugando en la oscuridad. Cada vez que
se encontraban, se sentía tan feliz que estaba seguro de que
había llegado al Cielo. Y después de hacer el amor, cada uno se
regresaba a su lado de la casa como si aquel arreglo fuera lo
más natural del mundo.

La familia ignoraba por completo estos tejemanejes de Ulises, y pensaban que la oveja negra de la familia se había por fin
amansado. Pero nosotros, que vivíamos con él puerta con puerta, sabíamos que no era cierto. Una noche Clarissa vio desde
una ventana del segundo piso a una mujer que corría desnuda
por el jardín y empezó a sospechar que algo andaba mal. Desde
entonces me prohibió que fuera a visitar a mis primos, Catalina
y Rodrigo, sin que primero le pidiera permiso. Fue para esa
época que Mamá mandó tapiar la puerta de la muralla sin
darle explicaciones a nadie, y ya no pudimos transitar libremente entre ambas casas.

Al principio aquellas canas al aire de Ulises eran poco frecuentes, así que Venecia no les hizo caso y vivía contenta. Tenía un
gusto tan extravagante como el de su marido, y disfrutaban
mucho decorando la casa juntos. La adornaron con frescos espléndidos del pasado —los cañaverales durante la zafra, las
centrales de azúcar botando humo por los cachimbos de las
chimeneas, las galleras llenas de gente apostando a que el gallo
criollo le ganaba al americano. Todo en Cañafístula #2 estaba
construido a gran escala: los techos eran de treinta pies de
alto; las salas parecían salones de baile; los bargueños renacen-
tistas se alineaban contra las paredes como traganíqueles. Y
cuando mis tíos se sentaban a almorzar frente al jardín, atendi-
dos por sirvientes uniformados, tío Ulises le preguntaba a tía
Venecia riendo: "¿Qué estará haciendo ahora mismo la clase
media?"

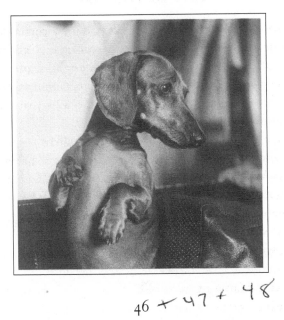

46 + 47 + 48

El entierro de Fritzy

— always singing out the favorite

MI PRIMO RODRIGO ERA el favorito de tía Venecia. Era delgado y alto, y tenía sus mismas facciones, sólo que en masculino. "Cuando seas grande podrás hacer todo lo que yo no he podido hacer", le decía Venecia muy satisfecha, "y lo harás con mi cara". La descorazonaba, *discouraged* sin embargo, que Catalina no pareciera hija suya y que fuera el vivo retrato de su padre. Tal diría que al nacer un espíritu burlón le hubiera cambiado el sexo a sus hijos.

like Elvira.

El día que Rodrigo cumplió siete años, Venecia mandó construir tres casitas en la terraza de su mansión en Las Buganvillas: una de paja, otra de cartón pintado para que pareciera de ladrillo, y la tercera de bloques de cemento, alineados cuidadosamente unos sobre otros. Mi hermano, Catalina y yo representaríamos la historia de los tres cerditos, y Rodrigo haría el papel del lobo. Venecia leería la historia en voz alta, oculta tras unos arbustos sembrados en tiestos, que representaban un bosque. Rodrigo apagó las velas del bizcocho y Álvaro, Catalina y yo nos acercamos a las casitas muertos de risa. Rodrigo dio un gran resoplido, y la casa de paja rodó por el suelo; luego se vino abajo la de cartón (gracias al empujón que le dio tío Ulises, que estaba escondido adentro). Pero cuando le tocó el turno a la casa de cemento, Rodrigo sopló y sopló, y la casa ni se movió. Todos aplaudimos y gritamos vivas.

Mi prima Catalina venía a jugar a menudo a casa, y yo iba a jugar a la suya. Éramos muy unidas, y cuando tía Venecia y tío Ulises se fueron a vivir a la Florida, la eché mucho de menos. Como todo el que rodeaba a tío Ulises, sin embargo, un buen día mi prima desapareció y nunca la volví a ver.

Catalina tenía un dashund y era loca con él. Fritzy era negro como el carbón, con las orejas largas y sedosas; parecía un torpedo en miniatura cuando se deslizaba rápidamente por el piso. Cuando Fritzy murió a Catalina le dio una pena terrible, pero como era una Vernet disimuló lo mejor que pudo sus sentimientos. Me llamó para que fuera a su casa y me dijo: "Fritzy acaba de morir y me gustaría hacer un experimento. ¿Por qué no la enterramos en el jardín y la desenterramos dentro de un mes?" Estuve de acuerdo, metimos a Fritzy en una caja de zapatos de tío Ulises, que tenía los pies grandes, y desfilamos solemnemente por las escaleras que bajaban al jardín. Hicimos un hoyo debajo de una mata de amapolas, metimos la caja en él, la cubrimos de flores y le echamos tierra. Un mes después

Catalina me recordó lo del experimento, bajamos al patio y exhumamos la caja. La abrimos y encontramos una masa de gusanos que apestaba a demontres. La dejamos caer al piso y salimos corriendo. Cuando nos detuvimos a cobrar aliento, las dos estábamos llorando. "Eso no era Fritzy", le dije a Catalina mientras intentaba consolarla. "Era una salchicha podrida que el cocinero tiró a la basura".

Catalina era bajita y rolliza, con el cuello bajo y la cabeza casi pegada al torso. Venecia había conquistado a tío Ulises gracias a su belleza física, y temía que, cuando a Catalina le llegara el momento de encontrar marido, no tuviera tanta suerte como ella y se quedara jamona. Por eso la criticaba constantemente.

Tía Venecia me caía simpática —se vestía con estampados alegres que deleitaban la vista, mientras que Mamá no se quitaba nunca la ropa negra y siempre se estaba quejando por algo. A Venecia le gustaba hacer cosas con los niños —nos llevaba de pasadía a la montaña y organizaba expediciones por el vecindario la noche de Halloween y la búsqueda de huevos el día de Pascuas. Era cariñosa e inteligente, y fue siempre muy buena conmigo. Pero no tenía compasión con su propia hija.

"No arrastres los pies al cruzar la calle, Catalina", le decía unas veces. Otras insistía: "¡No te jorobes al sentarte! Pareces un camello". Para colmo de males, tía Venecia siempre me ponía de ejemplo. "¿Por qué no caminas como Elvirita? ¡Levanta la cabeza y estira el cuello, para que la gente vea que tienes cuello!" Cada vez que yo oía esto me moría de vergüenza porque Catalina me quería mucho, y cuando su madre le hablaba así me miraba con odio.

Yo sabía lo desgraciada que Catalina se sentía cuando tía Venecia la regañaba, porque Clarissa hacía exactamente lo mismo conmigo.

"¡Vete a poner ropa limpia!" decía cuando yo venía de jugar

baloncesto. A mí me encantaban los deportes, y Clarissa no los soportaba. Eran juegos de marimacha, decía, que fomentaban una confianza indebida entre los jóvenes. Si dejaba caer el vaso de leche a la hora de la cena o tropezaba y me caía por las escaleras, me llovían encima pellizcos, coscorrones y tirones de pelo, de manera que a menudo tenía los brazos cubiertos de cardenales y la cabeza poblada de lamparones calvos.

47

El mago — Ulises
de las finanzas

AL INICIAR SU CAMPAÑA para industrializar la isla, el gobierno de Fernando Martín invirtió un capital considerable en cuatro plantas nuevas: una fábrica de botellas, una de papel y cartón, una de bloques de terracota y otra de cemento. Pero dos factores le jugaban en contra a los proyectos del gobierno: en primer lugar, los inversionistas norteamericanos a los que Martín se había aproximado en busca de fondos adicionales le tenían pavor a la imagen socialista que proyectaba el Partido Democrático Institucional —el pan, tierra y libertad que había enfurecido a tía Artemisa cuando vio las banderas del jíbaro rojo agitándose sobre las tierras de don Esteban. Se rumoraba que Fernando Martín planeaba nacionalizar todas las plantas nuevas que abrieran en la isla al cabo de algunos años, una vez los norteamericanos hubiesen invertido un capital considerable. En segundo lugar, el gobierno era un desastre como administrador. Para el 1955, tres años después de que abrieran las plantas nuevas, estaban perdiendo miles de dólares y a Fernando Martín no le quedó más remedio que ponerlas a la venta. Pero nadie salió a comprarlas.

Gracias a su amistad con el Partido Democrático Institucional Ulises se enteró de la venta y se lo contó a Aurelio. Abuelo Chaguito inmediatamente le ordenó a tío Ulises que buscara el dinero, y Ulises empezó a corretear de aquí para allá por los pasillos del gobierno, husmeando por todos lados como una comadreja. Primero fue al Banco de Fomento y le pidió al gobierno que le diera crédito por dos millones de dólares, ya que tenían tanta prisa por vender. Sacó dinero de varias cuentas hasta que los Vernet lograron reunir el dinero y compraron las plantas. Seis meses después, gracias a las destrezas administrativas de Aurelio y de sus hermanos, las cuatro plantas estaban ganando dinero.

Las fábricas le pertenecían a Vernet Construction, que se instituyó en la compañía matriz, y Aurelio fue elegido presidente. Ése había sido el deseo de Adela, y Chaguito lo respetaba. Cada hermano recibió igual número de acciones —las hermanas no contaban porque "no trabajaban". —Pero al cabo del tiempo tía Venecia empezó a decir que el éxito de la compañía se debía a los conocimientos financieros de tío Ulises, y que eso le daba derecho a tener más acciones que el resto de la familia. Se la pasaba venteando los logros de su marido a los cuatro vientos; Ulises debía ser presidente. Aurelio no era más que un vividor que se aprovechaba del éxito de su hermano.

Cuando escuché a tía Venecia hablar así de Papá, dejó de caerme simpática. Era una mujer ambiciosa, mucho más intrigante y maquinadora que tío Ulises. Tía Venecia quería tanto a su marido que era capaz de cualquier cosa —hasta darle la bola del mundo para que jugara con ella, como Charlie Chaplin en *El gran dictador*. —Para tío Ulises el dinero no tenía nada que ver con el poder; hacer dinero era un deporte como cualquier otro, y él sabía jugarlo mejor que nadie.

Ulises parecía un surtidor de ideas; Aurelio no entendía cómo se sacaba tantos proyectos nuevos de la manga. En cuanto la familia adquirió las cuatro plantas del gobierno, Ulises sugirió que compraran una fábrica de cemento en Santo Domingo, que bautizó Cementos Titán, en honor a sí mismo. Entonces compró una planta de hacer botellas en Colombia que llamó Cristales Odiseo, de nuevo en honor suyo. Pero aunque las ideas de Ulises eran excelentes, no era un buen administrador. Parecía una bala de cañón: salía disparado por encima de la cabeza de todo el mundo y ya no volvía a mirar hacia atrás.

A la hora de la cena le decía a tía Venecia: "La vida es como una gran fogata, sólo vale la pena vivirla si uno se atreve a bailar en la punta de la llama". Y otras veces añadía: "La pobreza no es más que ausencia de energía. ¿No te parece? Yo no podría soportar volver a ser pobre; preferiría morirme". Y cuando Venecia no le contestaba, sino que lo miraba con ojos enamorados, Ulises le decía: "Tú no te preocupes por nada, cielito lindo; sírveme otra copa de champán. ¿Qué estará haciendo ahora mismo la clase media?"

Aurelio trataba de administrar las plantas nuevas lo mejor que podía con la ayuda de sus hermanos y de su padre, pero era como administrar el Imperio de Alejandro Magno después de cruzarlo de extremo a extremo galopando sobre Bucéfalo: una vez Ulises desaparecía, todo el mundo se levantaba en armas y reinaba el caos. Así que Aurelio empezó a buscar una forma de controlar a Ulises, porque la familia se estaba extendiendo demasiado y Vernet Construction empezaba a deshilvanarse por las costuras.

Tanto insistió Venecia que Ulises era un genio, que mi tío empezó a creérselo. Se veía a sí mismo como Hermes, el comerciante alado por excelencia, y se compró un Cessna de dos motores para viajar por toda la isla. Lo mismo vendía cemento que cristal, papel o cartón. Lo importante era hacer correr el dinero y mover la mercancía, porque en la entropía se escondía la ruina, que era peor que la muerte.

También empezó a tener enredos de faldas con más frencuencia. Como tenía fama de espléndido, las mujeres siempre le andaban detrás tratando de echarle el guante. Revoloteaban las pestañas y tremolaban las tetas y hacían todo lo posible por arrebatárselo a tía Venecia.

Tía Venecia tenía otros problemas que la hacían desgraciada. Como tío Ulises era divorciado, a Catalina no la aceptaron en el Colegio del Sagrado Corazón, donde iban las niñas de buena familia de La Concordia. Venecia mandó buscar a una institutriz inglesa para que le diera clases en casa, pero la niña se estaba criando muy sola y se le hacía difícil tener amistades. A más de esto, Venecia no se llevaba bien con Clarissa, a pesar de que eran vecinas. Le parecía que Clarissa la ninguneaba porque ella no venía de una familia aristocrática. También resentía el hecho de que tuviese más de doscientos mil dólares invertidos en la planta de cemento, cuando Venecia no tenía invertido ni un centavo. De ella haber tenido dinero propio, decía, hubiese invertido mucho más que Clarissa en la planta. Era gracias al dinero de su mujer que Aurelio había llegado a ser presidente de Vernet Construction.

Venecia se sentía cada vez más frustrada, hasta que un día decidió irse de Puerto Rico. Empezó a presionar a Ulises para que se independizara de la familia. Se irían a vivir a la Florida, donde se podía respirar ampliamente: "Esta isla es demasiado

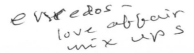

pequeña para nosotros", decía. "Piensa en los negocios que podrías concertar por allá, libre de tus hermanos. Estaríamos en las grandes ligas, codeándonos con millonarios de verdad, como los Rockefeller. Nuestra fortuna se multiplicaría por años luz". Pero tío Ulises no quería alejarse de la familia.

Ulises intensificó sus malabarismos financieros. Como era presidente de la planta de cristal en Colombia, cogió varios préstamos en el banco sin que sus hermanos se enteraran, usando la fábrica de botellas de colateral. Con ese dinero compró secretamente más acciones en Vernet Construction. Su participación incrementó en un 20 por ciento y empezó a ponerle presión a la familia para que lo eligieran a él presidente. Pero cuando se lo propuso a la junta, nadie votó por él. Aurelio lo echó todo a broma. "Tu trabajo es muy importante para nosotros, Ulises", le dijo. "Pero ya sabes que soy el líder de la manada. No le hagas caso a Venecia y acuérdate del refrán de Papá: 'Todos para uno y uno para todos, en la unión está la fuerza'."

Los esfuerzos de Ulises por adquirir más poder en los negocios de la familia no serenaron los ánimos de tía Venecia. Creyó que Ulises no le hacía caso y se resintió con él. Empezó a buscar la manera de hacerle la vida imposible, y decidió renovar la casa. Ulises opinaba que Cañafístula #2 estaba bien como estaba, y hubiese preferido vivir en una casa más pequeña, porque todo lo que le quitaba tiempo de inventar nuevos artilugios para sus negocios era para él una tortura. Pero tía Venecia quería que todo el mundo en La Concordia supiera que, de las cuatro mansiones que se alineaban sobre la Avenida Cañafístula como elegantes carruajes romanos, la más grande y la más lujosa les pertenecía a ellos. Porque su marido era el Zar del Dividendo, el Mago de las Finanzas, y aunque no nos gustara reconocerlo, los Vernet le debíamos a él todo lo que poseíamos.

A primera hora de la mañana los obreros entraban en cuadrilla a la casa de tía Venecia. Desde las habitaciones de al lado podíamos oír desmoronarse los muros a golpes de pico y pala, y los martillos y los barrenos eléctricos taladraban nuestros sueños hasta la madrugada. Llevábamos ya casi un año en aquello y la obra nunca terminaba. En cuanto los obreros acababan de construir una nueva habitación, tía Venecia mandaba que la tumbaran porque quería otra más grande. En cuanto un baño estaba terminado, hacía que los trabajadores arrancaran el mármol de Alicante y se llevaran el inodoro rosado, porque se había arrepentido y ahora quería el baño todo de jade. A veces, sobre todo en las noches sin luna, mi hermano y yo veíamos unas linternas misteriosas deambular por el jardín desde las ventanas del segundo piso, y escuchábamos unas risotadas groseras que definitivamente no provenían de tío Ulises. Clarissa no se daba por enterada de aquellos eventos, y rehusó mirar una sola vez por las ventanas. Pero en su corazón albergaba la esperanza de que tía Venecia se atreviera a desquitarse con cada uno de los obreros entre las ruinas de su casa.

Una vez, a comienzos de los setenta, Ulises se enteró de que había una fábrica de cemento a la venta en Fort Lauderdale —Omega Cements— y le dijo a los miembros de la familia que debían comprarla porque era un negocio excelente. Si la compraban, quería administrarla él solo. Y si no la compraban, él la compraría por su cuenta porque quería irse a vivir a la Florida. Estaba cansado de estar compitiendo con Aurelio, pregonando sus logros por toda la isla cuando éstos deberían de ser evidentes a todo el mundo. Desde que Aurelio se había metido a la política tenía una ventaja injusta, porque le hacían más publicidad que a él. Pero eso no quería decir que Aurelio fuera el líder de la manada. Ulises era el mayor, y el imperio de los Vernet era *su* obra.

Aurelio no dijo nada. Reunió a la familia y discutieron el asunto en privado. Estuvieron todos de acuerdo con que la compra de la planta de la Florida era un buen negocio. Pero si

Ulises insistía en administrarla, tendría que comprarla por su cuenta.

Ulises entonces le pidió a sus hermanos que le compraran sus acciones de Vernet Construction, y la familia estuvo de acuerdo. Le pagarían cincuenta millones de dólares entre todos. Cada hermano sacó un préstamo por dieciséis millones para comprar su porción. Ulises cogió su dinero y se mudó a vivir a Sarasota con tía Venecia y sus dos hijos. Compró una mansión en Bayview Avenue que era tres veces más grande que su casa en Cañafístula #2, pero tía Venecia no pudo disfrutarla por mucho tiempo. Un año después empezó a sufrir mareos y a padecer una arritmia severa, ambos síntomas de una dolencia cardíaca. Los médicos descubrieron que tenía una obstrucción en la aorta, que eventualmente se le degeneraría en aneurisma. Podría vivir algunos años sin operarse si llevaba una vida tranquila, pero la intervención quirúrgica era inevitable. Tía Venecia decidió operarse en seguida. Ella era un espíritu libre, dijo, no podía vivir bajo sentencia de muerte. Y prefirió morir sobre la sala de operaciones a vivir a medias.

Cuando tía Venecia murió, a Ulises le pasó lo que al volantín de marzo que le cortaron el hilo; se encampanó en el cielo de las fantasías eróticas. Se casó tres veces y se divorció otras tres —con una domadora de leones del Circo de los Hermanos Ringling, con una bailarina *topless* y con una enfermera, en ese orden. Para su quinto matrimonio la planta de Omega Cements en Fort Lauderdale se había ido a la quiebra. La crisis del petróleo provocó una debacle en la industria de la construcción en los setenta, y Ulises acabó debiéndole al National City Bank cien millones de dólares, el doble de lo que había invertido en la planta en un comienzo. Cuando Aurelio y sus hermanos se enteraron de la noticia se sintieron muy afligidos, pero no podían evitar que una pizca de orgullo les tiñera la voz cuando le comentaban a sus amigos: "¡Ulises le debe al National City Bank tanto dinero que el banco tiene miedo de proceder contra él porque podría irse a la quiebra!"

El desastre económico de tío Ulises le causó a la familia muchos problemas. Los oficiales del National City Bank no le creyeron a Ulises cuando juró que había vendido su partición en los negocios de la familia y que ya no tenía nada que ver con Vernet Construction. Un escuadrón de abogados y oficiales del IRS volaron a la isla desde Washington D.C. y descendieron sobre las oficinas como buitres —con la aprobación del Departamento de Estado— para escudriñar a fondo los estados financieros y los documentos corporativos. La investigación se prolongó durante meses, durante los cuales le congelaron las cuentas a los Vernet. Pero mi hermano Álvaro se comportó en aquel momento como un líder probo de la cuadriga Vernet, y salió a defender los negocios con una batería de abogados. Luego de varios meses de batalla en corte, logró probar que la compra de las acciones de Vernet Construction había exigido un corte quirúrgico limpio, y que a la familia no se le podía hacer responsable por las deudas de tío Ulises.

Todo esto ocurrió para la misma época en que Robert Vesco tuvo que huir de los Estados Unidos y refugiarse en la Cuba de Fidel Castro, porque le debía a los bancos de la Florida una cantidad parecida a la que les debía tío Ulises. Ulises, en cambio, se volvió invisible. Se cambió el nombre y se mudó a vivir con su hija Catalina en un chalet perdido por las dunas de Sanibel Island, donde hibernó durante diez años. A Catalina, sorprendentemente, le había ido muy bien, aunque nunca se casó. Estudió administración comercial en la Universidad de la Florida, y tenía su propia firma de comunicación, la Rolodex Cellular Telephone Company. Se hizo cargo de su padre y cada día se parecía más a él, pero nunca regresó a La Concordia.

Muchos años después tío Ulises telefoneó a Aurelio desde

Ulises to returns to La Concordia

Sanibel para pedirle un préstamo; quería regresar a vivir en Las Buganvillas. Aurelio intentó desanimarlo. Se aburriría como una ostra, le dijo; en La Concordia no había nada que hacer. Casi todos sus amigos se habían muerto y los demás se habían mudado a vivir a San Juan o a los Estados Unidos. "No es un capricho, Aurelio", insistió tío Ulises por teléfono. "Me quiero morir en casa". Aurelio se rió y le dijo que no bromeara así, que no estaba enfermo de nada. Pero Ulises insistió y Aurelio le envió el dinero.

Cañafístula #2 estaba todavía a su nombre, aunque era más una ruina que una casa. Ulises se mudó allí, y unas semanas después me vino a visitar a San Juan como si nada hubiese sucedido. Habían pasado veinte años y todos los que tenían que ver con él se habían esfumado: Caroline Allen, tía Venecia, mis primos Catalina y Rodrigo. Pero tío Ulises había vuelto a reaparecer, como el típico centavo de la mala suerte. Yo tenía cuarenta y seis años, pero cuando me vio me dio un beso en el cachete y me llamó "nena" como en los viejos tiempos. De ahora en adelante residiría en su antiguo departamento de soltero en La Concordia, me dijo, y quería que supiera que estaba a mis órdenes.

Tío Ulises no salía casi nunca. Se quedaba en Las Buganvillas ocupándose de las cotorras y de los pavos reales, y casi todos los días iba a visitar la tumba de abuela Adela, que se encontraba sobre una colina cerca de la planta de cemento. Barría el polvo blancuzco que llovía sobre la lápida, ponía flores frescas en los floreros, y decía dos o tres oraciones antes de regresar a los escombros de su casa.

Una vez tía Celia, que ya estaba viviendo cerca de la vieja fundición de los Vernet, fue a visitar a tío Ulises. Abrió el elaborado portón de volutas de hierro, ahora todo desconchado y brotado de ampollas de moho, y tocó con el aldabón a la puerta de enfrente, pero nadie le contestó. Dio la vuelta por detrás y apretó el timbre del departamento privado, y por poco se desmaya del susto cuando una pelirroja completamente desnuda le abrió la puerta. Tía Celia estaba acostumbrada a bregar con delincuentes de todo tipo en los arrabales de La Concordia, así que no perdió el control y le informó que quería ver a tío Ulises. La joven la invitó a entrar como si hubiera estado vestida a la última moda, se dirigió hacia las habitaciones de atrás y desapareció.

"¿Y quién es tu amiguita pelirroja, si se puede saber?", le preguntó Celia más seria que una tusa *corn cob* a Ulises unos minutos después. Tío Ulises se rió bajito y dijo: "No es lo que te imaginas, Celia, no te procupes. Nanette es mi hija; nació cuando yo estaba casado con Marion, la enfermera de Sarasota que fue mi quinta esposa. Nan tiene dieciocho años y es enfermera, por eso está aquí. Ella me está cuidando". "Y por qué tiene que estar desnuda para cuidarte?" insistió tía Celia.

"No es más que un capricho mío, Celia. Ya sabes lo mucho que yo quería a Venecia. Cuando veo a Nanette desnuda, me acuerdo de ella".

Unos días después Nanette, la supuesta hija de tío Ulises, llamó a tía Celia al convento a las cinco de la mañana, para informarle que Ulises acababa de morir de un ataque al corazón. Celia telefoneó a Papá, que por suerte estaba quedándose en La Concordia esa noche, y juntos fueron a casa de su hermano. Nanette había desaparecido y encontraron a tío Ulises en la cama completamente desnudo, con el pene medio derretido sobre el muslo y una sonrisa de felicidad beatífica iluminándole el rostro.

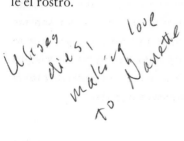

48

Reactions! [handwritten]
Chaguito, [handwritten]
Celia, [handwritten]

El ingreso al Sacro *Clotilde* [handwritten] Imperio Romano

TÍO ROQUE ERA EL HERMANO favorito de tía Celia, y fue ella
quien me contó su historia. "En mi recuerdo más temprano
Roque tiene cuatro años y está acostado encima del tanque del
Stutz, que era redondo y grande como un tambor, y mientras
aspira los gases de la gasolina, suelta un chorro de orín que se
eleva por encima del auto como un arco. Luego sale corriendo
y se trepa más rápido que un indio al árbol de mangó de casa, y
desde allí me arroja las frutas maduras y doradas".

What does this [handwritten]
memory tell [handwritten]
you of Roque? [handwritten]

Tío Roque se casó con Clotilde Rosales, la novia de su juventud, después de graduarse de Northeastern en el 1932. Vivían en la casa que colindaba con la de tío Ulises por el lado opuesto a nosotros, y que era la casa más vieja de todas. Roque la hizo restaurar y le construyó un ala nueva en la que instaló un baño y una cocina amplios y modernos. La terraza tenía piso de loseta de cemento pulido color guayaba, del tipo que se fabricaba entonces en la isla, y un balcón con toldos de rayas verdes y blancas donde a tía Clotilde le gustaba mecerse en el sillón y ponerse a chismear con sus hermanas. Pero lo que más llamaba la atención de la casa de tío Roque era el laboratorio ultra-moderno que se hizo construir en la parte de atrás, con aire acondicionado, luces fluorescentes, y todo tipo de bandejas de porcelana y probetas de laboratorio que usaba para mezclar los químicos con los que preservaba su colección de artefactos taínos.

El apellido de Clotilde era Rosales, igual que el de tío Arnaldo, pero no estaban emparentados. Clotilde era de los Rosales pobres, no de los ricos, como ella misma se apresuraba a señalarle a uno cuando lo conocía. Su padre no vivía de hervir guarapo y palear azúcar por dos centavos diarios, que era lo que tío Arnaldo le pagaba a los peones de su central, contribuyendo así a la explotación injusta de la humanidad.

Tía Clotilde era fea. Tenía el pelo negro, amotado y sin brillo, y un cutis amarillento y salpicado de cráteres. Nunca le dedicaba tiempo a acicalarse, lo que era sorprendente porque tío Roque se pasaba la vida arreglándose frente al espejo. Aunque con sus orejones grises no se podía decir que fuera el Clark Gable de la familia, le encantaba vestirse con ropa elegante, y se derramaba encima media botella de agua de colonia después de cada uno de los varios baños que se daba al día. Las muchachas de La Concordia siempre se enamoraban de Aurelio, que era el nene lindo de la familia, pero también les gustaba Roque, el más *sexy* de los Vernet.

Clotilde invitó una vez tímidamente a Roque a bailar en una fiesta, segura de que le diría que no, y Roque accептó encantado. Desde entonces la prefirió sobre todas las otras. Clotilde lo atraía porque era misteriosa. Se escondía detrás de sus gafas oscuras y casi no hablaba. Roque decidió enseñarle el secreto de los taínos: los hombres y las mujeres venían a este mundo para disfrutar de los placeres del cuerpo, no para matarse trabajando.

Don Emiliano Rosales, el padre de Clotilde, era el dueño de Portacoeli, la única funeraria de La Concordia que tenía un crematorio. Era ateo, y todo el mundo lo sabía. Dios era para él "el principio anti-humano por excelencia". También era un anarquista rabioso y un líder sindical irredento.

Para don Emiliano Rosales el crematorio no era sólo un negocio; era también una causa. Estaba convencido de que cremar los cuerpos era necesario porque le facilitaba a los obreros una manera mucho más económica de disponer de sus seres queridos, pero sobre todo porque, gracias al fuego purificador, todos los hombres regresábamos al polvo anónimo. Sobre la puerta del crematorio había mandado tallar el lema "Polvo eres y al polvo regresarás", el único versículo de los Evangelios que le gustaba. Cuando nuestras cenizas se mezclaban —y eso era precisamente lo que don Emiliano Rosales hacía luego de cremar los cuerpos de sus clientes sin que nadie se enterara— las diferencias sociales y económicas desaparecían y la sociedad de clases se hacía humo. Los Vernet, los Pérez y los Rodríguez desfilaban todos con igual humildad frente al Creador, porque les había llegado la hora de consumirse entre las llamas. Pero como para la Iglesia Católica cremar los cuerpos era un pecado mortal, a Clotilde y a su familia no los invitaban a ninguna parte en La Concordia.

Cuando Clotilde empezó a salir con tío Roque, lo primero que hizo fue decirle que era atea. Roque tampoco creía en

Dios, pero como quería mucho a Adela, después de su muerte empezó a añorar la existencia de un espíritu superior que le hiciera posible volver a verla, y le rezaba a su madre todos los días. La devoción de Roque contrariaba mucho a Clotilde. En su opinión, el "Dios de los católicos" no era más que una proyección de la figura amenazadora del padre, "sobre la cual estaba fundado el injusto sistema capitalista". Roque hizo lo posible por apaciguarla y le dijo que no se preocupara, que él era francmasón y hacía años que no pisaba la Iglesia. Pero Clotilde se enojó con él de todas maneras.

"Ser ateo es algo muy distinto a ser francmasón", le dijo un día. "Los ateos niegan la existencia de Dios y creen resueltamente en sí mismos". A causa de estas convicciones tía Clotilde tenía muy pocos amigos, y después de mudarse a Las Buganvillas fue perdiendo los pocos que le quedaban. A las compañeras de su niñez, las jóvenes del barrio obrero de la Victoria donde Clotilde había nacido, no les gustaba visitarla porque ahora era la esposa de un millonario. Salía de su casa en contadas ocasiones y poco a poco se amargó tanto que era como si tuviera la boca llena de cenizas —cada vez que hablaba lo dejaba a uno todo empolvado de negro. Fuera y dentro de la casa llevaba puestas unas gafas de sol tan impenetrables que era imposible saber de qué color eran sus ojos.

"Los ateos", sermoneaba el párroco desde lo alto del púlpito de la catedral, "tratan de envenenar al mundo porque han perdido toda esperanza de amar a Dios, y saben que nunca serán amados por Él". Tío Roque no estaba para nada de acuerdo, y ésa era precisamente la razón por la cual se había enamorado de tía Clotilde. Quería enseñarla a ser feliz, darle valor para que se atreviera a vivir en la luz en lugar de en las tinieblas.

En el 1948 tía Celia regresó por primera vez a la isla después de diez años, y a la primera persona que fue a visitar fue a Roque. Hablaron durante largo rato en el laboratorio, rodea-

dos por los huesos mohosos de los taínos y por la retacería de
cerámica de las vasijas que Roque había recolectado pacientemente por la isla, cada una de las cuales le tomaba meses re-
construir. Celia le contó de su trabajo como misionera por los
montes Apalaches acompañada por una brigada de monjas
tan aventureras como ella. Para ellas no existía el miedo, el
frío ni el hambre; sólo les importaba llevar el mensaje de
Cristo a aquellas cabañas prendidas al tope de las montañas.
Viajaban en una camioneta destartalada, y, como Celia era la
única que sabía conducir —gracias a la previsión de sus hermanos— a ella le tocó estar al volante mientras hilvanaban
curvas por barrancos erizados de rocas peladas. Tomaban el
censo católico entre los mineros, ayudaban a bien morir a los
enfermos y bautizaban a los recién nacidos con la ayuda del párroco.

Un día Celia recibió un telegrama de su Excelencia, monse-
ñor MacFarland —el obispo irlandés, que había sido designada
recientemente al apostolado de La Concordia— ordenándole
que regresara immediatamente a la isla. Celia le preguntó a
Roque si sabía de lo que se trataba, pues desde su llegada al
pueblo no había tenido más noticias. "Posiblemente tenga que
ver con la institución que MacFarland quiere fundar en el pueblo", le dijo Roque. "Como en la isla no existe una universidad
católica, ésta sería la primera". Roque tenía razón, y a los pocos
días MacFarland mandó llamar a Celia y le ordenó que acudie-
ra al obispado.

Celia estaba muy delgada, había perdido mucho peso en sus
correrías por los Apalaches, donde a menudo no había nada
que comer. Llevaba puesto el pesado hábito de lana blanca que
las misioneras vestían en el verano, con un sombrerito de paja
redondo encajado como una galleta sobre la cabeza. A pesar de
aquella indumentaria, no parecía tener calor, mientras que el
obispo, a quien le encantaba comer bien, parecía una beren-

jena redonda dentro de su túnica de seda violeta empapada de sudor.

"La gente acomodada de La Concordia es más tacaña de lo que me suponía", dijo el prelado tras invitarla a sentarse en las penumbras de su caserón estilo cortijo español. "Creen que se van a llevar el oro al otro mundo, y no se preocupan por los pobres. Pero su madre, Adela Pasamontes, sufría mucho al ver las necesidades del pueblo. Era generosa y a menudo visitaba los arrabales para llevarles comida".

Celia fulminó al obispo con una de sus miradas diáfanas como el cristal. "La comida de los pobres es, en efecto, muy importante, su Excelencia", contestó con aplomo. "¿Sabe a cuáles casas yo me aventuraba a tocar cuando trabajaba en los Apalaches? Si olía a sauerkraut o a chop suey no tocaba ni por casualidad, porque sabía que los judíos y los chinos nunca invitan a uno a entrar. Pero si olía a espaguetis o a arroz con habichuelas golpeaba en seguida, porque a lo mejor podía bautizar algún bebé enfermo, y de seguro me limaba un almuerzo de cachete". El obispo sonrió condescendiente. Como buen irlandés odiaba los espaguetis, pero juró que al día siguiente le daría órdenes a su cocinera de que le preparara un plato de arroz con habichuelas para ver a qué sabía la comida nativa.

MacFarland empezó a interrogar a Celia y se enteró de que, aunque abuela Adela era muy devota, abuelo Chaguito y sus cuatro hijos eran masones. Esta situación le había causado no pocos sinsabores a Adela antes de morir, le dijo Celia, lo que quería decir que, en un resquicio oculto de sus corazones, los Vernet se sentían secretamente culpables. "¿Y sus hermanos, son tan caritativos como su madre, hija mía?" le preguntó el obispo a Celia cordialmente.

"Mis hermanos son muy generosos", contestó tía Celia. "Les encanta regalar dinero; Aurelio a sus compinches de la política, y Ulises y Roque a sus amiguitas de turno. Pero si logramos que renuncien a la masonería y se conviertan al catolicismo, le aseguro que lo ayudarán. Vale la pena intentarlo".

Unos días después MacFarland, acompañado por tía Celia, visitó a abuelo Chaguito en su casa. Le sugirió que, si le donaba a la Iglesia Católica unos predios de caña que los Vernet acababan de adquirir con miras a reservarlos para una posible expansión de la planta, nombrarían a la nueva universidad Universidad de las Mercedes, en honor de su difunta esposa, cuyo nombre completo había sido Adela Mercedes Pasamontes. Esa donación magnánima, sentenció el obispo, le abriría a la familia Vernet las puertas del Sacro Imperio Romano. El cardenal Spellman en persona le conferiría a abuelo Chaguito la medalla de la orden de San Gregorio en la catedral de San Patricio en Nueva York, en una ceremonia solemne. Antes de recibir esa distinción máxima, por supuesto, abuelo Chaguito tendría que renunciar a sus creencias masónicas.

Chaguito mandó buscar a sus hijos y se reunieron todos en el comedor de la casa de la Calle Esperanza a discutir el asunto. Abuelo estuvo de acuerdo con que la donación era una buena idea —la masonería estaba perdiendo terreno en el mundo, y ocupar una posición de liderato en la Iglesia Católica podría traerle a los Vernet un gran prestigio. Pero antes de entrar en tratos con la Iglesia tendrían que añadir varias cláusulas a las negociaciones: Catalina, su nieta, tendría que ser aceptada en el Colegio del Sagrado Corazón; el matrimonio de tío Ulises y Caroline Allen sería anulado sin costo alguno; y, lo que era más importante de todo, a tía Celia le darían permiso para regresar a la isla inmediatamente. Podía trabajar como misionera ayudando a los pobres de La Concordia, en lugar de enviarla a salvar almas por las quimbambas del diablo. Este último punto, añadió abuelo Chaguito con voz temblorosa, no era negociable, porque Celia le hacía mucha falta, y si los curas decían que no, podían irse a freír espárragos a las pailas del Infierno. Sus cuatro hijos estuvieron de acuerdo con aquellos términos.

MacFarland se puso eufórico con la decisión de la familia, y tía Celia regresó a la isla poco después. Abuelo compró un caserón desvencijado junto a Vernet Construction y se lo obsequió a las monjas. Tía Celia y sus compañeras se mudaron a vivir allí, y al poco tiempo empezaron a trabajar en los arrabales cercanos a los muelles de La Concordia: Las Cajas, Pantanales, Despeñaperros, Riachuelo Seco. Pero donde más obra social tía Celia logró hacer fue en Katmandú, el peor arrabal de todos.

La primera piedra de la Universidad de las Mercedes se colocó el 10 de septiembre de 1950, el aniversario que marcaba los veinte años de la muerte de abuela Adela, y los Vernet donaron la tierra donde se levantaron los primeros edificios. MacFarland mismo ofició en la misa mayor, que se celebró en la Catedral de La Concordia para commemorar el evento. Abuelo Santiago, sus cuatro hijos y sus esposas estaban presentes, y todos —salvo tía Clotilde— comulgaron al final de la misa. Ese día tía Celia se apuntó una gran victoria: su padre y sus hermanos ya no irían al Infierno.

Un año más tarde la Universidad de las Mercedes estaba lista para abrir sus puertas a los estudiantes. La plana mayor del clero asistió a la ceremonia de consagración de los edificios. Se construyó una tarima en el centro del campus, donde hasta un año antes había crecido un espeso matorral de caña, y la adornaron con las banderas amarillas y blancas de la Santa Madre Iglesia Católica. Un retrato del Papa Pío XII colgaba sobre una cortina de terciopelo rojo que servía de telón de fondo a la plataforma. El obispo MacFarland y la familia Vernet se sentaron todos en unas butacas de cuero con el respaldar alto al estilo español, para que el público pudiera divisarlos a distancia. MacFarland quería ponerlos de ejemplo, para ver si lograba generar más donaciones entre los ricos de La Concordia. Abuelo Santiago llevaba la medalla de San Gregorio prendida a la solapa de su gabardina. La cara del obispo brillaba de sudor y de satisfacción sobre el crucifijo adornado por una amatista ovalada que le colgaba del cuello. Tía Celia y tía Amparo, ambas vestidas de blanco, aparecían sentadas a cada lado de Abuelo y del obispo, mientras los cuatro hermanos se mantenían de pie junto a sus esposas, detrás de la butaca del patriarca. Todos sonreían a la concurrencia menos Clarissa, cuya mirada melancólica se perdía en la lejanía circundante, donde todavía crecían algunos penachos maltrechos de caña. Por desgracia, a tía Clotilde le tocó pararse debajo del retrato del Papa Pío XII, lo que la hacía sentir muy incómoda. Llevaba puestas sus gafas oscuras y un sombrero de ala ancha que le cubría casi por completo el rostro, pero aun así no logró disimular una sonrisa irónica al pensar en la asombrosa transformación de los Vernet, que habían pasado de francmasones entusiastas a católicos ejemplares en menos de lo que canta un gallo.

49, 50, 51

El carro
de los bomberos

TÍO ROQUE Y TÍA CLOTILDE tuvieron dos hijos, Enrique y
Eduardo. Cuando Eduardo, el más joven, nació en el 1938,
Clotilde le dijo a Roque: "Ahora ya somos una familia. ¿Por
qué no te abres brecha por tu cuenta en los negocios? Aurelio y
Ulises son los que mandan en Vernet Construction, y Damián
hace todo lo que le dicen sus hermanos. Tú tampoco puedes
hacer nada sin antes pedirles a ellos permiso. Ahora todo marcha sobre ruedas y pueden trabajar juntos porque ustedes son

hermanos y se entienden. ¿Pero qué pasará el día de mañana, cuando Enrique, Eduardo, Rodrigo y Álvaro crezcan? Los primos no siempre se llevan bien. Es mejor dividir las cosas ahora, que tu padre todavía está vivo, para que cada cual coja lo suyo y haga lo que le dé la gana con su dinero".

Pero Roque no acababa de decidirse, y cuando Ulises se separó de la familia y los hermanos tuvieron que reunir diez millones de dólares para comprarle su parte, a Roque se le hizo imposible actuar. "Me da miedo irme por mi cuenta, Clotilde", le dijo Roque. "Mis acciones ahora valen tanto dinero que Aurelio y Damián no podrían comprármelas aunque quisieran. Tendríamos que vender la planta, y eso sería un mal negocio. Además, la verdad es que no quiero separarme de mis hermanos. Prefiero que todo siga como está; así puedo dedicarle a la planta algunas horas diarias, y concentrar en mis excavaciones el resto del tiempo. Si vendo las acciones y me voy por mi lado tendría que volver a empezar".

"Estamos viviendo una mentira", dijo amargamente Clotilde. "Tenemos todo lo que necesitamos para ser felices: dinero, salud, una casa bonita, todo menos dignidad y respeto propio. ¡Quiero sentirme orgullosa de ser tu esposa!" Y cuando Roque no dio su brazo a torcer, sino que se encerró en su laboratorio al fondo del jardín a estudiar sus *dujos,* sus macanas y sus cemíes, tía Clotilde bajó furiosa las escaleras del patio y le gritó del otro lado de la puerta: "Se hará lo que tu digas, Roque. Seguiremos mamando oro de la teta de los Cementos Estrella. Pero desde hoy en adelante mis hijos se apellidarán Vernet Rosales, y no esperes que te acompañe a almorzar todos los domingos a la Calle Esperanza, porque prefiero quedarme en casa".

A Enrique y Eduardo no los bautizaron cuando nacieron, pero tía Clotilde se guardó muy bien el secreto. A la hora de mandarlos a la escuela los matricularon en la misma escuela católica a la que asistíamos mi hermano Álvaro y yo: la Academia de los Padres Paúles. Los hermanos de tía Clotilde se habían educado en la Escuela Pública, como casi todos los niños de La Concordia. Pero como ahora estaba casada con un Vernet, sus hijos fueron aceptados en Los Paúles sin siquiera tener que mostrar el acta de bautizo.

Aunque Los Paúles era una escuela de varones, los padres aceptaban niñas hasta quinto grado. Clarissa, siempre fiel a las tradiciones ahorrativas de los Rivas de Santillana, decidió enviarme a estudiar allí en lugar de en el Sagrado Corazón, porque así economizaríamos gasolina. En el 1944, cuando yo entré a primer grado, la Segunda Guerra Mundial estaba en pleno apogeo, y la gasolina estaba racionada. Cristóbal, nuestro, chófer, tendría que hacer un solo viaje para llevarnos a Álvaro y a mí a la escuela.

Asistir a Los Paúles durante los primeros años de escuela primaria fue importante para mí. En mi clase había sólo dos o tres niñas y diez o doce niños. Todos llevábamos el mismo uniforme color kaki, zapatos de Buster-Brown y corbatas del mismo color que los uniformes. A las niñas las trataban exactamente igual que a los niños, y en el recreo todos jugábamos los mismos juegos. En clase nos sentábamos unos junto a otros, sin segregación alguna excepto en los baños. A mí me encantaba Los Paúles; estudiar allí me hacía sentir que las niñas éramos exactamente igual de inteligentes y fuertes que los varones, y que podíamos tener igual éxito en la vida.

Tía Clotilde no tenía chófer y tío Roque nunca aprendió a manejar, así que sus hijos iban a la escuela en taxi. Pero cuando tía Clotilde se enteró de que Cristóbal, vestido de uniforme, nos conducía a Álvaro y a mí a la escuela en el Cadillac que Papá compró cuando llegaron las vacas gordas, se sintió muy mal. No quería que sus hijos crecieran con un complejo de inferioridad, así que llamó al Cuerpo de Bomberos, donde abuelo Chaguito todavía tenía amigos, y les pidió que si por favor

no podían pasar pos Los Paúles en las tardes, a recoger a sus
hijos al terminar las clases. El timbre de la última clase impelía el chorro de niños sobre
las canchas, y nos perseguíamos y empujábamos unos a otros
como diablos escapados de las jaulas cuando escuchábamos la
sirena del carro de los bomberos. Segundos después un dinosaurio rojo entraba dando brincos por el patio, repicando campanas y tocando la bocina como si el mundo entero se estuviera
abrasando. Todos los niños nos quedábamos con la boca abierta mientras Enrique y Eduardo salían haciendo fila uno detrás
del otro, muy planchados y peinados, y se subían al asiento delantero. Entonces el dinosaurio rojo empezaba de nuevo a repicar campanas y a tocar sirenas, y los bomberos conducían a mis
primos a la velocidad del rayo hasta Cañafístula #3.

En Los Paúles aprendí también otra lección. Me di cuenta
rápidamente de que mis primos no podían competir con mi
hermano Álvaro, y que algún día Álvaro llegaría a ser presidente de los Cementos Estrella.

Yo era la niña consentida de mi casa, mientras que Álvaro
era el hijo práctico y responsable. Yo era la que exprimía el
tubo nuevo de pasta de dientes por el mismo medio, de manera
que a los pocos días el canelón de plomo estaba todo engurru-
ñado, con la pasta atascada en la parte de abajo, y tenía que luchar para sacarla del tubo, que inevitablemente se rompía y me
embarraba las manos. Mi hermano, por el contrario, siempre
enrollaba metódicamente el tubo de abajo para arriba, de manera que al final sólo quedaba una cinta de metal aplastado que
tiraba a la basura limpiamente y sin el menor remordimiento.

Las diferencias entre mi hermano y yo no me preocupaban
cuando era joven; de hecho, estaba tan atareada imitando a
Papá que no me daba cuenta de que existieran. Yo era igual de
buena que él en todo: nadaba como un pescado, podía batear
un *hit* y de vez en cuando hasta un *home run,* encestar un canas-

to desde el medio de la cancha. Pero las cosas empezaron a cambiar el día que mi hermano se enredó en una bronca terrible con nuestro primo Eduardo.

Eduardo era cajetón y sangregordo, algo así como un cruce entre un barril de pólvora y un tonel de tocino. Le encantaban las peleas y en Los Paúles siempre andaba buscando camorra con los más jóvenes y débiles que él. Su abuelo Rosales había sido empleado en la fundición que le hacía la competencia a Vernet Construction y todavía vivía en el barrio de La Victoria, donde Eduardo a menudo lo visitaba. Allí los niños estaban acostumbrados a resolver sus problemas a puñetazos, y los más grandes siempre abusaban de los más pequeños —ésa era la ley de la vida. Había que saber pegar duro, pero cuando el contricante era más grande, uno se dejaba pegar en silencio y sin que le importara demasiado. Eduardo había cogido muchas zurras entre los muchachos del barrio, a causa del crematorio de su abuelo. "Regálale a tu novia un asado estas Navidades y empaquétaselo en una urna", le gritaba alguien en el recreo, y el puño derecho de Eduardo salía volando como un marrón por el aire y le tumbaba los dientes.

Una vez, a la salida de clases, Eduardo le metió un tortazo por la espalda a Luis Martínez, un estudiante más joven que él. Nadie se asombró; en La Victoria los golpes llovían de gratis, no necesitaban razones, como Eduardo sabía por experiencia. Mi hermano Álvaro alcanzó a ver lo sucedido, y caminó hasta allí sin prisas. Martínez estaba tirado boca abajo en medio de la cancha de baloncesto, y Eduardo se le había parado encima.

"El apellido Vernet, ¿te da derecho de abusar de los demás, Eduardo?" le preguntó mi hermanto en una voz helada, puntillosamente cortés.

"No. Pero el Vernet Rosales sí", le contestó Eduardo. "Yo no soy un firulí Rivas de Santillana, que de tan fino parece que se parte".

El insulto corrió como un ramalazo de fuego alrededor de la cancha; al instante un barullo de estudiantes se apiñó alrededor de Eduardo y de Álvaro, y la turba empezó a empujar. Me hice camino a codazos por entre el tropel sudoroso que los rodeaba, casi asfixiada por el olor a púber. Álvaro era delgado; no era rollizo como Eduardo, que tenía 360 músculos en el cuerpo y el más fornido lo llevaba incrustado en el cráneo. Mi hermano pensaba que las peleas a puñetazos eran cafres, así como todos aquellos deportes que exigían actos de brutalidad física, como el baloncesto y la pelota que jugaban los plebeyos. Por eso a él sólo le gustaba el tenis, porque era un deporte aristocrático.

Mi hermano había vivido hasta entonces una vida muy protegida en Las Buganvillas, y no se le ocurrió que el insulto de Eduardo exigía una respuesta immediata. Empezó a ayudar a Luis Martínez a levantarse del piso, en medio de la gritería que nos rodeaba. Yo estaba junto a él, sujetando contra mi pecho el termo de jugo de tomate que traía conmigo a la escuela todos los días, cuando el puño de Eduardo apareció de pronto como un torpedo salido del aire. Álvaro lo vio venir con el rabillo del ojo y se ñagotó a tiempo, de manera que le pasó silbando por encima de la cabeza. Se levantó sin mirar hacia atrás y empezó a alejarse como si nada, cuando el segundo derechazo de Eduardo le aterrizó en la cara. Empecé a brincar de rabia, destapé el termo y le tiré encima el jugo de tomate a Eduardo.

Para cuando llegamos a casa la nariz de Álvaro había crecido al doble de su tamaño; ya no tenía ese aire elegante de estar esculpida en mármol que tenían las narices Rivas de Santillana. Pero Álvaro se tragó la lengua, y no había manera de que le contara lo sucedido a nuestros padres. Yo fui la que desembuché, entre hipidos y lágrimas. Eduardo le había metido un madrazo a Álvaro y otro a un estudiante más joven, y los tres habían sido suspendidos temporalmente por el intendente del colegio.

"¿Le devolviste el golpe a tu primo?" preguntó Papá con aire preocupado. Álvaro se sonrojó y dijo que no, que no había tenido la oportunidad de hacerlo. Papá asintió con la cabeza. "Eso está muy bien", dijo. "Lo importante es mantener la paz en la familia". "¿Cuál paz, la de los Vernet o la de los Rosales?" preguntó Clarissa, que estaba que echaba chispas. Y esa misma tarde Mamá fue al pueblo, compró dos pares de guantes de boxeo, de doce onzas cada uno —recuerdo que eran de cuero rojo, y que parecían tomates enormes— e hizo que Álvaro y Aurelio se los pusieran.

Papá y mi hermano se pasaron ese semana corriendo y saltando por la grama de nuestra casa, haciendo que se pegaban y entrenándose para el retorno victorioso de Álvaro. Unas semanas más tarde Álvaro desafió a Eduardo en el recreo, y le metió un tremendo puñetazo que lo dejó frío en el piso. Ése fue el día que aprendí que las mujeres eran, pese a todo, muy distintas de los hombres, y que yo no me parecía en nada a mi hermano. La fuerza bruta —algo que los hombres tomaban por sentado pero que estaba fuera de mi alcance— era la diferencia entre nosotros.

50

Tío Roque
y la ruleta rusa

NO TODO EL MUNDO EN LA familia era lo bastante fuerte para enfrentarse a las dificultades que conllevaba el apellido Vernet. Tío Roque, tío Damián y mi primo Enrique, por ejemplo, fueron de cierta manera sus víctimas. Enrique tenía algo de grillo —era alto y desgarbado, y como era gago, siempre tenía que repetir dos o tres veces lo que trataba de decir. Había que escucharlo pacientemente durante varios segundos y dejar que lo salpicara a uno todo de saliva antes de que lograra pronunciar una oración completa. Era muy tímido, y cuando los niños de su clase lo veían sufrir, sacándose cada oración de la boca como si estuviera estreñido, se reían de él a carcajadas y le cantaban: "¡Soy ggggago porque no caggo!" Eran crueles porque Enrique se apellidaba Vernet, aunque a Enrique su apellido no le importaba para nada. Lo que él más que deseaba en el mundo era que la gente lo dejara tranquilo.

Enrique tenía malas notas y se colgó dos veces —en segundo y en tercer grado—, pero no porque fuera bruto. Sus maestras se impacientaban con él, y cuando no podía contestar las preguntas con la misma prontitud que sus condiscípulos, le gritaban que no había hecho sus asignaciones y lo regañaban sin compasión. Enrique se paralizaba de miedo y al punto se le olvidaba la lección.

Aquel impedimento físico hacía que Enrique tuviera muy poca confianza en sí mismo, y se le hacía difícil hacer amigos. Tía Clotilde, por otro lado, nunca visitaba la escuela porque no le gustaba reunirse con las demás madres que eran católicas, de manera que a Enrique casi nunca lo invitaban a jugar en casa de los otros niños. Un día Enrique dijo que no quería ir más a la escuela, y tía Clotilde decidió complacerlo. Si sus compañeros de clase lo hacían sufrir, lo mejor era ponerse fuera de su alcance. Tenían suficiente dinero, dijo, y podían alquilar los servicios de un tutor que viniera a la casa a darle lecciones privadas. Pero aquella decisión no fue sabia. Eduardo se puso cada vez más triste, y por fin acabó encerrándose en su cuarto sin querer ver a nadie por semanas enteras. Tía Clotilde le llevaba las bandejas de alimento a su cuarto y tenía que rogarle durante horas para que le abriera la puerta y comiera algo. Por fin una noche, cuando todos en la casa dormían, Enrique bajó a la biblioteca, le echó mano a la pistola que tío Roque guardaba en la gaveta de su escritorio, y se pegó un tiro en la cabeza. Sólo tenía catorce años.

La tragedia nos afectó a todos pero en especial a abuelo Chaguito, que se puso profundamente triste. Desde que su padre, Henri Vernet, había muerto electrocutado en Cuba, no había ocurrido una muerte violenta en la familia, y temió que fuese un mal presagio. Los suicidios de adolescentes eran entonces inauditos en La Concordia, y abuelo Chaguito culpó a tía Clotilde por la tragedia. ¿Quién quiere tener una madre atea? No me sorprende que en la escuela nadie quisiera jugar con el niño. Clotilde debería convertise al catolicismo y hacer bautizar a Eduardo; no vaya a pasarle lo mismo que a su hermano". Tía Celia acababa de regresar a la isla, y fue a casa de tío Roque a tratar de consolarlo. Roque estaba destruido. Como había sido masón casi toda su vida no se acordaba de cómo rezar; no sabía qué hacer con la pena que lo ahogaba.

"Se murió sin bautizar, Celia", dijo, ronco de tanto llorar. "Su alma flotará para siempre en el Limbo. ¡Mi pobre hijo!"

"No te aflijas, Roque", le respondió tía Celia. "Enrique no tenía pecados. Su alma se fue derechito al Cielo y nuestras lágrimas lo bautizaron. Lo enterraremos junto a Mamá en el panteón de la familia y ella velará por él".

Pero Clotilde no lo permitió. Rehusó que enterraran a Enrique en el Cementerio Católico e hizo que lo cremaran en Portacoeli. Recogió sus cenizas en una pequeña bolsa y subió con ellas al tope de La Atalaya, la colina que queda detrás de La Concordia, donde hay siempre mucho viento. Y desde allí las arrojó ella misma al Cielo.

Tío Roque siguió desenterrando huesos de indios, pero la arqueología ya no lo entusiasmaba sino que lo ponía más triste. Veía el cuidado con que los taínos enterraban a sus seres queridos, acompañados por sus perros y rodeados por sus armas, sus vasijas de barro y todo tipo de amuletos para la buena suerte, y sólo podía pensar en su hijo, que nunca encontraría el camino de regreso a La Concordia el día del Apocalipsis. También se sentía triste porque cada día tenía menos trabajo. Aurelio y Ulises se habían rodeado de ingenieros jovenes y ambiciosos que se disputaban los puestos de la gerencia de la planta como lobos hambrientos, y lo relegaron a él a último término. Aunque sus hermanos eran muy generosos y le seguían pagando el mismo sueldo que antes, Roque se sentía improductivo.

Para salir de su depresión empezó a tener ciertas atenciones con Titiba Menéndez, una costurerita que venía de vez en cuando a la casa a arreglarle las camisas. Roque tenía los brazos más cortos de lo normal y era necesario hacerle subir los puños a sus camisas. Tía Clotilde no estaba en la casa aquel día y acabaron en la cama, haciendo el amor como conejos —lo más rápido y las más veces posible— aterrados de que tía Clotilde entrara en cualquier momento por la puerta. Titiba tenía sangre taína, y en cuanto Roque la vio se enamoró locamente de ella. Era tal y como había descrito Cristóbal Colón a las indias en su diario: "tenían los ojos negros y la piel del color de los canarios, y eran de muy hermoso cuerpo y muy buena cara, el pelo tan grueso y casi como seda de cola de caballo, cortado por encima de las cejas".

Luego de esa tarde primera con Titiba fue como si Roque hubiese ingerido una droga. No podía vivir sin el placer que Titiba le proporcionaba. Le compró una casa en Las Margaritas, el mismo barrio de clase media donde Álvaro y yo nacimos. Tuvieron tres hijos sin que tía Clotilde lo supiera. Tío Roque mudó su colección de huesos y artefactos taínos a la casa de su amiga y se pasaba allí dos a tres tardes a la semana. Quería disfrutar de la vida, y Titiba siempre estaba de buen humor. Estaba cansado de vivir al lado de un volcán que se pasaba soplándole cenizas en la cara, que era cómo él se sentía junto a Clotilde. Roque sabía que estaba jugando a la ruleta rusa, y que el día que Clotilde se enterara, lo depellajaría vivo. Pero se sentía tan feliz con Titiba que dejó de importarle.

51

El ataúd ambulante

Roque died
63 yrs.

TÍA CLOTILDE NO SE ENTERÓ del secreto de Roque hasta que su marido cumplió sesenta y tres años. Los Vernet estaban capeando la tormenta financiera que la bancarrota de Ulises desató sobre sus cabezas, y los inspectores del IRS y los auditores del National City Bank andaban como hormigas por todas partes, analizando los documentos corporativos y las cuentas bancarias de la familia, cuando de pronto Roque se encontró en una situación precaria. No gastaba dinero en sí mismo y se vestía con ropa vieja y pasada de moda. Pero estaba financiando dos hogares, con sus respectivos trenes de vida: sirvientes, comida, luz, agua, teléfono, ropa; y encima sus hijos ya estaban grandes y habían ingresado a la universidad —el costo de las matrículas era astronómico. El IRS le congeló el salario de cien mil dólares al año por un tiempo. Al principio Roque no se preocupó demasiado, porque podría seguir viviendo del millón de dólares en efectivo que tenía escondido en una caja de zapatos al fondo de su ropero en Cañafístula #3, o por lo menos eso creía. Un día Eduardo encontró el dinero y se desapareció con él. Lo último que se supo fue que estaba viviendo en España.

Cuando tío Roque descubrió que le faltaba el dinero, entró en pánico. No se atrevía a enfrentarse a Clotilde ni a Titiba, así que decidió marcharse. Llenó una de sus maletas de cuero de cocodrilo viejas —de las estilo caja que venían antes, con las iniciales impresas en oro ya casi borradas junto al mango— de ropa interior usada, y fue a visitar a tía Celia al convento.

Era domingo y Celia estaba en casa. Roque se sentó en el jardín en lo que su hermana le daba de comer a las cotorras. No pronunció una sola palabra y se quedó allí un rato pensativo, con la maleta entre las piernas. Celia no se atrevió a preguntarle si se iba de viaje porque se veía muy triste. Esa mañana se le había olvidado afeitarse y tenía las orejas más mustias y grises que de costumbre. Las cejas eran dos matorrales de pelos que le encapuchaban los ojos de sombra. Por fin Roque se levantó para irse, y tía Celia le preguntó: "¿Por qué no te quedas a almorzar con nosotras? Hoy hay patitas de cerdo con garbanzos, uno de tus platos favoritos. Haz lo que tengas que hacer en la oficina, y vuelve por acá dentro de un rato. Te pondremos un sitio en la mesa". Tío Roque estuvo de acuerdo y se encaminó hacia las oficinas de Vernet Construction, cargando su maleta en la mano.

El edificio era de los años cincuenta, y, aunque era una construcción sencilla, tenía cierto encanto —los tres ingenieros jó-

*[Descripton (the
original
bldg]*

venes de la familia habían participado en el diseño. Era un cuadrilátero de cuatro pisos recubierto de ladrillos grandes y chatos, y las ventanas de cada piso estaban encofradas en nichos horizontales. De la fachada colgaban dos banderas, la norteamericana y la de la familia: cuatro estrellas doradas soldadas unas a otras dentro de una estrella más grande, que simbolizaban a los cuatro hermanos y a abuelo Chaguito. Tía Amparo y tía Celia no tenían estrellas.

Las oficinas estaban casi vacías. La planta de Cementos Estrella estaba todavía en La Concordia, pero la administración se había mudado a San Juan. La fundición, el taller de soldadura y el taller de máquinas todavía recibían órdenes, pero éstas llegaban por cuentagotas. Con la ruina de la industria azucarera, La Concordia seguía pasando por una depresión económica y la población había disminuido. De cerca de 200,000 habitantes en el 1960, en el 1970 había menos de 150,000 como resultado de la emigración a los Estados Unidos.

Roque pasó de largo junto a las oficinas de Aurelio y Ulises, que daban hacia la fachada principal. Sus nombres todavía aparecían grabados sobre el cristal esmerilado de la puerta — Primer Vice Presidente y Segundo Vice Presidente. Las pisadas de Roque resonaron por el pasillo hasta que llegó a donde estaba la oficina de tío Damián. Era un espacio agradable; las ventanas daban al mar Caribe y entraba mucha luz. Roque abrió la puerta y constató que no había nadie —tío Damián se encontraba de viaje por Europa. Roque y Damián se habían unido mucho últimamente, luego de que sus hermanos mayores los dejaran por detrás. El retrato de Damián colgaba encima de su escritorio, como siempre. Llevaba puesto un traje de hilo azul pálido, del mismo color que sus ojos, y en sus labios delgados se perfilaba una leve sonrisa irónica. Roque meneó con tristeza la cabeza y cerró la puerta. Entonces caminó hasta el final del pasillo donde se encontraba su oficina, que miraba hacia la parte de atrás. Era la más oscura de todas porque daba

*[oficina de
Roque]*

al patio de la fundición, donde se arrojaba la zahorria de los hornos cuando se limpiaban, y la maquinaria que había sido descartada por defectuosa. El hierro viejo, después de un tiempo, se descomponía en un polvillo rojizo que lo cubría todo como sangre seca. Tío Roque cerró la puerta de su oficina con llave y se sentó frente a su escritorio. Abrió la maleta, sacó su revólver del lío de ropa interior, se apuntó con ella el lado izquierdo del pecho y disparó.

Unos minutos más tarde el conserje —que había escuchado resonar el disparo dentro del edificio vacío— subió corriendo las escaleras con tía Celia pisándole los talones. Abrieron la puerta de la oficina con la llave maestra y encontraron a Roque de bruces sobre su escritorio, bañado en sangre.

Esa misma tarde, mientras tía Clotilde se ocupaba de hacer los arreglos para el velorio de Roque con la ayuda de Celia, Titiba Menéndez se presentó en la casa de Cañafístula #3. La empleada doméstica que la acompañó hasta la sala estaba temblando de miedo, porque en La Concordia todo el mundo menos tía Clotilde sabía quién era Titiba Menénez, y que no era mujer de andarse con paños tibios. En cuanto Titiba entró al salón le dijo a Clotilde: "Me gustaría que compartiéramos a Roque en la muerte tan pacíficamente como lo compartimos en vida". Tía Clotilde se sentó en un sillón y le dijo que le explicara de lo que estaba hablando, porque no entendía una palabra. Titiba confesó toda la historia: Roque y ella habían sido amantes durante veinte años y habían procreado tres hijos, que naturalmente querían asistir al velorio de su padre. Y ella también quería acompañarlo hasta su última morada, porque Roque era la persona que más había querido en la vida. Y para terminar, le sugirió a Clotilde con mucho tacto que, como su familia era dueña de Portacoeli, ambas "esposas ante Dios" celebraran juntas el servicio de difuntos.

Tía Clotilde se quedó muda en se sillón, pero el asombro le duró sólo unos momentos. La conmovió que Roque, un hombre de gustos sencillos, hubiese escogido a Titiba —una mujer de familia humilde como ella— como su corteja, en lugar de una de las zorras adineradas de La Concordia que siempre le andaban detrás a los Vernet, tratando de arrebatárselos a sus esposas. Clotilde accedió a la petición de Titiba y estuvo de acuerdo con que las dos familias de Roque, la Rosales y la Martínez, tuvieran capillas adyacentes en el crematorio, y mandó llenarlas de flores y cirios encendidos. Luego invitó a toda la familia Vernet a venir al entierro, pero sólo tía Celia y Aurelio vinieron. Los demás estaban de viaje y abuelo Chaguito estaba ya muy anciano para salir de casa.

Celia se sintió muy triste cuando se enteró de que Clotilde y Titiba habían estado de acuerdo en cremar el cuerpo de Roque, pero se dio cuenta de que el ateísmo de Clotilde era muy importante para ella: era su manera de afirmar el derecho a ser diferente de los Vernet. A pesar del nuevo rol que la familia había asumido en La Concordia, y de la dignidad y prestigio que la Iglesia Católica les había conferido, Clotilde se mantuvo firme en su decisión, y rehusó celebrarle a Roque una misa de difuntos.

Tía Clotilde ordenó que montaran el ataúd de Roque en un carrito con ruedas, y el cuerpo se pasó toda la tarde yendo y viniendo de una familia a la otra, antes de ingresar al túnel cuya entrada estaba decorada por un portón con ángeles y una cortina de terciopelo que disimulaba la entrada al horno. Y durante todo el trayecto tía Celia, vestida con su hábito blanco de misionera, iba llorando y rezando el rosario detrás del féretro de su hermano, acordándose de cuando Roque se orinaba encima del tanque de gasolina del Stutz, y de lo mucho que la hacía reír arrojándole los mangós maduros desde el cogollo del árbol.

52 ⁺
53

El jazmín blanco

LA CASA DE TÍO DAMIÁN colindaba con la de tío Roque, y era la última de la derecha en Cañafístula #4. Era exactamente igual a nuestra casa sólo que más pequeña, porque tío Damián y tía Agripina no habían tenido hijos. Adentro estaba llena de bellísimos cuadros y esculturas que tío Damián había adquirido en Europa en el curso de sus viajes. Pero lo que más recuerdo de aquella casa era la colección de armaduras, espadas y lanzas medievales que decoraban las paredes de la biblioteca de tío

Damián, y el enorme oso polar que le daba a uno la bienvenida en el recibidor, con las patas extendidas sobre las losetas del piso y la lengua roja y gruesa asomándole como un tentáculo por entre los colmillos.

Clarissa y Aurelio se pasaban embromando a tío Damián, instándolo a que le regalara aquella pelambre medio comida por las polillas al Smithsonian Insitution. Estaba completamente fuera de lugar en La Concordia, donde a mediodía se podía freír un huevo sobre el pavimento sin gota de mantequilla; pero Damián nunca les hizo caso. A mi me encantaba revolcarme sobre las espaldas del oso, y lo primero que hacía cuando visitábamos a mis tíos era tirarme encima de él y meterle la mano dentro de la boca. Me parecía adivinar la razón por la cual el oso era tan importante para Damián. Era su manera de darle a entender a la familia que, aunque el era el más reservado de los Vernet, su espíritu era tan recio como el de aquel animal poderoso.

Tío Damián era muy tímido; durante los almuerzos de familia casi nunca hablaba —Aurelio y tío Ulises se lo hablaban todo. Pero no era tímido con los niños. Sabía proyectar la voz y era medio ventrílocuo; en su casa el oso gruñía amistosamente y las ninfas de mármol cantaban como sirenas. Le gustaba hacer trucos de magia: me subía a su hombro y me pellizcaba una oreja disque "para ordeñármela", y al instante un puñado de centavos nuevos caía al suelo. Otras veces se jalaba el puño de la camisa y llovían fichas y níqueles, que me regalaba para que me comprara dulces. Y luego de aquellos pequeños obsequios, hacía zumbar su dedo índice como un mosquito a mi alrededor, y me hacía cosquillas debajo del brazo.

Cuando tío Damián se casó con tía Agripina pensó que ella lo ayudaría a sobreponerse a su timidez, pero fue todo lo contrario. Agripina más bien lo desayudaba. Era una mujer alta; cuando se colgaba del brazo de tío Damián tenía siempre que encorvarse un poco para disimular su estatura, y daba la impresión de que tío Damián la llevaba colgada al cuello como un ancla. De todas las cuñadas fue la que tuvo una vida más trágica, porque el terror a la nada era en ella el más intenso. La esterilidad acrecentaba su angustia; era hermosa pero vacía, hueca como un molde de Venus.

Agripina era de una familia conocida de San Juan, los Leclerc, y todo el mundo se sorprendió cuando decidió casarse con tío Damián, que no tenía rango social ninguno. Los Leclerc perdieron casi todo su dinero durante la Primera Guerra Mundial —el padre de Agripina, Roberto Leclerc, era un piloto temerario, amigo de abuelo Chaguito, que murió durante la batalla de Verdún. Pero todavía les quedaba el buen nombre.

La madre de Agripina la educó para vivir como una señorita de sociedad. Se graduó de una escuela privada, donde aprendió a bordar manteles de encaje de Madeira y a decorar vajillas de porcelana con rosas y duraznos, pero no aprendió nada útil. Durante el huracán de San Felipe, por ejemplo, Agripina no pudo ayudar a su madre porque se volvió un manojo de nervios. La pobre señora se estaba volviendo loca, cogiendo agua en las bañeras y abasteciendo la alacena con provisiones que duraran varios días. Pero cuando los vientos de 150 millas por hora le arrancaron las tejas a los aleros como pestañas, Agripina se escabulló debajo de la cama y no salió de allí hasta que la tormenta pasó de largo.

Un año después de su matrimonio Agripina le dijo a tío Damián: "¿Por qué no habré salido encinta todavía? Ya sabes que una de las razones por las cuales me casé contigo fue para que tuviéramos una familia. La vida de mariposa social para la que me educó mi madre me repugna".

Tío Damián se rió y le dijo que no hablara tonterías. Llevaban muy poco tiempo de casados para empezar a preocuparse. "Debemos disfrutar de lo que tenemos antes de perderlo; ahora podemos ir al cine, jugar al tenis, visitar a nuestros amigos cuantas veces querramos". Pero Agripina empezó a llorar y dijo: "No tengo a nadie en el mundo más que a ti. Si te pasa algo, me quedaré completamente sola".

No siempre había sido tan aprensiva. Antes de conocer a tío Damián había llevado una vida de *flapper,* en el carril más rápido de la pista. "Las *flappers* viven vidas heroícas", le decía a sus amigas parafraseando a Zelda Fitzgerald, una de sus heroínas. "Cuando desafían las convenciones sociales, la vida cobra un lustre especial". Según tía Agripina había muy poca diferencia entre un piloto aguerrido y una *flapper.* Lo importante para ambos era escapar al tedio, desafiar la mentalidad burguesa viviendo al borde del precipicio. Por eso Agripina fumaba, bebía y frecuentaba todas las tabernas clandestinas de la capital.

Un día fue con sus amigos al Pif Paf Pouff, que estaba escondida en un sótano. Todo el mundo —incluyendo las señoritas de sociedad— tenían que entrar por un tubo de metal por el cual se deslizaban antes de caer sobre un montón de cojines de seda. Caballeros vestidos de frac ayudaban a las jóvenes a levantarse del piso, comentaban algo en voz alta sobre el color de las bragas que llevaban puestas, y todo el mundo aplaudía y lo celebraba. Esa noche Agripina bebió demasiado y al día siguiente los MP's la encontraron inconsciente sobre la acera. La policía militar la ayudó a subirse al jeep y la condujeron hasta la estación cerca de Fort Brooke. Después de una llamada telefónica a su madre, doña Marina Leclerc, quien tenía amigos en lugares de influencia, la dejaron en libertad. El suceso causó escándalo —la foto de Agripina tirada sobre la acera salió publicada en todos los diarios de la capital— y la joven quedó muy impresionada. Durante varios meses se despertó gritando de la misma pesadilla: estaba amarrada al asiento de un bimotor que se precipitaba en llamas por el espacio —exactamente igual a como había muerto su padre.

La madre de Agripina se disgustó tanto con ella que la botó de la casa. Agripina se refugió con una amiga de tía Amparo, y allí conció a tío Damián durante una de sus visitas a San Juan. Amparo le contó confidencialmente su historia y le aseguró que Agripina había abandonado definitivamente la bebida, pero que estaba destruida por lo que le había pasado. Tío Damián nunca se atrevía a telefonear a las muchachas, pero le cogió pena a Agripina y la próxima vez que fue a San Juan le dijo a tía Amparo que la invitara a salir con ellos. Cuando Agripina descubrió lo bondadoso que era tío Damián, empezó a llamarlo todos los días a La Concordia. Damián se sintió tan agradecido de que una joven de la alta sociedad capitalina le hiciera caso, que le pidió por teléfono que se casara con él.

La Concordia era justo lo que Agripina necesitaba. Allí tenía paz y tranquilidad, y los primeros meses en el pueblo fueron un bálsamo. Buscó trabajo de voluntaria en el Hospital de las Siervas de María —un hermoso edificio rosado de la época de los españoles, donde las monjas se deslizaban por los pasillos como si flotaran a dos pulgadas del suelo. Pero Agripina todavía seguía despertándose a medianoche, con un hueco insoportable horadándole el vientre. "Me siento vacía", se le quejaba a tío Damián. "Quiero tener un bebé más que nada en el mundo".

Durante cinco años tía Agripina trató sin éxito de salir embarazada. Tío Damián fue a ver al urólogo; éste lo examinó y descubrió que tenía los testículos encogidos y resecos como nueces. Le preguntó qué enfermedades había sufrido de niño, y Damián le contó que a los catorce años había tenido unas paperas que le habían puesto los testículos como aguacates rosados. Cuando se le desinflamaron y asumieron su aspecto natural se sintió tan aliviado, que no regresó a ver al médico. "Precisamente desde entonces", le dijo el urólogo, "está usted estéril".

Cuando Damián le comunicó la noticia a Agripina, la joven

se sintió morir. Ahora no tendría manera de librarse de su complejo de inutilidad; su cariño de madre se perdería sin que nadie pudiera beneficiarse de él. Damián la tomó entre sus brazos e intentó consolarla. "Podemos adoptar un niño y criarlo como si fuera nuestro. En el orfelinato hay muchos que necesitan amor". Pero a Agripina le daba terror que al niño que adoptaran le salieran quién sabe qué defectos genéticos que harían de su vida un infierno. Por lo menos accedió a ir a trabajar al orfelinato, para ver si se encariñaba de alguno.

El trabajo le hizo bien. Se sintió menos culpable y estaba más tranquila. Pero luego de enterarse de que Damián no podía tener hijos, cada vez que hacían en amor, cuando estaba a punto de dejarse arrastrar por una avalancha de placer, Agripina veía a un niño pequeñito en la cresta de la ola que estiraba sus brazos hacia ella tratando de alcanzarla, y cuando no lo lograba, todo el placer se le esfumada como una marea que se retira y se quedaba varada en tierra.

A pesar de sus problemas personales, la contribución de tío Damián al éxito de los Cementos Estrella fue fundamental. Como era ingeniero químico, lo nombraron uno de los gerentes principales de la planta, y gracias a su supervisión, la calidad del cemento fue siempre de primera. Luego, cuando la familia compró las cuatro plantas del gobierno, le metió el hombro a la tarea y ayudó también a sacarlas adelante. Tenía todo el dinero que necesitaba y estaba muy enamorado de Agripina, pero no era feliz. Lo acechaban peligros invisibles y padecía ataques de ansiedad. Empezó a coleccionar armaduras medievales, lanzas y picas, y las colgó de la pared de su estudio. Intuía que tenía que defenderse de algo, pero no adivinaba de qué.

Se daba cuenta de que sus opiniones contaban para muy poco en Vernet Construction. A pesar de que Aurelio y Ulises eran siempre muy corteses y cariñosos con él, las decisiones verdaderamente importantes las tomaban a espaldas suyas. Cada uno se había rodeado de una batería de consejeros legales y de ayudantes que les permitían evadir los derrumbaderos financieros y las tormentas políticas. Damián, por el contrario, no tenía a nadie; se defendía él solo, y no ambicionaba ser un magnate de las finanzas ni un cacique político.

En el 1968 Aurelio mudó la administración de Vernet Construction a San Juan, y se llevó consigo a sus secretarias y a sus jóvenes ejecutivos. Unos meses más tarde Ulises vendió sus acciones y se mudó a la Florida; él también se llevó consigo a su gente. Damián y Roque se quedaron a cargo del enorme edificio semi-abandonado, donde las puertas se abrían solas y los muebles crujían en las penumbras. Los empleados que quedaban estaban desmoralizados, y ejecutaban sus labores con desgano.

Tío Damián y Agripina empezaron a viajar a Europa más a menudo para distraerse. Abordaban el *Queen Mary* en Nueva York y se pasaban tres semanas en el Savoy de Londres. Entonces zarpaban hacia Le Havre y pasaban una semana en él Hotel Plaza Athenée en París. De allí seguían a Venecia, Florencia, Roma, Atenas. Regresaban con tantas obras de arte que pronto Cañafístula #4 empezó a parecer un museo. Pero Damián seguía melancólico y hablaba cada vez menos. Las quejas constantes de Agripina sobre su esterilidad no ayudaban en nada.

Cuando tío Roque se suicidó en el 1970, abuelo Chaguito dejó de venir a Vernet Construction, y Damián tenía que ir solo a las oficinas todos los días. La vieja fundición seguía perdiendo dinero. A tío Damián le tocaba supervisarla, y se daba la vuelta por los edificios todas las mañanas. Se aseguraba de que los soldadores eléctricos llevaran puestas sus máscaras para protegerse de los rayos ultravioletas de los arcos eléctricos. Visitaba el taller de máquinas y verificaba cuántas órdenes nuevas se habían recibido para las masas y las catalinas, que eran pocas pues las centrales seguían cerrando. Visitaba el almacén donde se almacenaban las vigas de acero y las crucetas de hierro y repasaba el inventario. Entonces subía a la oficina, se sentaba frente a su escritorio, y se quedaba mirando por la ventana los barcos que descargaban su mercancía en los muelles cercanos del puerto.

Después de un rato los límites de la realidad empezaron a desintegrársele y se perdió en una niebla de especulaciones. En una ocasión, alrededor de las nueve de la noche, Agripina telefoneó a la oficina para ver si Damián todavía estaba allí. Nadie contestó el teléfono. Agripina se montó en su Lincoln Continental y manejó hasta Vernet Construction, donde el conserje le abrió la puerta de la oficina. Encontraron a tío Damián sentado en la oscuridad como en un trance, contemplando por la ventana los muelles yacíos.

Esto fue en el 1972, cuando Aurelio todavía estaba viviendo en San Juan. Agripina lo llamó por teléfono y Aurelio voló a La Concordia al día siguiente. Decidieron que había que internar a Damián en el New York Flower Hospital, una de las mejores clínicas para enfermos mentales de los Estados Unidos, donde el doctor Lothar B. Kalinowsky tenía fama mundial por su terapia electroconvulsiva. En el curso de los próximos meses se le administraron a tío Damián varios electrochoques, y experimentó una recuperación espectacular. Unas semanas después de su tercer tratamiento estaba como nuevo. Salió de su estupor catatónico y conversaba normalmente con tía Agripina y con todo el mundo. Immediatamente empezaron a planificar un viaje a la Ciudad de México, donde todavía no habían estado.

Mientras Damián y Agripina viajaban por México, Aurelio se despertó una noche bañado en sudor. Eran las doce de la noche y acababa de tener una pesadilla aterradora. Soñó que a Damián lo habían enterrado vivo dentro de una de las pirámides de Tenochtitlán, y que lo estaba llamando desesperado. Al pie de la pirámide había una serpiente emplumada que tenía las mandíbulas abiertas. Parecía un desagüe pero era en realidad un "almoducto", un canal por el cual las almas de los sacrificados viajaban al exterior de la pirámide.

Entonces oyó en el sueño una voz que dijo: "Si te paras frente a la pirámide durante los próximos minutos verás el alma de Damián salir por la boca de la serpiente y podrás llevártela contigo a la isla, pero su cuerpo nos pertene. Lo enterraremos en México, porque cuando estaba vivo ustedes nunca lo escucharon".

Papá se levantó temblando de la cama. Tenía el corazón latiéndole a las millas. Salió a la terraza y tomó varias bocanadas profundas de aire. Entró a la sala; se sentó al piano y empezó a tocar. Pero nada lo tranquilizaba. De pronto sonó el teléfono. Era Agripina, llamando desde Ciudad de México. Damián acababa de morir, le dijo sollozando a Papá. Estaban cenando en uno de los restoranes de la Zona Rosa cuando sintió una cuchillada de dolor en el costado. Para cuando la ambulancia llegó al hospital, ya estaba muerto.

Dos días después Aurelio voló a Ciudad de México y fue immediatamente al Hotel Victoria Eugenia, en el Paseo de la Reforma, donde tío Damián y tía Agripina se estaban quedando. De camino a la morgue le preguntó a Agripina si los médicos habían podido determinar la causa de la muerte de Damián.

"Querían hacerle una autopsia y yo no lo permití, pero sospecho que murió de un ataque al corazón", contestó aguantándose las lágrimas. "Estamos casi a ocho mil pies de altura, y los electrochoques pueden habérselo debilitado. Nunca se nos ocurrió cuando planeamos el viaje a Ciudad de México".

Aurelio la abrazó e intentó consolarla. Entonces Agripina añadió: "En la ambulancia, cerca de las doce de la noche, cuando se estaba muriendo, Damián empezó a llamarte en voz alta. Quería que vinieras a buscarlo. Estaba convencido de que sólo tú podías salvarlo".

Aurelio sintió que se le ponían los pelos de punta, pero no le mencionó a Agripina que había escuchado en sueños la voz de Damián precisamente a esa misma hora. Las dos de la mañana en Puerto Rico eran las doce de la noche en México. Durante la próxima semana Aurelio se vio envuelto en una pesadilla; las autoridades mexicanas alegaban que, puesto que la causa de la muerte de tío Damián no había sido determinada a ciencia cierta, el cuerpo no podía abandonar el país hasta que se llevara a cabo una autopsia, y eso podía tomar varios meses porque había muchísimos casos pendientes y tío Damián tenía que esperar su turno. Aurelio se puso furioso. No iba a permitir que los aztecas cortaran a su hermano, ni a dejar ningún miembro suyo por detrás al regresar a la isla. Lo sacaría del país intacto aunque tuviera que sobornar a medio gobierno mexicano. Le costó diez mil dólares, pero tres días más tarde Agripina y él abordaron el avión en el que transportaron el cuerpo de Damián sin que le hubiesen tocado un pelo.

Cuando el ataúd llegó por fin a La Concordia, Agripina hizo que lo llevaran a su casa en Cañafístula #4. Papá, Mamá y yo le dijimos adiós allí, junto a amigos y familiares. Cuando terminó el velorio, varios hombres cargaron el féretro hasta el otro lado de la calle, para que abuelo Chaguito, que ya casi no podía caminar, se despidiera de él antes de subirlo al coche fúnebre que lo llevaría al cementerio. Abuelo Chaguito se había mudado a Las Buganvillas algunos años antes. Tenía ochenta y seis años y quería estar cerca de sus hijos y nietos. Aguardó de pie en el umbral de su casa, en la esquina de Cañafístula y Flamboyán, a que el féretro se acercara, y entonces se quitó el sombrero y bajó los escalones poco a poco. Puso su mano encima de la tapa

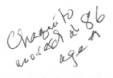

y guardó silencio. Aurelio, que era uno de los que venía cargando el ataúd, se le paró al lado.

"¿Ya saben de qué se murió?" preguntó Abuelo en un susurro, para que los reporteros no lo oyeran.

"Murió de silencio, Papá", le contestó Aurelio llorando. "Fue culpa nuestra. Se nos olvidó que Damián tenía el corazón delicado, y no quisimos escucharlo".

53

El último chispazo de

Fosforito Vernet

ABUELO CHAGUITO DISEÑÓ él mismo su nueva casa de Las Buganvillas, una casa muy distinta de las de sus hijos. Era moderna y práctica, con un techo de cemento en *cantilivier* que ningún huracán podría llevarse volando por el aire, y unas ventanas ovaladas que alcanzaban el techo y dejaban entrar mucha luz. Estaba pintada de blanco, y los pisos eran de un terrazo color crema que siempre me recordaba el pudín de tapioca. Cuando se mudó de la Calle Esperanza lo único que Abuelo se trajo consigo fueron los rosales de Adela, que florecían todo el año. Los sembró él mismo en el pequeño jardín de la nueva casa, y se ocupaba de ellos a diario.

Brunhilda siempre alegó que había trabajado como enfermera en la clínica de su difunto marido, pero luego descubrimos que era mentira. Lo que en realidad había hecho era amortajar a los muertos. Le encantaba hacerlo. Decía que esto le había dado una gran sangre fría ante la muerte, y se preciaba de poder enfrentarse a ella cara a cara. La obsesión de Brunhilda con los ritos de la muerte era muy extraña. Lejos de lavar el cuerpo del difunto con tristeza para luego vestirlo con sus mejores ropas parecía casi estar contenta de hacerlo, como si sentirse joven y en buena salud al lado de un muerto fuera una victoria. En cuanto el paciente expiraba, Brunhilda se hacia cargo de él. Cerraba con llave la puerta del cuarto y le bajaba los párpados sobre los ojos; luego le acomodaba la mandíbula con un pañuelo de hilo y vestía la cama con las mejores sábanas. Si se trataba de una mujer, le cepillaba el pelo cuidadosamente sobre la almohada, y le ponía medias de nilón y zapatos de taco. Una vez me contó lo mucho que tuvo que luchar para subirle la faja a una señora muy gorda, cuyos parientes se sentirían defraudados si no se veía guapa, y su descripción me puso la piel de gallina.

Brunhilda los consolaba y les decía que tuvieran paciencia. Pronto su ser querido no se vería ni enfermo ni viejo. Los parientes lloraban y casi nadie se atrevía a mirar el cuerpo o acercársele demasiado. Rezaban el rosario a distancia y con los ojos bajos, y esperaban a que llegara el enterrador para que se llevara al difunto a la funeraria. De vez en cuando miraban al difunto de reojo, y, con sorpresa, descubrían que Brunhilda tenía razón. En cuanto las carnes se enfriaban y se iban endureciendo, los cachetes sumidos se les rellenaban, desaparecían las arrugas y las ojeras, y el abuelito se transformaba en un pálido joven tallado en piedra.

Cuando Abuelo regresó a su casa del hospital, Aurelio le dijo a Brunhilda: "Por favor cuida bien a Papá; ya sabes lo mucho que te quiere. Te aseguro que la familia te remunerará adecuadamente". Brunhilda sonrió y le respondió: "No te preocupes, Aurelio. Haré todo lo posible por hacerlo sentirse bien".

Después de la muerte de tío Damián, la salud de abuelo Chaguito empezó a ir cuesta abajo. Un año después de la tragedia en México, estaba en el jardín removiendo la tierra alrededor de los rosales cuando sintió una presión muy grande en el pecho. Una llamarada de dolor le subió por el brazo izquierdo y le lamió hasta el hombro. Los dientes y la quijada también le ardían como si se le hubieran incendiado. Se fue de bruces sobre el rosal que acababa de podar y perdió el conocimiento. Cuando volvió en sí estaba en la unidad de cuidado intensivo del Hospital de las Siervas de María, donde pasó las próximas dos semanas.

Abuelo se recuperó poco a poco y por fin lo dieron de alta en el hospital. Tenía que guardar cama y descansar lo más posible, sin embargo, los electrocardiogramas mostraron que el ataque había afectado el tejido del corazón, y si no se cuidaba podía morir de un paro cardíaco.

"Gracias a Dios que Brunhilda tiene experiencia como enfermera. Puede cogerte la presión, traerte el pato a la cama cuando tengas ganas de orinar en la noche, y tener a mano las pastillas de nitroglicerina para que no tengas que levantarte", dijo Aurelio mientras ayudaba a su padre a salir del auto, subiendo la voz para que lo oyera. "Y si te sientes mal, me llamas por teléfono a San Juan y en menos de una hora volaré a La Concordia".

Para aquel entonces Abuelo estaba como una tapia. Se quedó sordo a propósito, para no tener que oír el cacereo constante de Brunhilda, que por aquel entonces había perdido su falsa lozanía dorada y adquirido un auténtico aspecto de cuervo. Chaguito miró a Papá por debajo de las cejas, pero se apoyó en su bastón y se quedó callado. Brunhilda tenía muy poca paciencia con él. Dormía en una cama vecina a la suya, pero cuando le daban ganas de orinar en la noche no se atrevía a despertarla, porque se ponía furiosa. Le traía el pato y, mientras intentaba desaguar, le pellizcaba los brazos y le martirizaba las costillas mientras le gritaba que se diera prisa porque estaba muy dansada. Pero abuelo Chaguito era un caballero, y jamás le dio a sus hijos una queja sobre Brunhilda.

Una noche abuelo Chaguito se despertó con unas palpitaciones muy fuertes pero no le avisó a Brunhilda. Si le había llegado la hora, prefería morirse en paz. Miró alrededor suyo en la oscuridad y vio que su mujer había encendido una vela frente a la imagen del Sagrado Corazón sobre la cómoda. Aquella imagen le daba escalofríos porque el corazón, que llevaba expuesto en medio del pecho, supuraba sangre como si alguien lo estuviera exprimiendo. Miró hacia otro lado y trató de calmarse pensando en cosas agradables. Empezó a imaginarse las calles de La Concordia, y a pasearse por sus aceras mentalmente, admirando sus hermosos edificios. Se acordó del día que llegó de Santiago de Cuba, cuando se dio cuenta de que las calles tenían los nombres de las virtudes masónicas: Calle Fraternidad, Calle Hermandad, Calle Armonía. ¡Qué contento se puso! Se sintió que había llegado a casa.

En Puerto Rico había tenido buena suerte y estaba agradecido por eso. Pero la buena suerte era como un pájaro, no anidaba en el corazón si uno no estaba contento. Cuando llegó a La Concordia lo primero que hizo fue convertirse a la masonería, como habían hecho su padre y su abuelo. Luego sus hijos se habían vuelto masones y habían fundado la planta de cemento. Gracias a los Cementos Estrella la ciudad era un organismo vivo, que cambiaba y se transformaba. Sus edificios habían seguido creciendo, cada vez más espigados y hermosos, como se abren las flores sobre los tallos. Chaguito se sentía profundamente orgulloso de La Concordia. Era *su* ciudad. La había salvado de la destrucción cuandro era bombero, y había contribuido a reconstruirla muchas veces.

No se quería morir porque no quería abandonarla. En los setenta y cinco años que había vivido en Puerto Rico sólo había salido de la isla una vez, cuando viajó a Chicago, a llevar a Celia al convento. Sus hijos, sin embargo, y también sus nietos, habían viajado por todo el mundo y luego habían abandonado el pueblo. Aurelio todavía vivía en La Concordia, pero desde que Vernet Construction se había trasladado a San Juan, prácticamente residía en la capital. Amparo se mudó a Maracai con su marido, y Ulises salió disparado para la Florida como una bala de cañón. Entonces Roque se había suicidado y Damián había muerto de un ataque al corazón. Sus nietos también se dispersaron por el mundo. Elvira y Álvaro los dos se habían casado, y vivían con sus familias en San Juan. Rodrigo y Catalina se habían quedado en la Florida. Enrique se había pegado un tiro y Eduardo se había esfumado con el dinero de su padre.

Cuando el salió de Santiago de Cuba no tenía un centavo y a sus espaldas se libraba una guerra sangrienta. Sus hijos y sus nietos lo tenían todo —la mejor educación que podía adquirirse, una holgada situación económica, buena salud. Y vivían en una democracia, protegidos por la bandera de los Estados Unidos. Sin embargo se comportaban como turbinas sin centro, girando alocadas por todo el mundo sin un punto de apoyo. ¿Por qué no eran felices en La Concordia? ¿De qué estaban huyendo? No lo sabía. Aquello era un misterio.

Celia fue la única que se quedó en el pueblo y visitaba a abuelo Chaguito a menudo. Era una mujer extraordinaria, y gracias a ella Abuelo había comprendido por fin que La Concordia era hermosa no sólo por sus edificios, sino también por su gente. Eran indestructibles: habían sufrido una crisis tras otra: huracanes devastadores; emigración masiva a los Estados Unidos; el derrumbe del azúcar; la bancarrota de las refinerías locales y de las atuneras a causa del alza de los intereses en los setenta. Cuando la industria del azúcar casi desapareció, la fundición, así como el taller de soldadura y el de máquinas, tuvo que cerrar sus puertas. La planta de Cementos Estrella todavía ganaba dinero, pero debido al costo astronómico de la electricidad se mantenía a flote por un pelo.

Cuando la fundición quebró, el área del puerto de La Concordia se transformó en un arrabal terrible. Los obreros vivían en chozas insalubres y cientos de tugurios brotaron entre los mangles, que no pertenecían a nadie porque se juzgaban inhabitables. Edificaban las casas en zancos, con techos de zinc cubiertos de piedras. Un día abuelo Chaguito le preguntó a Celia que para qué eran aquellas piedras, y ella le contestó que la muchachería las almacenaba en los techos para tirárselas a los forasteros que se atrevían a entrar al arrabal, de tan furiosos que estaban con el mundo.

Celia brincaba de tabla en tabla sobre el agua apestosa, esquivando los guijarros que silbaban a su alrededor. Abrió un dispensario médico junto a Vernet Construction; luego añadió un Centro de Orientación y Servicios y una Escuela de Artes y Oficios. No quería mencionar nada que tuviera que ver con la religión, porque sabía que, en aquella atmósfera caldeada, hablar del pecado y del arrepentimiento equivalía a hundir el bote antes de zarpar en él. Para el 1970 su Escuela de Artes y Oficios se había convertido en una universidad con cientos de estudiantes, que pronto alcanzó la acreditación del Middle States Assocation Board al nivel nacional. Abuelo Chaguito estaba tan impresionado que le daba a Celia cada centavo que lograba esconderle a Brunhilda para su obra misionera.

En cuanto abuelo Chaguito empezó a pensar en tía Celia

una sonrisa feliz se le dibujó sobre los labios. Su corazón se tranquilizó y se quedó profundamente dormido.

Abuelo no abrió los ojos hasta tarde en la mañana. Lo despertó el estruendo de una concretera estacionada cerca de la ventana de su habitación. No tenía que verla para saber lo que era: la gravilla mezclada con cemento y agua que giraba dentro del enorme cilindro producía el sonido más hermoso del mundo. Brunhilda se había levantado hacía rato, así que tocó el timbre junto a su cama y Amalia, la empleada, acudió en seguida. Le preguntó qué estaba pasando afuera.

"Son los obreros de la planta, Señor. Por fin vinieron a hacer la obra del jardín".

"¿Qué obra?" preguntó Chaguito, con voz trémula. Y le pidió a Amalia que lo ayudara a levantarse de la cama.

"Doña Brunhilda está rediseñando el jardín, señor. Lo está modernizando".

Chaguito se puso las pantuflas y la bata y salió del cuarto arrastrando los pies lo más rápido posible. Fue hasta la terraza cubierta, abrió una de las ventanas de persianas y miró para afuera. Los obreros estaban echando cemeto, *su* cemento, en el lugar donde hasta el día anterior florecían los rosales de Adela. Chaguito se puso pálido y tuvo que agarrarse al respaldar de una silla para no caerse. Brunhilda entró en ese momento, con una sonrisa de satisfacción en el rostro.

"Se verá muy bien, querido. Tenemos tan poca ayuda; no hay nadie que barra las hojas, y mientras estuviste en el hospital el jardín se puso que daba lástima. Por eso mandé hacer un diseño en el patio con cerámica de Talavera. Cuando esté terminado le dará a la casa mucho colorido y ya no tendremos que barrer más hojas".

Abuelo Chaguito se sintió mal y se regresó a la cama. Le dolía el pecho, y las palpitaciones le regresaron. Telefonearon a

San Juan, y Aurelio, mi hermano y yo volamos immediatamente a La Concordia. Cuando entramos al cuarto una hora y media después, el doctor estaba allí y nos dijo que abuelo Chaguito se estaba muriendo. Brunhilda estaba sentada al borde de la cama, sosteniéndolo entre sus brazos. Le daba trabajo respirar, y boqueaba como un pez fuera del agua. Abuelo no dijo nada al vernos entrar, pero Papá vio en sus ojos que no quería que Brunhilda estuviera cerca. Tenía los brazos y el pecho cubiertos de hematomas, y nos dirigió una mirada suplicante.

Brunhilda se levantó de la cama y abandonó la habitación. Nos reunimos todos alrededor de Abuelo y le sostuvimos las manos mientras el médico le daba un masaje vigoroso en el pecho. La enfermera le puso una inyección de nitroglicerina. "¡Siga, siga, doctor, no se dé por perdido!" lo alentaba abuelo Chaguito, sin perder su presencia de ánimo. "¡La vida es un don precioso, hay que salvarla a toda costa!"

Pero los esfuerzos del médico no valieron de nada. El ataque al corazón fue masivo y Chaguito por fin guardó silencio. Aurelio le cerró suavemente los ojos. Abuelo Chaguito había muerto como el bombero que era, con el espíritu y el valor intactos.

SEXTA PARTE

✳

El hilo
de Scherezade

Contar una historia va mano a mano
con el conocimiento de la vida; el conocimiento de
uno mismo, en uno mismo, por uno mismo.

—SCHEREZADE, *Las mil y una noches*

54, 55, 56

La tentación de Xochil

LAS DIFICULTADES DE CLARISSA con los sirvientes se recrude-
cieron cuando la campaña política de Aurelio se intensificó.
Entraba una nueva empleada a la casa, encantada de que iba a
trabajar en Cañafístula #1, donde vivía el candidato más guapo
y carismático de La Concordia, cuyas fotos aparecían pegadas a
todas las tapias y los postes eléctricos del pueblo. Por lo general
eran muchachas vestidas con ropas humildes, con los cachetes
rubicundos y los labios tersos de la juventud. Una vez se ponían

el uniforme que Clarissa les entregaba sus formas se hacían más evidentes, y los pechos se les marcaban claramente debajo del algodón almidonado.

Antes de que terminara la semana, ya Clarissa se había peleado con la recién llegada de turno —porque había entrado al *master bedroom* sin tocar a la puerta cuando Aurelio estaba todavía en calzoncillos o se estaba bañando, o se le había parado demasiado cerca al pasar la bandeja en la mesa a la hora de la cena.

Cuando más de una docena de muchachas entraron y salieron por la puerta de casa en menos de un año, Clarissa convenció a Aurelio de que la solución era mandar a buscar una empleada a Guatemala. Las compañías americanas —la planta de enlatar atún, por ejemplo, y las fábricas de transistores de radio que se instalaron en los alrededores de La Concordia durante aquellos años y que empleaban mayormente mujeres como sus operarias— habían echado a perder a la población obrera local. Ahora había que pagarles a todas el salario mínimo así como el seguro social, cuando uno las corregía por algo contestaban sin pelos en la lengua, y querían viernes y sábados en la noche libres para irse de juerga con los amigos. Pero Guatemala estaba lo suficientemente lejos para que las empleadas domésticas no se hubieran echado a perder todavía. Seguramente las guatemaltecas eran obedientes y modosas, y trabajaban por menos dinero.

Aurelio se comunicó con una agencia en Nueva York que introducía obreros immigrantes al país, con la ayuda de una subagencia establecida en Ciudad de Guatemala. Eran empleados que entraban a trabajar por una temporada y que luego regresaban a sus patrias. Papá estuvo de acuerdo con pagar el boleto de viaje, y se comprometió a supervisar de cerca a Xochil, para que no fuera a remontar el vuelo y desaparecer con su provisorio *green card*. Mis padres nunca habían viajado por América Central ni por América del Sur —muy pocos en la isla viajaba allá entonces. Nos bastaba con el atraso de nuestro propio país, decía Clarissa, donde los teléfonos a cada rato no funcionaban, salía un chorro de fango por el grifo cada vez que llovía, y las carreteras sin asfaltar a menudo eran pistas de lodo. Vacacionábamos en Europa y los Estados Unidos, que eran países civilizados. Por eso a mis padres no se les ocurrió que Xochil Martínez, la chica que la agencia por fin nos consiguió, pudiese ser una indígena.

Mamá estaba ansiosa por exhibir a Xochil ante sus amigas de Las Tijerillas, su club de costura. Pero cuando la joven se bajó del Cadillac —Cristóbal viajó hasta San Juan para recogerla en el aeropuerto— Clarissa por poco se desmaya. Xochil parecía un ídolo olmeca. Tenía los ojos rasgados y la nariz chata, y sobre su enorme cuerpo sólido y sin curvas estaba afirmado el planeta de su cabeza. Casi no hablaba español. Llevaba puesto un hermoso huipil maya, una túnica bordada con pájaros y estrellas que le llegaba más abajo de las rodillas; y cargaba todas sus pertenencias en una mochila de yute a sus espaldas. Pero lo que más impresionó a Clarissa fueron los pies descalzos de Xochil, que eran grises y curtidos como los de un elefante. Había caminado a pie desde las selvas del Petén hasta Ciudad de Guatemala. Una vez allí tocó a la puerta de la primera iglesia católica con que se topó, y le rogó al sacerdote que la llevara al aeropuerto. El sacerdote le hizo el favor de montarla en un taxi y la ayudó a abordar el Constellation 747 con el pasaje que Aurelio le había enviado, y que la joven guardaba en su mochila. A las pocas horas Xochil Martínez estaba de camino a la isla.

Cuando Xochil llegó a nuestra casa en Las Buganvillas, sonrió dulcemente y caminó sin hacer ruido hasta la cocina, donde se sentó a comer algo. No había almorzado en el avión, dijo, porque tenía miedo de marearse. Mamá le sirvió un plato de arroz con habichuelas y una chuleta de cerdo frita, que a Xochil le supieron a gloria.

Xochil era muy obediente y siempre trataba de complacer a

Mamá. Pero como nunca había visto un teléfono, le daba terror contestarlo. En las noches nunca escuchaba la radio ni miraba la televisión; salía al jardín, se sentaba en la oscuridad debajo del samán, y se ponía a cantar canciones mayas y a tejer mariposas, colibríes y grillos con los esquejes de una palma cercana. No le gustaba dormir en el cuarto del servicio porque hacía mucho calor. Sacaba fuera su petate, lo esparcía debajo del samán o del panapén, y se acostaba sobre él con una expresión beatífica en el rostro.

Mamá decidió dejarla hacer lo que le gustaba. Pero Xochil estaba decididamente demasiado gruesa, y eso heriría su sensibilidad estética según los cánones de Emajaguas. Decidió ponerla a dieta. Cerró con llave la puerta de la despensa, y le ordenó al cocinero que le sirviera a la nueva empleada una ración de arroz con habichuelas, una ensalada pequeña y un tostón a la hora del almuerzo. Un vaso de leche a la hora de la cena y otro a la hora del desayuno completarían el menú.

Xochil no se quejó, y siguió las órdenes de Mamá al pie de la letra. Había estado a dieta por una semana y ya había rebajado diez libras cuando una tarde uno de los caciques políticos amigos de Papá le obsequió un enorme ramo de guineos manzanos. No menos de cincuenta guineos colgaban de él en gajos cortos y gruesos, dulces como la miel. Estaban tan maduros que la piel había empezado a explotárseles por los costados y la carne blanca quedaba expuesta al aire casi indecentemente, mientras esparcían por la casa un aroma delicioso. El cacique le dio a Xochil el ramo de guineos para que lo llevara a la alacena y se sentó a hablar con Papá en la terraza. Mamá estaba durmiendo la siesta y el cocinero ya se había marchado, así que Xochil se encontró a solas con aquella tentación terrible. Cuando Mamá se levantó de la siesta y entró a la cocina a ayudar a Xochil a preparar la cena la encontró desmayada en el piso, después de despacharse los cincuenta guineos manzanos con el estómago vacío.

Xochil eventualmente rebajó treinta libras y Mamá logró vestirla con un uniforme almidonado talla 14, con encajitos en el cuello y en las mangas, tal como había soñado, pero todavía no se atrevía a exhibirla ante Las Tijerillas. El problema era que los pies de Xochil eran tan grandes que no había zapatos que le sirvieran. Mamá peinó las tiendas de La Concordia, pero sencillamente no existían zapatos de mujer en tallas de aquel tamaño, y Xochil no podía servirle la merienda descalza a Las Tijerillas —aquello hubiese sido imperdonable. Mamá estaba al borde de las lágrimas cuando se me ocurrió la solución. Llevé a Xochil al Sports Shop de La Concordia, y le pedí al vendedor que nos trajera un par de tenis Converse tamaño quince y medio EEE, de los que usaban los jugadores de baloncesto. Xochil se los puso y le cayeron como un guante. Al día siguiente pudo servir la mesa a la hora del té, y pasó con mucha finura la bandeja de plata con los sandwichitos de espárragos y los buñuelos rellenos de pollo entre las amigas de Mamá.

Xochil duró dos años en casa, más de lo que había durado la mayoría de las empleadas de los arrabales de La Concordia. Durante ese tiempo no la escuché quejarse ni una vez. Pero cuando logró economizar bastante de su sueldo, desapareció de Cañafístula #1 sin dejar rastro.

55

La vajilla del cardenal

set/ dishes

CLARISSA SIEMPRE ANDABA diciendo que un día Aurelio nos arruinaría a todos. Gastó una fortuna en su malhadada campaña para alcalde de La Concordia, y en el 1955 el obispo Mac-Farland convenció a los hermanos Vernet de que donaran las tierras de la finca de caña para la Universidad de las Mercedes. Además de esto, donaron 300 mil dólares para un edificio de ciencias. Mamá no estaba de acuerdo con botar dinero en la política, pero creía en ayudar a la Iglesia, y la universidad era sin duda una causa noble. La filantropía, sin embargo, debía hacerse de una forma ordenada, que no afectara el capital de la familia.

Como todas las Rivas de Santillana, Mamá pensaba que su deber era economizar. Pero los Vernet habían ganado tanto dinero que Clarissa ya no podía juzgar las cantidades. El instinto le decía que un peligro terrible la amenazaba; una vez se era millonario, era muy fácil perder el sentido de orientación. Era como estar a la deriva en una balsa, dondequiera que uno miraba veía una montaña de dinero alejándose, y no había manera de controlar la corriente que lo arrastraba a uno a mar abierto. Así que Mamá se afianzó a sus costumbres frugales y nunca gastaba un centavo más de lo que se necesitaba. Vivía exactamente igual que antes.

Cuando salía de compras Clarissa siempre regateaba para conseguir rebajas. Esto era lo acostumbrado en la Plaza del Mercado, donde las amas de casa porfiaban durante horas con los placeros de frutas y de vegetales para ahorrarse algunos centavos. Pero Mamá hacía lo mismo cuando iba de compras a las tiendas y a las boutiques elegantes de La Concordia, donde nadie discutía el precio y todo se pagaba de contado. Mamá compraba su ropa en baratillo y cuando visitaba las zapaterías de calidad le preguntaba al dependiente si le quedaban algunas muestras. "Las muestras" eran los zapatos que llevaban puestos los maniquíes en los escaparates, que por lo general eran tan pequeños que no le servían a nadie y se vendían por una bagatela. Mamá usaba talla cinco, y siempre le sacó ventaja a esta situación. Sus zapatos Bally o Papagallo nunca le costaron más de cuatro dólares.

Unos días antes de que se colocara la primera piedra de la Universidad de las Mercedes, Aurelio le pidió a Clarissa que preparara una cena formal en casa, porque quería celebrar el evento por todo lo alto. El cardenal Spellman venía de Nueva

York a bendecir los cimientos de los nuevos edificios, y el obispo MacFarland y docenas de otros dignatarios de la Iglesia también estarían presentes. Se esperaban por lo menos treinta comensales. Mamá pidió la cena al mejor *catering service* de La Concordia: el menú incluiría gallinitas Cornish rellenas de arroz salvaje, batatas al horno con canela y salsa de *malvavisco,* y un rosbif *prime blue ribbon* que el *catering* traería en avión, envuelto en hielo seco, desde Nueva York. Clarissa mandó pulir sus bandejas de plata y enjuagar su cristalería de Venecia. Pero cuando sacó su vajilla Lenox se dio cuenta de que sólo tenía suficientes platos para servir a veinticuatro invitados, y corrió a El Imperio, la mejor tienda de La Concordia, a ver si tenían una vajilla que hiciera juego con la suya. La tenían. Acababa de llegar y precisamente la estaban exhibiendo en la ventana principal. Era azul turquesa, con un dibujo en oro de 24 quilates en el reborde. Era carísima pero a Mamá le encantó. Se la llevó a casa "a la vista", para ver cómo se veía junto a su vajilla Lenox azul pálido.

Aurelio estaba muy entusiasmado con lo de la nueva universidad, y el día antes de la cena fue a La Concordia a comprar los vinos y el champán. Se topó con media docena de amigos que andaban también por el pueblo haciendo sus diligencias, y los invitó a todos a venir a casa al día siguiente para la cena. Cuando Mamá se enteró se puso furiosa. "¿Qué va a decir de nosotros el cardenal Spellman cuando se acerque a la mesa del buffet con el plato en la mano y encuentre que el rosbif ha sido trinchado hasta el hueso? ¡Nunca podremos limpiar esa vergüenza de nuestro nombre!" Y obligó a Aurelio a que llamara a sus tres hermanos esa misma noche, para que les dijera que ni ellos ni sus esposas deberían servirse del rosbif, porque no estaban seguros si habría suficiente para todos los invitados.

Cuando Ulises, Venecia, Damián, Agripina, Celia y Roque se enteraron, se rieron a carcajadas del asunto. Conocían bien a

Papá y sabían lo mucho que le gustaba traer consigo a sus amistades a comer a la casa. Esa noche, cuando se acercaron al buffet, sólo se sirvieron pan y un poco de ensalada, y se quedaron de pie a un lado de la terraza, bebiendo vino y charlando entre ellos mientras el resto de los invitados hacía fila y se servía la comida. Pero tía Clotilde cogió su plato Lenox color turquesa, caminó hasta la mesa y se sirvió una lonja jugosa de rosbif. Cuando Aurelio vio lo que Clotilde estaba haciendo se le acercó rápidamente y le susurró que el cardenal Spellman todavía no se había servido, que por favor regresara su pedazo de carne a la fuente. Tía Clotilde dejó su plato encima de la mesa con un gesto malhumorado, agarró a tío Roque por el brazo y lo sacó de la casa a regañadientes justo cuando el cardenal Spellman empezaba a pronunciar la bendición de los alimentos. A pesar de todo, la cena fue un éxito, y cuando el cardenal Spellman se despidió, le extendió a Mamá su hermoso anillo de topacio para que se lo besara.

Esa noche, a las tres de la mañana, Mamá todavía no se había podido dormir. Daba vueltas y más vuelas en la cama, pensando en la extravagante vajilla que había comprado, que en realidad no necesitaba. El juego nuevo había costado trescientos dólares, que tendrían ahora que añadirse a los tres millones que los Vernet le habían donado a la Iglesia en tierras, y a los trescientos mil que habían donado para el edificio de ciencias. Mamá pensó que a la familia se le había ido la mano y que aquello era un desbarajuste. Trataría de compensar economizando. Al día siguiente empaquetó cuidadosamente la vajilla nueva en sus cajas y la regresó a El Imperio, porque el color de los platos no había hecho juego con el de su vajilla Lenox después de todo.

Unos días más tarde tía Clotilde fue al pueblo a hacer unos mandados y pasó por enfrente de El Imperio. Se quedó pasmada al ver la vajilla turquesa y dorada de su cuñada exhibida en

acabada

la ventana como mercancía exclusiva, ~~acababa~~ de llegar del Norte. Entró a la tienda y pidió ver al gerente. "¿Mi cuñada, Clarissa Vernet, compró una vajilla de porcelana exactamente igual a ésa hace algunos días?" preguntó, señalando el escaparate con una expresión de palo en la cara. "No señora", le respondió cortésmente el gerente. "Esta vajilla es muy costosa. Nuestra tienda encargó una sola para la venta. Pero *sí* dejamos que la señora Vernet se llevara el juego de platos a la vista durante algunos días, porque quería asegurarse de que haría juego con el suyo. Desgraciadamente, no fue así". Tía Clotilde arqueó las cejas y le disparó al empleado una mirada venenosa. "Pues siento informarle que toda la Curia Romana comió de esos mismos platos hace tres noches", dijo. "Clarissa y Aurelio Vernet dieron una cena para el cardenal Spellman y su séquito de por lo menos treinta sacerdotes, y comieron rosbif, arroz salvaje y batatas al horno con *malvavisco* en esos mismos platos. Se lo puedo asegurar, porque yo estaba allí. ¿Todavía va a vender la vajilla como si fuera nueva?"

El gerente se quedó atónito e inmediatamente llamó a Mamá por teléfono. Clarissa corrió a la tienda, pagó por el juego de platos de contado y regresó con él a casa. El cuento se regó como la pólvora por los comercios de La Concordia, y desde entonces Mamá jamás se atrevió a pedir que le dejaran llevarse mercancía "a la vista", ni tampoco a pedir rebaja. Pero cuando viajábamos a Nueva York e íbamos de compras a Bergdorf's y a Saks Fifth Avenue, donde nadie la conocía, no podía resistir la tentación, y le pedía a las vendedoras del Designer Salon que le rebajaran algo por los modelos de Balenciaga y de Oscar de la Renta.

56

Las bolsas de oro
de la familia

ME GRADUÉ DE DANBURY HALL en mayo de 1956 y entré a St. Helen's College ese otoño. Durante mis cuatro años de universidad —de 1956 a 1960— estudié mucho y viví una vida austera. St. Helen's era muy distinto entonces de como es hoy. Era un colegio sólo para señoritas, y todas las maestras eran monjas. Las estudiantes dormían en catres de hierro, no había alfombras sobre el piso y había que pararse sobre el cemento frío cuando uno se levantaba en la mañana para ir al único baño que estaba al final del pasillo. Cuando llevé a mi hija a visitar el colegio recientemente me quedé admirada al ver las alfombras de pared a pared; los colchones Beauty Rest y los baños enchapados de porcelana que compartían las habitaciones contiguas. Pero las condiciones espartanas del St. Helen's de entonces me hicieron mucho bien, precisamente porque en mi casa me consentían tanto.

Como St. Helen's era una escuela católica, las alumnas recibían una dosis saludable de religión todos los días. Papá estaba ahora arrepentido de haberle hecho caso a las sugerencias masónicas de Chaguito de que me enviaran a estudiar en Danbury Hall. Gracias a la influencia del obispo MacFarland se había vuelto católico practicante, y asistía a Misa y comulgaba todos los domingos. Además de esto St. Helen's le ofecía a los padres la alternativa de no permitirle a sus hijas salir del campus —algo que hubiese sido improbable en un colegio laico. St. Helen's quedaba en Purchase, a sólo cuarenta y cinco minutos de Nueva York, ese antro de pecado y perversión, al que mis padres les daba terror que yo me fuera sola los fines de semana o, lo que era peor, acompañada por una de esas irlandesas locas que abundaban en los colegios católicos, y siempre andaban buscando bares donde emborracharse. Cada viernes en la noche, cuando el campus de St. Helen's se quedaba más vacío que la estepa rusa, tenía que dormir sola en mi dormitorio. En el colegio sólo quedaban muchachas turcas, árabes y japonesas, cuyos padres eran tan trogloditas como los míos.

Afortunadamente el interés en los estudios hacía el aislamiento más soportable. Me encantaba la historia de Abderramán III, el gran emir omeya de la España del siglo X; los poetas franceses como Pierre Ronsard y Paul Verlaine; los antropólogos Ruth Benedict y Margaret Mead. A veces cruzaba el campus de St. Helen's después de una tormenta con unas raquetas anticuadas atadas a los pies para no hundirme en las dunas de nieve, tan interesada estaba en mis cursos. Pero cuando regresaba a La Concordia para las vacaciones de verano no agarraba un libro. Me levantaba a las diez y dormía en una cama estilo francés provenzal. Mi cuarto tenía una alfombra de V'soske y un candelabro de cristal veneciano. El verano era un torbellino de actividades sociales y había fiestas casi todas las noches. Tenía docenas de trajes de baile, nos pasábamos los días enteros de pasadía en la Isla de Pargos, a la que se llegaba navegando en La Chaguito, la lancha Norseman que compartían los hermanos Vernet. Cualquiera hubiera dicho que era la muchacha más feliz del mundo, y me moría de aburrimiento.

Decidí ayudar en las campañas políticas de Papá durante los veranos. Era más interesante que ir a las fiestas de los jóvenes de mi edad. Me encantaba ir a los banquetes y a los bailes de los pueblos pequeños, donde la gente era muy pintoresca, y asistían a los mítines con los ojos destellantes de ilusión porque luchaban por un Puerto Rico mejor. En San Juan, como en La Concordia y otros pueblos importantes, la gente era mucho más cínica y no se metía en política a menos de que estuviera buscando algo. Los ideales no contaban para nada.

En los pueblos escuchábamos discursos, marchábamos en las paradas, estrechábamos las manos de la gente. A mí me encantaba participar en estas actividades junto a Papá, vestida con el traje de algún diseñador famoso. Mamá también asistía a las reuniones pero se mantenía al fondo, vestida de negro y aferrada a su precioso anonimato. Poco a poco me di cuenta de que el *rol* de las mujeres en la política era siempre prescindible. Lo único que podíamos hacer era permanecer de pie junto al candidato, contribuyendo con nuestra belleza y respetabilidad a su imagen. Yo estaba tan ansiosa de tener una carrera, sin embargo, que estaba convencida de que podría adquirirla apareciendo junto a Papá en los mítines.

Mis peleas con Clarissa, que al principio no eran más que escaramuzas, evolucionaron durante aquellos años en batallas campales. Yo había desarrollado un físico voluptuoso. Le llevaba a Clarissa cinco pulgadas de estatura y usaba zapatos talla diez. Mis caderas se ensancharon y mis pechos se redondearon en un generoso 36C; me daba trabajo mantenerlos dentro del traje de baño porque yo no era de las que me quedaba tendida junto a la piscina dorándome al sol como el resto de mis amigas: a mí me gustaba nadar y zambullir, tirarme de cabeza desde la tabla. Me encantaban los deportes y en St. Helen's jugaba baloncesto y lacrosse, gracias a los cuales desarrollé unas pantorrillas musculosas. Entre Danbury y luego St. Helen's pasé ocho años lejos de casa, y poco a poco me convertí en una extraña. Clarissa ya no sabía quién era aquella gigante de hija, que sólo venía a Cañafístula #1 a pasar las vacaciones tres veces al año.

Cuando Clarissa me veía bailando un bolero con un amigo, el recuerdo del amor que ella había experimentado en el jardín de Emajaguas cuando era novia de Papá se esfumaba como una nube pasajera. En mi caso el amor no era un asunto espiritual y delicado como el de Rima en *Green Mansions,* una emoción tan frágil como el batir de alas de un colibrí. Era más bien un agarre prosaico de masa con masa, un combate cuerpo a cuerpo entre el deseo descarado y las leyes de hierro de la respetabilidad.

En mi mente las diferencias entre el sexo y el amor estaban claras —no había leído a Margaret Mead en vano. Pero a pesar del régimen fascista de las monjas en St. Helen's, siempre había encontrado la oportunidad de reunirme a solas con los muchachos que me gustaban; como por ejemplo, cuando me quedaba a dormir en casa de alguna amiga. Pensaba en el sexo todo el tiempo —era como una llama que ardía dentro de mí, algo nunca experimentado. Su posibilidad iluminaba el mundo que me rodeaba, eliminaba las telarañas y me energizaba. Pero era demasiado peligroso para ponerlo en práctica.

En cuanto regresaba a La Concordia para las vacaciones de verano, Clarissa me hacía saber quién estaba al timón. No podía salir por la puerta sin pedirle permiso, y tenía que ir a las reuniones sociales acompañada de alguien —a menudo Clarissa misma, o la madre de alguna de mis amigas. Clarissa se sentaba cerca de la pista de baile y escudriñaba cada uno de mis movimientos. Si me veía bailar un bolero atornillada a mi parejo, como a mí me gustaba, se levantaba de la silla, caminaba hasta donde estábamos meciéndonos al ritmo de "Perfume de Gardenias", de Rafael Muñoz, o de "Piel Canela" de Bobby Capá, y nos separaba de un empujón tempestuoso. Entonces, en la privacidad del Ladies' me daba un sermón de cómo las señoritas bien no dejaban que los hombres se sobaran el sexo contra sus muslos; abría su cartera, sacaba un pañuelito de encaje y me lo metía dentro del escote para taparme el nacimiento de los senos. En aquellos momentos la odiaba con toda mi alma.

Pronto el rumor de que Mamá era un agente extraoficial de la Gestapo se regó por La Concordia, y los jóvenes me cogieron miedo y dejaron de sacarme a bailar en las fiestas. El hecho de que yo era la hija de un candidato a la gobernación empeoraba las cosas. De pronto me vi pintada en la pared como una flor marchita, y los muchachos de mi edad ni me miraban. Sólo me sacaban a bailar los *partners* oficiales —los ayudantes políticos que nos acompañaban a todos lados. Pasaron semanas sin que sonara el teléfono.

Me puse furiosa con Mamá por espantar a mis pretendientes, pero en mis ojos Papá seguía siendo perfecto. No me daba cuenta de que era él quien quería encerrarme en una caja de terciopelo como una joya, igual que hacía con Mamá. Y yo tampoco ayudaba, porque dondequiera que ponía los ojos buscaba un joven que se pareciera a Papá —un hombre que fuera tan brillante, tan guapo y tan bueno como él, pero con un nombre diferente. Como eso no era posible, porque Papá sólo había uno, no me gustaba ninguno de los jóvenes que conocía.

En septiembre de 1958 me volvieron a escoger reina de carnaval, esta vez del Casino de San Juan. El tema del baile sería "la palabra impresa" y todo lo relacionado con ella. Uno podría disfrazarse de letra, de palabra, de oración, de poema, de libro, de revista o de periódico. Ese año la inventiva de la sociedad capitalina se vería empujada al límite y los jóvenes de sociedad tendrían que exprimirse el cerebro para lucubrar disfraces inspirados en aquellos temas difíciles. El carnaval sería un evento importante en la campaña política de Papá, porque asistirían representantes de todos los diarios de la isla. El candidato a la gobernación —el "padre de la reina"— se beneficiaría mucho de la publicidad, ya que los bailes ofrecerían unas oportunidades idóneas para levantar fondos.

Mi disfraz como Reina de la Tinta era espectacular: un sofisticado traje tubo recamado de canutillos y cuentas de azabache, con un tajo hasta el muslo en la falda y una larga cola que, de tan negra, parecía líquida. Las cuentas de azabache temblaban sobre mi cuerpo como gotas de tinta, e invertido sobre mi cabeza se balanceaba un recipiente de cristal tallado, supuestamente el tintero. Durante varias semanas tuve que ensayar la aparatosa ceremonia de la coronación, practicar el vals, visitar a la modista para los últimos detalles. Lo cogía todo muy en serio y nada de aquello me parecía ridículo porque estaba ayudando a Papá en la campaña. Pero me estaba cansando de que me exhibieran como un maniquí todos los veranos, y juré que aquella sería la última vez.

Como yo había cumplido los dieciocho años, a Papá ya no le tocaría escoltarme hasta el trono. El comité del carnaval escogió a Víctor Matienzo como Rey, y me lo asignaron de parejo. Víctor era alto y de buena presencia. Se parecía un poco a De Gaulle, con la nariz tan larga como la del general francés pero desgraciadamente sin su cerebro. Fuimos a varios cocteles que precedieron la noche de la gala juntos, y me aburrí tanto que tuve que hacer un esfuerzo sobrehumano para mantener la boca cerrada y no bostezar cada tres segundos. Años después me enteré de que al pobre Víctor no le gustaban para nada las mujeres, y debió sentirse igual de aburrido que yo.

Llegó por fin el gran día y Víctor y yo desfilamos por el salón formal del Casino al compás de "Lágrimas Negras", el bolero que sería el tema musical de la noche. Desgraciadamente mi adorno de cabeza era muy pesado y me había provocado una migraña espantosa, así que después de la coronación, antes de que la orquesta empezara a tocar el vals, me excusé y fui a buscar una aspirina. Cuando regresé a la mesa donde estábamos sentados escuché a Mamá decirle algo a Papá que me dejó fría: "Tenemos que tener mucho cuidado ahora que te estás postulando para gobernador otra vez. Mientras Elvirita baile con Víctor estará segura, pero hay media docena de muchachos desconocidos dando vueltas a su alrededor que pueden ser unos buscones. Me temo que andan detrás de nuestro dinero, y Elvirita podría enamorarse de alguno de ellos".

Me sentí como si me hubieran dado una bofetada.

La orquesta rompió a tocar y Víctor y yo salimos a bailar el vals. Al rato me dieron ganas de ir al baño y dije que tenía que ir al Ladies' a empolvarme la nariz. Clarissa me siguió. Abrió su bolso, sacó su pañuelito de encaje y estaba a punto de metérmelo por el escote cuando le disparé furiosa: "¿Qué es lo que quieres tapar, mis senos o los sacos de oro de la familia?"

Clarissa se indignó. Levantó la mano para golpearme, pero le detuve el brazo en el aire. Fue fácil; yo era más alta que ella —le llevaba por lo menos seis pulgadas— y por un segundo vi mi propio odio reflejado en sus ojos. Entonces sucedió algo terrible: Mamá se encogió y empezó a llorar.

Salí del Ladies' dando un portazo. Estaba temblando de pies a cabeza, pero poco a poco logré dominarme. Ésa fue la última vez que Mamá intentó pegarme, y yo nunca volví a temerle.

Ese verano rehusé asistir a más fiestas y actividades políticas y decidí buscar trabajo. En las mañanas ayudaba como voluntaria en el Hospital Pediátrico Municipal, y en las tardes era correctora de pruebas en *El Listín,* un diario de La Concordia. Hice un poco de exploración y escribí varios artículos —uno de ellos sobre el antiguo cementerio del pueblo, que había sido abandonado vergonzosamente cuando comenzó la crisis económica, y donde más de una vez vi perros cargando huesos humanos en la boca. Pero como Papá había comprado el periódico recientemente —luego del éxito del baile de coronación del Casino cayó en cuenta de la importancia de la prensa en las campañas políticas— el editor pensaba que me estaba haciendo un favor cada vez que me publicaba un artículo, y se sentía justificado en no pagarme. Dejé de trabajar en *El Listín* y el verano continuó arrastrándose como un saco de piedras hasta que, por fin, llegó septiembre y regresé a St. Helen's. Allí al menos podía vivir y estudiar todo lo que quisiera, y nadie sabía quién era Papá.

Elvira

She refused future
campaigning, did
volunteer in hospital
+ worked for a periodical,
which didn't pay her
She quit, summer dragged
on, couldn't wait to go
back to college

57 — p. 437, bottom

Rebelión en
el Beau Rivage

EN LA PRIMAVERA DE MI tercer año de colegio le escribí una
carta a mis padres desde St. Helen's pidiéndoles que me dejaran tomar unos cursos en la Universidad de Ginebra el verano
siguiente. Álvaro, que estaba en Princeton, había hecho lo
mismo el verano anterior, y había pasado tres meses estudiando
francés en La Sorbona, alojado en un hostal parisiense. St. Helen's ofrecía un programa de intercambio con la Universidad
de Ginebra y podría coger cursos de francés, por los que me darían crédito.

Pensaba seguir estudiando luego de mi graduación; mi meta era obtener un doctorado en literatura inglesa. Al nivel graduado las muchachas no tenían que vivir en los dormitorios de la escuela, podían hacerlo en pensiones fuera del campus, y en Nueva York no había leyes que obligaran a las jóvenes mayores de veintiún años a vivir en casa de sus padres. A los veintiúno una mujer era adulta, podía hacer más o menos lo que quisiera: buscar trabajo o vivir por su cuenta. Sólo en países como Irán, Arabia Saudita y Puerto Rico las seguían tratando como niñas hasta que llegaban a viejas, y entonces ya a nadie le importaba un bledo lo que hicieran.

Varias de mis amigas de St. Helen's también pensaban ir a estudiar a Ginebra aquel verano, y nos quedaríamos juntas en una pensión cerca del campus de la universidad. Así nos haríamos compañía. Papá me contestó en otra carta que Mamá y él también pensaban viajar a Europa y que sería lindo si yo los acompañaba durante la primera etapa del viaje. Visitaríamos a Inglaterra y a Francia en junio, y luego podríamos viajar hasta Suiza juntos. Me prometía que, para comienzos de julio, ya estaríamos en Ginebra, donde yo podría quedarme con mis amigas en el hostal y ellos seguirían el viaje solos. A finales de agosto las muchachas volaríamos a Nueva York y regresaríamos juntas a St. Helen's.

Estuve de acuerdo con lo que sugirió Papá, y unos meses más tarde viajamos a Europa. Visitamos a Inglaterra y a Francia y finalmente tomamos el tren de París a Ginebra, en el que pasamos la noche. Nos quedamos en el Beau Rivage, un hotel bellísimo, con geranios rojos en las ventanas y un restorán elegante que daba al lago. Una escalinata de mármol llevaba de la terraza hasta los *suites* del primer piso, donde teníamos nuestras habitaciones. El famoso géiser se veía perfectamente desde mi ventana. Bailaba al viento como un penacho gigante, inclinándose hacia la derecha y hacia la izquierda sobre el agua plateada de la superficie. Estábamos almorzando en la terraza dos días más tarde, debajo de una sombrilla blanca y roja que anunciaba el Martini Rossi, cuando le dije a Papá: "Me comuniqué con mis amigas y ya tengo toda la información que necesito para matricularme en los cursos de francés —parecen interesantísimos. Mañana me mudo a la pensión. Ya lo tengo todo empacado."

Papá miró hacia otro lado, como si no hubiera oído lo que acababa de decirle.

"Mira quiénes están sentados en la mesa vecina a la nuestra; nada menos que Rita Hayworth y el Ali Khan. Se están quedando en el Beau Rivage, como nosotros", dijo Aurelio en voz baja, mientras le dirigía a Clarissa una sonrisa conspiratoria.

"¡Es verdad!" respondió Clarissa, en un tono algo demasiado ingenuo. "Y más allá de las macetas de geranios blancos, me parece ver al Sha de Irán y a Farah Diba. ¡Qué emocionante!"

Me le quedé mirando a Aurelio por encima de mi *coupe gelée à trois saveurs*, y coloqué despacio la cuchara sobre la mesa. Ni siquiera me molesté en mirar a Mamá; adivinaba de sobra lo que estaba pensando. "Me lo prometiste, Papá. Me diste tu palabra de honor en la carta que me escribiste al colegio".

Papá respiró hondo y por fin me miró.

"¿Qué hotel tan bonito, verdad? Estoy seguro de que, desde la ventana de tu pensión, no tendrás una vista tan maravillosa. Tu Mamá y yo hemos decidido quedarnos en Ginebra tres semanas, para que puedas alojarte con nosotros en el hotel. Siempre puedes coger los cursos en la unversidad de oyente. No necesitas los créditos para graduarte, y tres semanas son más que suficientes para aprender todo el francés que necesitas".

"Tengo casi vientiún años, Papá. No necesito que me cuiden. Quiero tomar los cursos para crédito y quedarme en la pensión con mis amigas".

Clarissa me dirigió una de sus miradas lanzallamas. "Tu padre no cambia; se las pasa haciendo promesas que después no puede cumplir. No te vas a quedar sola en la pensión y punto. Yo nunca hice esa barbaridad, y tú tampoco la vas a hacer. Tu deber es obedecer a tus padres. No te dejaremos poner en peligro tu reputación".

Una brisa fría se levantó del lago mientras escuchaba a Mamá, inmóvil como una piedra. Estaba ponderando el significado de la palabra "sacrificio". Para tía Celia, significaba celibato y libertad. Mamá vivió siempre en Emajaguas hasta que se casó con Papá y se mudó a La Concordia. Entonces cambió una prisión por otra. Y yo debía seguir los pasos de Mamá —sólo que mi carcelero quizá no fuese tan bondadoso como mi padre.

Me levanté de la mesa y caminé como si nada hasta la amplia escalera que llevaba del primer piso a los cuartos. Mientras subía abrí mi cartera y busqué la billetera; vi que estaba vacía y la tiré por encima del pasamanos. Busqué la llave de mi cuarto y comprobé que no tenía ni pasaporte ni boleto de avión —Papá los había cogido y me los estaba guardando, disque para que no se me perdieran. Así que también dejé caer el bolso por encima del balaustre; cayó con estrépito y rebotó contra el piso del restorán. Cuando llegué al primer piso caminé por el pasillo hasta mi cuarto, abrí la puerta de mi habitación y saqué mi maleta al rellano. La abrí y la vacié completa por encima del pasamanos. Mis zapatos Saks Fifth Avenue, mis brassières y *pantis* de Blackton, mis trajes de Ceil Chapman y el *pant suit* de Geoffrey Been fueron a caer encima de la cabeza de Rita Hayworth, el Ali Khan, el Sha, Farah Diba, Mamá, Papá y el resto de los huéspedes selectos de aquel hotel de comemierdas. Cuando la maleta estuvo vacía la arrojé también escaleras abajo, pero tuve la suerte de que le cayó encima a uno de los mozos y no al Ali Khan.

Entonces bajé caminando despacio las escaleras, fui hasta nuestra mesa donde Papá y Mamá se habían puesto de pie horrorizados, me senté y terminé mi *coupe à trois saveurs*. Todo el mundo me miraba como si estuviera loca pero me daba igual. Juré que yo no iba a ser como Clarissa; yo no me iba a sacrificar.

58

Clarissa pasa a mejor vida

Recuerde el alma dormida
avive el *seso* y despierte
contemplando
como se pasa la vida
como se viene la muerte
tan callando.

— JORGE MANRIQUE, *Coplas a la muerte de su padre*

EN NOVIEMBRE AURELIO SE PRESENTÓ por segunda vez para gobernador contra Fernando Martín, y lo derrotaron de nuevo. La popularidad de Martín era apabullante; durante veinticuatro años su imagen imperó suprema en el panorama

[handwritten: Aurelio vs Martín, fan never won, it was like a game]

político de la isla. Al enterarse del resultado de los comicios, Mamá dio un respiro de alivio. La obsesión de Papá era soportable mientras la posibilidad de ganar fuera nula. Sospecho que Papá también se sintió aliviado. Correr contra Martín se había vuelto una especie de deporte: era como intentar derribar un elefante soplándole dardos. Nadie esperaba que Aurelio ganara, pero mientras tanto lo admiraban por sus heroicas proezas.

Durante las vacaciones de Navidad conocí a Ricardo Cáceres, un joven de buena familia de San Juan. Ricardo estaba estudiando administración comercial en la universidad de Cornell, y estaba a punto de graduarse. Pensaba empezar a trabajar con su padre en el negocio de seguros de la familia en cuanto terminara. A Papá y Mamá les cayó bien; no se opusieron al noviazgo.

Ricardo era un muchacho serio y trabajador; no era un *playboy* consentido, ni un candidato para un puesto gubernamental, como muchos de los jóvenes que conocí entonces en La Concordia y en San Juan. Salimos en varias ocasiones durante el verano y cuando regresé a St. Helen's fue a visitarme varias veces al colegio. Al final del año escolar me pidió que me casara con él. Recuerdo que estábamos dando un paseo por el campus: había llegado la primavera y la graduación sería pronto. Los canteros estaban sembrados de tulipanes, las flores preferidas de las monjas, pero todavía no habían abierto. Florecerían unos días después, cuando el campus se llenaba de duendes que aplaudían.

Ricardo me dio su anillo de Cornell y me lo puse en el anular.

"¿Te casarías conmigo después de la graduación?" me preguntó.

"¿Viviríamos en San Juan?"

"Por supuesto. Voy a trabajar con Papá en su negocio".

"Lo pensaré", le respondí sin mirarlo. *[handwritten: not thrilled]*

Caminamos en silencio cogidos de la mano hasta otro extremo del campus, donde había un laberinto de boj que las monjas mantenían exquisitamente podado. Respiré profundo. Me pregunté por qué me gustaba tanto el olor del boj; supuse que me hacía sentir cómoda, atrapada en un laberinto hermoso como el de mi casa. Nos besamos apasionadamente detrás de unos arbustos. Mi vida no tenía propósito, pero junto a Ricardo a lo mejor me evaporaba de la faz de la tierra y entonces qué más daba.

Ricardo era muy tradicional: quería una esposa que le diera hijos y cuidara de su hogar, con quien disfrutar legalmente de las relaciones sexuales. No tenía ni pizca de intelectual. Yo estaba de acuerdo con lo del sexo, pero no estaba segura en cuanto a lo demás. Me guardé mis opiniones, sin embargo, y me hice la que respondía a su ideal de mujer.

Durante las últimas vacaciones de Navidad que pasé en casa le había dicho a mis padres: "Cuando me gradúe de St. Helen's me gustaría seguir estudiando; quizá adquirir un doctorado en literatura inglesa. Solicité a Radcliffe y creo que tengo una oportunidad de que me acepten". Era domingo en la mañana y acabábamos de regresar de Misa. Estábamos sentados en el patio, esperando que tío Damián y tía Agripina llegaran porque almorzaríamos juntos. Las trinitarias estaban todas florecidas y derramaban su manto color púrpura por encima de la pared del jardín. Papá estaba dándole uvas al ruiseñor y estaba de pie junto a la jaula de aluminio. Estaba de espaldas a mí y se quedó callado.

Abuela Valeria se había criado analfabeta por culpa del egoísmo de Bartolomeo Boffil, y precisamente por eso era tan importante para ella que sus hijas adquirieran una educación universitaria. Pero el propósito de la educación no era que sus hijas se hicieran profesionales; el matrimonio era la única carrera decente para una mujer, o la soltería acompañada por el

retiro del mundo. Hasta Mamá, que había defendido con tanto
ahinco los derechos femeninos cuando era estudiante de la
Universidad de Puerto Rico, se había dado por perdida. Y en la
familia de Papá era todavía peor. Tía Amparo sólo tenía escuela superior y tía Celia tuvo que meterse a monja para ejercer
una carrera de trabajadora social disfrazada de misionera.

Habían pasado veinte años desde la rebelión de tía Celia y
las cosas seguían igual. La idea de que una joven soltera y de
buena familia pudiera encontrar trabajo y vivir por su cuenta
en una ciudad como Nueva York o Boston ganándose su propio sueldo y sin meterse de monja —que era lo que yo quería— era inconcebible. Mi doctorado era asunto de vida o
muerte —la única manera de posponer mi regreso a La Concordia.

"¿Para qué quieres seguir estudiando?" me preguntó Clarissa con una sonrisa mientras bebía una copita de vermut con
hielo y una cascarita de limón. "Tú no necesitas trabajar. ¡No
me digas que prefieres los inviernos glaciales de Boston a nuestros diciembres soleados! Y aun así, si nos dijeras que quieres
estudiar algo práctico, como contabilidad, enfermería o hasta
agronomía, te daríamos permiso. Pero separarte otra vez de
nosotros e irte a vivir tan lejos para estudiar literatura cuando
puedes leer todos los libros que quieras en la biblioteca de tu
padre no me parece sensato. Hace ocho años que te fuiste de
casa, Elvirita. Sería bueno que pasaramos un tiempo juntas".

Mamá lo dijo con cariño, me di cuenta de que le hacía falta.
Casi me convencí de que le gustaría tenerme a su lado. Pero
nuestras discrepancias venían desde tan lejos, que mi corazón
se había vuelto de piedra. Clarissa no me daba ninguna pena.
Me acordé de una historia que había leído hacía mucho tiempo, "La huérfana del río", en el que la madre de una niña se
suicidaba tirándose al agua. La hija iba todos los días a la ribera
y se quedaba mirando el agua, esperando por si a lo mejor su

mamá regresaba. La niña sólo veía su reflejo, pero según fue pasando el tiempo se parecía más y más a su madre. Un día se convenció de que su madre estaba de vuelta y la contemplaba desde el fondo del agua. Le extendió la mano para ayudarla a subir a la orilla, perdió el equilibrio, cayó al río y se ahogó. Me dio terror aquel cuento, pensé que a mí me podía pasar lo mismo. Mamá necesitaba ayuda, y yo también.

Cuando vi que no me quedaba más remedio que regresar a casa y vivir con Mamá después de graduarme, decidí casarme con Ricardo Cáceres. Así por lo menos sería alguacil de mi propia cárcel y viviría en mi propia casa. La boda se celebró en agosto, en la catedral de La Concordia. Celebramos una recepción pequeña en Cañafístula #1, porque abuelo Chaguito acababa de morir y la familia estaba de luto. No me importó que casi no se celebrara porque yo no estaba enamorada de Ricardo. Era sencillamente mi puerta de escape del infierno de Mamá.

Algunas semanas después de la boda Mamá me envió a San Juan unos arbustos de mirto con Cristóbal, nuestro chófer, sembrados en latas vacías de Café Yaucono. Me escribió en una notita rápida, en la parte de atrás de un sobre usado: "Dicen que los mirtos son una flor que sale; después que llueve su perfume atrae a los fantasmas. Traje conmigo algunos desde Emajaguas cuando me casé con tu papá, y pensé que te gustaría sembrarlos en tu nueva casa. Ponlos debajo de una ventana o al pie del balcón. Así podrás olerlos por la noche y le darán a tu casa un ambiente acogedor". Hice lo que Mamá me sugirió y los sembré cerca de la terraza.

Ricardo le caía bien a Clarissa. Ambos eran cancerianos y se entendieron bien desde un principio. Ricardo tenía un carácter fuerte y a Mamá eso le gustaba; pensaba que yo necesitaba a alguien que me controlara porque era medio atolondrada y demasiado terca. Lo único que a Mamá no le gustaba de Ricardo eran sus dientes, porque los tenía torcidos y demasiado grandes para el arco estrecho de su paladar. Cada vez que Ricardo sonreía, hería su sensibilidad estética. Mamá fue muy diplomática con aquel asunto. En lugar de abordarlo personalmente, decidió escribirle una notita anónima de su puño y letra, en la que le sugería que visitara a un ortodontista. Ricardo no me mencionó nada sobre la nota, pero fue a examinarse los dientes unos días después. Un mes después de recibir la nota fuimos a pasar el fin de semana a La Concordia. Cuando llegamos, Ricardo besó a Mamá en la mejilla y entonces sonrió ampliamente —una sonrisa de acero inoxidable. Clarissa se echó a reír. Ricardo llevaba puesto un juego completo de *braces,* e inmediatamente adivinó que sabía de quién era el anónimo.

A Mamá y a Ricardo les gustaba burlarse de las primeras damas norteamericanas, como Mamie Eisenhower, Jacqueline Kennedy y Lady Bird Johnson. A espaldas de Papá hicieron un álbum con fotos que salieron publicadas en los periódicos. A Clarissa le caía bien Mamie porque era muy económica y nunca buscaba ser el foco de atención de las cámaras, como hacía Jacqueline. Le encantaban sus sombreritos de paja con velito de punto, y cada vez que viajábamos a los Estados Unidos llevaba puesto uno igual. Con la que menos simpatizaba era con Lady Bird, porque decía que era muy mal educada. No tenía buenos modales en la mesa, y cuando la fotografiaban en los banquetes siempre salía a punto de meterse a la boca un pedazo de bistec, o con las mandíbulas tan abiertas que se le veían hasta las orificaciones. Una vez recortó una foto de Lady Bird que salió en el peródico y la pegó de la pared de su cuarto con *scotch tape,* tanta risa le daba mirarla.

Aparentar ser lo que uno no es puede ser peligroso; a menudo terminamos pareciéndonos a nuestras mentiras. Para atrapar a Ricardo yo había simulado parecerme a Mamá, una esposa conforme, sumisa, que sabía cuál era su lugar en el mundo. Ricardo no tenía la menor idea de que yo era un *alter ego* de Papá —sólo que con faldas. Un año después de que nos casamos le dije a Ricardo "La cocinera está en huelga. Estoy cansada de cocinar a la española; son platos complicados y toman mucho tiempo. De ahora en adelante, vamos a comer a la italiana y a la norteamericana: muchos espaguetis con carne molida, bistecs al carbón y puré de papas. Acabo de matricularme en tres cursos de literatura inglesa en la Universidad de Puerto Rico y no tendré tiempo para más nada". Ricardo no dijo nada; siguió comiendo su bacalao al pil pil —tan caliente que la cazuela nadando en aceite de oliva hacía "pil pil" al traerla a la mesa— una de las recetas deliciosas que su madre me había enseñado, mientras rehogaba su pan en la salsa de perejil y ajo.

La noche siguiente, herví unos espaguetis y guisé una salsa marinara para acompañarlos, practicando para mis días en la universidad. De pronto Ricardo cogió el plato de espaguetis y lo arrojó contra la pared de la cocina. "No me gustan los espaguetis, y menos *al dente*", me gritó, mientras yo me quedaba paralizada por el asombro, mirando cómo los fideos en salsa roja se escurrían por el papel amarillo con pintitas verdes de la cocina como en un cuadro de Jackson Pollock. "Y tampoco me agrada que mi esposa sea amiguita de estudiantes a los que les dobla la edad. Debiste pedirme permiso antes de matricularte en esos cursos".

Yo no sabía cómo darle la vuelta a Ricardo, o si era posible darle la vuelta, así que bajé la cabeza y no dije nada. Me agaché y recogí en silencio los espaguetis del piso.

Pronto caí en la cuenta de que mi marido era un hombre violento e irracional. Si lo contradecía en algo me gritaba y amenazaba con pegarme. Pero cuando de veras le cogí miedo fue cuando empezó a coleccionar rifles de cacería, y se pasaba todo el tiempo desarmándolos, aceitándolos y volviéndolos a armar, sentado en la terraza de casa. Le había cogido el gusto a la cacería de tórtolas salvajes, y a menudo organizaba expediciones a Santo Domingo con sus amigos.

Estuvimos casados durante nueve años. En el curso de ellos hice un buen examen de conciencia. Comprendí que una carrera política no se podía adquirir por ósmosis. No vivíamos en Inglaterra, donde el poder se heredaba por derecho divino —en Puerto Rico a lo más que yo podía ambicionar era a ser reina de carnaval. Y lo que era peor, empecé a sentir que me habían usado. Tenía treinta años, mi respeto propio estaba en añicos, y no podía sentirme orgullosa de ningún logro. Para colmo, estaba casada con un hombre que odiaba y temía.

Quería divorciarme pero no tenía dinero y era demasiado orgullosa para pedírselo a mis padres. Además, si me divorciaba tendría que regresar a vivir bajo el mismo techo que Clarissa. Primero pertenecía a Papá y ahora pertenecía a Ricardo. Por eso las mujeres entendían tan bien el principio del coloniaje: si las trataban bien, las alimentaban, las vestían y les compraban una casa bonita no se rebelaban. Pero la soflama del odio seguía ardiendo bajo las brasas.

Escogí la intimidación física de Ricardo por sobre las golpizas psicológicas de Mamá y decidí no divorciarme. Me quedé en mi casa y me dediqué a mis niños; quería darles el mayor afecto posible. También leía muchas novelas —nunca perdí la ilusión de regresar un día a la universidad. Pero vivía con el miedo de que mis hijos se criaran tan belicosos como su padre. No había solución al entuerto. Me sentía como una malabarista de circo, bailando sobre la cuerda floja mientras trataba de mantener en alto todas las bolas: las ambiciones, los hijos y el marido. Ante los ojos de la sociedad, yo era la esposa perfecta.

En el 1966 pasó algo inesperado. Fernando Martín llevaba ya muchos años de gobernador, y se sentía tan seguro que decidió celebrar un plebiscito para que Puerto Rico escogiera el estado libre asociado como su status definitivo. Tío Venancio decidió que el Partido Republicano Incondicional no participaría en los comicios —el electorado republicano había estado menguando rápidamente y temía que desapareciera de una vez por todas. Papá se exasperó. A Venancio le importaba más el partido y su autoridad como presidente que el ideal de estadidad. Por primera vez en su vida se enemistó en público con tío Venancio. La estadidad *tenía* que ser una opción en las urnas.

Se separó del partido de tío Venancio y fundó su propio partido político: el Partido Estadista Reformista, que se comprometió a defender la estadidad en el plebiscito. En un año logró montar una campaña muy efectiva, sufragando la mayor parte de los gastos de su propio bolsillo.

Fue un evento memorable. El plebiscito demostró que la isla estaba dividida por la misma mitad entre estadidad y estado libre asociado. Durante todos aquellos años los puertorriqueños habían estado votando a favor de Fernando Martín y en contra de tío Venancio; no favorecían el estado libre asociado por sobre la estadidad, después de todo. Aurelio se presentó otra vez como candidato para gobernador al año siguiente, pero esta vez fue distinto. Fernando Martín se acababa de retirar de la política. Las encuestas indicaban que el Partido Estadista Reformista tenía una buena oportunidad de ganar. Libre de tío Venancio y de la sombra de los colmillús, Aurelio estaba corriendo por su cuenta. Como el caballero de los espejos, su escudo lo protegía del mundo.

Se estaba divirtiendo de lo lindo. Disfrutaba de la gente en los mítines; escuchaba con paciencia sus quejas y tomaba nota de sus necesidades y problemas. Escogió el almácigo como emblema de su partido —una selección atinada. En la época precolombina el almácigo era un árbol sagrado: los taínos utilizaban su corteza para curar todo tipo de males con bebedizos, y a veces también servía para techar sus chozas.

En cuanto el rumor de la posible victoria de Aurelio en las urnas corrió por la isla, Clarissa se enfermó. Un dolor agudo en el pecho no la dejaba respirar, y le hicieron un examen minucioso. Los médicos encontraron que el soplo, la pequeña grieta en la aorta por la que se le escapaba un poco de sangre desde niña, se le había ampliado. La dolencia se le agudizó a causa de una calcificación de las arterias que era muy peligrosa. El cerebro se le estaba quedando progresivamente sin oxígeno y podía darle un derrame en cualquier momento. El especialista del corazón le ordenó guardar cama dentro de una cámara de oxígeno.

Los últimos meses de la campaña política hicieron que Papá y Mamá se unieran más que nunca. Yo lo notaba cada vez que iba de visita a Las Buganvillas. Papá nunca se quedaba a dormir lejos de ella; no importaba la distancia que tuviera que recorrer durante el día en el curso de sus caravanas o al pronunciar sus discursos políticos, siempre regresaba a casa. Hablaban en voz baja durante horas —su habitación quedaba junto a la mía, y yo los escuchaba desde mi cama, al otro lado de la puerta cerrada con llave. En la mañana, antes de salir a recorrer la isla, Papá se sentaba pacientemente junto a Mamá, con un cordoncito amarrado a la muñeca. Ella no lo dejaba ir hasta que le explicaba en detalle la ruta del día: qué pueblos visitaría y cuántos discursos iba a pronunciar. Adivinaba que se estaba muriendo, y era lo único que podía hacer en protesta.

El dos de noviembre de 1968, tres días antes de que se celebraran las elecciones, yo había ido a La Concordia a visitar a Mamá. Entré a su cuarto de puntillas y me incliné sobre la crisálida plástica que cubría su cama, para ver si estaba despierta. Junto a su cabecera había dos tanques de oxígeno que parecían misiles de acero, con sus válvulas de presión en el tope. Mamá descansaba con los ojos cerrados sobre sus almohadas de encaje y el pecho casi no se le movía —el oxígeno iba directo a los pulmones. Tenía el cutis terso, sin una sola arruga. Tenía sesenta y siete años y aparentaba cincuenta.

Abrió los ojos y me sonrió. Deslicé la mano por debajo del sobre plástico transparente y sostuve su mano helada en la mía. "¿Tienes frío, Mamá?" le pregunté, mientras le abrigaba las piernas con el viejo sarape de lana color arcoiris que Miña le había regalado, y prensaba sus bordes debajo del colchón.

"El mismo de siempre. Cuando empieza a bajar el sol se pone peor. No te oí entrar al cuarto, Elvirita. ¿Cuándo llegaste de San Juan?"

"Hace unos momentos. Estaba lloviendo en las montañas y el piloto tuvo que dar un rodeo para evitar la tormenta".

"¿Y cómo está Ricardo?"

Solté su mano y la miré a los ojos. "Está igual, Mamá. Ya sabes cómo son las cosas entre nosotros".

Mamá dio un suspiro y me miró a través del plástico. "Ricardo te quiere a pesar de su mal genio, y a los niños les hace falta su padre. Estás dejando que la felicidad se te escape entre los dedos".

No quería discutir con ella, habíamos hablado sobre el asunto miles de veces. Pero nunca me atrevía a dar el paso. Mamá adivinó lo que me pasaba por la mente.

"Ninguna Rivas de Santillana se ha divorciado jamás excepto Lakhmé, y todo el mundo sabe que está loca", dijo Mamá. "Si te divorcias los fantasmas de la familia te perseguirán y te empujarán escaleras abajo, o te arrollarán bajo las ruedas de un automóvil. Tus tías y tíos se pondrán furiosos. La familia entera te rechazará".

Mamá se me quedó mirando en silencio. Me parecía que estaba muy lejos, y que me miraba desde el fondo de un estanque. El pelo se le había puesto completamente blanco, y como lo llevaba muy corto, le resplandecía como un aura en las penumbras.

"¿Te acuerdas de aquellos arbustos de mirto que me enviaste una vez a San Juan hace años, Mamá? Están todos florecidos y mi casa está llena de fantasmas. La naturaleza tiene sus misterios, como tú siempre dijiste".

"¿De veras? ¿Y te hablan?" me preguntó Mamá sonriendo, como si la amenaza que había pronunciado antes hubiese sido un chiste. "Me hablan todos los días", dije muy seria. "Abuelo Álvaro, abuela Valeria, abuelo Chaguito, arriman sus sillas y se sientan a mi alrededor. Todos me dicen lo mismo: que deje a Ricardo y busque trabajo".

Mamá se rió y me miró de reojo.

"Ricardo ha sido un buen marido", dijo. "Es un proveedor responsable y nunca te ha sido infiel. La vagancia y la infidelidad son las únicas razones válidas para que una mujer se divorcie".

Di una vuelta intranquila por el cuarto sin encontrar las palabras adecuadas para contrarrestar sus argumentos. "Escucha mis consejos, Elvira", murmuró Clarissa. "Toda la vida has insistido que te pareces a los Vernet. Y sin embargo tienes mucho de Lakhmé, porque te encanta la ropa fina; también te pareces a Dido, porque disfrutas la literatura; y tienes algo de Siglinda, porque antes de casarte con Ricardo te volvían loca los muchachos. Te pareces bastante a las Rivas de Santillana, aunque te cueste reconocerlo".

Me sorprendió lo que estaba diciendo. Pero añadió algo más: "Ganar dinero, tener una carrera, independizarse —todo eso es importante, pero no es lo principal. Las corrientes positivas del universo hacen posible que el mundo se comunique, eso es lo que de veras importa. Nuestro deber es fundirnos con el todo armónico, en lugar de afirmar nuestra individualidad. Por eso, divorciarte de Ricardo para vivir como una mujer independiente no te va a ayudar en nada. Primero tienes que independizarte en tu propia alma".

No podía soportar aquello por más tiempo. "¡Eso no es cierto!" respondí desesperada. "¡No me vengas con que no te dio pena sacrificar tu carrera! Y yo sé que tú siempre has odiado la política".

Mamá no me contestó. "¿Por qué no te opusiste a que Papá se postulara?" le pregunté. "¿No te dabas cuenta del daño que me hacía? ¿Qué *nos* hacía? ¿Por qué siempre te quedaste callada, sacrificando lo que de veras te importaba?"

"Porque quiero a tu padre. Y es imprescindible que los hombres cumplan con su destino. Las mujeres no tenemos deberes cívicos; ellos sí".

"¡Eso es falso, Mamá! Y tú lo sabes".

Clarissa me traspasó con una mirada glacial. "No permitiré que me faltes el respeto", dijo con voz temblorosa desde su crisálida de plástico.

"Pues me niego a seguir tu ejemplo, Mamá. Voy a separarme de Ricardo, aunque tenga que morirme de hambre. Y los niños se quedarán con él. ¡Que sea él quien los cuide, para cambiar!"

Bajé la cabeza desconsolada y empecé a sollozar. "Tú nunca me quisiste, Mamá. Por eso siempre me recordabas lo mucho que me parecía a Papá".

De pronto sentí unas manos frescas como la nieve sobre mis hombros. Mamá había echado a un lado la cubierta de plástico y me atrajo hacia ella. Me abrazó en silencio y empezó a mecerme como cuando yo era pequeña.

"Shhhh. ¡No llores, Elvira! Todo se arreglará. Yo te decía que te parecías a tu padre porque a ti te encantaba que te lo dijeran. Pero tú siempre te has parecido a mí. Y yo te quiero muchísimo".

Clarissa cerró los ojos y se tendió de nuevo sobre la cama. Estaba demasiado débil para seguir hablando, así que salí del cuarto en puntillas y me alejé sin hacer ruido. Regresé a San Juan en avión esa tarde, llena de presentimientos tristes. Temí haber encontrado a Mamá cuando estaba a punto de perderla.

Las elecciones llevaban su propio ímpetu. Tres días después de mi conversación con Mamá, Aurelio salió electo gobernador de la isla. Nadie se sorprendió tanto como él, aunque Mamá ya se lo sospechaba. Aurelio estaba sentado junto a la cámara de oxígeno, y estaban tomados de la mano cuando escucharon la noticia juntos, emitida por televisión por el Comité General del partido. Era la quinta vez que Aurelio se postulaba para gobernador y estaba seguro de que perdería otra vez.

Durante los próximos días la familia entera celebró la victoria y lo felicitó, Clarissa más sinceramente que nadie. Ahora vivirían en La Fortaleza, el palacio del gobernador en San Juan. Un mes más tarde Mamá viajó hasta la capital en una ambulancia. Demostró un gran valor aquel día. Sabía que nunca regresaría a Las Buganvillas, pero no lloró. Se despidió de todo el mundo con una sonrisa: de Martina, la cocinera; de Confesor, el jardinero; de Cristóbal, el chófer; de todos sus vecinos y sus amistades. Dejaba por detrás la casa en la que había vivido durante treinta y cinco años; sus muebles estilo Luis XVI decorados con flores pintadas a mano; su plata y cristalería; las fotos de la familia tomadas en Emajaguas. Pero lo que más pena le dio dejar por detrás fue su jardín.

Mudaron la cama de hospital, con la cámara de oxígeno y los tanques, a las habitaciones privadas del gobernador en el tercer piso de La Fortaleza. Los muebles masivos, estilo colonial español, estaban tallados en una caoba oscura y tenían más de doscientos años. La cama de dosel en la que dormían los gobernadores era lo más deprimente de todo: parecía un carruaje fúnebre arrastrado por caballos invisibles, con un dosel gris adornado con flecos. Fernando Martín —el enemigo mítico de Papá— había dormido en ella por más de veinte años. Mamá le dio gracias a Dios porque no tendría que dormir en aquella cama —le hubiera dado pesadillas. Seguramente se hubiera desvelado, al recordar la canción que cantó tantas veces en los mítines: "¡Abajo la pava, abajo el pavín, abajo el bigote de Fernando Martín!" A Aurelio, por su parte, no le molestaba en lo absoluto dormir en ella. De hecho, dormía en la cama de Fernando Martín como una piedra, tan contento estaba de que el *American way of life,* con los derechos plenos de la democracia, se encontrara por fin de camino a la isla.

La Fortaleza fue originalmente un fuerte militar, y los apartamentos privados del gobernador estaban situados en la parte más vieja del edificio, construido en el siglo XVI. Las habitaciones tenían muros de tres pies de espesor, techos de ladrillo sostenidos por oscuras vigas de ausubo y ventanas muy pequeñas. Más que ventanas, se trataba de arpilleras sesgadas desde las cuales los soldados disparaban sus arcabuces para defender el palacio del ataque de los indios y de los piratas.

Las habitaciones privadas del gobernador consistían de un dormitorio amplio y una pequeña salita, donde inmediatamente se instaló el Bechstein, el piano de cola de Papá. Fue el único mueble que se trajo a San Juan de la casa de Las Buganvillas. Papá todavía practicaba su música por lo menos durante una hora todos los días. Ninguno de los alegres muebles franceses de Mamá se trasladó a La Fortaleza; no armonizaban en nada con el adusto ambiente colonial.

Mamá languideció durante dos años en aquellos salones oscuros y solemnes desde los cuales no se divisaba ni una rama verde. Las ventanas oblicuas de su cuarto daban a las calles del Viejo San Juan, ruidosas y congestionadas de tránsito. El palacio estaba rodeado por unos hermosos jardines construidos por el Conde de Mirasol en el siglo XVIII, pero Mamá nunca llegó a verlos; no podía bajar al patio. Sin embargo nunca se quejó. Lo aguantó todo en silencio.

Un día mientras Aurelio trabajaba en un discurso en su oficina, que estaba en el primer piso de La Fortaleza, recibió una llamada urgente del doctor —debía subir al tercer piso inme-

diatamente porque Mamá se había puesto mala. Subió corriendo las escaleras, saltando de tres en tres los escalones porque no
podía esperar a que llegara el elevador. Cuando llegó al tercer
piso se enteró de que a Clarissa le había dado un derrame.
"Murió sin recobrar el conocimiento", le dijo el médico, "no se
dio cuenta de que se estaba muriendo". Papá no le creyó. Se
acercó al lecho, tomó la mano de Mamá en la suya y empezó a
llamarla y a repetirle que no tuviera miedo, que todo estaba
bajo control porque él ya estaba allí y no le pasaría nada. No
podía aceptar que estuviera muerta. El médico y las enfermeras se le acercaron y lo apartaron de allí. Aurelio caminó hasta
la salita contigua y se derrumbó sobre el sofá.

Yo llegué a La Fortaleza unos minutos después. Nadie me
había llamado a casa para decirme que Mamá se había puesto
mala. Estaba sentada en la terraza, escribiendo cartas y pagando las cuentas del mes cuando de pronto sentí un deseo urgente
de ir a verla. Me monté en el auto y manejé como una loca
hasta el casco de San Juan. Últimamente Mamá no se había
sentido bien, pero como sus alzas y sus bajas eran frecuentes,
todos nos habíamos acostumbrado a ellas.

Cuando entré a los apartamentos privados vi a varios guardaespaldas esperando de pie en el pasillo y hablando en voz
baja. De pronto la puerta del dormitorio se abrió y Papá me
pasó caminando de prisa por el lado, cubriéndose los ojos con la
mano. Lo llamé y no me contestó; desapareció rápidamente
por el pasillo. Me pareció raro porque aquella galería daba a un
salón oscuro, donde no iba nadie. Me detuve en el quicio de la
puerta y vi la cabeza de Mamá por detrás. Estaba descubierta
sobre las almohadas, y la cámara de oxígeno estaba tirada en el
piso, como si la hubiesen empujado a un lado violentamente.
El doctor y las enfermeras todavía estaban allí, recogiendo las
jeringuillas y los algodones de las mesitas de noche. Entré al
cuarto y miré hacia la cama lentamente. Mamá estaba muerta.

Me quedé inmóvil. Sentí la piel seca y no entendí cómo, porque me estaba ahogando. Mamá se había caído en un pozo y yo me hundía detrás de ella.

Se veía rara fuera de la cámara de oxígeno. Era como si de pronto le hubieran arrebatado la armadura transparente que la había protegido del mundo durante años. La enfermera me acercó una silla y me senté en ella temblando. Me trajo un vaso de agua.

"Su padre me pidió que la bañara y la preparara antes de que la metan en la caja", dijo la señora Gómez. "Quiere que el velorio se celebre en La Fortaleza, no quiere que la lleven a la funeraria. ¿Por qué no se sienta en la salita con su padre y espera a que llegue el resto de la familia?"

Pero me negué. Sentía que Mamá me necesitaba desesperadamente en aquellos momentos.

Me acordé de Brunhilda y le di gracias a Dios que estaba en La Concordia. ¡De haber estado allí hubiera insistido en que la dejáramos preparar a Mamá ella misma! Cerramos la puerta del cuarto con llave y me paré junto a la cama de Mamá. La señora Gómez trajo un recipiente con agua, una esponja y una botella de Jean Marie Farine, la colonia de Papá que Clarissa también había empezado a usar en los últimos tiempos. Le quitamos la camisa de dormir y la señora Gómez empezó a bañar su cuerpo. Tenía las manos suaves y blandas, y removía los miembros de Mamá como si todavía estuviera viva y sintiera lo que le estaban haciendo. El cuarto se llenó de un olor dulzón, enfermizo, que se me adhirió a las fosas nasales durante meses. Más tarde tuve que poner ramas de mirto por todas las habitaciones de mi casa para que su perfume lo absorbiera. Cuando la señora Gómez terminó le di a Mamá un beso ligero en la frente. Se veía tan frágil y vulnerable; me sorprendió el mucho peso que había perdido. Quedaba muy poco de ella.

¡Así que esto era la muerte! La imaginaba de otra manera. Aquella blancura como de seda cruda. Aquella quietud absoluta de cabellos y pestañas. El pecho un receptáculo tranquilo para un corazón en calma. Todo había terminado, no había nada que hacer. Mamá se había reconciliado por fin consigo misma.

Le di gracias a Dios de que su muerte había sido serena. No tenía heridas que marcaran su cuerpo, ningún gesto de dolor deformaba su rostro —su perfil de camafeo estaba intacto. Había tenido una muerte digna de la filosofía de Emajaguas. "Si uno acepta su destino, si sublima el dolor, el sacrificio no existe", solía repetirme. Y tenía la razón; había que conformarse y aceptar lo que nos tocaba en suerte.

Entonces sucedió algo extraordinario. Dios le concedió a Mamá un último acto, tanto más extraordinario porque lo llevó a cabo después de muerta. Cuando la enfermera volvió su cuerpo desnudo sobre el costado para lavar su espalda, vomitó una bocanada de sangre fresca que manchó las sábanas de un rojo vivo. Me quedé mirándola horrorizada. El sacrificio había sucedido, después de todo.

Después de la muerte de Mamá, Papá dejó de hablarme por un tiempo. Se hundió en un estado de melancolía que yo nunca había visto en él. La tristeza tornó su boca en una herida exangüe. Vestía sólo trajes oscuros y corbatas negras para ir a la oficina. Parecía resentido con el mundo, pero especialmente conmigo. Una noche lo fui a visitar a La Fortaleza y subí a los apartamentos privados. Estaba tocando el *Claro de luna* en el piano. Me senté a su lado en el banquillo y lo abracé, pero él me alejó suavemente.

"Lo siento mucho, Papá. Yo sé que estás sufriendo. Pero tienes que mirar hacia el futuro. Ahora eres libre, y seguirás siendo un gobernador maravilloso. ¡Y además, nunca estarás solo, porque yo siempre estaré contigo!" Papá se volvió hacia mí y me miró asombrado.

"Tú jamás podrías ocupar su lugar", me dijo. "Yo quería a

tu madre más que a mi propia vida. Ella era mi inspiración en todo".

Me levanté del banquillo y me fui a mi casa llorando.

En el 1972 Papá se postuló otra vez para gobernador y fue derrotado en las urnas. En la política hay mucho truco de prestidigitación, hay que tener todos los sentidos alerta para mantener el espectáculo bullendo sobre las tablas. Y la muerte de Mamá arrojó sobre Papá un manto de tristeza tan profundo que dos años más tarde, cuando se celebraron las elecciones, no logró librarse de él. Perdió su extraordinario *élan vital,* esa fuente de energía inagotable que antes le había hecho posible todo lo que se proponía.

Algunos meses después de su derrota, Papá me regaló un baby Bechstein de regalo de cumpleaños. Se sentía muy solo, me dijo, y quería poder venir a practicar en casa en las tardes. Cuando vi a los hombres de la mudanza sacar el piano fuera del camión y entrarlo por la puerta de la sala, no dije nada. Estaba profundamente agradecida por aquel regalo espléndido que Papá me había hecho, y quería sinceramente ayudarlo. Sabía lo importante que era la música para él, y que no había nada más triste que tocar el piano en un edificio vacío. Pero el corazón se me heló de miedo.

Después de que me separé de Ricardo empecé a salir con algunos amigos. A menudo me llamaban por teléfono y a veces me venían a visitar en las tardes. Pero ahora mi casa estaba siempre inundada de música; la *Appassionata* de Beethoven, el *Claro de luna* de Debussy, las mazurcas y estudios de Chopin. Se corrió la voz de que el ex-gobernador venía a visitarme todas las tardes y mi teléfono dejó de timbrar. Una noche uno de mis amigos se acercó a la casa, pero cuando escuchó al último momento la entusiasta interpretación del Concierto del *Emperador* en el piano, regresó de puntillas al coche y se alejó calladamente y con los faroles apagados.

Aquella noche me enojé tanto con Papá que no podía respirar. Al día siguiente llamé a la tienda de los pianos y pedí hablar con el dueño. Cuando vino al teléfono yo estaba hecha una furia. "¡Envíe a sus hombres ahora mismo a llevarse este piano de mi casa!", grité. "Si no lo hace haré que lo saquen al patio, abriré la tapa y lo dejaré allí hasta que la lluvia haga estallar el harpa y desaloje a los fantasmas". El dueño pensó que yo estaba loca. Los empleados de la mudanza llegaron una hora después, sacaron el Bechstein de la casa, lo subieron al camión y se lo llevaron corriendo.

Cuando Papá me visitó esa tarde, se quedó asombrado al ver que el piano no estaba. Me miró con desilusión y preguntó: "¿Dónde está el piano?"

"Lo devolví a la tienda, Papá", le contesté, aguantándome las lágrimas. "¡Los martillitos de fieltro estaban picoteando mi corazón con tanto ahínco, que no pude soportar el dolor!" Papá no dijo nada. Me dio un beso en la mejilla y se volvió calladamente a su coche. ¿Qué nos podíamos decir, luego de tantos años de silencio? Era la historia de nuestras vidas, lo que nos había tocado vivir.

Jamás hubiera adivinado que la muerte de Mamá me afectaría tan profundamente. Empecé a tener una pesadilla recurrente: estaba sentada en la silla observando cómo la señora Gómez le daba a Mamá su último baño. De pronto la enfermera inclinaba su cuerpo de costado y una bocanada de sangre fresca le salía por la boca. Me despertaba temblando e intentaba descifrar el sueño, pero no se me occuría lo que quería decir.

Con el tiempo las pesadillas se disiparon y mi vida tomó un ritmo normal. Con el dinero que heredé de Clarissa mi situación mejoró sorprendentemente. Me atreví por fin a pedirle el divorcio a Ricardo, y él no se opuso. Nos divorciamos por mutuo acuerdo, sin que ninguno de los dos demandara. Ricardo se llevó a nuestros tres hijos a vivir con él, pero como todavía eran muy chicos —tenían menos de diez años— a los seis meses se cansó de cuidarlos y me los devolvió. El tiempo enfría hasta el mal genio más candente, y Ricardo quería su independencia tanto como yo la mía.

Con el dinero de Mamá, compré una casa y me mudé a vivir en ella. Unos años después regresé a la universidad y terminé mi doctorado. Poco después empecé a enseñar. La muerte de Mamá me hizo posible lo que ella había ansiado para sí cuando era joven: una carrera que le ganara el respeto propio y la independencia económica. Irónicamente, gracias a ella obtuve mi libertad.

Soñé con Mamá una última vez. Estábamos cruzando el Río Loco y el Pontiac temperamental de la familia se había vuelto a atascar en medio del cauce. El agua fluía a borbotones a nuestro alrededor, pero en mi sueño, en lugar de perros, cerdos y cabras arrastrados por la corriente fangosa, vi a abuela Valeria, a abuela Adela, a tía Lakhmé, a tía Dido, a tía Artemisa, a tía Amparo, que luchaban desesperadamente contra las olas mientras el río se las llevaba mar afuera. Clarissa y yo, vestidas con nuestra ropa de domingo, permanecimos perfectamente quietas dentro del Pontiac, sin pronunciar una sola palabra. Entonces Mamá sacó un dólar de su bolso, bajó el cristal una pulgada, e hizo ondear el billete fuera de la ventana hasta que los campesinos que aguardaban en la ribera opuesta nos vieron, y acudieron con sus bueyes a sacarnos. Y mientras nos alejábamos de allí todavía oía las voces de quiénes ya no podía ver, pero cuyas historias, estaba segura, no habían sido un sueño.

Índice de capítulos

QUINTA PARTE

*

La cuadriga de los Vernet

SEXTA PARTE

✳

El hilo de Scherezade

Agradecimientos fotográficos

Agradecemos las siguientes fuentes la licencia de reimprimir las fotografías que adornan el inicio de los capitulos:

Para capitulos 1, 4, 6, 8, 23, 25, 29, de *Our Islands Their Peoples, as Seen with Camera and Pencil,* editado por William S. Bryan (N. D. Publishing Company, 1898). Para el inicio del libro y capitulos 3, 10, 11, 12, 13, 18, 19, 31, 32, 41, 48, 53, 54, 55, de *Puerto Rico Mio,* por Jack Delano (Smithsonian Press, 1990). Fotos gracias a Pablo Delano. Para capitulos 5, 14, 15, 28, 38, 39, 51, 52, 58, gracias a la Library of Congress. Para capitulos 16, 33, 50, fotos por Rodriguez Serra, gracias a la Library of Congress. Para capitulos 17, 40, 45, 57, fotos por Jack Delano, gracias a la Library of Congress. Para capitulos 20, 21, 30, 34, 37, 56, fotos por Edwin Rosskam, gracias a la Library of Congress. Para capitulo 26, foto gracias a National Portrait Gallery, Smithsonian Institution/Art Resource, NY. Para capitulos 9, 27, 30, 34, 37, 56, gracias a Corbis/Bettmann. Para capitulo 42, de *Puerto Rico 1900: Turn of the Century Architecture in the Hispanic Caribbean, 1890–1930,* por Jorge Rigau (Rizzoli, 1992). Foto gracias a Jorge Rigau. Para capitulo 43, de *El Album de Oro de Puerto Rico, 1939.* Para capitulo 46, de *The Venice I Love,* por Jean Imbert (Tudor Publishing Company, 1957). Para capitulo 47, foto por Valeria Shaff.